BLUTIGES EIS

Weltbild Taschenbuch

Der Autor

Giles Blunt, geboren 1952, wuchs in North Bay in der kanadischen Provinz Ontario auf und studierte an der Universität Toronto Englische Literatur. 1980 ging er nach New York City, wo er sich zunächst als Streetworker, Gerichtsdiener und Barkeeper durchschlug. Heute lebt er wieder in Toronto und ist freier Schriftsteller und Drehbuchautor. Mit seinem hoch gelobten Bestseller *Gefrorene Seelen* gelang ihm der internationale Durchbruch.

GILES BLUNT

BLUTIGES EIS

Thriller

Aus dem Englischen
von Anke Kreutzer

Weltbild

Die englischsprachige Originalausgabe erschien 2003
unter dem Titel *The Delicate Storm*
bei Random House of Canada Ltd.

Besuchen Sie uns im Internet:
www.weltbild.de

Genehmigte Lizenzausgabe für Verlagsgruppe Weltbild GmbH,
Steinerne Furt, 86167 Augsburg

Übersetzung: Anke Kreutzer
Umschlaggestaltung: Zeichenpool, München
Umschlagmotiv: Zeichenpool Archiv
Gesamtherstellung: CPI Moravia Books s.r.o., Pohorelice
Printed in the EU
ISBN 978-3-8289-9003-6

2014 2013 2012 2011
Die letzte Jahreszahl gibt die aktuelle Lizenzausgabe an.

Für Janna

Denn jene Schachfiguren in der Ferne
Durchkreuzen diesen menschlichen Wunsch
Und so prallen sie gegen einen
ganz eigentümlichen Himmel.

Donald Lorimer,
Der stille Sturm

1

Zuerst kam die Wärme. Gerade mal drei Wochen nach Silvester, und es geschah etwas für diese Jahreszeit ganz und gar Ungewöhnliches: Das Thermometer stieg über den Gefrierpunkt. Innerhalb weniger Stunden glänzten die Straßen in Algonquin Bay schwarz von geschmolzenem Schnee.

Und keine Spur von Sonne. Über dem Turm der Kathedrale hing eine Wolkendecke, die, so schien es, nie mehr weichen wollte. In den milden Tagen, die folgten, herrschte vom Frühstück bis in den späten Nachmittag hinein ein beklemmendes Zwielicht. Alle munkelten vom Klimawechsel.

Dann kam der Nebel.

Zunächst strich er in zarten Bändern durch die Wälder rund um Algonquin Bay. Am Samstagnachmittag wogte er bereits in dicken Schwaden über die Highways. Die endlose Weite des Lake Nipissing schrumpfte zu einer blassen Silhouette, um schließlich ganz zu verschwinden. Langsam quoll der Nebel in die Stadt, unerbittlich drückte er sich an Kaufhäusern und Kirchen empor. Haus für Haus zogen sich die roten Backsteinbauten hinter den schmutzig grauen Vorhang zurück.

Am Montagmorgen konnte Ivan Bergeron nicht mehr die Hand vor Augen sehen. Er war spät aus dem Bett gekommen, weil er am Abend zur Übertragung des Hockeyspiels ein Bier zu viel getrunken hatte. Jetzt ging er vom Haus in seine Werkstatt hinüber, die der Nebel völlig verschluckt hatte, obwohl sie keine zwanzig Meter entfernt lag. Das Zeug klebte ihm wie Spinnweben an Gesicht und Händen und waberte ihm durch die Finger. Und es trieb seltsame Spielchen mit Geräuschen. Gelbe Scheinwerferkegel schwebten in Zeitlupe vorbei, bevor, mit gespenstischer Verspätung, das Quietschen von Reifen auf nasser Fahrbahn folgte.

Irgendwo bellte sein Hund. Normalerweise war Shep ein

ruhiger, unaufdringlicher Bursche. Doch aus irgendeinem Grund – vielleicht wegen des Nebels – lief er draußen im Wald herum und bellte wie verrückt. Der Lärm drang Bergeron wie Nadeln in den verkaterten Schädel.

»Shep! Hierher, Shep!« Er wartete einen Moment in der grauen Suppe, doch der Hund kam nicht.

Bergeron machte die Werkstatt auf und ging zu dem ramponierten Skimobil, das er eigentlich schon bis letzten Donnerstag hätte reparieren sollen. Der Eigentümer wollte den Motorschlitten mittags abholen, und das Ding lag immer noch, in alle Einzelteile zerlegt, quer über den Boden verstreut.

Er machte das Radio an, und die Stimmen der CBC tönten durch den Raum. Wenn es warm genug war, ließ er das Garagentor bei der Arbeit meistens offen, doch der Nebel wälzte sich wie eine Spukgestalt über die Schwelle, und er fand das deprimierend. Er wollte das Tor gerade herunterziehen, als das Bellen des Hundes lauter wurde und so klang, als käme es nunmehr aus dem Garten.

»Shep!« Bergeron watete durch den Dunst, eine Hand wie ein Blinder ausgestreckt. »Shep! Herrgott noch mal, bist du wohl still!«

Das Bellen ging in Knurren über, in das sich ein eigentümliches Winseln mischte. Bergeron durchlief eine Woge des Unbehagens. Das letzte Mal, als so etwas passierte, hatte er seinen Hund dabei erwischt, wie er mit einer Schlange spielte.

»Shep! Ist ja gut, mein Junge, ich komm ja schon.«

Langsam tastete er sich wie auf einem Felsvorsprung weiter. Er blinzelte in den Nebel.

»Shep?«

Er konnte den Hund – in zwei Meter Entfernung – so gerade eben erkennen, und er sah, dass er die Vorderläufe auf dem Boden ausgestreckt hatte und etwas zwischen den Pfoten hielt. Bergeron arbeitete sich näher heran und fasste ihn am Halsband.

»Ruhig, mein Junge.«

Der Hund winselte leise und leckte ihm die Hand. Bergeron bückte sich tiefer, um den Fund auf dem Boden besser sehen zu können.

»Oh, mein Gott!«

Er lag da, weiß wie der Bauch eines Fischs, auf einer Seite von gekräuseltem Haar bedeckt. Kurz vor dem Ende mit dem Handgelenk waren noch die gezackten Abdrücke einer Uhr mit Gliederarmband auf der Haut zu erkennen. Auch wenn die Hand fehlte, lag dort, mitten in Ivan Bergerons Garten, unverkennbar ein menschlicher Arm.

Nur weil Ray Choquette beschlossen hatte, in Pension zu gehen, saß John Cardinal mit seinem Vater in diesem Wartezimmer fest. Er hätte längst drüben im Polizeipräsidium sein können, um die eingegangenen Anrufe abzuhören, oder – noch besser – draußen auf der Straße, um einem der bösen Finger rings um Algonquin Bay das Leben schwer zu machen. Aber nein, er hing hier fest, hatte seinen Vater am Hals und wartete auf eine Ärztin, die sie beide noch nicht zu Gesicht bekommen hatten. Eine Frau ausgerechnet – als ob Stan Cardinal sich von einer Frau was sagen lassen würde. Ray Choquette, dachte Cardinal, du fauler, rücksichtsloser Hund, dafür könnte ich dich erwürgen!

Cardinal senior war dreiundachtzig – physisch jedenfalls. Das Haar an seinen Unterarmen war inzwischen weiß, und er hatte die wässrigen Augen eines sehr alten Mannes. Andererseits benahm er sich nach Ansicht seines Sohnes nicht selten wie ein Vierjähriger.

»Wie lange will sie uns denn noch warten lassen?«, fragte Stan zum dritten Mal. »Wir hocken hier schon seit einer geschlagenen Dreiviertelstunde. Meint die vielleicht, andere Leute hätten ihre Zeit gestohlen? Kannst du mir sagen, wie die als Ärztin was taugen soll?«

»Das ist so wie überall im Leben, Dad. Ein guter Arzt ist ein gefragter Arzt.«

»Blödsinn. Es ist die Habgier. Hundert Prozent pure kapitalistische Habgier. Du weißt doch, bei der Bahn war ich mit fünfunddreißigtausend Dollar im Jahr glücklich und zufrieden. Dafür mussten wir uns schon ganz schön ins Zeug legen, und, bei Gott, was haben wir uns ins Zeug gelegt! Aber für fünfunddreißigtausend Dollar studiert kein Mensch Medizin.«

Jetzt geht das wieder los, dachte Cardinal. Nummer 27D. Das Hirn seines Vaters schien aus einer einzigen Plattensammlung zu bestehen.

»Und dann kommt die Regierung und hält sie am ausgestreckten Arm aus dem Fenster«, fuhr Stan fort. »Also satteln sie um und werden Börsenmakler oder Rechtsanwalt, wo sie die Kröten verdienen, die sie haben wollen. Und am Ende gehen uns die verdammten Ärzte aus.«

»Sag das Geoff Mantis. Er ist derjenige, der das Gesundheitswesen mit der Kettensäge saniert.«

»Die würden einen so oder so warten lassen, egal, wie viele es von ihrer Sorte gibt«, sagte Stan. »Sie halten sich für was Besseres, und sie halten sich nicht nur dafür, sondern es soll auch ja jeder sehen. Sie lassen dich warten, um dir zu sagen, ›Ich bin wichtig, du nicht.‹«

»Dad, es gibt zu wenig Ärzte, deshalb müssen wir warten.«

»Verrat mir mal eins: Hat ne junge Frau nichts Besseres zu tun, als den Leuten von morgens bis abends in den Hals oder den Hintern zu gucken? Mein Fall wär das jedenfalls nicht.«

»Mr. Cardinal?«

Stan erhob sich mühsam. Die junge Sprechstundenhilfe kam mit einem Schnellhefter hinter ihrem Schreibtisch hervor.

»Kann ich Ihnen helfen?«

»Geht schon, geht schon.« Stan drehte sich zu seinem Sohn um. »Worauf wartest du?«

»Ich muss doch nicht mit reinkommen«, sagte Cardinal.

»Nee, nee, du kommst mit. Ich will, dass du es selber hörst. Du meinst, ich könnte nicht mehr fahren, ich will, dass du die Wahrheit hörst.«

Die Arzthelferin machte die Tür zum Sprechzimmer auf, und sie gingen hinein.

»Mr. Cardinal? Winter Cates.« Die Ärztin war kaum älter als dreißig, doch sie stand von ihrem Schreibtischsessel auf, kam zu ihnen herüber und begrüßte sie mit dem unterkühlt knappen Handschlag eines alten Profis. Sie hatte eine zarte, blasse Haut, die sich scharf von ihrem schwarzen Haar abhob. Die dunklen Augenbrauen zogen sich zu einem fragenden Blick zusammen, der jetzt Cardinal galt.

»Ich bin sein Sohn. Er hat mich gebeten, mit reinzukommen.«

»Er glaubt, ich könnte nicht fahren«, sagte Stan. »Aber ich weiß, dass meine Füße wieder besser sind, und ich will, dass er es aus erster Hand erfährt. Wie alt sind Sie überhaupt?«

»Ich bin zweiunddreißig. Und wie alt sind Sie?«

Stan gab einen erstaunten Laut von sich. »Ich bin dreiundachtzig.«

Dr. Cates wies auf einen Stuhl gegenüber dem Schreibtisch.

»Danke. Ich stehe lieber.«

So standen sie zu dritt mitten im Zimmer, während Dr. Cates Stans Krankenblatt durchging. Ihr Haar war mit einer Spange zusammengehalten, ohne die es, wild und schwarz, in alle Richtungen gesprungen wäre. Sie strahlte eine enorme Vitalität aus, die der Ernst ihres Berufs nur gerade eben im Zaum hielt.

»Also, Sie waren bis vor kurzem ein gesunder Mann«, sagte die Ärztin.

»Nie geraucht, nie mehr getrunken als ein Bierchen zum Essen.«

»Dann sind Sie auch ein kluger Mann.«

»Soll Leute geben, die das anders sehen.« Stan warf seinem Sohn einen vielsagenden Blick zu, den Cardinal ignorierte.

»Und Sie haben Diabetes, den Sie mit Glukophag behandeln. Kontrollieren Sie Ihren Zucker selber?«

»Sicher. Wüsste zwar was Besseres, als mir alle fünf Minuten in den Finger zu piecken, aber egal. Ich halte meinen Blutzucker strikt im Normalbereich. Sie können sich gern davon überzeugen.«

»Das habe ich vor.«

Stan sah Cardinal an. Sein Gesicht sagte: ›Will die Frau mir dumm kommen? Bei Gott, falls diese Frau mir dumm kommen will ...‹

»Und Dr. Choquette schreibt hier, Sie hätten nicht unerhebliche neuropathische Beschwerden in den Füßen.«

»Hatte. Ist besser geworden.«

»Sie hatten Mühe mit dem Laufen. Sogar mit dem Stehen. An Fahren war gar nicht zu denken, stimmt's?«

»Also, das würde ich so nicht sagen. Meine Füße haben sich einfach angefühlt wie ... nicht wirklich taub, aber ... als hätt ich Schwämme drum. Aber deshalb bin ich nicht langsamer gegangen.«

Bitte lass ihn nicht fahren, dachte Cardinal. Er bringt sich noch selber um oder jemand anders, und ich bin nicht scharf drauf, den Anruf zu kriegen.

Dr. Cates führte Stan zu einer Tür nach rechts. »Nehmen Sie einen Moment im Behandlungszimmer Platz. Ziehen Sie bitte Ihre Schuhe und Strümpfe und das Hemd aus.«

»Das Hemd?«

»Ich möchte Ihr Herz abhorchen. Dr. Choquette hat Rhythmusstörungen festgestellt und Sie an einen Kardiologen überwiesen. Das war vor sechs Monaten, aber hier stehen keine Untersuchungsergebnisse.«

»Na ja, hab's irgendwie nie bis zu diesem Kardiologen geschafft.«

»Das ist nicht gut«, sagte Dr. Cates. Es lag eine gewisse Strenge in ihrem Ton.

»Er hatte zu tun, ich hatte zu tun. Sie wissen ja, wie das ist. Irgendwie kam's nicht dazu.«

»In Ihrer Familie gibt es Herzinsuffizienz, Mr. Cardinal. Das sollte man nicht auf die leichte Schulter nehmen.« Sie wandte sich an Cardinal. Sie hatte diesen kühlen Blick, den er an einer Frau sexy fand, offensichtlich, weil er das Gegenteil bezweckte. »Ich glaube, Sie warten besser hier draußen.«

»Gerne.« Cardinal setzte sich.

Es klopfte an der Tür, und die Sprechstundenhilfe kam herein. »Tut mir leid. Craig Simmons ist da. Ich soll Ihnen unbedingt ausrichten, dass er immer noch wartet.«

»Melissa, ich habe einen Patienten hier. Ich hab den ganzen Tag Patienten, die warten, bis sie an die Reihe kommen. Er kann nicht einfach so reinplatzen.«

»Ich weiß. Genau das versuch ich ihm die ganze Zeit klar zu machen. Ich hab's ihm hundert Mal klar gemacht, aber er hört einfach nicht.«

»Na schön. Sagen Sie ihm, ich hab nach diesem Patienten fünf Minuten Zeit für ihn. Aber das ist das letzte Mal ... Tut mir leid«, sagte Dr. Cates, als ihre Helferin gegangen war, und ihre dunklen Augen wirkten plötzlich nicht mehr kühl. »Manche Leute wollen einfach nicht begreifen.«

Sie ging in das Behandlungszimmer und machte die Tür hinter sich zu. Cardinal konnte ihre Stimmen hören, aber nicht verstehen, was sie redeten. Er sah sich im Sprechzimmer um. In Ray Choquettes Tagen hatte es nur aus Chrom und Vinyl bestanden. Jetzt gab es Ledersessel, einen Deckenventilator und zwei Glasvitrinen randvoll mit medizinischer Fachliteratur. Ein dunkelroter Perserteppich verlieh dem Ganzen etwas Behagliches, Einladendes, es wirkte eher wie ein Arbeitszimmer als ein Praxisraum.

Eine Viertelstunde später kam Dr. Cates aus dem Behandlungszimmer, gefolgt von seinem Vater, der aussah, als wäre er kurz vor dem Platzen.

Sie zog ihren Rezeptblock heraus und redete mit ihm, während sie schrieb. »Ich gebe Ihnen zwei Rezepte. Das erste ist ein Diuretikum; damit sollten wir Ihre Brust wieder frei bekommen. Und das andere ist ein Blutverdünnungsmittel, damit Ihr Blutdruck nicht zu hoch wird.« Sie riss die Rezepte ab und reichte sie Stan. »Ich werde den Kardiologen selber anrufen. So können wir sicherstellen, dass Sie schnell einen Termin bekommen. Meine Sprechstundenhilfe wird Sie anrufen und Ihnen durchgeben, wann.«

»Und was ist mit dem Autofahren?«, fragte Cardinal.

Dr. Cates schüttelte den Kopf. Eine schwarze Haarsträhne fiel herab und kringelte sich um ihren Hals. »Kein Autofahren.«

Das brachte für Stan das Fass zum Überlaufen. »Verdammt noch mal. Wie würden Sie das finden, wenn Sie nicht aus dem Haus könnten, ohne jemanden zu holen? Was wissen Sie denn schon mit Ihren dreißig Jahren? Woher wollen Sie wissen, was ich fühlen kann oder nicht – in meinen Füßen oder sonst wo? Ich bin schon zwanzig Jahre Auto gefahren, da waren Sie noch nicht geboren. Hab nicht einen Unfall gehabt. Nicht mal ein Knöllchen wegen Geschwindigkeitsübertretung. Und da kommen Sie und wollen mir weismachen, ich könnte nicht fahren? Was soll ich Ihrer Meinung nach wohl tun? *Ihn* alle fünf Minuten anrufen?«

»Ich weiß, dass es unangenehm ist, Mr. Cardinal. Und Sie haben recht, mir würde das ganz und gar nicht gefallen. Aber es gibt ein paar Dinge, die Sie nicht vergessen sollten.«

»Oh, sicher, jetzt dürfen Sie mir auch noch sagen, was ich denken soll.«

»Lassen Sie mich bitte ausreden.«

»Was haben Sie gesagt?«

»Ich sagte, lassen Sie mich ausreden.«

Geschieht dir recht, dachte Cardinal. Eine Menge Leute – zuweilen auch sein eigener Sohn – ließen sich von Stans Ausbrüchen einschüchtern, doch diese junge Frau bot ihm die Stirn.

»Ein paar Dinge, die Sie vielleicht bedenken sollten. Erstens, diese Neuropathie wird wahrscheinlich wieder besser. Sie haben auf Ihren Blutzucker geachtet, und das ist das Beste, was Sie tun können. In drei, vier Monaten sieht vielleicht alles schon ganz anders aus. Zweitens, jeder von uns ist auf andere Menschen angewiesen. Wir müssen alle lernen, jemanden um Hilfe zu bitten, wenn wir ihn brauchen.«

»Ich komm mir wie ein Krüppel vor, verdammt noch mal.«

»Davon geht die Welt nicht unter. Ehrlich gesagt macht Ihr Herz mir viel größere Sorgen. Ich höre eine Menge Wasser in Ihrer Brust. Kümmern wir uns erst mal darum, und danach machen wir uns Gedanken, wie wir Sie wieder hinters Steuer kriegen, einverstanden?«

Als Cardinal und sein Vater ins Wartezimmer zurückgingen, sprang ein Mann von seinem Stuhl auf und stürmte an ihnen vorbei. Irgendwie kam er Cardinal bekannt vor – diese Mischung aus Blondschopf und Fitness-Freak war ihm schon mal begegnet, doch die Tür zum Sprechzimmer schloss sich, bevor ihm einfiel, wo er den Typen hinstecken sollte.

Er wartete, während die Arzthelferin seinem Vater ein Überweisungsformular erklärte. Aus dem Sprechzimmer drangen wütende Stimmen.

»Hat Dr. Cates oft solche Patienten?«, fragte Cardinal die junge Frau.

»Das ist kein Patient. Das ist – na ja, ich weiß nicht, wie man so was nennen soll.«

»Können wir hier bitte verschwinden?«, sagte Stan. »Ob du

es glaubst oder nicht, ich hab keine Lust, den Rest meines Lebens in einer Arztpraxis zu verbringen.«

Cardinal musste es den Algonquin hoch langsam angehen lassen. Der Nebel, der seit Tagen über der Gegend lag, war am Fuß des Airport Hill am dichtesten. Ende Januar, und so warm wie im April. Normalerweise hätten sie um diese Jahreszeit einen grellblauen Himmel haben müssen und Minusgrade, dass man am liebsten gar nicht mehr aufs Thermometer guckt. Doch der Nebel sah so aus, als bliebe er für immer.

»Natürlich dummes Zeug mit der globalen Erwärmung«, sagte Cardinal, um seinen Vater aus seinen düsteren Gedanken zu reißen.

»Sie hat mit mir geredet wie mit einem Sechsjährigen«, sagte Stan.

»Sie hat dir die Wahrheit gesagt. Jemandem die Wahrheit zu sagen zeugt von Respekt.«

»Wie zum Beispiel, dass du nichts Besseres zu tun hättest, als mich durch die Gegend zu kutschieren?«

»Also, du sagst doch immer, ich hätt mir einen lausigen Job ausgesucht.«

»Womit ich ja wohl recht habe. Wieso du deine Zeit damit verplempern willst, Geistesgestörte und Landstreicher zu jagen, geht über meinen Verstand. Oder diese Familiengeschichten, die du auf den Tisch kriegst – Ehemänner, die so besoffen sind, dass sie nicht mehr stehen können. Wir wissen doch beide, dass ihr nur deshalb überhaupt je welche schnappt, weil die Gauner noch dämlicher sind als die ... Hey, wo willst du hin, John? Das da hinten war meine Einfahrt.«

»Tut mir leid. Ich seh rein gar nichts in dieser Suppe.«

»Guck mal da rüber, das Eichhörnchen ist gerade noch zu erkennen.«

Stan Cardinal hatte ein riesiges Eichhörnchen aus Kupfer in seinem Vorgarten, eine antike Wetterfahne, die er vor Jahren aufgetrieben hatte. In dem grauen Einerlei hatte das Ding etwas Gespenstisches. Cardinal wendete und bog in die Auffahrt ein.

»Ruf mich morgen an und lass uns zusehen, dass du zu diesem Kardiologen kommst. Wenn ich nicht kann, macht es Catherine bestimmt nichts aus, dich ... Wart mal.« Sein Handy summte.

»Cardinal, wo stecken Sie?« Es war Mary Flower, Sergeant im Dienst. »Wir haben einen Banküberfall Ecke Main Street, McPherson, und wir brauchen jeden Mann.«

»Ich übernehme.« Er schaltete das Handy aus. »Ich muss los«, sagte er zu Stan. »Ruf Catherine nachher an und gib ihr durch, wann du morgen hinmusst.«

»Ernste Krise, ja? Wetten, noch so'n Familiendrama.«

»Ein Banküberfall, genauer gesagt.«

Die Federal Trust lag mitten im Stadtzentrum an der Hauptstraße – ein niedriger, roter Backsteinbau, der gar nicht erst versuchte, sich in die ein Jahrhundert alte Architektur seiner Umgebung einzufügen. Cardinal hatte kein Konto bei dieser Bank, doch er erinnerte sich, wie er einmal als Kind mit seinem Vater hineingegangen war. Als er vorfuhr, standen bereits drei schwarz-weiße Polizeiautos kreuz und quer über der Straße und auf dem Bürgersteig.

Ken Szelagy, ein Grizzlybär von einem Mann und nach eigener Aussage ein verrückter Ungar, stand an der Tür und quasselte in sein Handy. Als er Cardinal sah, hob er die Hand. »Der Kerl hat sich längst aus dem Staub gemacht. Wir versuchen gerade, das Überwachungsvideo in die Finger zu kriegen. Wird bestimmt lustig, in dieser Erbsensuppe nach ihm zu suchen, he?«

»Jemand verletzt?«

»Nee. Aber 'n bisschen mitgenommen.«

»Ist Delorme schon da drinnen?«

»Mmh. Hat den Laden ziemlich gut im Griff.«

Lise Delorme war nicht nur eine erstklassige Kriminalbeamtin, sondern sie hatte darüber hinaus diese ruhige, vernünftige Art, ein echter Pluspunkt im Umgang mit der Öffentlichkeit. Sie besaß auch optische Qualitäten, die für sie sprachen, doch im Moment zählte nur ihre vernünftige Art. Cardinal hatte schon mehrere Banküberfälle bearbeitet, und gewöhnlich bekam man es am Tatort mit einem Haufen Leute am Rande der Hysterie zu tun. Doch Delorme hatte es fertig gebracht, dass alle Angestellten ruhig hinter ihren Schreibtischen saßen und auf ihre Vernehmung warteten. Als Cardinal hereinkam, sah er sie hinter der Glasfront seines Büros mit dem Direktor sprechen.

Der Direktor selber hatte von dem Raubüberfall nichts mitbekommen, doch er führte sie zu der jungen Kassiererin, die wenige Minuten zuvor in die Mündung einer Pistole gestarrt hatte. Cardinal überließ die Befragung Delorme.

»Er hatte ein Tuch vor dem Gesicht«, sagte die Kassiererin. »Mit einem Schottenmuster. Er hatte es wie ein Bandit hochgezogen, ich meine, wie in einem Western. Es ging alles so schnell.«

»Und seine Stimme?«, fragte Delorme. »Wie hat er sich angehört?«

»Ich hab seine Stimme nicht gehört. Er hat nichts gesagt – glaube ich jedenfalls. Er stand einfach nur da, starrte mich an und reichte mir einen Zettel über die Theke. Es war entsetzlich.«

»Haben Sie diesen Zettel noch?«

Sie schüttelte den Kopf. »Er hat ihn wieder mitgenommen.«

Cardinal sah sich um. Zu seinen Füßen lag ein zusammengeknülltes Stück Papier. Er hob es auf und entfaltete es an den Ecken, um keine Fingerabdrücke zu verwischen. Auf der einen Seite war es maschinenbeschriftet, auf der Rückseite stand in Bleistift und in eigenwilliger Orthographie: *Halt den Munt oder ich schiese. Drück keinen Alarmknopf oder ich schiese. Reich mir alles Geld rüber, dass du in deiner Schupplade hast.*

»Ich hab die oberste Schublade ausgeleert und alles in einen braunen Umschlag gesteckt. Wir sind ausdrücklich angewiesen, uns in einer solchen Situation so zu verhalten, wir sollen einfach tun, was sie verlangen. Er hat das Geld in seinen Rucksack gesteckt.«

»Was für eine Farbe hatte der Rucksack?«

»Rot.«

»Sind Sie sicher, dass er überhaupt nichts gesagt hat?«, fragte Delorme. »Zweifellos ging alles sehr schnell, aber versuchen Sie, das Ganze noch einmal in Gedanken durchzugehen.«

»Er hat gesagt: ›Tu's einfach.‹ So was in der Art. Ach, und ›Beeil dich.‹«

»Hatte er einen Akzent?«, fragte Delorme. »Englisch? Frankokanadisch?« Sie selber hatte einen leichten frankokanadischen Akzent. Cardinal hatte ihn immer nur bemerkt, wenn sie sich ärgerte.

»Ich hatte solche Angst, er würde mich erschießen, dass ich nicht darauf geachtet habe.«

»Ach du liebes bisschen«, sagte Cardinal und starrte auf die Rückseite des Zettels. »Es ist Wudky.« Er trat von der Kasse zurück und winkte Delorme zu sich.

»Wer zum Teufel ist das – Wudky?«, fragte sie. Delorme hatte, bevor sie zum Kriminalkommissariat kam, sechs Jahre lang im Innendienst der Sonderermittlung gearbeitet. Ihre Kenntnisse der hiesigen Fauna waren daher lückenhaft.

»WDK – oder Wudky – die Abkürzung von ›Der Welt dümmster Krimineller‹. Wudky ist Henry Hewitt.«

»Wollen Sie damit etwa sagen, Sie kennen diesen Hewitt-Typen?«

Cardinal reichte ihr den Zettel. »Halten Sie ihn an der Ecke fest, hier.«

Delorme warf einen Blick auf beide Seiten des Papiers und hielt plötzlich den Atem an. »Das ist ein alter Haftbefehl. Der Typ schreibt ›Hände hoch‹ auf seinen eigenen Haftbefehl? Ich glaub's nicht.«

»Wer den Titel ›Der Welt dümmster Krimineller‹ halten will, macht keine halben Sachen. Robert Henry Hewitt ist ein richtiger Champion, und ich weiß auch zufällig, wo er wohnt.«

»Ach ja? Ich auch. Steht hier auf seinem Haftbefehl.«

Robert Henry Hewitt bewohnte das Kellerappartement eines winzigen, heruntergekommenen Hauses, das sich in die Gletscherspalte eines Felsens hinter der Ojibwa-Hauptschule zwängte. Cardinal brachte den Wagen in einem grauen Nebelschwaden zum Stehen. Sie konnten so eben die Reihe verbeulter Mülltonnen am Ende der Einfahrt erkennen.

»Sieht fast so aus, als könnten wir ihn zu Hause hochnehmen.«

»Wieso denken Sie, dass er noch kommt, falls er noch nicht da ist?«

Cardinal zuckte die Achseln. »Es ist das Dümmste, was mir einfällt.«

»Was für einen Wagen fährt er?«

»Einen orangefarbenen Toyota, ungefähr hundert Jahre alt. Selbst die Spachtelstellen sind verrostet.«

Sie hörten das Auto, bevor sie es sahen – eine körperlose Ansammlung von Soundeffekten für den Blechmann im Zauberer von Oz. Dann rasselte etwas neben ihnen, und ein loses Auspuffrohr schleifte über den Bürgersteig, als der Wagen in die Einfahrt bog.

»Machen Sie schon mal Ihre Tür auf«, sagte Cardinal. »Halten wir uns bereit.«

»Aber er ist bewaffnet«, sagte Delorme. »Sollten wir nicht Verstärkung anfordern?« Sie sah ihn an und maß ihn mit diesen ernsten braunen Augen von oben bis unten. Cardinal musste öfter an Delormes Augen denken, als ihm lieb war.

»Eigentlich ja. Andererseits kenne ich Robert. Wir sind nicht in Lebensgefahr.«

Das eine noch funktionierende Rücklicht des Toyota wurde matt und ging aus.

Cardinal und Delorme stiegen aus und ließen den Wagen offen, um keine Geräusche zu machen. Auf dem nassen Pflaster schlichen sie langsam auf den Toyota zu.

Der Fahrer, ein kleiner Mann mit krausem, hellbraunem Haar und einem karierten Tuch um den Hals, stieg aus und öffnete den Kofferraum. Er holte eine zum Bersten volle Food-Mart-Einkaufstüte heraus, schlang sich einen roten Rucksack über die Schulter und warf die Kofferraumtür mit dem Ellbogen zu.

»Robert Henry Hewitt?«

Er ließ den Rucksack und die Lebensmittel fallen und rannte los, doch Cardinal erwischte seine Jacke, und sie fielen beide in einem Knäuel von Armen und Beinen zu Boden. Schließlich zog Cardinal ihn hoch, und der Meisterdieb von Algonquin Bay sah sich, Gesicht nach unten und die Beine gespreizt, auf dem Kofferraum seiner Klapperkiste wieder.

»Wenn er sich rührt, versohlen Sie ihm den Hintern«, sagte Cardinal zu Delorme und klopfte ihn ab. Er zog eine Pistole aus der Jackentasche. »Du liebe Güte. Eine Feuerwaffe.«

»Is doch nurn Spielzeug«, sagte Hewitt. »Ich hätt doch nie keinem Menschen was getan.«

»Hätt doch nie keinem Menschen *wo* was getan?«

»In der Bank, verflucht noch mal.«

»Robert, was sage ich jedes Mal zu dir, wenn ich dich sehe?«

Wudky verdrehte den Kopf und blickte über die Schulter.

Als er Cardinal erkannte, grinste er und bleckte die schiefen, verdorbenen Zähne.

»Oh, hi! Wie geht's? Son Zufall aber auch, hab grad an Sie gedacht.«

»Robert, was sage ich jedes Mal zu dir, wenn ich dich sehe?«

Wudky überlegte einen Moment. »Sie sagen: ›Sauber bleiben, Robert.‹«

»Keiner hört auf mich, Sergeant Delorme«, sagte Cardinal. »Das ist ein echtes Problem. Werfen Sie mal einen Blick in den Rucksack da. Ich würde sagen, das genügt für hinreichenden Tatverdacht.«

Delorme machte den Reißverschluss des Rucksacks auf und zog einen dicken, braunen Umschlag heraus, auf dessen einer Ecke »Federal Trust« eingeprägt war. Sie öffnete ihn weit und zeigte Cardinal den Inhalt.

Cardinal pfiff anerkennend. »Da haben wir ja ne tolle Ausbeute, Robert. Mann, wie's aussieht, hast du zig Dollar ergattert.«

2

Nachdem Wudky sicher hinter Schloss und Riegel war, kehrte Cardinal an seinen Schreibtisch zurück, um seine Zusatzberichte zu schreiben.

Der Betrag, den Wudky ergattert hatte, war eine Bagatelle. Hätte er ihn aus einer Ladenkasse gestohlen, bekäme er kaum mehr als eine Bewährungsstrafe, doch Cardinal wusste, dass die Staatsanwaltschaft auf einer Anklage wegen Bankraubs bestehen würde, und verfasste seinen Bericht entsprechend.

Er war fast fertig, als Sergeant Mary Flower ihm zurief: »Hey, Cardinal, ich glaube, Sie sollten mal mit Wudky reden.« Sie kam aus dem Gang, der von den Zellen zum Wachraum führte.

»Wudky?«, sagte Cardinal. »Wie wichtig soll das schon sein?«

»Er sagt, er hat Informationen über einen Mord.«

Cardinal warf Delorme, die ein paar Tische weiter saß, einen vielsagenden Blick zu. Sie verdrehte die Augen.

»Wissen Sie, wie unwahrscheinlich das ist?«, sagte Cardinal.

Flower zuckte die Achseln. »Das müssen Sie ihm sagen, nicht mir.«

Cardinal und Delorme gingen zum Zellentrakt nach hinten. Es gab acht Zellen, die zwischen Gewahrsam und Garage ein L bildeten. Wudky war in der zweitletzten, der einzigen, die im Moment besetzt war.

»Für nix sag ich nix«, rief er ihnen entgegen und versuchte, knallhart zu klingen. Er war, mit seinem zerknirschten Gesicht und seinem stinkenden Sweatshirt, die elendste Kreatur, die Cardinal je gesehen hatte. »Wollt mal fragen, ob ich Ihnen eventuell vielleicht nen Deal oder so anbieten könnte, wodurch ich eventuell gegen Kaution rauskönnte oder so.«

»Da würd ich mir nicht allzu große Hoffnungen machen«, sagte Cardinal. »Hängt allerdings davon ab, was du uns zu sagen hast. Ich kann nichts versprechen.«

»Aber Sie könnten 'n gutes Wort für mich einlegen? Denen sagen, dass ich meine Pflicht getan hab? Als Staatsbürger un so? Dass ich der Polizei geholfen hab?«

»Wenn du uns brauchbare Informationen lieferst, werde ich dem Staatsanwalt sagen, dass du dich nützlich gemacht hast.«

»Und Reue gezeigt hab, ja? Sagen Sie ihm, das mit der Bank tut mir leid. Weiß gar nicht, was da in mich gefahren ist.«

»Ich werd's ihm sagen. Was hast du auf Lager, Robert?«

»Ich meine, ich find's echt beschissen, wissen Sie – besonders, wo Sie mir doch andauernd gesagt haben, ich soll sauber bleiben – und ich nehm das ernst. Ich will nich, dass Sie denken, dass ich nich auf Sie höre. Ich hör schon auf Sie, ich vergess es nur wieder. Ich meine, mir setzt sich einfach sone Idee im Kopf fest, und dann wirbelt sie da so lange rum wien Wäschetrockner.«

»Robert?«

»Wie?«

»Erzähl uns einfach, was du weißt.«

»Okay. Also, an dem Tag, bevor ich so getan hab, als ob ich die Bank überfallen würde?«

»Sie haben Geld gestohlen«, sagte Delorme. »Sie haben nicht nur so getan.«

»Okay, okay. An dem Tag davor. Bin nach Toronto runter, zu meiner Freundin.«

Cardinal notierte im Geist, dass er – wenn er mal nichts Besseres zu tun hatte – mehr über die Freundin rausfinden sollte. Entweder war die nicht ganz echt im Kopf oder sie war eine Heilige.

»Ich bin also nach T.O. runter zu meiner Freundin, und abends denk ich so, ach, gehste mal inne Bar, ich mein, einfach maln Abend alleine weg un so. Ich fahr also zur Spadina Road rüber – kennen Sie das Penny Wheel?«

»Nur zu gut.« Bevor er nach Algonquin Bay kam, war Cardinal zehn Jahre lang bei der örtlichen Polizei von Toronto gewesen. Jeder Cop kannte da unten das Penny Wheel. Es war ein Kellerloch auf der Spadina, die Art roter Plüschschuppen, die nur ein Krimineller schön finden konnte. Erstaunlicherweise hatte es – in ganz Toronto – ausgerechnet dieser Schuppen geschafft, sich allen Veränderungen zu widersetzen.

»Ich bin also drüben im Penny Wheel, und wer kommt zur Tür rein? Thierry Ferand höchstpersönlich – das isn Trapper und all son Scheiß.«

»Ich kenne Thierry.« Ferand gehörte tatsächlich zu den Pelztierjägern der Gegend. Zweimal im Jahr kam er aus den Wäldern in die Stadt, um seine Ware bei der Pelzauktion zu verkaufen. Dabei schaffte er es jedes Mal, wegen Trunkenheit und ordnungswidrigen Verhaltens oder ähnlicher Vergehen verhaftet zu werden. Es gab Gerüchte, denen zufolge er gelegentlich für die hiesige Version der Mafia arbeitete, doch nichts dergleichen konnte ihm je nachgewiesen werden. Er war klein und gemein und ziemlich ausgekocht. Wenn er sich aufregte, trieben seine dreckigen kleinen Hände ganz plötzlich Schlagringe aus.

»Also, ich und Thierry, wir kennen uns schon ne Ewigkeit.«

»Seit Kingston Pen, wenn ich mich recht entsinne.«

»Wow! Woher ham Se das denn? Ihr Jungs seid unglaublich. Na ja, ich seh also Thierry allein in ner Ecke sitzen, ich geh also rüber, und wir kommen ins Quatschen un so. Und Thierry hat ganz schön einen in der Krone, verstehen Sie? Ich meine, er is stinkbesoffen. Und er fängt an, mir Sachen zu flüstern.« Wudky trat an die Stangen seiner Zelle und spähte nach links und rechts in den Korridor, bevor er, in einem Tonfall, der auf eine Information von nationaler Bedeutung schließen ließ, hinzufügte: »Große Sachen.«

»Wie zum Beispiel?«

»Ach, nix. Nurn klitzekleiner Mord. Wär das eventuell interessant für Sie?« Neben Robert Henry Hewitts anderen herausragenden Qualitäten ging er locker als der schlechteste Schauspieler der Welt durch. Cardinal hatte Mühe, ein ernstes Gesicht zu machen. Er wagte nicht einmal, Delorme anzusehen, damit sie nicht beide zugleich losprusteten.

»Nun ja, sicher, Robert. Das könnte uns interessieren.«

»Und Sie erzählen diesem Staatsanwaltstypen, dass ich Ihnen geholfen hab?«

»Das war's, ich gehe.« Cardinal machte einen Schritt Richtung Tür.

»Warten Sie, okay, okay! Ich sag's ja schon. Sie sindn ganz schön harter Brocken. Hab im Knast Typen getroffen, die nich so Druck machen wie Sie.« Wie um den Kopf von Cardinals Ungeduld freizubekommen, bohrte sich Wudky ausgiebig mit dem Finger im Ohr herum. »Wo war ich stehen geblieben? Also, Thierry is wirklich sternhagelvoll, und er fängt an, sone Sachen zu erzählen, wo er richtig Schiss von gekriegt hat, wissen Sie? Er kippt sein zehntes Bier oder so, und er lehnt sich volle Breitseite über den Tisch und erzählt mir, was nem Freund von ihm passiert is. Typ namens Guy Bressard. Noch son Trapper, verstehn Sie? Stellt sich raus, dass sie diesen Paul Bressard 'n Kopf kürzer gemacht haben. Und zwarn Kerl von auswärts, dem er Geld schuldete. Könnte die Mafia sein, 'n Pate oder so was in der Art. Schoma das Video gesehen?«

»Könnten wir uns auf diese Geschichte konzentrieren, Robert?« Bressard hatte tatsächlich einmal, wenn auch vor langer Zeit, wegen schwerer Körperverletzung vor Gericht gestanden, nachdem er einen Mann halb tot geprügelt hatte, der Leon Petrucci Geld schuldete. Vielleicht war es der eisige Klang von Petruccis Stimmensynthesizer (Andenken an seine Vorliebe für kubanische Zigarren) auf den Bändern des Abhörgeräts, in dem Bressard mitgeteilt wurde, es solle sein Schaden nicht sein, wenn er »ihren Standpunkt klar machen würde«, jedenfalls hatten die Schöffen kalte Füße bekommen, und weder Bressard noch Petrucci hatten auch nur einen Tag gesessen. Nicht auszuschließen, dass seine Mafia-Verbindungen Bressard jetzt eingeholt hatten.

»Ich sag Ihnen was. Der Kerl – irgend so 'n übler Bursche – kommt von irgendwo auswärts nach Algonquin Bay und erledigt Bressard, und Thierry sagt, er weiß, wo die Leiche liegt.«

Cardinal drehte sich zu Delorme um. »Irgendeine Vermisstenanzeige zu Paul Bressard reingekommen?«

»Nicht, dass ich wüsste. Ich kann mal auf dem schwarzen Brett nachsehen.«

»Also gut, Robert, wo ist die Leiche?«

»Muss ich das wissen, wenn Sie mir helfen solln?«

»Sagen wir mal, es würde deine Chancen verbessern. Und woher will Thierry Ferand überhaupt wissen, wo die angebliche Leiche vergraben ist?«

»Weiß ich doch nich! Hab ihn nich gefragt!« Wudky legte den Kopf schief wie der Hund auf dem Schallplatten-Label und kratzte sich den Schädel. »Na ja, vielleicht hat er es mir ja auch gesagt, und ich kann mich nur nich dran erinnern. Hatte selber 'n paar Bier gekippt. Aber ich verrat Ihnen da nen Mord, von dem Sie keine Ahnung haben, stimmt's? Das wird mir der Staatsanwalt doch wohl hoffentlich anrechnen, oder?«

»Ich geh der Sache nach«, sagte Cardinal. »Und ich kann nur hoffen, du verschwendest nicht meine Zeit.«

»Bestimmt nich, würd ich doch nie wagen, ey!«

3

Cardinal fuhr am Haus seines Vaters vorbei an den nördlichen Stadtrand von Algonquin Bay, wo er nach links in die Ojibwa Road einbog. Es gab nur drei Häuser in der Ojibwa – zwei verfallene Bungalows und Bressards anderthalbstöckiger Backsteinbau. Selbst im Nebel sah es aus wie jedes andere spießige Vorstadthaus, und nichts daran verriet dem flüchtigen Betrachter, dass sein Eigentümer so wie Generationen vor ihm davon lebte, Tieren wegen ihres Fells Fallen zu stellen.

Bei Paul Bressard selber war das was anderes. Er kam gerade aus dem Haus, als Cardinal in die Einfahrt bog, und er sah ganz und gar nicht spießig aus. Pelztierjäger sind eine Sorte für sich, mit einem Hang zur Exzentrik, gelinde gesagt, so dass sie an einem konservativen Ort wie Algonquin Bay ziemlich aus dem Rahmen fallen. Aber selbst in diesem bunten Haufen war Bressard eine auffallende Type. Er kam in einem breitkrempigen Biberhut und einem bodenlangen Waschbärmantel die Eingangsstufen heruntergerauscht, obwohl es für beides zu warm war. Er hatte einen gezwirbelten Schnauzbart, der ihm bis unters Kinn reichte, und tief liegende Augen, die so dunkel waren, dass sie schon schwarz wirkten. Diese Augen richtete er auf Cardinal, und als er ihn wiedererkannte, brach er in ein Grinsen aus, das einem Filmstar zur Ehre gereicht hätte.

»Arbeiten Sie neuerdings für den Naturschutz? Wolln Sie mich wegen irgend sonem Schonzeitscheiß drankriegen?«

»Nein, ich hab nur gehört, Sie wären tot. Dachte, ich schau mal vorbei, um sicherzugehen.«

Bressard runzelte die Stirn. Augenbrauen wie Eichhörnchenschwänze trafen über der Nase aufeinander.

»Ich möchte Sie keinesfalls beunruhigen«, fuhr Cardinal

fort. »Es geht da nur dieses Gerücht, Sie hätten das Zeitliche gesegnet. Vielleicht der Anfang für eine Stadtlegende.«

Bressard blinzelte genau zwei Mal, um die Nachricht zu verdauen, bevor er zum zweiten Mal sein Filmstarlächeln auflegte. »Sie sind den weiten Weg hier rausgekommen, nur um zu sehen, ob's mir gut geht? Ich bin gerührt, Mann, wirklich gerührt. Wie soll ich denn gestorben sein?«

»Man erzählt sich, dass irgendjemand von auswärts – vielleicht einer von diesen finsteren Touristentypen, die sie auf die Jagd mitnehmen – es sich in den Kopf gesetzt hat, Sie umzulegen und im Wald zu verbuddeln.«

»Also, eigentlich krieg ich um diese Jahreszeit nicht allzu viele Touristen zu sehen. Und wie Sie sehen, bin ich noch am Leben.«

»Ich weiß – Sie sind nicht mal als vermisst gemeldet. Herbe Enttäuschung.«

Bressard lachte.

»Mit solchen Gerüchten müssen die Großen nun mal leben«, sagte Cardinal. »Jetzt können Sie wenigstens sagen, dass Sie mit Paul McCartney was gemeinsam haben.«

»Machen Sie Witze? Ich seh zehnmal besser aus als der Typ. Kann auch besser singen.« Bressard stieg in seinen Ford Explorer und kurbelte das Fenster herunter. »Sie sollten mal zu nem Karaoke-Abend bei den Chinook rauskommen. Sie werden mich um ein Autogramm anbetteln.«

Cardinal sah zu, wie Bressard Richtung Stadt an ebendem Wald vorbeifuhr, in dem der Trapper seinen mehr als angemessenen Lebensunterhalt verdiente.

An der Kreuzung zwischen der Algonquin und der Umgehungsstraße zum Highway 11 kam Cardinal wegen eines Unfalls nicht weiter. Ein Traktor war mit seinem Anhänger auf die Gegenfahrbahn geschwenkt. Es gab keine Toten, doch der Verkehr kam nur stockend voran, solange sie versuchten, das Hindernis von der Straße zu bekommen. Cardinal hörte die Nachrichten und wartete. Der Vorsitzende des Provinzverbands der Neuen Demokraten umriss die Themen der Partei für die kommenden Wahlen: Gesundheitsreform, Kindertagesstätten zur Entlastung berufstätiger Mütter und höhere Mindestlöhne. Leider mochte Cardinal den Kerl nicht, auch wenn er ihm in allem, was er sagte, nur beipflichten konnte. Dann kam die Erwiderung von Premierminister Geoff Mantis, in der er die Opposition als die »Meister im Steuererhöhen und Geldausgeben« bezeichnete. Kein Zweifel, die Tories hatten die besseren Sloganschreiber. Sie schienen nur gar nicht auf die Idee zu kommen, die Regierung müsste vielleicht für irgendjemanden irgendetwas tun. Schließt die Krankenhäuser, macht die Schulen dicht, und alle sind zufrieden.

Dann kam der Wetterbericht. Über dem größten Teil des nördlichen Ontario würde sich der Nebel halten, und danach gäbe es ein bisschen Regen. Ein Experte erklärte, warum diese komische Wärme nicht unbedingt ein Zeichen globaler Erwärmung war, sondern vermutlich nur eine statistische Abweichung darstellte.

Cardinals Handy klingelte.

»Cardinal.«

Es war Mary Flower. Sie klang aufgeregt. »Cardinal, Sie müssen sofort zur Sackville Road raus – Skyway Service Centre. Delorme ist schon unterwegs.«

»Wieso? Was ist los?«

»Sie haben eine Leiche gefunden, so was Ähnliches jedenfalls.«

Cardinal kehrte um und fuhr nach Westen Richtung Sackville Road. Der Nebel war in diesem Teil der Stadt dünner, nicht viel mehr als ein weißer Dunst. Nach einer Weile kam er an eine vergammelte Tankstelle. *Skyway Service Centre, Reparaturen von Schneemobilen & Außenbordern.* Verbeulte Wracks von Schneemobilen waren wie buntes Kaminholz an eine Wand gestapelt.

Als er aus dem Wagen stieg, hielt Lise Delorme hinter ihm.

»Wir stehen schwer in Wudkys Schuld, Lise. Wir sollten den Richter bitten, ihm eine Woche extra aufzubrummen.«

»Paul Bressard ist nicht tot?«

»Paul Bressard ist nicht nur nicht tot, Paul Bressard erfreut sich bester Gesundheit.«

»Na ja, das hier wird vermutlich ein bisschen interessanter.«

Ein großer Mann kam in einem verschmierten Overall aus der Werkstatt. Er hatte breite Schultern, schmale Hüften und war vermutlich einmal eine imposante Erscheinung gewesen. Doch der Overall wölbte sich vorne, als steckte ein Basketball darin. Sein Gesicht verschwand unter einem buschigen Holzfällerbart, schwarz-grau meliert. Ivan Bergeron war die eine Hälfte der Bergeron-Brüder, eineiige Zwillinge, die volle sechs Jahre lang den Mannschaftssport an der Algonquin Highschool beherrscht hatten. Das war ein bisschen vor Cardinals Zeit gewesen, doch Ivan und sein Bruder Carl waren ihm aus seinem ersten Jahr am Gymnasium als eine explosive Mischung im Hockey- wie auch im Football-Team in Erinnerung geblieben.

»Sagen Sie uns, was Sie gefunden haben«, sagte Cardinal. »Dann gehen wir rüber und werfen einen Blick drauf.«

»Also, ich bin in der Werkstatt«, erzählte Bergeron, »und versuch, ein ’74er Ski-Doo wiederzubeleben, das schon vor zwanzig Jahren auf den Schrott gehört hätte. Der Hund fängt an zu bellen, ist sonst nicht seine Art, und auf einmal kläfft er los wie’n Wahnsinniger. Ich brüll, er soll aufhören, aber er macht weiter. Irgendwann geh ich raus, und da steht er im Garten hinterm Haus und – am besten kommen Sie mit, ich zeig’s Ihnen.«

Um die Ecke lehnte sich ein zweistöckiges Haus an die Werkstatt, als wäre es ohnmächtig geworden. Bergeron führte sie daran vorbei in den Garten. »Da liegt es, da«, sagte er und wies mit dem Finger. »Ich hab den dämlichen Köter gleich ins Haus geschleift, als ich sah, was es ist. Er hat auch noch erwartet, ich würde ihn dazu beglückwünschen oder so, aber ich dachte nur, das kann doch nicht wahr sein.«

»Wann war das?«, fragte Cardinal.

»Weiß nicht – so um zehn herum?«

»Und Sie holen uns erst jetzt?«

»Na ja, woher soll ich denn wissen, was ich machen soll? War ja nicht gerade so was wie'n Notfall. Und ehrlich gesagt, ich wollte am liebsten gar nicht drüber nachdenken.«

Cardinal hatte in seinen zwanzig Dienstjahren eine Menge unschöne Dinge gesehen, aber noch nie einen menschlichen Arm, der vollständig von seinem Eigentümer abgetrennt war. Sie standen vielleicht drei Meter davon entfernt. Ivan Bergeron machte keine Anstalten, einen Schritt näher zu gehen. Er pflanzte sich breitbeinig auf und verschränkte die Arme über dem Bauch.

Cardinal und Delorme gingen zu dem Ding hinüber.

»Ihr nehmt es doch hoffentlich mit«, sagte Bergeron.

»Noch nicht«, sagte Cardinal. »Sind Sie sicher, dass der Hund es hierher gebracht hat? Sie haben ihn nicht dabei beobachtet, oder? Sie sind erst rausgekommen, als er dastand und es anbellte, nicht wahr?«

»Er muss es aus dem Gebüsch rübergeschleppt haben. Er hat ne ganze Weile da draußen rumgetobt, bevor er damit ankam.«

Cardinal merkte, wie sein Magen seltsame Kapriolen schlug. Es war etwas Irritierendes an einem menschlichen Körperteil, der so gänzlich fehl am Platze war. Er lag auf einem schmutzig grauen Stück Schnee und war, abgesehen von den krausen dunklen Haaren, die zum Ellbogen hin dichter, zum Handgelenk hin dünner wurden, vollkommen blass. Er wies tiefe Male von Tierkrallen auf, doch wenig Blut.

»Sieht ganz so aus, als hätte sich da jemand mit einem Bären angelegt«, sagte Cardinal.

»Einem Bären?«, fragte Delorme. »Halten die nicht um diese Jahreszeit Winterschlaf?«

»Das warme Wetter kann sie durcheinander bringen«, erwiderte Cardinal. »Kommt schon mal vor, dass sie aufwachen. Und dann kommt der kleine Hunger. Wird lustig werden, den Kerl da zu identifizieren.«

»Sehen Sie sich die Haare an seinem Unterarm an«, sagte Delorme und zeigte mit dem Finger darauf. »Sie sind grau.«

»Hmm. Wir müssen die Vermisstenmeldungen nach älteren Männern durchforsten. Aber erst mal sollten wir das finden, was sonst noch von dem Kerl übrig ist.

»Sie schaffen das Ding da doch weg, ja?«, sagte Bergeron noch einmal. »Ich merke nämlich, dass ich mit einem Arm auf meinem Rasen nicht gut arbeiten kann.«

Am Ende musste Ivan Bergeron doch noch den ganzen Nachmittag lang mit einem Arm auf seinem Rasen arbeiten. Cardinal hängte sich ans Telefon und besorgte sich so viele Polizisten außer Dienst, wie Mary Flower zusammentrommeln konnte. Dann rief er bei der Provinzpolizei Ontario an und eiste noch einmal dreißig Beamte los. Zuletzt rief er den Leiter der Feuerwehr an und bekam weitere dreißig Mann dazu – die, was mindestens genau so wichtig war, drei Suchhunde mitbrachten. Diese Suchhunde hatten nichts von den Dalmatinern, die man gewöhnlich mit der Feuerwehr assoziiert; vielmehr handelte es sich um deutsche Schäferhunde, die darauf abgerichtet waren, in ausgebrannten Häusern, in die man wegen der Einsturzgefahr keine Menschen mehr schicken konnte, Leichen aufzuspüren.

Binnen einer Stunde hatte Cardinal einen Trupp von hiesigen Beamten, unterstützt von Feuerwehrmännern und Provinzpolizei, zusammen. Eine kleine Armee von Männern und Frauen in blauer Uniform rückte aus und arbeitete sich systematisch zwischen glitzernden Kiefern und Birken voran. Niemand sprach ein Wort. Es war wie in einem Film, wenn man den Ton abgestellt hat.

Sie stapften durch glitschiges Unterholz und sogen den schweren Geruch von Kiefernnadeln und faulendem Laub ein. Die Zweige stachen ihnen ins Gesicht und verfingen sich in ihrem Haar. Nach ungefähr zehn Minuten machte Constable Larry Burke den nächsten Fund, diesmal ein Bein. Und noch einmal überkam Cardinal dieses Gefühl, als ob sich ihm der Magen umdrehte. Was da vor ihnen lag, war das Bein eines Mannes, das ihm an der Hüfte abgetrennt worden war, am Fuß heil, doch mit einem völlig zerfetzten oberen Ende.

»Gott Allmächtiger«, sagte Delorme.

»Ganz offensichtlich ein Bär.« Cardinal wies auf die Wunden. »Da sieht man es deutlich. Und da. Das Biest muss Zähne so groß wie Ihre Hand gehabt haben.«

Im Nebel kam die Arbeit nur langsam voran. Zwei Stunden vergingen, bevor sie noch weitere Körperteile fanden: ein zweites, teilweise abgenagtes Bein und einen Unterleib, der so angefressen war, dass man ihn kaum noch erkennen konnte; einer der Spürhunde hatte seine Entdeckung unter einem umgefallenen Baumstamm angeknurrt. Wahrscheinlich hatten der oder die Bären es dort versteckt, um es später aufzufressen.

Einige Zeit danach fand Cardinal ein Stück Schädel mit einem Stück Ohr, an dem noch eine getönte Fliegerbrille hing.

»Glauben Sie, es ist Zufall, wo die Teile jeweils liegen?«, fragte er Paul Arsenault, der die Brille fotografierte. »Oder können Sie sich vorstellen, dass jemand sie absichtlich verstreut haben könnte?«

»Sie meinen, jemand, der kein Bär ist?«

»Jemand, der kein Bär ist, ja.«

Arsenault ging in die Hocke und kaute an einem Ende seines Schnurrbarts herum. »Falls es ein Muster gibt, glaube ich kaum, dass wir es von hier unten erkennen können. Wir brauchen eine Luftansicht.«

»Der Nebel wird zwar dünner, aber wir werden wegen der Bäume trotzdem nichts sehen können. Nicht mal mit roten Sichtzeichen.«

Arsenault kaute am anderen Zipfel weiter. »Wir könnten Gasballons anbringen. Meine Tochter hatte letzte Woche Geburtstag, und wir haben noch ne ganze Menge zu Hause.«

Also schickten sie einen Polizisten zu Arsenault nach Hause, der nach zwanzig Minuten mit den Ballons zurückkam. Sie banden zehn Meter Angelschnur an jeden Ballon, befestigten ein Gewicht am anderen Ende und platzierten es jeweils an den Fundstellen. Anschließend machte die Provinzpolizei Aufnahmen aus der Luft.

Cardinal und Delorme waren schon wieder beim Skyway Service Centre, um den nächsten Suchtrupp einzuteilen, als ein schwarzer Lexus vorfuhr. Cardinal erkannte ihn und sackte innerlich zusammen. Dr. Alex Barnhouse war die Art Störenfried, die man bei einer Untersuchung am wenigsten brauchen konnte. Zugegeben, ein guter Coroner, aber er ging einem auf den Wecker, und zwar nicht nur Cardinal.

Barnhouse kurbelte das Fenster herunter. »Mal ein bisschen zack, zack, Leute, ich hab nicht den ganzen Tag Zeit.«

Cardinal winkte ihm vergnügt zu. »Tag auch, Doc! Wie geht's?«

»Können wir voranmachen, bitte?«

»Haben Sie schon mal so was Atemberaubendes gesehen? Die Bäume? Der Nebel? Wie aus dem Bilderbuch, finden Sie nicht?«

»Ich wüsste nicht, was das auch nur im Geringsten mit dem zu tun hat, was mich herführt.«

»Sie haben recht. Am besten parken Sie diesen wunderschönen Buick da drüben, und wir fangen an.«

Barnhouse stieg aus und brachte seine Tasche mit. »Gott steh uns bei«, sagte er, »wenn die Dorfpolizei nicht mal mehr den Unterschied zwischen einem Buick und einem Lexus erkennt.«

»Sie sind ungezogen«, sagte Delorme leise, als sie zusammen zum Garten hinübergingen.

»Er hat was, das meine kindische Seite anspricht.«

Barnhouse untersuchte den abgetrennten Arm und folgte ihnen anschließend, die schwarze Tasche in der Hand, in den Wald. Er schenkte den verschiedenen Körperteilen kaum Beachtung. »Detective Cardinal«, sagte er. »Mein fachmännisches Urteil lautet, dass dieser nicht identifizierte Mann eines unnatürlichen Todes starb. Darauf weist zum Beispiel die Tatsache hin, dass in der Nähe der Leiche keine Kleider gefunden wurden. Die geringe Menge Blut deutet ebenfalls darauf hin. Angesichts der schweren Verletzungen, die das Tier oder die Tiere ihm zugefügt haben, müssten die Bäume und Blätter hier voller Blut sein. Sind sie aber nicht.«

»Könnte das nicht einfach nur bedeuten, dass die Bären ihn woanders getötet und die Leiche dann quer durch den Wald geschleppt haben?«

Barnhouse schüttelte den Kopf. »Der Bär oder mehrere Bären haben ihn gefressen. Sie haben ihn nicht getötet. Man sieht das deutlich an den großen Knochen. Ich bin überzeugt, dass einige der Verletzungen nicht von einem Tier stammen, sondern von einer Axt oder einem anderen scharfen Gegenstand. Die Knochen scheinen abgehackt, nicht herausgerissen zu sein. Ich bin in diesen Dingen kein Experte, und Sie werden zweifellos auf die Dienste des Gerichtsmedizinischen Zentrums in Toronto zurückgreifen.«

»Was können Sie uns zur Todeszeit sagen?«

»Großer Gott, Mann. Wie soll ich mir dazu was aus den Rippen schneiden? Wir haben nicht einmal einen Magen, dessen Inhalt wir untersuchen können.«

»Na schön. Und das mit der Axt? War er da schon tot oder noch nicht?«

»Schon tot. Die Knochen sind nicht eingeblutet, das heißt, es war schon Herzstillstand eingetreten, bevor er zerstückelt wurde. Und dafür sind wir, nehme ich doch an, alle dankbar.« Barnhouse kritzelte etwas auf einen Formularblock, riss das oberste Blatt ab und reichte es Cardinal. »Mit schönem Gruß an die Gerichtsmedizin. Wenn jetzt bitte jemand die Güte hätte, mich hier rauszubegleiten? Ich wünsche noch einen schönen Tag.«

Cardinal machte Larry Burke ein Zeichen.

»Hier lang, Doc«, sagte Burke. Und Cardinal sah den beiden nach, bis sie der Nebel verschluckte.

»Ich sollte mich eigentlich inzwischen an ihn gewöhnt haben«, sagte Delorme. »Hab ich aber nicht.«

Cardinals Walkie-Talkie kreischte, und eine Stimme sagte etwas Unverständliches.

»Cardinal. Könnten Sie das bitte wiederholen?«

»Ich sagte, wir haben hier unten eine Hütte.« Es war Arsenaults Stimme. »Ich glaube, Sie sollten sich das mal ansehen.«

»Wo sind Sie?«

»Vom Service Centre den Hang runter. Folgen Sie dem Bachlauf nach Westen.«

Delorme blickte in das blassgraue Gespinst zwischen den Bäumen. »Nach Westen? Und wo bitteschön soll der Bach sein?«

Sie fanden den Wasserlauf und folgten ihm, bis sie Stimmen hörten. Vor ihnen nahmen die diffusen Umrisse einer Hütte

Gestalt an. Arsenault kniete neben einem Busch und hantierte mit einem Taschenmesser und einem Reagenzglas.

»Was haben Sie gefunden?«, fragte Cardinal.

»Lacksplitter. Sieht so aus, als ob vor kurzem jemand hier reingefahren ist.« Er machte eine Daumenbewegung nach hinten, wo eine schwache Reifenspur zu erkennen war. »Hier könnte der Wagen runtergekommen sein«, fügte er hinzu. »Ich meine, bevor die Bären sich den Kerl geschnappt haben.«

Cardinal sah sich die Reifenspuren genauer an. »Was meinen Sie? Können wir davon einen Gipsabdruck bekommen?«

»Ausgeschlossen«, sagte Arsenault. »Zu viele Blätter.«

»Dachte ich mir. Was ist das hier eigentlich? Ein ehemaliger Holzfällerweg?«

»Klar. Muss so achtzig Jahre alt sein. Man sieht allerdings, dass er benutzt worden ist. Wahrscheinlich von dem stolzen Besitzer dieser Bruchbude hier.«

Arsenaults Partner von der Spurensicherung, Bob Collingwood, war bereits in dem Verschlag.

»Bah«, sagte Delorme. »Dieser Gestank!«

Die Hütte war kaum mehr als fünfzehn Quadratmeter groß und aus ungehobeltem Holz gezimmert, das wenig gegen die Kälte und nichts gegen die Feuchtigkeit ausrichtete. Es gab einen Kühlschrank, ein verrostetes Feldbett mit einer Matratze, die an einem Ende aufgerollt war, eine Küchenarbeitsplatte aus Metall mit zwei Spülbecken und einem eisernen antiken Holzofen, dessen Türchen an einem beschädigten Scharnier offen herunterhing. Der ganze Raum roch nach Fäulnis – Schimmel, Moder und verrottetem Holz.

»Es war kein Schloss dran«, sagte Arsenault, der hinter Delorme hereinkam. »Die Tür stand halb offen.«

»Ist lange nicht benutzt worden.« Delorme zeigte auf die riesigen Spinngewebe rund um den Eingang. »Ist das eine Trapperhütte?«

»Ganz und gar illegal natürlich«, sagte Cardinal. »Sie bauen sie sich, wo und wie es ihnen passt. Fragt sich nur, wessen Trapperhütte. Es muss mindestens ein Dutzend Kerle geben, die sich hier draußen ihre Brötchen verdienen.«

Collingwood war ein junger Mann mit Segelohren, der gründliche Arbeit leistete und kein Wort zu viel sagte. Cardinal konnte die vollständigen Sätze, die er während seiner ganzen bisherigen Laufbahn von sich gegeben hatte, an den Fingern einer Hand abzählen, denn Collingwood hatte die Neigung, wenn er schon mal den Mund aufmachte, in einzelnen Wörtern zu reden. Er wies schweigend auf die Spülbecken. Sie hatten diese Art Pumpenschwengel, wo man die Wasserhähne erwarten würde. Collingwood zog sich Latexhandschuhe an und steckte den Finger in den Ausguss. Als er ihn wieder herauszog, war er fleckig.

»Ist das Rost oder Blut?«, fragte Cardinal.

»Blut.«

»Er könnte demnach hier getötet worden sein. Andererseits könnte es auch einfach nur Tierblut sein.«

Delorme kniete inzwischen vor dem Holzofen. »Offenbar hat jemand versucht, in dem Ding Kleider zu verbrennen. Collingwood, haben Sie eine Staubdecke?«

Collingwood machte ein Lederköfferchen auf, das alle Werkzeuge seiner Zunft enthielt, und zusammen breiteten sie ein dünnes Plastiktuch aus – weiß, damit Beweismaterial darauf gut zu sehen war. Mit einer Pinzette zogen sie die verkohlten Reste aus dem Ofen. Sie fanden eine Jeans, von der nur noch der Bund übrig geblieben war, einen Hemdkragen, mehrere Knöpfe, den größeren Teil von zwei Schuhsohlen und einen Klumpen bis zur Unkenntlichkeit verbranntes Material.

Collingwood entnahm seinem Köfferchen ein Instrument und maß damit die Größe der Schuhsohlen. »Größe 45.«

»Gut«, sagte Cardinal. »Wir brauchen auch noch die Konfektionsgröße des Hosenbunds und des Hemdkragens, falls davon genug übrig ist, um es zu messen.«

Delorme stocherte äußerst behutsam mit der Pinzette in der Asche herum. »Was ist das denn?« Sie hatte nur laut gedacht.

In der Pinzette hing ein Klumpen geschmolzenes Metall. Sie legte es auf die Staubdecke. Die Rückseite war glänzender, und darauf war der Umriss eines Tiers noch teilweise zu erkennen.

»Sieht wie ein Seetaucher aus«, sagte sie. Sie warf den beiden Männern einen fragenden Blick zu.

Cardinal lehnte sich über ihre Schulter, um besser sehen zu können. »Ich glaube, ich weiß genau, was das ist.«

4

Das nördliche Ufer des Lake Nipissing gehört zu den malerischsten Flecken in ganz Ontario, doch beim Anblick des Lakeshore Drive – einer Straße, die am Steilufer der Bucht, der Algonquin Bay seinen Namen verdankt, entlangführt – hätte man meinen können, sie sei nur gebaut worden, um diese Tatsache vor der Öffentlichkeit geheim zu halten. Sie hatte schon immer die hässlichsten Häuser geradezu magisch angezogen. An der Seeseite wimmelte es von Fastfoodbuden, Tankstellen und Motels mit exotischen Namen, denen jeder Charme abging; auf der anderen Seite reihten sich Einkaufszentren aneinander.

Loon Lodge befand sich am westlichen Ende dieser Ansammlung von Scheußlichkeiten. Es war streng genommen kein richtiges Motel, sondern eine Gruppe von winzigen weißen Hütten mit grünen Fensterläden und Gardinen im Bauernstil, die noch aus den Fünfzigern stammten, bevor der Blockhausstil in Mode kam. In Algonquin Bay glauben viele, solche Etablissements seien im Winter geschlossen, doch in Wahrheit verfügen sie auch in der kalten Jahreszeit über zweierlei Einnahmequellen. Die eine sind die Angler, die im Eis fischen, jene Zahnärzte und Versicherungsvertreter, die sich ein paar Tage freinehmen und mit ihren Kumpels nach Norden fahren, um sich gegenseitig unter den Tisch zu trinken. Die andere Kundschaft sind Leute, die eine spottbillige Bleibe suchen, und nichts ist außerhalb der Saison billiger als eine Hütte am Lakeshore Drive.

Cardinal war nicht zum ersten Mal in der Loon Lodge. Es kam immer mal wieder vor, dass einer der hier überwinternden Bewohner seiner Frau die Zähne ausschlug. Oder die Frau hatte von der Sauferei ihres Mannes genug und jagte ihm ein Steakmesser fein säuberlich zwischen die Rippen. Ab und zu gab es Drogendealer. Im Sommer dann sah man nur noch sonnengebräunte Amerikaner, Familien mit knapper Haushaltskasse, die sich den verlässlich schwachen kanadischen Dollar zunutze machten.

Cardinal und Delorme hatten die erste weiße Schindelhütte des Loon Lodge betreten, diejenige, auf der *Büro* stand. Sie war viermal so groß wie die vermieteten, und der Eigentümer wohnte darin mit Frau und Kindern. Es war ein eierköpfiger Mann namens Wallace. Sein Gesicht war aufgedunsen, mit einem leidenden Ausdruck, als ob er Zahnschmerzen hätte. Ein nicht minder eierköpfiger und untröstlicher vierjähriger Junge sah nebenan Zeichentrickfilme im Fernsehen. In der Luft hingen Essensgerüche, und Cardinal merkte auf einmal, dass er Hunger hatte.

Wallace zog ein Reservierungsbuch hervor, fand den Namen und drehte das Buch auf der Theke um.

»Howard Matlock«, las Delorme laut, »East Ninety-first Street, New York City.«

»Ich wünschte, ich hätte den Typ nie zu Gesicht bekommen«, sagte Wallace. »War absolut tote Hose letzte Woche, also hab ich mich wie'n Schneekönig gefreut, als er auftauchte, auch wenn er nur für'n paar Tage bleiben wollte.«

»Ford Escort«, las Delorme und notierte sich das Kennzeichen.

»Genau«, sagte Wallace. »Knallrot. Hab ich allerdings schon seit'n paar Tagen nicht mehr gesehen.«

»An welchem Tag ist er angekommen?«, fragte Cardinal.

»Donnerstag, glaube ich. Ja, Donnerstag. Ich hatte gerade ein paar Indianer weggeschickt, die sich einmieten wollten. Tut mir leid, egal, wie viel ich frei hab, an die Typen vermiete ich nicht. Hab einfach keinen Bock mehr, das Blut und die Kotze wegzuwischen. Man hat schließlich nen Ruf zu verlieren.«

»Dann kann ich nur für Sie hoffen, dass keiner von denen Sie wegen Diskriminierung anzeigt«, sagte Delorme.

»Die Leute haben ja keine Ahnung von Indianern. Stecken Sie mal zwei oder drei von denen zusammen, ne Flasche Four Aces dazu, und Sie haben ne Hütte, die Sie nicht wieder vermieten können.«

»Und was haben Sie jetzt?«

»Sie sagen, Sie haben den Schlüsselanhänger nem Toten abgenommen?« Er zeigte auf die geschmolzene Masse in der Tüte, die Cardinal auf die Theke gelegt hatte.

»So ungefähr.«

»Dann hab ich vermutlich ne offene Rechnung und einen Mieter, der nicht mehr am Leben ist.« Wallace schüttelte den Kopf und stieß einen leisen Fluch aus. »Haben Sie auch nur die leiseste Ahnung, wie lange es dauert, bis man sich einen Namen gemacht hat wie hier mit dem Loon Lodge? So was geht nicht über Nacht.«

»Sicher nicht«, sagte Cardinal. »Hat Mr. Matlock erwähnt, was ihn nach Algonquin Bay brachte?«

»Ich sag Ihnen was, nur *ein* solcher Fall, und die ganze Mühe – das gewisse Etwas, das einem Motel die besondere Note verleiht – all das war für die Katz. Da könnte ich genauso gut mein Schild abmachen und gleich Konkurs anmelden.«

Cardinal fragte sich, woher ein notorischer Schwarzseher wie Mr. Wallace überhaupt den Optimismus genommen hatte, ein Motel zu eröffnen, doch er hielt sich an seine erste Frage. »Hat Mr. Matlock gesagt, was ihn nach Algonquin Bay brachte?«

»Eisfischen, hat er gesagt.«

»Nicht 'n bisschen früh dafür? Selbst ohne den Wärmeeinbruch.«

»Genau das hab ich auch zu ihm gesagt. Hab ihm gesagt, dass in den nächsten vierzehn Tagen kein Mensch auf diesen See rausgeht, selbst ohne die Wärme. Das wüsste er auch, hat er gesagt. Er wär nur hier, um die Gegend schon mal für ein paar Kumpel auszukundschaften, die Ende Februar mit ihm herkommen wollten.«

»Aus New York?«, fragte Delorme. »Ist das nicht ein bisschen weit, nur um eine gute Stelle zum Eisfischen zu finden?«

Wallace zuckte die Achseln. »Amerikaner.«

Er schnappte sich einen Schlüssel von dem Brett hinter ihm, und sie folgten ihm nach draußen, an mehreren Hütten vorbei.

»Hab noch nie verstanden, was daran so sportlich sein soll«, sagte Cardinal zu Delorme. »Die Fische sind starr vor Kälte. Sie sind halb verhungert. Was soll daran so toll sein? Ist doch kein Kunststück, in einem schäbigen Verschlag über einem Loch zu hocken.«

»Sie vergessen das Bier.«

»Oh, vergessen Sie ja nicht das Bier«, sagte Wallace. »Sie glauben nicht, wie viele Kisten die Jungs da rausschleppen. Ich hab in jeder Hütte einen Schlitten stehen, offiziell für die Kinder, aber sehen Sie hier irgendwo Rodelhänge? Sie benutzen sie, um darauf ihre Bierkisten auf den See zu ziehen.«

»Sie sagen, Mr. Matlock kam am Donnerstag an. Wann haben Sie bemerkt, dass der Wagen nicht mehr da ist?«

»Ich glaub, so am Samstag. Vor zwei Tagen. Ja, genau. Weil ich ihn am Freitag gebeten hab, ihn woanders hinzustellen. Hatte ihn auf dem Platz für Nummer vier stehen. Nicht dass in Nummer vier jemand gewesen wäre. Na, jedenfalls war er definitiv am Samstagmorgen nicht mehr da. Und ich hatte das Gefühl, da stimmt was nicht. Der Wagen weg, und ich konnte keinen Rauch aus dem Schornstein sehen. Hab heute Morgen an die Tür geklopft. Kam keine Antwort, und ich hab gedacht, ich geb ihm noch ein paar Stunden, bevor ich mir Gedanken mache, ob er mich beschissen hat.«

»Hat er irgendwelche Anrufe gemacht?«, fragte Cardinal. »Hätten Sie das mitbekommen?«

»Ferngespräche schon – hat er nicht geführt. Ortsgespräche kontrolliere ich nicht.«

»Danke, Mr. Wallace. Wir kommen allein zurecht.«

»In Ordnung.« Wallace machte ihnen die Tür auf. »Falls Bargeld da drinnen ist, stehen mir, wie's aussieht, hundertvierzig Dollar zu.«

Die Inneneinrichtung einer Loon-Lodge-Hütte sah noch genauso aus wie das letzte Mal, als Cardinal hier gewesen war. Ein Doppelbett in einer Nische, eine Couch mit Blümchenmuster und eine Miniküche in einer Ecke – winziger Kühlschrank, Kochplatte, Aluminiumspülbecken. Eine Erinnerung huschte Cardinal durch den Kopf – eine kreischende Frau, die ihm eine Bratpfanne entgegenschleuderte, als er kam, um ihren Mann zu verhaften.

Neben einem Fenster stand ein Tisch mit einem gelben Plastiktischtuch. Darauf lag eine *New York Times*. Die Ausgabe war fünf Tage alt, und Matlock hatte sie vermutlich vom Flug mitgebracht.

Das Bett (mit der etwas fadenscheinigen Chenillebettwäsche inklusive Loon-Lodge-Emblem, identisch mit dem auf dem Schlüsselanhänger) war ordentlich gemacht. Daneben lag ein kleiner Koffer mit Rädern, in dem sich ausreichend Kleidung für ein Wochenende befand, und eine Taschenbuchausgabe von einem Tom-Clancy-Roman.

»Hier ist seine Brieftasche«, sagte Delorme. Sie holte sie unter dem Küchentisch hervor und hätte dabei fast eine Lampe (mit Loon-Emblem auf dem Schirm) umgerissen.

»Also, das ist merkwürdig«, sagte Cardinal. »Der Wagen ist weg. Wieso fährt einer mit dem Auto weg und nimmt seine Brieftasche nicht mit? Wenn man mit dem Wagen fährt, nimmt man seine Brieftasche doch mit, oder?«

»Vielleicht stand derjenige, der ihn getötet hat, hier auf der Matte.«

»Möglich. Sie kämpfen, und er verliert seine Brieftasche –

obwohl hier drinnen eigentlich nichts auf einen Kampf hindeutet.«

Delorme öffnete die Brieftasche. »Wie auch immer, Raub können wir als Motiv jedenfalls ausschließen. Hier sind siebenundachtzig Dollar drin, amerikanische. Vielleicht ist er nur raus, um ne Packung Zigaretten zu kaufen. Dafür hat er seine Brieftasche nicht gebraucht.«

»Er hatte noch Zigaretten.« Cardinal zeigte auf die halb leere Packung Marlboro auf dem Nachttisch.

»Howard Matlock«, las Delorme in offiziellem Ton vor, was auf einer Visitenkarte stand, »ist amtlich zugelassener Steuerberater im Staat New York.«

»Ich wette mit Ihnen – alle Eisfischer sind Steuerberater.«

»Er hat auch einen Ausweis der Öffentlichen Bibliothek von New York sowie einen von der Blockbuster-Videothek und einen New Yorker Führerschein.«

Sie reichte Cardinal die Papiere. Der Tote starrte ihm vom Führerscheinfoto entgegen. Er trug dieselbe getönte Fliegerbrille, die sie im Wald gefunden hatten.

Sie sahen sich beide im Zimmer um.

»Außer der Brieftasche auf dem Boden sieht es hier völlig normal aus«, sagte Cardinal. »Und den Zimmerschlüssel hatte er noch in seiner Hosentasche, aber nicht den Wagenschlüssel. Weshalb ich vermute, dass der oder die Mörder mit seinem Wagen abgehauen sind.«

»Wenn Sie ein Auto stehlen wollen, wieso dann ausgerechnet einen Ford Escort? Und wenn Sie einen Autodiebstahl vertuschen wollen, scheint mir das Zerstückeln der Leiche im Wald doch ein bisschen übertrieben.«

»Vielleicht war etwas Belastendes im Auto.«

Sie gingen den Inhalt des Köfferchens durch: drei Hemden mit Etikett, drei Paar Hanes-Unterwäsche, drei Paar Socken, zwei davon mit Löchern.

»Ich dachte, Steuerberater verdienen ganz anständig«, sagte Delorme. »Aber wie's aussieht, ging's dem Kerl hier nicht besonders gut.«

Auf der Badezimmerablage fanden sie Tabletten gegen Sodbrennen und Durchfall sowie eine Reisepackung Abführmittel. »Offenbar ein Pfadfinder«, sagte Delorme. »Auf alle Eventualitäten vorbereitet.«

»Alles außer Jagen oder Fischen, wie man sieht. Keine Angel, keine Spule, keine sonstige Ausrüstung. Nichts. Auch wenn er die Stelle nur auskundschaften wollte, trotzdem merkwürdig.«

»Vielleicht hatte er es im Auto gelassen. Wenn wir den Wagen finden ...«

Sie standen sich mitten in der Hütte gegenüber. Wir warten auf die zündende Idee, dachte Cardinal. Eine Theorie.

»Das ist alles ziemlich bizarr«, sagte Delorme. »Soweit wir wissen, kam Howard Matlock, staatlich geprüfter Steuerberater, hier rauf, um sich nach einer Stelle zum Eisfischen umzusehen. Hier angekommen, macht er eine Fahrt mit dem Auto – ohne seine Brieftasche – und wird getötet. Vielleicht wollte ihn jemand ausrauben und hat ihn aus Wut umgebracht, weil er seine Brieftasche nicht dabeihatte.«

»Danke, Detective Delorme. Damit wäre ja alles geklärt. Offensichtlich können wir den Fall bereits abschließen.«

»Schon gut. Ich geb zu, es ist noch ein bisschen löchrig.«

»Ich glaube, wir finden beide die Sache mit dem Eisfischen ein bisschen dünn. Und ...«

»Und was? Sie sehen besorgt aus.«

»Ich hab irgendwie ein ziemlich mieses Gefühl bei dem Ganzen. Mein Guru bei der Kripo Toronto pflegte zu sagen: Wenn man noch im Dunkeln tappt, wer der Täter ist, sind drei Dinge nötig, um den Fall zu lösen – Talent, Ausdauer und Glück. Fehlt auch nur eins davon, knackt man ihn nicht. Halten Sie mich nicht für eingebildet, aber die ersten beiden Voraussetzungen machen mir kein Kopfzerbrechen.«

»Ich weiß. Das Problem ist, wenn wir nicht glauben, dass Matlock als Kundschafter fürs Eisfischen raufkam, haben wir nicht den blassesten Schimmer, was er dann hier gemacht hat oder wen er hier vielleicht treffen wollte, geschweige denn, wer ihn töten wollte.«

Sie gaben eine Fahndung nach Matlocks rotem Ford Escort heraus, einem Mietauto von der Avis-Filiale am Torontoer Pearson Airport. Die Suche im Wald wurde bis zum Einbruch der Dunkelheit fortgesetzt. Sämtliche Körperteile, die sie finden konnten, wurden gesammelt und zur Gerichtsmedizin in Toronto verbracht. Die Luftaufnahmen wurden entwickelt und ans Anzeigenbrett bei der Spurensicherung geheftet. Die Polyester-Ballons glitzerten zwischen den nebelverhangenen Bäumen, doch ein Muster ließ ihre Anordnung nicht erkennen.

Wieder am Schreibtisch, verbrachte Cardinal gut zwei Stunden damit, seine Berichte für den zurückliegenden Tag zu schreiben, und er wünschte sich, er hätte auch nur die blasseste Vorstellung, wie sie weiter vorgehen sollten. Er war müde und hungrig und freute sich auf Catherine, doch er wollte nicht nach Hause gehen, solange er das Gefühl hatte, dass sie sich in einer Sackgasse befanden. Er musste ein Weilchen allein sein, ohne diese Berichte, ohne den Lärm seiner Kollegen, die sich quer durch den Saal unterhielten, um über Howard Matlock nachzudenken und über die Frage, warum dieser Amerikaner in Algonquin Bay den Tod fand.

Unten am See war der Nebel immer noch dicht, wie graue Watte zwischen den Hütten und Bäumen festgeklemmt. Das *Zu Vermieten*-Schild des Loon Lodge schimmerte mattrot. Der Parkplatz war leer.

Cardinal öffnete die Tür zu Howard Matlocks Hütte und duckte sich unter dem gelben Flatterband hindurch. Drinnen knipste er den Schalter, doch es ging kein Licht an; vermutlich hatte der Eigentümer den Strom abgeschaltet, bis er wieder einen zahlenden Gast hatte. Es gab auch keine Heizung. Cardinal machte seine Taschenlampe an und ließ den Lichtkegel über das Bett, den Stuhl, den Nachttisch gleiten. Die Spurensicherung war draußen im Wald so beschäftigt gewesen, dass sie hier vor morgen oder übermorgen nicht durch sein konnten. Howard Matlocks persönliches Eigentum war noch da, inklusive des erst zur Hälfte gerauchten Marlboro-Päckchens neben der Loon-Lampe.

In der Dunkelheit und der Stille versuchte Cardinal noch einmal, sich vorzustellen, was hier passiert sein könnte. Im Geiste sah er den Amerikaner in dem weißen Weidenstuhl vor dem winzigen Fernseher sitzen, als es an der Tür klopft. Aber wer war zu ihm hereingekommen, hatte ihn getötet und in seinem eigenen Auto abtransportiert? War ihm aus New York jemand gefolgt?

Cardinal saß auf der Bettkante. Diesen Fall lösen zu wollen war wie die Suche nach der Nadel im Heuhaufen. Jedes zweite Mal war es – zumindest an einem Ort wie Algonquin Bay – der Mörder selbst, der die Polizei zum Tatort holte. Hier hatten sie nun mal ein wirklich mysteriöses Verbrechen, und Cardinal hatte nicht den geringsten Anhaltspunkt. Ein Amerikaner war hier in seine Stadt gekommen und hatte es – falls ihm niemand gefolgt war – geschafft, in kürzester Zeit jemanden so gegen sich aufzubringen, dass er ihn umbrachte. Und der unbekannte Täter hatte sich nicht damit zufrieden gegeben, ihn zu töten, sondern hatte ihn auch noch an die Bären verfüttert. Wieso?

Cardinal sah den ersten Zipfel einer Theorie, die jedoch noch nicht mit Händen zu greifen war. Er starrte auf die Tür zum Wandschrank. Das erste Mal hatte sie offen gestanden, jetzt war sie zu. Da, wo die Spurensicherung sie auf Fingerabdrücke untersucht hatte, waren Pudersprenkel.

Cardinal stand auf und zog an der Tür. Bevor sie halb geöffnet war, schoss eine Hand aus dem Dunkel und legte sich fest um seinen Hals. Eine Faust fuhr ihm in den Bauch, so dass er sich krümmte.

Cardinal stolperte zurück und schnappte nach Luft. Ein gekonnter Tritt riss ihm die Beine weg, und dann lag er, das Gesicht nach unten, auf dem Boden, einen Arm auf dem Rücken nach oben gebogen. Der kalte Lauf einer Pistole drückte sich ihm in den Hinterkopf. Seine eigene Beretta im Holster grub sich ihm schmerzhaft in die Rippen.

»Sie sind nicht zufällig bewaffnet, oder?« Die Stimme war jung, männlich, unbekannt – dem ersten Eindruck nach gehörte sie einem gebildeten Weißen.

»Nein.«

»So, so, und was ist das hier?« Cardinals Jackett wurde hochgerissen und seine Beretta herausgenommen.

»Sie machen einen Fehler«, konnte Cardinal gerade eben herausbringen, bevor ihm der Kopf wieder zu Boden gedrückt wurde.

Eine Hand tastete nach seiner Innentasche und zog die Brieftasche heraus. »Sie sind Cop?«

»In meiner Freizeit, wenn ich mich nicht gerade in einer Touristenhütte verprügeln lasse.«

Der Mann verlagerte sein Gewicht auf Cardinals Rücken. »Ich kann nicht glauben, dass Sie einfach so hier reinspazieren«, sagte er. »Allein? Mitten in der Nacht? Ich hätte sonst wer sein können.«

»Ja, ich wollte Sie schon danach fragen.«

»Also gut, hören Sie zu. Ich werde Sie jetzt loslassen. Also benehmen wir uns wie erwachsene Menschen, okay? Keine Mätzchen, oder ich muss Sie wieder flachlegen.«

»Gut.«

»Sie stehen jetzt auf und legen Ihre Hände an die Wand. Ich stelle mich drüben neben die Tür.«

Der Mann stand auf, und Cardinal holte tief Luft, bevor er

sich hochrappelte und die Kleider abklopfte. Jesses, welche Blamage.

Hinter dem kurzen Lauf der Achtunddreißiger, die auf ihn zielte, stand der jüngste Schütze, den Cardinal je gesehen hatte – sehr kurz geschnittenes, eng anliegendes blondes Haar, heller Flaum auf Wangen und Kinn. Er trug ein Sportjackett mit Hahnentrittmuster, als spiele er einen älteren Mann. Er öffnete die Tür ein Stück weit und spähte über den Parkplatz.

»Sie sind wirklich allein.« Während er sprach, schimmerten zu viele Zähne in seinem Mund. »Gut. Drehen Sie sich um und legen Sie die Hände an die Wand. Sie wissen ja, wie – die Beine gespreizt, auf Zehenspitzen.«

Die Achtunddreißiger blitzte im Licht, das durchs Fenster schien. Cardinal tat, was der Junge sagte, und starrte auf die Wand. »Lassen Sie mich raten«, sagte er. »Sie sind achtzehn?«

»Völlig daneben. Und wir haben Wichtigeres zu besprechen.« Der junge Mann klopfte ihn ab und suchte nach einem Knöchelholster. Cardinal trug keins. »Zuerst mal, wie kommen wir da raus?«

»›Wir‹, was soll das heißen? Sie haben gerade einen Polizisten angegriffen. Und wenn mich nicht alles täuscht – es sei denn, Sie gehören zur Royal Canadian Mounted Police – haben Sie für diese Achtunddreißiger keinen Waffenschein, mein Junge.«

»Und Sie sind der Cop, der sich gerade seine Waffe hat abnehmen lassen. Ich glaube nicht, dass die ganze Stadt das erfahren soll, oder?«

»Das wäre wirklich zu peinlich. Geben Sie sie mir wieder, und ich jag mir ne Kugel in den Kopf.«

»Was wissen Sie über Howard Matlock?«

»Schickt Sie Malcom Musgrave? Der hatte schon immer eine etwas hinterfotzige Art, selbst für einen Mountie.«

»Ich hab Sie was gefragt«, sagte der junge Mann. »Was wissen Sie über Howard Matlock?«

»Er ist Amerikaner. Er ist Steuerberater. Er ist tot. Wieso interessiert Sie das?«

»Ich hab die Waffen, von daher, denke ich, bin ich es wohl eher, der die Fragen stellt. Wieso sind Sie noch mal hergekommen? Ihre Tatortuntersuchung muss doch abgeschlossen sein.«

»Hören Sie, Sie gehören offenbar wirklich zu den Mounties. Wieso sagen Sie mir nicht, wer Sie sind und was Sie hier zu suchen haben?«

»Ich habe gefragt, warum Sie noch mal hierher zurückgekommen sind.«

»Offensichtlich aus demselben Grund, weshalb Sie hier sind – um mehr über Howard Matlock herauszufinden. Wie sieht das denn aus, wenn ein Tourist in meine Stadt kommt und an die Bären verfüttert wird? Nur war er ja vermutlich kein Tourist, was mir auch zu schaffen macht. Ich bin noch mal hergekommen, weil ich mir ein besseres Bild von dem Kerl machen wollte. Ich bin noch mal hergekommen, weil mir vieles nicht klar ist. Ich bin gekommen, weil ich im Moment nicht weiß, wo ich anfangen soll. Und wenn Sie gestatten, würde ich jetzt gerne mit meiner Arbeit fortfahren.« Cardinal wartete einen Moment und lauschte. Aus Richtung Tür war nichts zu hören. Er drehte sich um.

Es war niemand da. Seine Beretta lag auf dem Küchentisch, ohne den Ladestreifen. Er war zu spät an der Tür, um noch etwas zu sehen. Er fluchte leise. Wie sollte er den fehlenden Ladestreifen erklären?

Er schob die Tür zum Einbauschrank zu und ließ den Blick noch einmal über den Raum schweifen, bevor er abschloss. Der Junge war gut, das musste der Neid ihm lassen. Überrumpelt ihn, nimmt ihm die Waffe ab und löst sich in Nichts auf! Auf dem Weg zum Parkplatz dachte Cardinal daran, eine Großfahndung nach sämtlichen blonden Jüngelchen einzuleiten. Doch als er zu seinem Wagen kam, fand er den Ladestreifen seiner Beretta auf dem Dach über der Tür zum Fahrersitz.

Als er nach Hause kam, saß Catherine, vollkommen reglos, im Lotussitz. Vom Öffnen der Tür flackerte eine Kerze im Lufthauch. Auf dem Fernseher kringelte sich der Rauch von einem Räucherstäbchen empor.

»Du kommst spät«, sagte sie.

»Hier riecht's nirwanisch.« Cardinal machte immer irgendwelche Kommentare über ihre Räucherstäbchen, und sie ignorierte sie jedes Mal. »Wie geht's meiner Swami?«

»Du meinst wohl Buddha. Den Klinikspeck werd ich nie wieder los.«

»Du bist nicht dick.«

»Immer nur Brot und Kartoffeln, was anderes gab's in der O. P. H. ja nicht, und jetzt komm ich nicht mehr in meine Sachen rein.«

Es stimmte schon, dass Cathy in der Psychiatrischen Klinik von Ontario – auch diesmal wieder – ein paar Pfündchen zugenommen hatte, doch im großen Ganzen, fand Cardinal, sah seine Frau prächtig aus. Ein wenig runder um die Hüften, vielleicht ein bisschen mehr Bauch, aber für eine Frau mit einer sechsundzwanzigjährigen Tochter sah sie verdammt gut aus.

Als sie ihre Beine entwirrte, gab Cathy einen langen Seufzer von sich. Cardinal sah es gerne, wenn sie Yoga machte, selbst spätabends; sie wurde selten krank, wenn sie auf sich Acht gab.

»Dein Vater hat angerufen. Er hat einen Termin beim Kardiologen für morgen früh bekommen. Ich fahr ihn hin.«

»Ausgezeichnet. Seine neue Ärztin versteht es, ihn dahin zu kriegen, wo sie ihn haben will.«

»Du siehst ein bisschen mitgenommen aus«, sagte Catherine. »Fehlt dir was?«

»Viel zu tun, weiter nichts. Kein Grund zur Sorge.«

»Möchtest du drüber reden?«

»Ach wo.« Er sprach kaum einmal mit ihr über den Beruf. Keiner der Kollegen im Kommissariat sprach mit seiner Frau über das, was bei der Arbeit passierte. »Falsch verstandene Rücksicht«, hatte ein Freund Cardinal einmal erklärt, aber wahrscheinlich lebte der nicht mit einer Manisch-Depressiven zusammen. Cardinal hatte nicht die Absicht, seine Frau noch mehr zu belasten. Außerdem war es ihm immer noch viel zu peinlich, dass dieses Kind ihm seine Waffe abgenommen hatte. Er ließ sich aufs Sofa plumpsen und sog den Sandelholzduft ein. Sehr hohe Schwingungen, hatte Catherine ihm versichert.

Das Haus war wunderbar still. Sein Refugium. Die letzte Glut eines Feuers im Ofen tauchte das Zimmer in ein warmes Licht.

»Das ist für dich gekommen«, sagte Catherine und reichte ihm einen quadratischen Umschlag. »Säuische Handschrift.«

Und kein Absender drauf, dachte Cardinal. Er riss den Brief auf und zog eine Karte mit einem großen roten Herz darauf heraus. Auf die Vorderseite waren die Worte *Es ist zwölf Jahre her, Schätzchen* ... eingeprägt, und auf der Innenseite, *aber ich liebe dich noch wie am ersten Tag!* Darunter hatte jemand geschrieben: »Bis bald.«

Natürlich fehlte – wie immer – die Unterschrift, doch Cardinal wusste, von wem es war. Vor zwölf Jahren hatte er mit dazu beigetragen, dass jemand ins Gefängnis kam; der Mann war kurz vor der Entlassung. Doch die entscheidende Botschaft stand nicht auf der Karte, sondern auf dem Umschlag, zwischen den Zeilen seiner Privatanschrift: Ich weiß, wo du wohnst.

Catherine sagte etwas zu ihm, doch Cardinal konnte sich nicht ganz darauf konzentrieren. Seine Gedanken waren bei den Ereignissen von vor mehr als zehn Jahren, bei dem allergrößten Fehler seiner ganzen beruflichen Laufbahn – seines ganzen Lebens im Grunde. Sie hatten von da an jeden Augenblick seines Lebens überschattet, und jetzt bedrohten sie, obwohl er versucht hatte, es wieder gutzumachen, sein Zuhause. Sein Refugium, ja, doch zwischen der emotionalen Labilität seiner Frau und den Anforderungen seines Berufs keine uneinnehmbare Festung.

»Entschuldige, was hast du gesagt?«

»Ich hab gesagt, dass Kelly vor ein paar Stunden anrief. Bist du sicher, dass alles in Ordnung ist? Was war das für eine Karte?«

Cardinal stopfte die Karte in seine Tasche. »Nichts. Für den Papierkorb. Schon erstaunlich, wie Kelly es schafft, immer dann anzurufen, wenn ich nicht da bin. Sie muss das Haus observieren lassen.«

»Sag nicht so was, John. Sie hat nach dir gefragt. Ich glaube wirklich nicht, dass Kelly es fertig brächte, jemandem für längere Zeit zu grollen. Zumindest nicht dir.«

»Hm.«

»Sie hat eine neue Wohnung gefunden. Sie zieht mit jemandem zusammen ins East Village. Sie sagt, es ist ein bisschen schmuddelig, aber auszuhalten.«

»Warum sie überhaupt unbedingt in New York leben muss, wissen die Götter. Mich würden keine zehn Pferde dahinkriegen. Toronto war schon schlimm genug.«

Cardinal ging ins Badezimmer und ließ die Dusche so heiß laufen, wie er es eben aushielt, um sie dann nach und nach kälter zu drehen. Der heiße Wasserstrahl hob seine Stimmung ein bisschen, doch seine Gedanken kreisten immer noch um die Ereignisse vor zwölf Jahren. Er hatte eine Grenze überschritten, und als er den Fuß zurückziehen wollte – hinter die Stelle, an der er noch mit sich im Reinen gewesen war, ganz und gar im Reinen –, da zeigte sich, dass die Grenze ein gähnender Abgrund war.

Cardinal zwang sich, an die Gegenwart zu denken, an die

Farce im Loon Lodge. Er erinnerte sich, dass ihm einen Moment, bevor er angegriffen wurde, ein diffuser Gedanke durch den Kopf gegangen war. Als er sich jetzt abduschte, kam der Gedanke wieder. Er galt Wudky.

Er trocknete sich ab, wickelte sich in einen dicken Bademantel und ging ins Wohnzimmer zum Telefon.

»Delorme? Cardinal am Apparat.«

»Cardinal, wissen Sie, wie spät es ist? Ob Sie's glauben oder nicht, ich hab auch noch ein Privatleben.«

»Nein, haben Sie nicht. Ich hab über Wudky nachgedacht. Sie wissen ja, dass er behauptet hat, Paul Bressard wäre ermordet und irgendwo im Wald verbuddelt worden.«

»Wudky ist geistig zurückgeblieben. Das weiß jeder. Es erstaunt mich, dass Sie sich die Mühe gemacht haben, seine Geschichte zu überprüfen.«

»Aber sehen Sie sich mal an, was wir haben. Wir haben einen Amerikaner, der im Wald aufgefressen wurde, stimmt's? In der Nähe einer alten Trapperhütte, stimmt's? Und Paul Bressard ist ein Trapper.«

»Stimmt. Und Wudky hat behauptet, Paul Bressard wär ermordet worden, und Wudky hat sich geirrt.«

»Und wieso? Weil Wudky der Welt dümmster Krimineller ist. Und wieso noch? Weil Wudky an dem Abend, als er die Geschichte hörte, eine Menge getrunken hatte. Aber nehmen wir mal an, Wudky hat die Sache auf den Kopf gestellt. Nehmen wir mal an, Paul Bressard hätte einen Touristen im Wald getötet und ihn im Wald verschwinden lassen. Das würde viel eher Sinn ergeben, oder? Vielleicht hat er ihn sogar aus Versehen getötet und versucht, die Sache zu vertuschen.«

»Ich für meinen Teil glaube nicht, dass man einen Kerl aus Versehen an die Bären verfüttert. Nicht mal, um etwas zu vertuschen.«

»Aber das ist genau das, was sich ein Trapper einfallen lassen könnte. Jemand, der genau weiß, wo die Bären sind.«

»Vermutlich. Ja, Sie könnten da auf der richtigen Spur sein.«

»Sagen Sie das nur, um den lästigen Anrufer loszuwerden?«

»Nein. Aber ich dachte, Sie hätten schon mit Bressard geredet.«

»Hab ich auch. Und er machte einen vollkommen unschuldigen Eindruck. Andererseits war ich ja nur da, um zu sehen, ob er noch am Leben ist.«

»Vielleicht sollten wir uns noch einmal mit ihm unterhalten. Matlock war Amerikaner. Das heißt, wir müssen mit den Mounties zusammenarbeiten.«

»Erinnern Sie mich bloß nicht daran.«

Cardinal ging ins Badezimmer zurück und trocknete sich die Haare ab. Jetzt hatte er eine Idee. Eine Richtung. Als er ins Schlafzimmer kam, lag Catherine unter der Decke und schlief fest. Neben ihr war ein dickes Buch aus der Bücherei mit dem Titel *New York und die New Yorker* auf der Seite mit einem Bild vom East Village aufgeschlagen.

Cardinal legte sich neben ihr ins Bett und machte das Licht aus. Er lauschte auf ihre regelmäßigen Atemzüge, Inbegriff von Frieden, Liebe und Geborgenheit. Und dann musste er wieder an die Karte denken.

5

Detective Sergeant Daniel Chouinard versuchte immer noch, den Geist seines Vorgängers aus dem Büro zu bannen. D.S. Dyson war nicht nur ein Schlitzohr, sondern auch ein Pedant gewesen, und so hatte Chouinard das Bedürfnis, in seinem Büro für permanentes Chaos zu sorgen. An den Fenstern hingen halb eingebaute Jalousien bedenklich schief nach unten, auf dem Boden neigten sich Türme von juristischen Schwarten und Prozesshandbüchern in prekärem Gleichgewicht zur Seite, und an der Wand lehnte ein Verschlag aus Bücherregalen. Auf seinem Schreibtisch tummelten sich Schraubenzieher in unterschiedlicher Größe neben einem Hammer und einem Schreibblock, auf dem er gewöhnlich unleserliche Notizen machte.

Als der Posten eines Detective Sergeant frei wurde, hatte man ihn Cardinal angeboten. Er war immerhin einer der dienstältesten Beamten und hatte ein paar der bedeutendsten Fälle in der Kriminalgeschichte von Algonquin Bay gelöst. Doch Cardinal hatte abgelehnt, obwohl die Beförderung mehr Geld und geregeltere Arbeitszeiten mit sich gebracht hätte. Er war sogar drauf und dran gewesen, seinen Dienst ganz zu quittieren – was Delorme im letzten Moment verhindert hatte –, da er fest davon überzeugt war, keine Beförderung zu verdienen. Außerdem war nicht zu leugnen, dass ein Detective Sergeant einen reinen Schreibtischjob hatte – für Cardinal einfach undenkbar. Draußen auf der Straße zu sein, sich mit Menschen aus Fleisch und Blut auseinander zu setzen, das war das Beste an der Polizeiarbeit, das Einzige, was ihm das Gefühl gab, sich nützlich zu machen.

Das Einzige, was Cardinal überhaupt einen Moment hatte zögern lassen, war die Angst, der Job könnte an Ian McLeod gehen. McLeod, der gerade in Urlaub war, als die Entscheidung anstand, hatte ein Talent, Zwietracht zu säen, und wäre daher eine einzige Katastrophe gewesen. Am Ende hatte Chief Kendall die Stelle Daniel Chouinard angeboten, der genügend Dienstjahre auf dem Buckel hatte, um zu wissen, was die Kriminalbeamten brauchten und was nicht. Er hatte lange genug mit den anderen unter den Launen von D. S. Dyson gelitten, und er besaß solide organisatorische Fähigkeiten. Vor allem aber kannte er jeden einzelnen der acht Detectives gut genug, um zu wissen, wessen Stärken wessen Schwächen ausgleichen konnten.

Als er von der Ernennung hörte, hatte McLeod einfach behauptet, Chouinard habe den Posten nur bekommen, weil er Frankokanadier war, er solle das bilinguale Aushängeschild des Kommissariats sein, worum es in Wahrheit überhaupt nicht ging. Doch niemand sonst sah einen Grund, sich über Daniel Chouinard aufzuregen. Wenn es überhaupt etwas an ihm auszusetzen gab, dann allenfalls, dass er ein bisschen farblos war – besonders für einen Frankokanadier. Na schön, er war langweilig. Er war so langweilig, dass man ihn eigentlich nur durch die Eigenschaften beschreiben konnte, die ihm abgingen – wie zum Beispiel jedes Gespür für Ironie oder im Grunde genommen jedweder Humor. Er hegte keinerlei persönlichen Groll, hatte keine politischen Ambitionen und keine nennenswerten psychischen Probleme. Er neigte weder zu Wutausbrüchen noch zu Rachefeldzügen. Der Mann hatte nicht einmal einen Akzent. Trotz des Chaos in seinem Büro war der neue D. S. einfach nur, na ja, annehmbar.

»Fassen wir zusammen«, sagte Chouinard. Delorme und Cardinal standen in Rührt-euch-Haltung vor Chouinards Schreibtisch, da seine Stühle mit Stapeln von schalldämpfender Deckenvertäfelung belegt waren. »Wir haben einen männlichen Amerikaner Ende fünfzig, Anfang sechzig, der im Wald gefunden wurde, nachdem er teilweise von einem Bären gefressen wurde.«

»Von Unbekannten ermordet und danach von einem Bären gefressen«, stellte Delorme richtig.

»Da er Amerikaner ist, müssen wir die Mounties einschalten; jeder internationale Fall ist ihr Revier. Das heißt, wir werden mit Malcolm Musgrave zusammenarbeiten. Daher können wir, glaube ich, vorerst Delorme bei diesem Fall entbehren.«

»Eigentlich«, sagte Cardinal, »wäre keiner besser geeignet, um mit Musgrave zusammenzuarbeiten. Es wäre nicht das erste Mal, und sie kommen gut miteinander aus. Das kann die Sache nur beschleunigen.«

»Mag sein«, sagte Chouinard. »Aber ich kann hier nicht zu viele Köche gebrauchen.«

»D. S., ich wäre gerne mit von der Partie«, sagte Delorme. »Es macht mir nichts aus, mit Musgrave zu kooperieren.«

»Tut mir leid. Cardinal, Sie sind der Ranghöhere, und Sie sollten daher auch der Partner unseres geschätzten Sergeants sein.«

»Ich glaube wirklich nicht, D. S., dass das im Moment so eine gute Idee wäre.«

»Wieso? Ist er sauer auf Sie? Wieso in aller Welt sollte einer von den Mounties, der in Sudbury stationiert ist, auf einen Detective in Algonquin Bay sauer sein?«

»Sie vergessen, dass er mir letztes Jahr die ganze Dienststelle auf den Hals gehetzt hat.«

»Ach so, nein, das ist nicht fair«, sagte Chouinard in seiner ach so vernünftigen Art. »Er hatte gute Gründe anzunehmen, dass es eine undichte Stelle bei uns gibt, und wie sich herausstellte, lag er richtig. Er hatte lediglich den falschen Mann im Auge, weiter nichts.«

»Klitzekleine Nebensache«, sagte Cardinal. »Sollte mich gar nicht kratzen.« Was ihn im Moment viel mehr kratzte, war der Umstand, dass ihm gestern Abend ein junger Mountie die Waffe abgenommen hatte.

Chouinard schwieg eine Weile, wobei sein weiches Gesicht fast unmerklich zuckte, als ob er im Kopf ein paar Gleichungen löste. Und als stellten die Rechenaufgaben plötzlich ein physisches Problem dar, drehte er sich ein paarmal auf seinem Sessel herum, verlagerte einige der juristischen Schwarten von einer Fensterbank auf die andere, um jeden Rücken nachdenklich zu betrachten, bevor er das Buch wegstellte. Als er sich wieder zu ihnen umdrehte, machte er ein fröhlicheres Gesicht.

»Es gibt also böses Blut zwischen Ihnen und den Berittenen«, sagte er. »Das ist bedauerlich. Aber tatsächlich können wir uns gar keine bessere Gelegenheit wünschen, um die Sache mit den Rotröcken auszubügeln. Sie werden also mit den Mounties arbeiten. Sehen Sie einfach zu, dass Sie ihnen geben, was Sie haben – und Sie und Musgrave werden sich ab sofort prächtig verstehen. Das ist dem Fall ebenso dienlich wie den langfristigen Interessen unserer Dienststelle.«

»Aber ich glaube, D. S., Ihnen ist nicht klar, wie schwerwiegend das Verhältnis zwischen Musgrave und mir gestört ist.«

»Dann wird es höchste Zeit, es wieder einzurenken. Es ist Ihr Problem. Es gibt folglich keinen Besseren, es auszuräumen, als Sie, oder sehe ich das falsch?«

Obwohl der Anruf bei Musgrave eigentlich auf seiner Agenda ganz oben hätte stehen sollen, schob Cardinal ihn auf. Stattdessen rief er die Gerichtsmedizin in Toronto an, wo er Vlatko Setevic von der chemischen Abteilung an den Apparat bekam. Auf zwei Dinge konnte man bei Vlatko zählen. Zum einen war er ein unverbesserlicher Workaholic, morgens der Erste und abends der Letzte im Büro und nicht eher zufrieden, als bis er eine Sache vom Tisch hatte. Zum anderen war er launisch. Vlatko lebte seit den Sechzigern in Kanada und war ein ausgeglichener Zeitgenosse gewesen, bis in den Neunzigern Jugoslawien zerfiel. Seitdem hatte sich sein sonniges Gemüt verdüstert und stand des Öfteren auf Sturm. Er konnte witzig sein, aber auch unausstehlich; man wusste einfach nie, woran man mit ihm war. Cardinal fragte ihn nach der Lackprobe, die sie ihm geschickt hatten, und wappnete sich schon einmal für eine Schlechtwetterfront.

»Lackprobe? Ich hab keine Lackprobe bekommen. Jedenfalls nicht aus Algonquin Bay.«

»Sollten Sie aber, sonst gibt es ziemlichen Ärger. Sie wollen doch nicht etwa behaupten, ihr hättet überhaupt kein ...«

Ein polterndes, slawisches Lachen dröhnte durchs Telefon. »Entspannen Sie sich, Detective! War nur ein kleiner Scherz. Ich hab Ihre werte Lackprobe vor mir.«

»Ungeheuer witzig, Vlatko. Mit dem Humor könnten Sie glatt zur *Royal Canadian Air Farce.*«

»Immer so verspannt, euer nordischer Schlag. Sie sollten's vielleicht mal mit Yoga versuchen – dann ruhen Sie in sich, werden eins mit dem Universum.«

»Sagt meine Frau auch immer. Was haben Sie für uns?«

»Sie haben tatsächlich Glück. Die Farbe entspricht dem so genannten Walnussbraun, das Ford erst seit letztem Jahr beim Explorer spritzt. Neue Serie. Sie suchen demnach einen Explorer von diesem Jahr, einen Explorer mit einer dicken Schramme.«

»Da geht mir ja das Herz über, Vlatko. Weiter so.«

»Andererseits haben Sie auch wieder Pech. Allein in Kanada hat Ford davon, über den Daumen gepeilt, fünfunddreißigtausend verkauft.«

»Lassen Sie mich raten. Die beliebteste Farbe?«

»Was dachten Sie denn? Walnussbraun.«

Als es sich nicht länger aufschieben ließ, rief Cardinal das Kommissariat in Sudbury an. Die Zivilangestellte, die am Apparat war, ließ ihn wissen, dass Musgrave nicht in der Stadt war. Cardinal legte erleichtert auf, nur um es im nächsten Moment in seiner Hand klingeln zu hören. Es war Musgrave.

»Wir beide müssen uns mal unterhalten«, sagte der Sergeant, ohne sich mit Höflichkeiten aufzuhalten. »Über einen gewissen Howard Matlock.«

Wie sich herausstellte, war er bereits in Algonquin Bay, im Federal Building nur wenige Häuserblocks entfernt, auf der McPherson. Früher einmal hatte die Royal Canadian Mounted Police dort eine Einsatztruppe unterhalten, doch selbst die Mounties lebten im Zeitalter des Kapazitätsabbaus, und so befand sich jetzt ihre nächstgelegene Zentrale achtzig Meilen entfernt in Sudbury.

Cardinal fuhr zum Federal Building hinüber und parkte auf einem Platz, der dem Schild nach für Postautos reserviert war. Er fand Musgrave in einem Büro, in dem es nichts weiter gab als einen Metallschreibtisch, ein Telefon und drei Plastikstühle in Primärfarben.

Der Sergeant besaß das Selbstvertrauen eines Mannes, der weiß, dass er immer der größte, taffste Mann im Raum ist. Er war ein Urgestein, wie aus dem Kanadischen Schild gehauen. Es gab vermutlich wenig, was nicht an ihm abprallte.

»Setzen«, sagte Musgrave und wies auf die Stühle. »Eins vorweg, ich hege wegen der Sache letztes Jahr keine schlechten Gefühle gegen Sie.«

»Wie nobel von Ihnen, wenn man bedenkt, dass Sie mich letztes Jahr beinahe um meinen Job gebracht hätten.«

»Betrachten Sie's mal objektiv. Ich hab nur die Vorschriften befolgt.«

»Ich will Ihnen mal was sagen über die Vorschriften.« Cardinal hatte auf der Fahrt geprobt. »Der Mord an einem Ausländer auf kanadischem Boden mag in die Zuständigkeit der RCMP fallen, aber das ist für Sie noch lange kein Freibrief, mitten in eine örtliche Untersuchung reinzuplatzen. Wenn Sie einen Tatort auf meinem Territorium überprüfen wollen, rufen Sie mich an. Wenn Sie Hintergrundinformationen zu dem Fall brauchen, fragen Sie mich. Aber schicken Sie nicht Ihre

Hampelmänner unangemeldet in mein Revier, sonst landen sie das nächste Mal in meinem Gefängnis.«

Musgrave betrachtete ihn mit einem abschätzigen, kühlen Blick. »Ich hab nicht die geringste Ahnung, wovon Sie reden.«

»Ich glaube, doch.«

»Hören Sie, Cardinal. Sie haben einen toten amerikanischen Staatsbürger. Einen Amerikaner. Wie Sie bereits richtig sagten, fällt das in die Zuständigkeit der RCMP. Wie lange wollten Sie sich noch Zeit lassen, bis Sie mich verständigen?«

»Wenn es nach mir ginge, würde ich Sie überhaupt nicht verständigen. Doch so wie die Gesetzeslage nun mal ist, habe ich Sie heute Morgen angerufen, einen Moment bevor Sie mich anriefen.«

»Hm. Und wieso informiert mich dann unsere Abteilung in Ottawa zuerst über den Fall?« Musgrave schleuderte ihm ein Fax entgegen. Es war nur eine kurze Meldung, eine von vielen auf einer Liste. Der amerikanische Staatsbürger Howard Matlock in Algonquin Bay tot aufgefunden.

Cardinal starrte auf das Blatt. Wie hatte die Zentrale der Mounties so schnell davon Wind bekommen können? Und wenn der Knabe, der ihm die Waffe abgenommen hatte, nicht zu Musgrave gehörte, woher kam er dann?

Es klopfte.

Musgrave machte eine Kopfbewegung Richtung Tür. »Jemand, den Sie kennen lernen sollten.«

Cardinal sah vom Fax auf.

»Detective John Cardinal, darf ich Sie mit Calvin Squier bekannt machen? Detective Cardinal arbeitet bei der Polizei von Algonquin Bay. Mr. Squier ist Nachrichtenoffizier beim CSIS.«

So wie er in Sportjackett und Krawatte im Türrahmen stand, sah der junge Mann wie ein Teenager aus, der die Klamotten seines Vaters anprobiert. Nichts an ihm verriet, dass er es fertig brachte, einem in einer dunklen Hütte die Waffe abzunehmen.

»Nett, Sie kennen zu lernen«, sagte Squier und streckte ihm eine Hand so weiß wie Lammkotelett entgegen.

»Meinerseits«, brachte Cardinal heraus. Er fühlte, wie ihm unter dem Kragen die Röte langsam den Hals hochkroch.

»Tolle Arbeit, die Sie da beim Windigo-Killer hingelegt haben«, sagte Squier. »Hab heute früh ein bisschen was über Sie nachgelesen.«

»Sie sind beim CSIS?«

»Canadian Security Intelligence Service, der kanadische Geheimdienst«, sagte Musgrave.

»Was Sie nicht sagen, vielen Dank.«

»Richtig. Ich bin seit fünf Jahren dabei.«

»Die müssen Sie eingestellt haben, als Sie neun waren.« Cardinal setzte sich auf einen himmelblauen Stuhl, der knirschte wie ein neuer Schuh. Er drehte sich zu Musgrave um. »Was wird hier eigentlich gespielt?«

»Er wird's Ihnen gleich sagen.«

Squier öffnete seine Aktentasche und stellte einen silbrigen Laptop auf den Tisch. Er klappte ihn so auf, dass sie alle drei den Bildschirm sehen konnten, und drückte auf einen Knopf; mit einem Glockenton erwachte das Gerät zum Leben. Squier zog einen Gegenstand von der Größe eines Lippenstifts aus der Tasche und richtete ihn auf den Laptop. Im selben Moment erschien eine grafische Darstellung der Befehlsstruktur von Norad – der nordamerikanischen Luftabwehr.

»Wie Sie vielleicht wissen«, sagte Squier, »wurde Norad in Zeiten des Kalten Krieges als Gemeinschaftsprojekt der USA und Kanadas ins Leben gerufen, um uns vor russischen Invasoren zu schützen.« Er drückte auf seine Fernbedienung, und die Grafik wechselte zu »Militärische Anlage unter gemeinsamem Befehl«. »Beide Länder bauten je einen so genannten Bodenstützpunkt – im Prinzip ein dreistöckiges Bürohaus im

Innern eines Berges. Die Amerikaner haben ihres im Cheyenne Mountain in Colorado. Wir haben unseres in Algonquin Bay, draußen am Trout Lake.«

»Ich bin hier groß geworden«, sagte Cardinal. »Das müssen Sie mir wirklich nicht erzählen.«

»Ich möchte meine Sache ordentlich machen, wenn Sie sich also bitte gedulden wollen«, sagte Squier. »Außerdem ist Sergeant Musgrave nicht hier aufgewachsen.«

»Sergeant Musgrave würde gern mit dieser Sache vorankommen«, sagte Musgrave. »Gehen Sie also einfach davon aus, dass wir über die CADS-Basis Bescheid wissen.«

»Okay. Der Kalte Krieg mag zwar vorbei sein, doch das kanadische Luftverteidigungssystem ist noch an Ort und Stelle. Nach wie vor arbeiten hundertfünfzig Menschen in diesem Berg. Nach wie vor überwachen sie ihre Radarschirme. Und nach wie vor leuchten diese Radarschirme bei jedem Objekt auf, das in den kanadischen Luftraum eindringt.«

»Soviel ich gehört habe, wollen sie den Laden dichtmachen«, warf Cardinal ein. »Algonquin Bay hat nicht mal mehr einen Fliegerhorst.«

»Sie mögen den Stützpunkt verlegen, aber ganz bestimmt machen sie ihn nicht dicht, das dürfen Sie mir glauben.« Ein gedämpftes Zwitschern unterbrach das Gespräch. »Entschuldigung«, sagte Squier und griff in seine Jackentasche. »Hab vergessen, es abzuschalten.«

Er richtete die Fernbedienung erneut auf den Bildschirm und wechselte zu einem anderen Bild. In der oberen rechten Ecke des Bildes pulsierten weiße Objekte, die wie Flugzeuge aussahen. »CADS überwacht den gesamten eingehenden Flugverkehr. Das hier ist natürlich nur eine Simulation von gewöhnlichen zivilen Flugzeugen. Seit dem Ende des Kalten Krieges hat die CADS-Basis neue Aufgaben gefunden. So halten sie zum Beispiel nach Drogentransporten Ausschau. Erst kürzlich haben sie dabei mitgewirkt, einen Heroinschmuggel im Wert von zwanzig Millionen Dollar zu stoppen, indem sie einfach nur eine verdächtige Cessna an das Drogendezernat der RCMP gemeldet haben.«

Ein Druck auf die Fernbedienung, und das Bild wechselte noch einmal. Von links oben erschien ein Objekt auf dem Bildschirm, das nicht wie ein Flugzeug aussah. Es glühte rot und fing an, unter heiserem Piepen aufzuleuchten. »Seit dem 11. September ist die Terrorismusbekämpfung der wichtigste Auftrag von CADS – zumindest, was meinen Verein betrifft. Das kann alles sein, von einem entführten Flugzeug bis zur Bombe eines Schurkenregimes. Und genau das haben wir hier auf dem Bildschirm.«

»Natürlich simuliert«, sagte Musgrave spitz.

»Ja, sicher«, sagte Squier. »Mit einer echten CADS-Meldung kann ich wohl kaum aufwarten. Also, mir ist natürlich klar, dass Sie sich fragen, was ich hier will, und ich werd's Ihnen gleich erklären. Freitagmorgen bekam der CSIS einen Anruf von der CADS-Basis. Deren Sicherheitsdienst hatte oben auf dem Berg einen Mann mit einem Fernglas erwischt. Er schien da nichts Besonderes zu machen. Sie verhörten ihn, und er sagte, er sei ein Tourist, der Vögel beobachtet. Ich meine, er trug keinen Turban oder so was in der Art. Sie hatten nicht genug gegen ihn in der Hand, um ihn dazubehalten oder auch nur bei euch anzurufen.« Er nickte Cardinal zu. »Also haben sie nur seine Papiere überprüft und ihm im Prinzip gesagt, er soll zusehen, dass er wegkommt.

Sie haben uns telefonisch informiert. Reine Routinesache. Wir überprüfen Howard Matlock. Es liegt nichts gegen ihn vor. Und dann – und das passiert noch am selben Tag – taucht der Kerl auf einmal mitten in der Nacht wieder auf. Die Nachtschicht des Sicherheitsdienstes erwischt ihn auf dem Gelände, und sein Fernglas ist ihm praktisch am Gesicht festgewachsen.«

»Auf dem Gelände?«, fragte Cardinal. »Wenn er ein Spion

war, dann muss er der unfähigste gewesen sein, den die Welt je gesehen hat. Ich bin oben an der Basis gewesen, und man sieht absolut nichts, bis man zwei Meilen in den Berg reingegangen ist. Nichts als Bäume und Felsen, Punkt, aus.«

»Da haben Sie allerdings recht. Aber er hatte es möglicherweise nicht auf die Hardware der Einrichtung abgesehen, sondern auf deren Effizienz. Vielleicht ging es ihm lediglich darum, ihre Funktionstüchtigkeit auf die Probe zu stellen, indem er sich schnappen ließ. Wir wissen es einfach nicht. Das Schlimmste ist, dass die Sicherheitskräfte Mist gebaut haben, gründlich Mist gebaut haben. Sie haben nicht daran gedacht, den Tagesbericht zu prüfen, als sie den Kerl schnappten, also haben sie nicht gemerkt, dass er ihnen schon zum zweiten Mal ins Netz gegangen war. So unglaublich es klingt, sie haben ihn laufen lassen. Bis der Sicherheitsdienst den Fehler bemerkte, war es schon zu spät. Da haben sie uns zum zweiten Mal angerufen. Dabei sind einige von denen ganz schön rot geworden.«

Squier drückte auf seine Fernbedienung, und der Laptop ging aus. Er klappte ihn zu. »Mein Vorgesetzter rief mich um sechs Uhr morgens an. Sagte, ich solle die Sieben-Uhr-Maschine nach Algonquin Bay nehmen. Die Sicherheitsleute hatten Matlocks Autokennzeichen notiert – ein Mietwagen vom Torontoer Flughafen – und außerdem die Loon-Lodge-Adresse. Aber ich kam zu spät. Ich hab ihn nicht mal zu Gesicht bekommen, und dann wimmelte es in der Hütte auf einmal von Ihren Leuten.«

»Was hätten Sie getan, wenn Sie ihn gefunden hätten?«

»Ich wäre ihm natürlich gefolgt. Das heißt nicht ich persönlich, wir haben Überwachungsleute für so was.«

»So, haben Sie das?«, sagte Musgrave. »Wir haben für so was unsere Cops.«

»Es ist misslich, dass ich die fragliche Person nicht rechtzeitig gefunden habe, bevor sie getötet wurde. Ich persönlich glaube ja, dass wir uns um Leute wie den nicht den Kopf zerbrechen müssen. Keine Verbindung zu Al-Kaida oder etwas in der Richtung. Aber allein der Umstand, dass wir ihn nicht überprüft haben und dass er nach zwei Schlägen gegen die CADS-Security tot ist – na ja, sagen wir mal, da schalten sämtliche Alarmleuchten auf Rot. Und so kommen wir ins Spiel.«

»Nun ja, vielleicht könnten wir uns auch noch die OPP ins Boot holen«, sagte Cardinal.

»Oh, ich glaube kaum, dass die Provinzpolizei hier in irgendeiner Weise zuständig ist.«

»Das sollte ein Witz sein«, sagte Musgrave.

»Wir könnten vielleicht die selbstlose Unterstützung der *Knights of Columbus* gewinnen und vielleicht auch die *Ladies' Auxiliary*«, fuhr Cardinal fort. »Und die *Elks* wären möglicherweise auch interessiert. Ich meine, wir haben praktisch schon ein Curling-Team beisammen.«

»Ja, ich dachte mir schon, dass Sie nicht gerade begeistert sein würden«, sagte Squier. »Von wegen heimisches Terrain und so. Sie sollen nur wissen, dass ich da bin – und dass der CSIS da ist –, um Ihnen in jeder erdenklichen Weise behilflich zu sein. Vermutlich wollen Sie meinen Dienstausweis sehen.« Er zog das entsprechende Papier aus der Tasche, mit Stempel und Passbild. »Unter dieser Nummer können Sie sich alles bestätigen lassen, was ich gesagt habe.«

»Glauben Sie mir«, sagte Musgrave zu Cardinal, »das habe ich bereits getan. Der Kerl ist echt, und der CSIS auch, und so ist es nun mal. Machen Sie so viele Anrufe, wie Sie für nötig halten, und dann wär's vielleicht gar nicht mal so schlecht, wenn Sie uns sagen würden, wie weit Sie mit den Ermittlungen gediehen sind.«

Cardinal dachte einen Moment daran, Chouinard anzurufen und ihm die Hölle heiß zu machen, doch er hatte das untrügliche Gefühl, dass das überhaupt nichts bringen würde.

Außerdem war er dankbar dafür, dass Squier so tat, als wären sie sich noch nie begegnet.

»Im Grunde gibt es nicht viel zu erzählen«, fing er an. »Die Gerichtsmedizin hat nicht viel, womit sie arbeiten könnte – einen Arm, ein Ohr, Stücke von den Beinen, ein Stück Schädel, etwas vom Becken. Der Mann wurde zuerst umgebracht, dann zerstückelt und dann an die Bären verfüttert. Dem Besitzer des Loon Lodge hat Matlock erzählt, er sei hier, um die Gegend fürs Eisfischen auszukundschaften. Es waren keine anderen Gäste da, und im Moment besteht die einzige Spur, die wir haben, in Lacksplittern, die wir von der Stelle haben, an der die Leiche zerstückelt wurde. Wir suchen nach dem neuesten Modell Ford Explorer, walnussbraun. Wir haben für die heutige Abendausgabe des *Lode* eine Anzeige geschaltet, in der wir jeden um Hilfe bitten, der vielleicht mit Matlock geredet hat.«

»Ich will ja nicht unhöflich erscheinen«, sagte Musgrave, »aber haben Sie seinen Wagen überprüft? CSIS hier sagt, er hat einen roten Escort gemietet.«

»Wir suchen nach dem Wagen. Sind wir hier fertig? Ich würde gerne mit meiner Arbeit vorankommen.«

»Was passiert auf der amerikanischen Seite?«, fragte Squier. »Was steht da als Erstes an?«

Musgrave starrte aus dem verschmierten Fenster auf die MacPherson, als ginge ihn die Frage nichts an.

»In New York müssen wir als Erstes die nächsten Angehörigen ausfindig machen«, sagte Cardinal, »falls es welche gibt, und sie befragen. Die üblichen Dinge – irgendwelche Feinde et cetera, irgendwelche Auseinandersetzungen in letzter Zeit ...«

»Das kann ich übernehmen«, sagte Squier mit kindlichem Eifer. »Wie wär's, wenn Sie mir das überlassen würden? In Abstimmung mit dem FBI und so weiter.«

Musgrave drehte sich zu ihm um. »Tun Sie uns allen einen

Gefallen, ja? Setzen Sie einen von Ihren ehemaligen Mounties darauf an. Was zum Teufel versteht Ihr Minderjährigen beim CSIS davon, wie man einen Mord untersucht? Oder überhaupt etwas untersucht?«

»Die führenden Leute beim CSIS sind vielleicht noch Mounties aus den alten Geheimdienstzeiten«, sagte Squier, »aber weiter unten ist kaum noch einer von denen übrig. Und ehrlich gesagt glaube ich kaum, dass mein Vorgesetzter sie bei diesem Fall dabeihaben will.«

»Ihr albernen kleinen Trottel mit euren Laptops und euren Handys – ihr haltet euch wohl für den Bauchnabel der Welt, wie?«

»Sergeant Musgrave, Sie wissen zweifellos, dass die ehemaligen Mounties beim CSIS niemals polizeiliche Ermittler waren; sie waren Geheimdienstleute, so wie ich.«

»Ach, da schau her! Und Sie wissen sicher – oder wüssten es, wenn Sie sich der Mühe unterziehen wollten, noch ein wenig weiter zurückzuschauen –, dass eine Menge von diesen Geheimdienstleuten zehn bis fünfzehn Jahre in verschiedenen Abteilungen der Polizei gearbeitet haben, bevor sie zum Geheimdienst kamen. Leider musste seinerzeit, als die Medien die Mounties aufs Korn nahmen, das Image ein bisschen aufpoliert werden. Also verabschieden sie in Ottawa ein neues Gesetz, und simsalabim: Ihr Deppen tut genau dasselbe, was die Mounties vorher auch getan haben, nur dass es jetzt legal ist. Ach ja, und du liebe Güte, es tut mir ja so leid, es macht Ihnen hoffentlich nichts aus – eine Menge verdammt gute Leute stehen plötzlich auf der Straße.«

Es lag ein leichtes Beben in Musgraves Stimme, das auf Emotionen schließen ließ, die komplizierter waren als Zorn. Cardinal hatte ihn noch nie so aufgeregt gesehen und war selber überrascht, als er so etwas wie den leisen Anflug von Sympathie für den Mann empfand.

Squier wollte etwas sagen, überlegte es sich dann aber wohl

und setzte noch einmal an. »Ich kann nicht ändern, was vor Urzeiten mal gewesen ist. Und ob Sie es glauben oder nicht, ich bin nicht hergekommen, um Ärger zu machen. Aber wir sind auf die Zusammenarbeit mit Ihnen angewiesen, und Tatsache ist, ich werde nicht darum betteln. Wenn Sie mir das nicht abnehmen, steht es Ihnen beiden frei, meinen Vorgesetzten in Toronto oder den CSIS in Ottawa anzurufen. Sie haben die Nummer. Wenn Sie bereit sind, mit uns zusammenzuarbeiten, rufen Sie mich kurz an. Ich bin im Hilltop Motel.« Er klemmte sich den Laptop unter den Arm und verließ den Raum.

Als er draußen war, pfiff Cardinal leise.

»Mein Gott«, sagte Musgrave. »Der schafft mich.«

6

Cardinal fuhr auf der Umgehungsstraße zum Hotel Trianon hinaus. Wenn es in Algonquin Bay überhaupt irgendwo das passende Ambiente für ein Arbeitsessen gab, dann zweifellos im Trianon. Nicht dass irgendjemand der Küche einen Stern gegeben hätte – man traf sich in diesem Hotel, weil es unter den wenigen besseren Hotels der Stadt bei weitem das teuerste war.

Und das Trianon besaß, wie Cardinal zugeben musste, ein gewisses Flair aus vergangenen Tagen, das man in Algonquin Bay sonst vergeblich suchte. Als er eintrat, sah er es im Glanz des Silbers, dem Funkeln der Kronleuchter und der Kandelaber. Er konnte es sich nur zu besonderen Anlässen leisten, hierher zu kommen; das letzte Mal war es zu Kellys Abschlussfeier gewesen.

»Zu welchen Errschaftön darf ich Sie wohl begleitön?«, erkundigte sich der Maître d'Hôtel in halbwegs glaubhafter Pariser Grandezza.

»Ich bin mit R. J. Kendall verabredet.«

Der Maître führte ihn quer durch den voll besetzten Speisesaal. Cardinal erkannte einen stellvertretenden Staatsanwalt und nickte einem Richter beim Provinzialgericht zu. Polizeichef Kendall versank im Plüsch eines Séparées, das Cardinal noch nie gesehen hatte.

»Der Windigo-Mann höchstpersönlich«, sagte Kendall, als Cardinal eintrat. Der Polizeichef hatte ein hochrotes Gesicht, was weder mit seinen Trinkgewohnheiten noch mit Schamesröte zu erklären war, sondern nur mit zu hohem Blutdruck. »Kennen Sie Paul Laroche? Von Laroche-Immobilien?«

»Natürlich. Ich meine, ich weiß, wer Sie sind«, sagte Cardinal und schüttelte dem Mann, der aufstand, um ihn zu begrüßen, die Hand. Laroche war nicht größer als Cardinal, doch er wirkte imposanter – enormer Brustkorb, breite Schultern – ein Mann, der sich wehren konnte. Sein Handschlag war fest, aber nicht übertrieben.

»Hab ich Sie nicht schon mal draußen im Club gesehen?«, fragte Laroche.

»Der Blue Heron Club«, erklärte R. J. »Er gehört Paul.«

»Nicht allein«, sagte Laroche. »Spielen Sie Golf?«

»Nichts für mich«, sagte Cardinal. »Mir fehlt die Geduld. Ich würde den Ball wahrscheinlich am liebsten gleich zum Loch rübertragen.«

»Also kein Golf. Jagen Sie vielleicht? Oder fahren Sie Ski?«

»Weder noch. Im Sommer fahre ich gern mit dem Boot raus. Ansonsten beschränkt sich meine sportliche Betätigung darauf, mir ab und zu ein Hockeyspiel im Fernsehen anzuschauen. Es sei denn, Sie lassen mir auch Tischlern als Sport durchgehen.«

Laroche lächelte. Sein dunkles Haar hatte die ersten grauen Strähnen, doch er trug es kurz und glatt zurückgekämmt, so dass es sein gut geschnittenes Gesicht zur Geltung brachte. Er trug einen Nadelstreifenanzug, der viermal so viel gekostet haben musste, wie Cardinal je für einen Anzug ausgegeben hatte. Er sah aus wie ein Investmentbanker.

»Sie sagten, Sie seien ungeduldig. Ich hätte eigentlich gedacht, dass Ihr Beruf eine Menge Geduld erfordert«, sagte er und setzte sich wieder.

»Detective Cardinal ist übrigens einer unserer Stars«, sagte R. J. »Erinnern Sie sich an den Fall Windigo?«

»Tatsächlich? Das muss schon eine tolle Sache gewesen sein, gleich zwei Serienmörder bei einem einzigen Fall hochzunehmen. Beeindruckender Erfolg, den Sie da verbuchen konnten. Und wahrscheinlich haben Sie einigen Leuten das Leben gerettet.«

»Ich war nicht alleine. Lise Delorme war eigentlich diejenige, die ...«

Laroche hob die Hand. »Lise Delorme«, sagte er. »Kommt mir irgendwie bekannt vor ...«

»Na ja, sie war in Verbindung mit der Windigo-Sache ziemlich oft in der Zeitung. Sie ...«

»Nein«, sagte Laroche. »Sie ist diejenige, über die Bürgermeister Wells gestolpert ist.«

»Ja, das stimmt, und sie hat der Stadt damals einen wirklichen Dienst erwiesen.«

»Ach, glauben Sie?«

»Entschuldigen Sie, meine Herren«, sagte R.J. »Ich will nicht unhöflich sein, aber ich glaube, wir sollten erst mal was bestellen. Was können Sie empfehlen, Paul?«

»Mit dem Rehbraten in Ahornglasur können Sie eigentlich nichts verkehrt machen. Aber lassen Sie mich den Wein aussuchen.«

Im großen Ganzen gelang es dem Trianon, europäische Eleganz nachzuäffen, doch wo es wirklich haperte, war die Bedienung. Statt alter Profis sorgten so charmante wie inkompetente junge Frauen für das Wohl der Gäste. Laroche war höflich, aber bestimmt gegenüber dem jungen Ding mit den X-Beinen und den Sommersprossen, das für ihren Tisch zuständig war.

Immobilien waren offenbar ein einträgliches Geschäft. Laroches ganze Erscheinung strotzte vor Geld wie die eines Athleten vor Kraft. Es sprach aus seinen goldenen Manschettenknöpfen, die auf den schneeweißen, perfekt sitzenden Doppelmanschetten funkelten, wie aus der genau richtigen Sonnenbräune seines Gesichts – wahrscheinlich fährt er Ski, vermutete Cardinal.

Nachdem sie bestellt hatten, sagte Kendall: »Diskutieren Sie keine Politik mit Paul, Detective Cardinal. Er gehört zu den wichtigsten Männern hinter Premier Mantis.«

»Natürlich. Sie haben seinen hiesigen Wahlkampf organisiert«, sagte Cardinal.

»Und das ist auch der Grund für dieses Treffen«, sagte Kendall. »Die Konservativen haben für das kommende Wochenende einen der einflussreichsten Fundraiser eingeladen, und Paul bittet um ein besonderes Polizeiaufgebot.«

»In Zivil? Sollten Sie da nicht besser mit Chouinard reden?«

»Chouinard hat schon seine Erlaubnis gegeben. Wir haben zwei Beamte im Auge – Delorme und Sie.«

»Es wird nicht allzu schwierig werden«, sagte Laroche. »Es soll in unserem neuen Skiclub – dem Highlands? – stattfinden, und das Dinner wird opulent sein, so viel kann ich Ihnen versichern. Abgesehen davon, dass Sie nach verdächtigen Personen Ausschau halten sollen, werden Sie sich amüsieren.«

»Sie brauchen mehr als zwei Beamte, um eine solche Veranstaltung zu sichern.«

»Wir haben natürlich auch noch unseren eigenen Sicherheitsdienst. Die werden an den Türen und hinter der Bühne stehen und so weiter. Aber offen gesagt denke ich, dass – seit dem 11. September – ein privater Sicherheitsdienst nicht mehr ausreicht. Mir wäre wesentlich wohler bei der Sache, wenn ich wüsste, dass wir zwei Profis direkt drinnen an der Tafel haben. Premier Mantis ist eine sehr prominente Persönlichkeit.«

»Wir werden auch noch drei, vier Streifenpolizisten draußen aufstellen«, sagte R. J.

»Werden wir für die Liberalen oder die NDP denselben Aufwand treiben?«, fragte Cardinal Kendall.

»Sicher. Wenn sie darum bitten.«

»Das werden sie sicher nicht«, sagte Laroche. »Ihre politischen Aussichten sind derzeit so bescheiden, dass irgendeiner ihrer Fundraiser von der Öffentlichkeit kaum bemerkt werden wird. Schließlich sind wir die einzige Partei, die einen Ministerpräsidenten zu ihren Kandidaten zählt.«

Das Essen kam, und der Rehbraten schmeckte genauso gut

wie anderswo. Er hätte gerne den Bordeaux dazu probiert – der Chef hätte nichts dagegen gehabt –, doch er brauchte am Nachmittag einen absolut klaren Kopf.

Sie besprachen verschiedene Sicherheitsmaßnahmen für den Fundraiser-Besuch. Cardinal versuchte, seine Ungeduld zu verbergen. Die technischen Details eines Personenschutz-Einsatzes waren das Letzte, woran er denken wollte, während er einen Mord aufzuklären hatte. Laroche hatte einen Grundriss des neuen Clubs mitgebracht, und sie sprachen über die Verteilung des Sicherheitspersonals drinnen, der Streifenpolizisten draußen und der zwei Detectives unter den Gästen.

Als sie beim Kaffee waren, sagte Laroche zu Cardinal: »Dann mochten Sie also Bürgermeister Wells nicht besonders? Wissen Sie, er war ein großartiger Bürgermeister.«

»Nun ja – wenn Sie über die Kleinigkeit hinwegsehen, dass er die Wahlurnen mit gefälschten Stimmzetteln gefüllt hat. Oder glauben Sie etwa, er hätte wirklich so viele Stimmen bekommen?«

Laroche musterte Cardinal von oben bis unten – und ließ sich Zeit dabei. »In unserer Gesellschaft hat man entschieden, dass es kriminell sei, Wahlurnen mit gefälschten Stimmen zu füllen. Erst dadurch ist es eine kriminelle Handlung. Andernorts ist es das nicht, oder man sieht darüber hinweg. Es ist nicht an sich verwerflich. Und man sollte nicht vergessen, was Bürgermeister Wells alles für diese Stadt getan hat.«

»Er hat den Flughafen gebaut. Er hat die Überführung gebaut. Dann hat er eine Wahl gestohlen.«

»Wir wollen ihn nicht gleich zu einem Richard Nixon hochstilisieren«, sagte Kendall.

»Jeder Mensch ist eine Mischung aus Gut und Böse, meinen Sie nicht?«, sagte Laroche. »Sie haben zum Beispiel die Stadt von einer Mordserie befreit, aber ich möchte wetten, es gibt auch Dinge in Ihrem Leben, die sich auf Seite eins des *Toronto Star* nicht ganz so heldenhaft ausnehmen würden.«

»Da haben Sie recht«, sagte Cardinal. Er dachte an die Grußkarte. *Wir wissen, wo Sie wohnen.*

»Und Wells war ein Original. Es wird oft unterschätzt, was das bei einem führenden Mann ausmacht. Deshalb könnte ich niemals selber kandidieren, so gerne ich es täte. Einfach zu farblos.«

»Aber Sie sind sehr beeindruckend«, sagte Cardinal. »Wir haben uns gerade erst kennen gelernt, und schon sitze ich da und bin beeindruckt. Damit ist die Schlacht schon halb gewonnen, oder irre ich mich?«

Laroche lachte, so dass seine makellosen Zähne zu sehen waren.

»Ich bin der geborene Mann im zweiten Glied, Detective, mit Leib und Seele. Geben Sie mir jemanden wie Geoff Mantis, und ich tu alles, damit er gewählt wird. Ich treib die Schulden ein, ich trete Leuten auf die Füße, was auch immer. Aber selber antreten? Keine Chance.«

Laroche redete, als trüge er seine Argumente in einem Seminar vor, mit kultivierter Stimme und gewählter Sprache. Cardinal fragte sich, ob er eine Zeit lang im Ausland verbracht hatte. Laroche legte Cardinal seine Hand auf den Arm. »Sehen Sie mir nach, dass ich diese Dinge so ernst nehme. Diese Fragen beschäftigen mich sehr, erst recht so kurz vor der Wahl.«

»Glauben Sie, Geoff Mantis gewinnt zum zweiten Mal?«

»O ja, dafür werde ich sorgen!«

Nach dem luxuriösen Interieur des Trianon kroch Cardinal die nasse Kälte draußen auf dem Parkplatz umso mehr den Rücken hoch. Über die Umgehungsstraße huschten die Scheinwerfer, und es würde jeden Augenblick Regen geben.

Laroche stieg in einen Lincoln Navigator, der neben dem Eingang des Restaurants stand. Er kurbelte das Fenster herunter und sagte: »R. J., ich hab ganz vergessen zu fragen, wie weit sind Sie mit Ihrer Leiche im Wald?«

Kendall zuckte die Achseln. »Detective Cardinals Fall. Wir haben die eine oder andere Spur. Wir kommen voran. Stimmt's, Detective?«

»Nicht so schnell, wie ich es mir wünschen würde. Aber so geht's mir immer.«

»Keine Sorge«, sagte Laroche. »Bei dem Ruf, der Ihnen seit dem Windigo-Fall vorauseilt, haben Sie die Sache sicher schon bald unter Dach und Fach.« Er fuhr in den Nebel, und das Letzte, was Cardinal von ihm sah, war sein Blinker Richtung Stadt.

»Aalglatt«, sagte Cardinal.

»Stinkreich. Nicht schlecht für einen Jungen aus dem Waisenhaus, oder? Ich meine, Wahlkampfleiter für den Präsidenten!«

»Ich habe gegen Mantis gestimmt.«

»Zum Glück«, sagte Kendall, »wussten es die meisten besser.«

Auf dem Rückweg in die Stadt rief Cardinal seinen Vater auf dem Handy an.

»Bleib einen Moment dran. Ich hol nur eben ein paar Schokokekse aus dem Ofen.«

Seit dem Tod seiner Frau vor zehn Jahren hatte Stan angefangen, sich fürs Kochen zu interessieren. Es gab Cardinal immer noch einen Stich, wenn er seinen Vater – den unerschrockenen, kernigen Stan Cardinal mit seinen muskulösen Unterarmen und dem mächtigen Brustkorb – mit einer Schürze vor dem Bauch sah, an der er sich das Mehl von den Händen abwischte. Kekse waren seine Spezialität.

»Warst du beim Kardiologen?«

»Catherine hat mich heute Morgen hingefahren. Dr. Cates ist mir ganz schön auf den Nerv gegangen, aber sie weiß etwas durchzusetzen, das muss man ihr lassen.«

»Was hat der Kardiologe gesagt?«

»Er will mich für ein paar Tests im Krankenhaus anmelden. Er denkt, dass ich kongestive Herzinsuffizienz habe.«

»Was? Dad, wieso hast du dich nicht vor einem halben Jahr darum gekümmert?«

»Es ist halb so schlimm, John. Nur ein paar Tests. Und er gibt mir tonnenweise Tabletten. Ich glaube, sie wirken schon.«

»Immerhin Herzinsuffizienz. Ich wünschte, du würdest nicht so weit draußen wohnen.«

»Unsinn. Ich bin hier extra hingezogen, damit du dir nicht die ganze Zeit Sorgen um mich machst. Was glaubst du wohl, wieso ich mir einen Bungalow genommen habe? Keine verdammte Treppe, um mir den Hals zu brechen, darum. Du wirst keine Wohnung finden, in der man so gut zurechtkommt und die man so leicht sauber halten kann. Ich hab Ruhe und frische Luft. Ich hab meine Stereoanlage und meinen Videorekorder und die beste Mikrowelle, die derzeit auf dem Markt ist. Ich sag dir, ich bin hier mein eigener Herr.«

»Also, wenn der Nebel schlimmer wird, solltest du dir vielleicht überlegen, ob du so lange zu uns kommst.«

»Vergiss es, John.«

Cardinal bog zur MacPherson ab und passierte eine hässliche Baustelle.

»In den Nachrichten haben sie gesagt, ihr hättet eine halb aufgefressene Leiche im Wald gefunden?«, sagte Stan. »Klingt ein bisschen interessanter als der übliche Mist.«

Na großartig, dachte Cardinal, das schon wieder.

»Dieses Wohnwagenpack, das sich ständig gegenseitig totschießt. Drogendealer. Räuber. Fettärschige Trinker. Ich weiß nicht, wieso du dir nicht einen interessanteren Beruf ausgesucht hast. An der Ausbildung hat's ja wohl nicht gelegen. Schließlich haben eure Ma und ich dafür gesorgt, dass du und dein Bruder aufs College kommt. Du konntest dir den Beruf aussuchen.«

»Genau das habe ich getan, Dad. Ich hab mir den Beruf ausgesucht, den ich haben wollte. Einen Beruf, der für die Menschen tatsächlich etwas ausrichtet. Viele meiner Kollegen sind nicht an die Uni gegangen – aber das heißt noch lange nicht, dass sie dumm sind. Schau dir doch die Leute an, mit denen du gearbeitet hast.«

»Schwachköpfe, alle miteinander! Außer Mark McCabe. Mark war der gescheiteste Kerl, der mir je begegnet ist. Hatte mehr Bücher gelesen als die meisten Professoren am College. Hat ungekürzte Division im Kopf ausgerechnet. Aber er war mit Leib und Seele Gewerkschafter. Und es waren Leute wie du – deine ach so gescheiten Kollegen –, die meinten, sie müssten ihm den Schädel zertrümmern, nur weil er den Schneid hatte, gegen die fetten Arschlöcher, die dieses Land regieren, einen Streik zu organisieren. Dieser Schlagstock traf ihn direkt auf den Kopf – und ich hab's gehört. Es klang so, wie wenn man eine Holzplanke auf Beton fallen lässt. Dieser Schlagstock erwischte ihn, und die nächsten drei Jahre hat er nur noch gelallt, und dann ist er gestorben. Ein wirklich guter Mann.«

Es war plötzlich still am anderen Ende. Cardinal hörte seinen Vater schniefen, und er wusste, dass er weinte. Ausgerechnet sein Vater, der sein Leben lang mit Gefühlen gegeizt hatte, außer wenn er sich ärgerte, ausgerechnet er hatte jetzt, wenn er von der Vergangenheit sprach, nah am Wasser gebaut. Es schien kein Selbstmitleid zu sein, sondern ein Kummer, der viel tiefer saß und seit langem an ihm nagte. Eine Minute, und er hatte sich wahrscheinlich wieder gefasst.

»Geht's einigermaßen, Dad?«

Plötzlich war ein lautes Schniefen zu hören. »Der Nebel verwandelt sich langsam in Regen«, sagte Stan. »Vielleicht pflanze ich im Frühjahr Zinnien im Garten.«

7

Hören Sie«, sagte Musgrave. »Ich hab die Sache mit meinem regionalen Kommandeur besprochen. Ich werde nicht mit diesem laptopschwingenden Schnösel vom CSIS zusammenarbeiten. Wir machen Folgendes: Ich halt mich an Sie, und Sie sich an ihn.«

»So schlimm fand ich Squier gar nicht mal«, sagte Cardinal.

»Sie hatten noch nie mit dem CSIS zu tun, oder?«

»Nein.«

»Sie kleiner Glückspilz. Jedenfalls«, sagte Musgrave und sah auf die Uhr, »haben wir gerade fünfundvierzig Minuten meiner kostbaren Lebenszeit vergeudet. Oder können Sie mir sagen, was wir hier verloren haben?«

Sie saßen in einem Zivilfahrzeug, das sie auf der Hauptstraße geparkt hatten. Der Nebel war endlich in Regen übergegangen, der heftig auf das Dach trommelte.

Nach dem Telefonat mit seinem Vater hatte Cardinal das Handy noch nicht eingehängt, als es klingelte. Es war Arsenault, der ihm sagen wollte, dass sie einen Abdruck aus der Trapperhütte an einem Namen festmachen konnten: Paul Bressard. Cardinal war sofort zu ihm rausgefahren. Bressards Frau, die bereits um halb zwei mittags eine Scotch-Fahne hatte, erzählte ihm, Paul sei wahrscheinlich in Duane's Billiard Emporium. Cardinal band ihr nicht auf die Nase, dass er Polizist war, und sie war nicht nüchtern genug, um es selber zu merken.

Und so kam es, dass er und Musgrave in einem Zivilfahrzeug der Polizei auf der Main Street hockten und den renovierungsbedürftigen Eingang zu Duane's Billiard Emporium im Auge behielten.

»Duane's ist ein beliebter Treff bei den Jungs, die's nicht ganz bis zum Schwerverbrecher schaffen«, sagte Cardinal.

»Rocker, die die Aufnahmeprüfung zu Satan's Choice nicht bestanden haben, italienische Kids, die für die Bande zu dämlich sind.«

»Und die Frau hat Ihnen das einfach so gesteckt? Wieso steht die auf Sie?«

»In Cutty Sark veritas.«

»In Cutty Sark Blödsinn, wie's aussieht.«

»Verraten Sie mir was, Musgrave. Weiß Ihre Frau über jeden Ihrer Schritte Bescheid?«

»Sie könnten einen ganzen Turm CD-Roms vollkriegen mit dem, was meine Frau nicht weiß. Und sie ist stolz drauf.«

»Schön. Also geben wir ihnen noch eine halbe Stunde, ja?«

Sie lauschten für weitere zehn Minuten auf das Prasseln des Regens, und dann kam der Explorer in Sicht.

»Ist er das, mit dem Schnauzer?«

»Ja. Der Kerl neben ihm ist Thierry Ferand, auch ein Trapper.«

Bressard parkte einen halben Häuserblock entfernt, und dann schlenderten er und Ferand durch den Regen zur Billardhalle zurück. Ferand reichte Paul Bressard bis zum Bauchnabel und musste mit seinen Dackelbeinen flitzen, um mit ihm Schritt zu halten.

»Bressard ist ja beeindruckend gekleidet«, sagte Musgrave. »Der Mantel würde ein hübsches Sümmchen bringen.«

»Er kann nur hoffen, dass die Anti-Pelz-Bewegung es nie bis nach Algonquin Bay schafft.«

Bressard und Ferand gingen hinein. Cardinal und Musgrave stiegen aus, um sich den Explorer näher anzusehen. Eine gezackte Schramme reichte auf der Beifahrerseite quer über zwei Türen. »Da müssen unsere Jungs von der Spurensicherung ran«, sagte Cardinal. »Aber auf den ersten Blick würde ich sagen, die ist frisch, was meinen Sie?«

»Sehe ich genauso. Glauben Sie, der Kerl wird Probleme machen?«

»Bressard? Wo denken Sie hin! Bressard wird freiwillig mitkommen.«

Musgrave lachte. »Um Himmels willen, Cardinal, ich hätte Sie nie für einen ausgemachten Optimisten gehalten!«

Als sie in den dunklen Treppenhausschacht traten, der zu Duane's hinunterführte, sagte Cardinal: »Nehmen Sie sich vor Ferand in Acht. Er ist klein, aber ein hinterhältiger Knochen, er liebt Schlagringe.«

»Den übernehme ich.« Musgrave zog seinen Gürtel hoch. »Es sind immer die Kleinen.«

In Cardinals Teenagerzeit hatte der Billardhalle der Ruch des Geheimbündlerischen angehaftet. Er und seine Freunde hatten dort endlos Boston, High-low oder Snooker gespielt und dabei wie Gangster aus den Dreißigern eine Player's oder du Maurier nach der anderen gepafft. Der Rauch hatte wie Sturmwolken über einer grünen Filzlandschaft gehangen. Und so war er ein wenig überrascht, als er eintrat und feststellte, dass die Luft nicht einmal zu sehen war. Selbst Billardspieler waren gesundheitsbewusster geworden.

Duane selber stand hinter der Theke, von wo aus er die wohl schlechtesten Hamburger der Stadt zum doppelten Preis servierte. Obwohl er groß und dick war, ähnelte er einem Wiesel. Er hatte zwar – von dem einen oder anderen Verkehrsdelikt abgesehen – noch nie vor Gericht gestanden, doch sah man ihm zehn Meter gegen den Wind an, dass er ein windiger Bursche war.

Die meisten seiner Klientel waren achtzehn bis Anfang zwanzig, alle männlichen Geschlechts und alle – mit unterschiedlichem Erfolg – bemüht, taff zu wirken. Ein einziger Blick durch den Raum genügte Cardinal, um zwei Drogendealer und einen Autodieb wiederzuerkennen. Bressard und Ferand hatten an einem Ecktisch ein Spiel angefangen. Bressard neigte sich gerade vor, um zu zielen. Ohne sich aufzurichten, traf sein Blick über das Queue hinweg Cardinal, der zusammen mit Musgrave auf ihn zukam. Ferand trank ein Dr. Pepper und verschüttete eine Menge davon auf sein Hemd, als er sie entdeckte. Cardinal hatte ihn schon zweimal wegen Körperverletzung festgenommen, auch wenn sie ihm nur das eine Mal etwas nachweisen konnten. Ferand fluchte, stellte sein Queue an den Wandständer zurück und griff nach seinem Mantel.

»Entspann dich, Thierry«, sagte Cardinal und zog seine Marke. »Wir haben nur mit deinem Kumpel hier was zu besprechen.«

»Lassen Sie mich raten«, sagte Bressard. »Sie kommen, um zu sehen, ob ich nicht tot bin.«

»O nein, keineswegs, Paul, ich sehe, dass Sie nicht tot sind. Ich brauch nur Ihre Hilfe, um ein paar Dinge zu klären, Sie wissen schon, die Sache, die ich gestern erwähnte.«

Ferand sagte: »Was glotzte so?«

Musgrave stand vor dem Hinterausgang, die Arme über der wuchtigen Brust verschränkt, und starrte Ferand mit einem seltsamen, leichten Grinsen an, bei dem er die Mundwinkel kaum merklich verzog.

»Also, wir arbeiten immer noch an dieser kleinen Geschichte mit dem Mord im Wald«, sagte Cardinal zu Bressard. »Und jetzt haben wir auch noch eine Leiche - nicht Ihre offensichtlich -, aber vielleicht haben Sie ja in den Nachrichten davon gehört.«

»Und wenn?«

»Na ja, Sie sind der Einzige, dessen Name bei der ganzen Angelegenheit gefallen ist. Deshalb habe ich gehofft, Sie würden mit uns ins Präsidium kommen und uns bei der Aufklärung behilflich sein.«

»Was zum Teufel glotzte so?«, fragte Ferand noch einmal. »Bisse schwul oder was?«

Musgrave stand immer noch wie eine Sphinx in der Tür, immer noch mit diesem kleinen Mona-Lisa-Lächeln in Richtung Ferand.

»Sag ihm, er soll aufhören, mich so anzustarren.«

»Halt den Schnabel, Thierry«, sagte Bressard. »Das ist nur psychologische Kriegsführung, und du fällst prompt drauf rein.«

»Also, Paul, was sagen Sie? Kommen Sie mit in die Stadt, und wir plaudern ein bisschen darüber, was Ihr Name bei der Sache zu suchen hat. Ich bin sicher, das lässt sich ganz leicht ...«

Ein kleiner, verschwommener Gegenstand schoss an Cardinal vorbei in Musgraves Richtung. Bevor er sich auch nur umdrehen konnte, um zu sehen, was es war, kam das kleine Etwas zurückgeflogen und landete auf dem Billardtisch. Weitere Bälle schwirrten durch die Luft, die Deckenlampe schwang heftig hin und her. Etwas Goldenes oder Messingfarbenes glänzte in Ferands Hand, als er auch schon stöhnend auf dem Tisch lag und der schimmernde Gegenstand klirrend zu Boden fiel.

»Tätlicher Angriff auf einen Staatsbeamten«, sagte Musgrave. »Der ist ja dümmer, als die Polizei erlaubt.«

8

Ferand wurde registriert und in U-Haft genommen und Wudky – für den Fall, dass Ferand sich wieder erinnerte, wem gegenüber er den Mord erwähnt hatte – zu seinem eigenen Schutz ins Gefängnis überstellt.

Musgrave wollte mit aller Härte gegen Bressard vorgehen, ein Grund mehr, weshalb Cardinal darauf bestand, ihn alleine zu verhören.

Musgrave zuckte die Achseln. »Ich fahr dann mal wieder nach Sudbury zurück. Lassen Sie mich wissen, was Monsieur uns zu sagen hat.«

Cardinal nahm sich Bressard im Vernehmungszimmer vor. Der Trapper versuchte, ruhig zu erscheinen, und lümmelte sich auf seinen Stuhl, doch dabei spielte er unentwegt mit dem Strohhalm in seiner Coladose herum. Cardinal war eindringlich, aber nicht unfreundlich – wie unter Kollegen, die gemeinsam die Zusammenhänge dieser speziellen Ereignisse klären wollen.

»Ich hoffe, Sie können mir bei der Sache weiterhelfen, Paul, denn im Moment sieht es, wie ich leider sagen muss, ziemlich schlecht aus. Wie kommt es, dass wir in der Nähe Ihrer alten Bude im Wald eine Leiche finden? Können Sie da ein bisschen Licht hineinbringen?«

Bressard nahm einen Schluck Cola, starrte einen Moment auf die Wand und zwirbelte weiter an seinem Strohhalm herum.

»Wir wissen übrigens auch, dass sie in Ihrer alten Hütte zerstückelt wurde. Daran gibt es überhaupt keinen Zweifel. Überall Blut. Jede Menge Indizien.«

Bressard holte tief Luft, seufzte, schüttelte den Kopf.

»Wissen Sie, ich wäre ja vielleicht bereit anzunehmen, dass Sie nichts damit zu tun haben. Jemand hatte vielleicht Streit und hat die Leiche bei Ihnen um die Ecke entsorgt. Aber eine Sache macht mir dabei zu schaffen, und ich hoffe, Sie können das erklären.« Er wartete, doch Bressard sah an ihm vorbei. »Sagen Sie mir nur eins, Paul. Wie kommt die Schramme an Ihre Beifahrertür?«

Keine Antwort.

»Dazu sollten Sie vielleicht doch etwas sagen, Paul. Weil nämlich unser Mann von der Spurensicherung und die Forensik und Ford Motors alle miteinander sagen, dass die Farbe an den Aststümpfen im Wald zur Farbe an Ihrem Explorer passt.«

Bressard saugte am Strohhalm seiner Cola, bis es in der leeren Dose rasselte.

»Sie glauben vielleicht, ich wüsste nichts über Sie, Paul, dabei weiß ich ziemlich genau, wie Sie Ihren Lebensunterhalt verdienen. Erstens haben wir da die Pelztierjagd – dabei gibt es gute und schlechte Jahre, wie überall. Zweitens ist da noch der gelegentliche Job für Leon Petrucci.«

Um Bressards Mundwinkel zuckte ein Lächeln, doch er schluckte den Köder nicht.

»Leon Petrucci. Ist schon ne Weile her, mag ja sein, aber wir wissen, dass Sie früher für ihn gearbeitet haben. Drittens haben wir da noch die Führungen. Ich weiß, dass Sie einen guten Teil Ihres Einkommens von Jagdneulingen beziehen, die Sie in den Wald mitnehmen, wo Sie dann den einen oder anderen Bären zum Abschuss finden. Und ich weiß auch, dass Sie sich dabei nicht nur auf Weidmannsheil verlassen. In der richtigen Jahreszeit ein paar Steaks auf ihren Fährten verteilt, und Sie können sicher sein, dass Sie einen Bären zu Gesicht bekommen – besonders, wenn man weiß, wo sie leben, was für einen alten Hasen wie Sie ja zweifellos zutrifft.

Howard Matlock hat den Leuten von Loon Lodge erzählt, er interessiere sich fürs Eisfischen. Er hatte kein einziges Gewehr, kein einziges Messer dabei. Schien sich nicht die Bohne für die Jagd zu interessieren. Nun möchte ich ja nicht unhöflich sein, aber wie mag es wohl gekommen sein, dass Mr. Matlock in der Nähe Ihrer alten Hütte von Bären gefressen wurde, Paul?«

Bressard rülpste leise, griff nach der Coladose und las die französische Seite des Etiketts. Cardinal kannte dieses Spiel lange genug, um zu wissen, wann er nicht weiterkam. Noch ein letzter Schuss, dachte er.

»Es kam zu einer Auseinandersetzung. Vielleicht hat er ja angefangen. Vielleicht haben Sie ihn aus Versehen erschossen – ich behaupte ja gar nicht, dass ich weiß, wie –, und dann haben Sie beschlossen, die Leiche loszuwerden. Sehr originell, das muss man Ihnen lassen. Aber was immer passiert ist, sieht es ganz danach aus, dass Sie wegen Totschlags verurteilt werden. Wir mögen eine Weile brauchen, bis wir die Beweisführung wasserdicht haben, aber wir haben schon mal einen guten Anfang.«

Bressard stellte seine Colaflasche auf den Tisch und drehte sie langsam zwischen den Fingern. Cardinal griff sie sich und schmetterte sie in den Papierkorb, wo sie scheppernd landete.

»Das war's«, sagte Cardinal und stand auf. »Ich wollte Ihnen helfen, aber Sie machen alles nur noch schlimmer für sich. Wenn Sie uns nicht ein paar überzeugende Argumente liefern, warum wir Sie nicht wegen Mordes anklagen sollen, lassen Sie uns keine andere Wahl. Der Staatsanwalt hat den Papierkram schon auf dem Tisch; er wartet nur auf unseren Bescheid, wie kooperativ Sie sich gezeigt haben.«

Bressard bewegte keinen Muskel.

»Herrgott noch mal«, sagte Cardinal. »Gehen wir.«

Er langte nach Bressards Ellbogen, doch bevor er ihn packen konnte, warf Bressard ihm einen schmerzerfüllten Blick zu und sagte: »Ich hab ein ernstes Problem.«

Das ist eine rekordverdächtige Untertreibung, dachte Cardinal, sagte aber nichts. Er ließ sich wieder auf den Stuhl fallen und sagte nur: »Schießen Sie los.«

»Wenn ich nichts sage, dann kommen Sie mir mit Ihren paar Indizien, die Sie gegen mich in der Hand haben, und buchten mich lebenslänglich ein – und Sie fragen nicht lange, ob ich's gewesen bin oder nicht.«

»Sie haben ihn an die Bären verfüttert, Paul. Da gibt's nicht mehr viel zu fragen.«

»Dann hätte ich mal ne Frage.«

»Schießen Sie los.«

»Was genau könnten Sie mir in Sachen Zeugenschutz anbieten? Könnte ich einen neuen Namen bekommen, irgendwohin umsiedeln?«

Cardinal stieß einen Seufzer aus. Seit Kanada 1996 sein Kronzeugengesetz verabschiedet hatte, träumte jeder Schlägertyp, der mal entfernt mit dem organisierten Verbrechen in Berührung gekommen war, davon, zum Kronzeugen zu avancieren und für seine Aussage eine neue Identität und ein hübsches kleines Cottage an einem weit entfernten See zu bekommen.

»Auf Zeugenschutzmaßnahmen habe ich keinen Einfluss, Paul. Die Mounties entscheiden, wer dafür in Frage kommt, und das Programm ist entschieden unterfinanziert. Ich würde mir da nicht die allergrößten Hoffnungen machen.«

»Wieso zum Teufel sollte ich Ihnen dann Petrucci servieren?«

»Wollen Sie etwa behaupten, Sie haben den Kerl für Petrucci getötet?«

»Ich hab überhaupt niemanden getötet. Ich hab Sie nur was gefragt. Wenn ich ins Kittchen wandere, krieg ich wenigstens lebenslänglich. Bei Petrucci einen hübschen Seeblick von unten.«

»Das heißt, Sie wollen für ihn ins Gefängnis? Seine Strafe absitzen? Sie sind ja netter, als ich gedacht habe, Paul. Gibt bestimmt nicht viele, die ihr ganzes Leben einem Burschen wie Petrucci opfern würden. Das ist sehr aufmerksam von Ihnen, und ich frage mich nur, wie sehr er es Ihnen danken wird.«

»Sie, Sie reden nur immerzu, Cardinal. Für Sie steht nichts auf dem Spiel. Für mich steht alles auf dem Spiel.«

»Sie machen einen Fehler mit Petrucci. Ich bin kein Experte für organisiertes Verbrechen – dafür ist Gott sei Dank die RCMP zuständig –, aber eines kann ich Ihnen sagen: Leon Petrucci ist nicht Don Corleone. Leon Petrucci steht entfernt, und ich betone, entfernt mit den Carbones in Hamilton in Verbindung. Sie unterstützen ihn bei ein paar Vorhaben hier oben gegen Beteiligung, aber sie legen keine Leute für ihn um, und ich glaube nicht, dass sie ihn sonderlich vermissen würden, wenn er aus dem Verkehr gezogen würde.«

»Was bieten Sie mir dann, falls ich mitspiele?«

»Machen Sie sich lieber klar, was Sie bekommen, wenn Sie nicht mitspielen. Sie werden wegen Mordes sitzen. Einen Mord, den Sie, wie Sie behaupten, nicht begangen haben. Wenn Sie uns helfen, Leon Petrucci hopszunehmen, sind Sie immer noch ein an der Tat Beteiligter, aber ich würde den Staatsanwalt bitten, Ihre Anklage auf so etwas wie Vergehen an einer Leiche zu reduzieren oder wie immer zum Teufel das Gesetz so etwas definiert.«

»Ich soll mich vergangen haben? Sie Ferkel, ich bin doch nicht pervers.«

»Ich meinte nur, dass Sie die Leiche entsorgt haben. Sie haben den Kerl an die Bären verfüttert, richtig?«

»Na schön, ich hab ihn an die Bären verfüttert. Aber ich will nicht, dass irgendjemand das Gerücht in die Welt setzt, ich hätte mich dran vergangen.«

»Je nachdem, was Sie uns zu Petrucci anbieten können, will ich gerne den Staatsanwalt bitten, auf Schutzhaft zu drängen. Und ich rede mit Musgrave in Sachen Zeugenschutz.«

Bressard starrte zu Boden und fluchte. »Wie gesagt, hab

ich keinen umgebracht. Letzten Sonntag, es ist grad mal neun Uhr morgens, sitzen ich und meine Frau beim Frühstück. Es klingelt an der Tür. Meine Frau geht hin und macht auf, und es ist keiner da, nur ein dicker Briefumschlag, der in der Tür steckt. Auf dem Umschlag steht, dass er für mich persönlich ist, sonst steht nichts drauf. Ich mach ihn auf, und es sind fünftausend Dollar in bar drin und ein Zettel.«

»Was stand auf dem Zettel?«

»Auf dem Zettel stand: ›In deiner Hütte findest du eine frische Fuhre Köderfleisch. Es gibt noch mal fünftausend, wenn die Bären sich satt gefressen haben.‹«

»War er unterschrieben?«

»Nur P. Der Anfangsbuchstabe P. Er muss alles schriftlich machen. Er hat keinen Kehlkopf.«

»Das ist mir bekannt. War der Zettel mit der Hand geschrieben oder getippt?«

»Getippt. Zuerst wollte ich ihn wegschmeißen, aber man weiß ja nie, wofür man mal was braucht. Hier.« Bressard griff in seine Tasche und holte ein Portemonnaie heraus.

»Warten Sie«, sagte Cardinal. »Fassen Sie ihn nicht unnötig oft an. Lassen Sie ihn einfach da auf den Tisch fallen.«

Bressard hielt sein Portemonnaie umgekehrt über den Tisch, so dass zusammen mit ein paar Münzen und einem halben Dutzend Lottoscheinen ein gefalteter Zettel herausfiel.

Vorsichtig faltete Cardinal das Papier auf, indem er nur seine Fingernägel benutzte und es nicht glatt strich. Der Wortlaut war etwa so, wie Bressard gesagt hatte: *In deiner alten Hütte liegt frisches Köderfleisch. Es gibt noch mal fünf, wenn die Bären sich satt gefressen haben.* Die Botschaft war mit einem einfachen P. unterschrieben. Sie schien mit dem Computer ausgedruckt zu sein, nach Schreibmaschinetypen konnte man also nicht suchen.

»Das könnte von jedem stammen«, bemerkte Cardinal. »Und soviel ich zuletzt gehört habe, ist Leon Petrucci nach

Toronto runtergezogen, um es nicht weit zum Sinai-Krankenhaus zu haben.«

»Das weiß ich auch. Und Sie glauben, davon lässt er sich das Geschäft verderben? Gibt nicht allzu viele Leute, die mir fünf Riesen in den Briefkasten schmeißen und mir ne Scheißleiche dalassen, die ich für sie loswerden soll. Hab Ihnen ja gesagt, Petrucci kann nich quatschen. Er hat keinen gottverfluchten Kehlkopf mehr. Was meinen Sie wohl, von wem das sonst sein könnte?«

»Woher soll ich wissen, dass Sie das nicht selber geschrieben haben, um Ihren Arsch zu retten?«

»Meine Güte, Cardinal, Sie sind so scheißmisstrauisch.«

»Ich werde dafür bezahlt, misstrauisch zu sein.«

»Wie kommen Sie durchs Leben? Wie können Sie eine Straße überqueren? Ich meine, woher wissen Sie, dass die Straße nicht in dem Moment einstürzt, wo Sie drauftreten? 'n paar Sachen müssen Sie einfach glauben, Sie wissen schon, was ich meine, oder das Leben hat keinen Sinn.«

»Na schön. Also, was haben Sie dann gemacht?«

»Ich geh zu meiner Bude raus – der alten, die ich seit sieben, acht Jahren nicht mehr benutzt hab. Da hab ich Petrucci übrigens vor Jahren getroffen. Na, jedenfalls find ich draußen diesen riesigen Beutel auf der Erde liegen. Wien Matchbeutel. Ich wusste sofort, was drin war. Ich musste das Ding nicht mal aufmachen. Da isn Toter drin. Das seh ich sofort, dass esn Toter ist. Was soll ich also machen, das Amt für Stadtreinigung anrufen?«

»Sie hätten die Polizei anrufen können.«

»Offensichtlich kennen Sie Leon Petrucci wirklich gut. Außerdem hab ich gedacht, der Kerl is ja schon tot, ich tu ihm ja nix mehr.«

»Wir wissen, dass Sie die Leiche in Ihre Hütte geholt haben. Hat Ferand Ihnen geholfen?«

»Nein.«

»Hat er mit der Sache irgendetwas zu tun? Sie tun sich keinen Gefallen, wenn er mitgemacht hat und Sie es nicht sagen.«

»Thierry hat damit nichts zu tun. Ich hab ihm erst hinterher davon erzählt.« Tatsächlich hatten die Leute von der Spurensicherung nichts gefunden, was Ferand mit dem Verbrechen in Verbindung gebracht hätte.

»Haben Sie die Leiche selber zerstückelt, oder hat Ihnen jemand geholfen?«

»Ich selber. Hat ganz schön viel Blut gegeben. Ehrlich gesagt, hab ich erst mal gekotzt, als ich rein bin. Ich weiß nicht, hab schon tausend tote Tiere gesehen, macht mir nix aus. Aber bei nem toten Menschen isses irgendwie anders, selbst wenn man ihn nicht kennt. Verstehen Sie?«

»Allerdings.«

»Na jedenfalls, ich wollte mich nicht von oben bis unten mit Blut vollsauen. Ich hab also die Stücke zu nem Bündel verschnürt und an einem Seil festgebunden, so dass ich es zur Bärenfährte ziehen konnte. Ich wusste, dass sie wach waren, und ich wusste, dass sie Hunger hatten. Ich nahm nicht an, dass allzu viel von dem Kerl übrig bleiben würde.«

»War die Leiche nackt, als Sie sie fanden?«

»Nein, das hab ich gemacht. Wollte nicht durch Kleider sägen. Ging auch nicht davon aus, dass die Bären Appetit auf Polyester oder so was hatten.«

»Wir haben im Ofen einige Stoffreste gefunden. Hatte die Leiche noch irgendetwas bei sich – irgendwelche Ausweispapiere oder persönliche Sachen, die Sie behalten haben?«

»Ich hab gar nichts behalten. Es gab nichts zu behalten. Hab einfach alles in den Ofen geschmissen.«

»Haben Sie das Opfer erkannt?«

»Nie im Leben gesehen.«

»Ehrlich gesagt bin ich noch weit davon entfernt, Ihnen die Geschichte mit dem Paten abzukaufen. Haben Sie irgendeine Ahnung, wieso Petrucci diesen Kerl tot sehen wollte?«

»Nein. Und ich hatte auch nicht vor, ihn zu fragen.«

»Sie sind gut im Geschäft, Paul. Sie haben eine Frau. Nettes Haus. Wieso sollten Sie so was mit einem Mann machen, den Sie nicht mal kannten?«

»Wieso?« Bressard sah an Cardinal vorbei auf die gegenüberliegende Wand des Vernehmungszimmers. Er überlegte einen Moment und wandte sich dann wieder Cardinal zu. »Aus zwei Gründen. Erstens: Leon Petrucci. Und zweitens: Leon Petrucci. Was glauben Sie wohl, was er macht, wenn ich ihm sage, danke, aber ich kann das nicht? Meinen Sie, er lässt mich einfach laufen? Ich glaube kaum.«

»Und die Zehntausend nicht zu vergessen.«

»Fünf. Auf die anderen fünf warte ich immer noch.«

Cardinal ließ sich von Bressard eine kurze Erklärung unterschreiben und führte ihn anschließend wieder zum Zellentrakt. Sie würden am Nachmittag förmlich Anklage gegen ihn erheben und ihn gegen ein Kautionsversprechen laufen lassen, vor allem, um ihn observieren zu können.

Cardinal rief Musgrave an, der noch unterwegs war.

»Und Sie glauben, die Mafia steckt dahinter?«, fragte Musgrave. »Sie glauben, der Zettel kommt von Petrucci?«

»Na ja, Bressard hat früher schon für Petrucci gearbeitet. Ich meine, der Fall war vor Ihrer Zeit, vor ungefähr acht Jahren?«

»Ja, da war ich noch in Montreal.«

»Wir hatten einen Fall, bei dem Bressard in Petruccis Auftrag einen Kerl übel zusammengeschlagen hat. Wir konnten Petrucci nie drankriegen, weil Bressard zu viel Schiss vor ihm hatte, um ihn mit reinzuziehen. Aber als wir den Fall schließlich vor Gericht hatten, nannte eine Reihe von Kerlen seinen Namen – und einer davon hatte einen Zettel, unterschrieben mit der Initiale P. Wir wussten, dass sich Petrucci einige Jahre davor den Kehlkopf entfernen lassen musste – es war also für ihn nichts Ungewöhnliches, schriftliche Botschaften zu verschicken. Andererseits könnte Bressard uns natürlich das Blaue vom Himmel herunterlügen.«

»Ich bin beeindruckt, dass Sie ihn überhaupt zum Reden gebracht haben, wenn man bedenkt ... Aber Sie wissen sicher, dass Petrucci nach Toronto runtergezogen ist.«

»Ja, hab ich gehört.«

»Womit die Geschichte lediglich im Bereich des Möglichen liegt. Wissen Sie was - ich könnte die Petrucci-Schiene übernehmen. Ich setz jemanden von unserer Einsatzzentrale in Toronto darauf an. Bei denen steht organisiertes Verbrechen auf der Tagesordnung.«

»Klingt gut.«

Musgrave stieß einen Fluch aus.

»Was ist los? Irgendwas nicht in Ordnung?«

»Ein gottverdammter Lkw hat mich gerade geschnitten. Ich sag's ja, wenn man die Polizei braucht, ist sie nie da.«

9

Das Amtszimmer des Staatsanwalts befand sich in der MacIntosh Street in einem schreiend hässlichen Bau aus Gussbeton, der auch die örtlichen Räume des Sozialministeriums beherbergte. Es lag genau gegenüber der Redaktion des *Algonquin Lode* – ein Standort, der dem Kronanwalt Reginald Rose sehr gelegen kam, wenn immer er der Öffentlichkeit seine Überzeugungen nahe bringen wollte, was recht häufig der Fall war.

Alles an Reginald Rose war lang. Er war groß und dünn und ging leicht vorgebeugt, was ihm die Aura eines Gelehrten verlieh. Er hatte lange Finger, die ebenso elegant in Dokumenten blätterten oder Beweisstücke untersuchten, wie sie seinen Krawattenknoten zurechtzupften. Er hatte ein Faible für rote Binder und gestärkte weiße Hemden mit roten Hosenträgern, in denen er – wenn er seinen üblichen blauen Blazer einmal nicht anhatte – wie eine knackneue kanadische Flagge aussah.

Er wandte sich eben an eine Gruppe, die sich um einen langen Eichentisch versammelt hatte – eine irgendwie groteske Versammlung, wie Cardinal fand. Dem länglichen Rose zur Seite saß, die Nase wie eine Haselmaus dicht an der Tischplatte, Robert Henry Hewitt, auch unter dem Namen Wudky bekannt. Sodann Bob Brackett, sein kostenloser Rechtsbeistand – von täuschend plumper, harmloser Erscheinung, in Wahrheit aber ein beinharter Strafverteidiger. Und schließlich Cardinal selbst, der überzeugt war, dass man ihm ansah, wie unbehaglich er sich fühlte, denn während er normalerweise sehr genau wusste, auf welcher Seite er stand, hegte er in diesem Moment gewisse Zweifel.

»Ich muss Ihnen von vornherein sagen«, erklärte Rose, »dass ich bei diesem Fall nicht beabsichtige, mich auf einen Deal einzulassen. Wieso sollte ich? Der Beweislage nach –

und wir haben erdrückende Beweise – ist Robert Henry Hewitt eines bewaffneten Raubüberfalls schuldig. Und nicht nur höchstwahrscheinlich, sondern ganz außer Zweifel, mit tödlicher Sicherheit. Wir haben sein Schuldbekenntni...«

»Aber sicher doch. Abgelegt ohne Rechtsbeistand.«

»Mr. Brackett, lassen Sie mich ausreden. Wir haben das Schuldbekenntnis Ihres Mandanten. Wir haben das Bargeld aus dem Rucksack. Wir haben das Tuch mit dem Schottenmuster, das er über das Gesicht gezogen hatte. Wir haben seine Forderungsnotiz in seiner verheerenden, doch unverkennbaren Handschrift und Orthographie – auf der Rückseite seines früheren Haftbefehls, der zufälligerweise auch noch seinen Namen und seine Anschrift liefert. Wieso sollten wir einen Deal machen?«

Bob Brackett lehnte sich gegen den Konferenztisch. Er trug makellose Nadelstreifen; man sah ihn nie anders – vielleicht, weil sie seiner voluminösen Erscheinung die Kontur verliehen, die ihr ansonsten gänzlich abging. Dabei waren Nadelstreifen natürlich in der Anwaltszunft durchaus nichts Ungewöhnliches – im Gegensatz zu dem goldenen Ring, der an Bob Bracketts linkem Ohrläppchen prangte, und das bei einem untersetzten Mann Mitte fünfzig mit Halbglatze. Er hatte nie geheiratet, und in einer Kleinstadt wie Algonquin Bay hätte das allein schon genügt, um Gerüchte zu nähren. Setzte man noch einen goldenen Ohrring drauf, und das Geraune wurde deutlich lauter. Nicht, dass es etwas ausmachte; seinen Mandanten wäre es herzlich egal gewesen, wäre Bob Brackett im Tutu zur Verhandlung erschienen; Hauptsache, er boxte sie raus.

»Kommen Sie schon, Mr. Rose«, sagte er. Er sprach leise, vernünftig, freundlich. »Haben Sie keinen Berufsstolz? Sind Sie wirklich so verzweifelt auf Erfolge angewiesen, dass Sie partout einen geistig zurückgebliebenen jungen Mann für fünfzehn Jahre hinter Gitter bringen wollen?«

»Sorgen Sie dafür, dass er sich schuldig bekennt, und ich plädiere auf zehn.«

Brackett drehte sich zu Cardinal um. Cardinal war darauf eingestellt, seine Meinung zum Fall Matlock darzulegen und dabei Wudkys Kooperationsbereitschaft zu unterstreichen. Doch leider wollte Brackett auf etwas anderes hinaus. »Detective Cardinal, soviel ich weiß, haben Sie bei Ihnen im Kommissariat einen Spitznamen für meinen Mandanten.«

Cardinal hüstelte, teils vor Staunen, teils, um Zeit zu gewinnen. »Ich glaube nicht, dass wir das hier diskutieren sollten, oder? Ich dachte, wir wollten nur ...«

»Haben Sie im Kommissariat einen Spitznamen für meinen Mandanten oder nicht?« Brackett wich keinen Moment von seinem freundlichen Plauderton ab.

»Detective Cardinal ist hier nicht im Zeugenstand«, sagte Rose.

»Das ist kein Kreuzverhör.«

»So war es auch nicht gemeint. Wenn ich ihn ins Kreuzverhör nehme, wird es ihm nicht entgehen. Für den Augenblick stelle ich ihm nur eine einfache Frage.«

»Wir haben für eine Menge unserer Kunden Spitznamen«, sagte Cardinal. »Sie sind nicht für die Öffentlichkeit gedacht.«

»Ihre anderen Kunden, wie Sie sie zu nennen belieben, interessieren mich nicht. Wie bitte lautet der Spitzname meines Mandanten?«

»Wudky.«

»Wudky. Ein ungewöhnlicher Kosename. Könnten Sie das bitte für uns buchstabieren?«

»W, D, K.«

»W, D, K. Auch eine ungewöhnliche Rechtschreibung. Wofür stehen die Buchstaben?«

»Das würde ich lieber nicht sagen, solange Robert im Raum ist.«

Brackett grinste. Es war ein überaus wohlwollendes Grinsen, das keinen Millimeter nachgab. »Trotzdem, Detective, wir sind gespannt auf Ihre Antwort.«

»Sie stehen für ›Der Welt dümmster Krimineller‹. Tut mir leid, Robert.«

»Schon gut.« Hewitt saß über den Konferenztisch gebeugt und stützte sein Kinn in die verschränkten Hände. Wenn er den Mund aufmachte, hüpfte sein Kopf hoch und runter.

»Der Welt dümmster Krimineller. Und dürfen wir auch erfahren, warum Sie ihn so nennen?« Bracketts rundes Gesicht verriet keinen Hintergedanken, *ich bitte doch nur um eine Auskunft*.

»Ich dachte, wir könnten das unter uns dreien diskutieren.«

»O nein, davon war nie die Rede«, sagte Brackett. »Bitte sagen Sie uns, wieso mein Mandant der Welt dümmster Krimineller ist.«

»Weil er einfach unfähig ist. Ihm passieren die dümmsten Schnitzer.«

»Nun ja, Mr. Rose hat die Forderungsnotiz als Beweisstück A.«

Rose klopfte mit dem Radiergummiende seines Bleistifts auf seinem Schreibblock herum. »Erwiesenermaßen ist Ihr Mandant bei früheren Verfahren geistig in der Lage gewesen, zu seiner Verteidigung beizutragen und zu begreifen, welcher Art seine Straftaten waren. Gehen Sie davon aus, dass das mit einem Mal anders geworden ist?«

Brackett lächelte unschuldig wie ein Engel. »Sie sind so unbarmherzig in der Verfolgung eines geistig Zurückgebliebenen, Mr. Rose. Schicken Sie meinen Mandanten doch gleich in die Vereinigten Staaten rüber. Da unten werden sie exekutiert.«

»Nicht für Raubüberfall, hab ich mir sagen lassen.«

»Darf ich fortfahren?«

»Ich bitte darum.«

»Detective Cardinal, ungeachtet der intellektuellen Defizite meines Mandanten hat er sich, soviel ich weiß, kürzlich der Polizei gegenüber als äußerst hilfreich erwiesen. Ist das richtig?«

Endlich, dachte Cardinal. »Er brachte zwar ein paar Details durcheinander, aber er hat uns von einem Gespräch mit einem einschlägigen Kriminellen namens Thierry Ferand erzählt. Im Verlauf der Unterhaltung hatte er erfahren, ein Mann irgendwo aus dem Süden habe Paul Bressard getötet und die Leiche anschließend im Wald verschwinden lassen.«

Der Staatsanwalt warf seinen Stift so fest auf den Block, dass er zurückfederte und auf den Boden fiel. »Paul Bressard lebt und erfreut sich bester Gesundheit. Er ist mir heute Morgen über den Weg gelaufen. In diesem Waschbärmantel ist er ja wohl kaum zu übersehen.«

»Wie gesagt, Robert hat die Details durcheinander gebracht.«

»Die Details? Es ist eine vollkommen falsche Behauptung.«

Mr. Brackett fuchtelte mit seinen rundlichen Fingern nervös in der Luft herum. »Halt. Können wir bitte damit aufhören und klären, wie viel von Mr. Hewitts Informationen sich als richtig erwies?«

»Also, zunächst nahmen wir an, dass er ein paar Namen durcheinander gebracht hätte, doch wie sich herausstellte, stimmten sie. Das heißt, Paul Bressard war nicht ermordet und im Wald vergraben worden, sondern Bressard hat, wie er zugibt, selber eine Leiche im Wald entsorgt. Und die Leiche kommt tatsächlich aus dem Süden – es handelt sich um einen Amerikaner namens Howard Matlock. Sie sehen also, dass Robert die Fakten nur quasi auf den Kopf gestellt hatte.«

»Danke, Detective. Sie haben uns außerordentlich geholfen.« Brackett nahm seine Brille ab und putzte sie mit der

Rückseite seiner Krawatte, noch eine Geste, die deutlich machte, wie ganz und gar harmlos dieser Mann war. »Könnte man fairerweise auch sagen, dass Sie ohne die Hilfe meines Mandanten nichts von dem Mord erfahren hätten?«

»Nicht ganz. Es stimmt zwar, dass er uns davon erzählt hat, bevor wir selber davon erfuhren, aber das passierte wenig später durch den Mann, der die Leiche fand - das heißt ein Stück von der Leiche. Darüber hinaus hatte uns Robert aber auch noch den Namen Paul Bressard genannt, so dass wir schneller auf ihn aufmerksam wurden, als es sonst vermutlich der Fall gewesen wäre. Alles in allem würde ich also sagen, ja, er hat sich in der Tat als sehr nützlich und kooperativ erwiesen.«

»Danke, Detective.« Brackett wandte sich wieder an den Staatsanwalt. »Demnach, Mr. Rose, hat die Staatsanwaltschaft, wie mir scheint, zwei Möglichkeiten: Sie kann einen geistig benachteiligten jungen Mann nach allen Regeln der Kunst fertig machen oder einem Bürger, der sich soeben außerordentlich nützlich gemacht hat, einen Deal anbieten.«

Rose wandte sich zu Cardinal um. »Haben Sie im Fall Matlock schon einen Verdächtigen?«

»Es gibt ein paar potenzielle Täter, mit denen wir uns befassen, aber es wäre verfrüht zu sagen, dass Festnahmen unmittelbar bevorstünden.«

Rose hob in einer hilflosen Geste die Arme und sagte zu Brackett: »Sehen Sie? Wie hilfreich war es denn dann?«

»Lassen wir die Spielchen, Mr. Rose. Ich bin nicht hier, um Ihnen oder dem Detective die Zeit zu stehlen. Will die Staatsanwaltschaft einen Angeklagten zur Kooperation motivieren oder nicht?«

»Wenn er sich des Bankraubs schuldig bekennt, bekommt er zehn Jahre.«

»Zehn Jahre für eine Spielzeugpistole und einen IQ von achtundsiebzig? In dem Fall sehen wir uns vor Gericht wieder.« Brackett warf energisch seine Papiere in seinen Aktenkoffer und ließ ihn zuschnappen. »Er bekennt sich schuldig, eine versteckte Waffe dabeigehabt zu haben – selbst das ist ein Zugeständnis, da es sich um ein Spielzeug handelt. Zwei Jahre, allerhöchstens.«

Rose schüttelte den Kopf. »Wir wollen auf dem Teppich bleiben, ja? Banküberfall, er kriegt sechs Jahre.«

Brackett drehte sich zu seinem Mandanten um und schüttelte ihm sanft die Schulter. »Robert?«

Hewitt setzte sich kerzengerade auf und blinzelte. »Oh, hi. Hab mich nurn bisschen ausgeruht.«

»Der Staatsanwalt bietet sechs Jahre. Bei guter Führung wären Sie in vier Jahren draußen.«

»Okay. Das klingt gut. Wow, träum ich oder was?«

Im Hinausgehen musste Cardinal sich noch eine Standpauke über die gemeinsame Aufgabe von Polizei und Staatsanwaltschaft anhören, dafür zu sorgen, dass Kriminelle angemessen bestraft werden. »Bei der Polizei«, ließ er ihn wissen, »ist kein Platz für ein zu weiches Herz. Wenn Sie sich in jeden hineinfühlen wollen, hätten Sie Sozialarbeiter werden sollen.«

Auf dem Parkplatz winkte Bob Brackett Cardinal mit seinen dicken Fingern zu. Auf seiner Glatze glänzten Regentropfen. Zwei uniformierte Polizisten schoben Robert Henry Hewitt auf den Rücksitz eines Streifenwagens. »Hat Rose Ihnen einen Vortrag gehalten?«

»So was in der Art.«

»Es tut dem Kerl weh, einen derart leichten Fall aufzugeben. Bei manchen Leuten hängt die Selbstachtung von der Zahl der Jahre ab, die sie jemandem aufbrummen können. Traurig irgendwo.«

Der Streifenwagen hielt neben ihnen an, und der Polizeischüler hinterm Steuer sagte: »Der Bursche will noch was loswerden.«

»Was gibt's, Robert?«

»Wollt mich nur gerne bei Ihnen bedanken, ja? Danke, danke, danke, Officer Cardinal! Mr. Brackett sagt, Sie ham mir so ungefähr genau zehn Jahre von meinem Leben gerettet, und ich werd Ihnen das nie nich vergessen, so lang wie ich lebe. Nie, nie nie, verstehn Sie? Ich vergess meine Kumpel nich. Kommt überhaupt nich infrage!«

»Robert, am besten dankst du mir, indem du sauber bleibst.«

»Oh, mach ich, Kumpel, ja? Ich werd so gut sein, dass sie mich schon wieder wegschicken müssen, bevor ich drin bin. Wirklich, danke, danke, danke!«

Das Letzte, was Cardinal von Robert Henry Hewitt sah, war, wie ihn die Polizisten auf dem Rücksitz des Streifenwagens herumdrehten und er dabei stumm weiter Danke sagte, während der Wagen nach rechts in die MacIntosh einbog und Richtung Norden nach Algonquin Bay zurückfuhr.

10

Lise Delorme ärgerte sich darüber, wie sie im Fall Matlock kaltgestellt worden war. Was Cardinal gesagt hatte, entsprach durchaus der Wahrheit: Sie hatte schon mit Musgrave zusammengearbeitet, und sie kamen gut miteinander aus, auch wenn er ein chauvinistischer Albtraum war. Aber nein, Chouinard wollte Cardinal, und Cardinal bekam den Fall, basta. Und solange Cardinal bis über beide Ohren im interessantesten Fall des Jahres steckte, würde Delorme sich um den üblichen Kram kümmern, der so anfiel.

Sie hatte gerade an ihrem Schreibtisch gegessen, als aus dem St.-Francis-Krankenhaus ein Anruf mit einer Vermisstenmeldung hereinkam. Delorme hatte sich ein paar Einzelheiten notiert und versprochen, in zwanzig Minuten da zu sein.

Vermisstenanzeige. Das Dumme an diesen Meldungen war, dass die Leute meistens überhaupt nicht verschwunden waren. Zumindest die Erwachsenen. In den meisten Fällen haben sie nur die Nase voll – von ihrem Partner, ihrem Job, ihrem Leben –, und dann kommt ihnen ein Wundermittel in den Sinn. Eine spontane Auszeit. Doch bei dieser Vermisstenanzeige gab es ein paar Anhaltspunkte, die eine unverzügliche Untersuchung nahe legten, obwohl die Vermisste – eine unverheiratete Frau in ihren Dreißigern – noch keine vierundzwanzig Stunden unauffindbar war.

»Ich würde gerne Dr. Nita Perry sprechen«, sagte Delorme zu der Dienst habenden Schwester. »Könnten Sie sie wohl für mich anpiepen?«

Delorme setzte sich in einen Aufenthaltsraum und wartete. Im Fernseher, der in der Ecke stand, erklärte Geoffrey Mantis, Premierminister von Ontario, gerade, warum die Lehrer künftig länger arbeiten müssten.

»Klar doch«, sagte Delorme Richtung Mattscheibe. »Als ob

du vorhättest, länger zu arbeiten.« Mantis schien nichts anderes zu tun, als für die eigene Gehaltserhöhung zu sorgen und in Urlaub zu gehen. Delorme hatte nie gedacht, dass Golf ein Sport rund ums Jahr sein könnte. Aber sie hatte gelernt, im Kommissariat ihre politischen Überzeugungen für sich zu behalten. Eindeutig Tory-Terrain, mit Ausnahme von Cardinal. Soweit sie wusste, waren sie beide die einzigen Cops, für die Mantis nicht der große Lokalmatador war.

Eine junge Frau in OP-Handschuhen kam herein. Sie war klein – gut sechs Zentimeter kleiner als Delorme. Ihr rotes Haar hielt sie sich mit zwei schlichten Haarklämmerchen aus dem Gesicht. »Ich hab nur einen Moment Zeit«, sagte Dr. Perry. »Ich bin gerade auf dem Weg zu einer OP.«

»Sie sind Chirurgin?«, fragte Delorme.

»Anästhesistin. Sie können nicht ohne mich anfangen.«

»Haben Sie Dr. Winter Cates als vermisst gemeldet?«

»Ja. Ich hab das Foto, um das Sie baten. Ich hab's unserem Sicherheitsdienst abgeluchst.«

Auf dem Bild war eine hübsche Frau Anfang dreißig, mit lockigem schwarzem Haar und einem schiefen Grinsen, das ihr einen etwas süffisanten Ausdruck verlieh.

»Sie ist nur schlecht getroffen, glauben Sie mir.«

»Wann haben Sie das letzte Mal mit Dr. Cates gesprochen?«

»Gestern Abend, etwa um halb zwölf. Ich hab sie angerufen, um ihr zu sagen, dass gleich ›Der Vollstrecker‹ im Fernsehen kommen würde. Sie ist ein ausgesprochener Mel-Gibson-Fan – wir beide, genauer gesagt. Aber sie hatte sich ein Video ausgeliehen, das sie sich ansehen wollte. Da klang sie auf jeden Fall noch völlig normal. Vollkommen unbesorgt.«

»Halb zwölf ist ziemlich spät, um jemanden anzurufen. Selbst für eine gute Freundin.«

»Nein, ganz und gar nicht. Winter ist ein Nachtlicht, so wie ich. Ich glaube, ich würde sie nach eins nicht mehr anrufen, aber bis dahin jederzeit. Wir telefonieren oft noch spätabends. Wir haben noch darüber gewitzelt, Ferien auf der Farm zu machen, das ist unser Code für ›Fernsehen und dabei eine Tüte Pepperidge runterfuttern‹. Winter war gerade dabei, eine Tüte aufzumachen, als ich anrief.«

»Wann haben Sie angefangen, sich Sorgen zu machen?«

»Heute Morgen. Wir hatten einen Eingriff, der auf acht Uhr angesetzt war, und sie ist nicht erschienen. Das wäre bei jedem ein Grund zur Besorgnis, aber ganz bestimmt bei jemandem, der so gewissenhaft ist wie Winter. Auf sie ist einfach hundert Prozent Verlass – wie auf kaum jemanden sonst.« Ein Schatten huschte über die lebhaften blauen Augen der Ärztin, als ob sie die zahllosen Leute Revue passieren ließe, auf die kein Verlass war. »Außerdem sind Winter und ich gute Freundinnen geworden, wissen Sie. Enge Freundinnen. Es passt einfach überhaupt nicht zu ihr, mir nicht Bescheid zu geben, was los ist. Ich hab ein paarmal bei ihr angerufen, aber sie hat nicht zurückgerufen. Sie hat, wie's aussieht, nicht einmal den Anrufbeantworter abgehört. Passt genauso wenig zu ihr.«

»Haben Sie sonst irgendetwas unternommen, um sie zu finden?«

»Nach der Operation hab ich bei ihr in der Praxis angerufen, aber ihre Sprechstundenhilfe hatte auch nichts von ihr gehört. Und ich hab ihre Eltern angerufen. Sie wohnen in Sudbury, und Winter ist oft am Wochenende bei ihnen, aber die hatten auch nichts von ihr gehört. Ich wusste nicht, an wen ich mich sonst noch wenden sollte. Sie ist erst seit ungefähr einem halben Jahr in der Stadt. Sie kennt hier noch nicht viele. Ich wollte noch mal in ihrer Praxis anrufen, aber ich wollte denen auch nicht auf den Wecker fallen.«

»Also, ihre Sekretärin hat uns kurz nach Ihnen angerufen.«

»Oh, nein.« Dr. Perry hielt sich die Hand vor den Mund.

»Im Moment besteht noch kein Grund zur Aufregung. Vorerst müssen wir noch nicht an ein Verbrechen denken.«

»Also, ich will Ihnen sagen, was mir wirklich Angst macht«, sagte Dr. Perry. »Ich bin heute Mittag zu ihr rübergefahren, und ihr Wagen war noch da. Wenn sie also nicht nach Hause gefahren ist, wo ist sie dann hingegangen? Und wieso hat sie niemandem Bescheid gegeben?«

»Haben Sie irgendeinen Grund zu der Annahme, dass irgendjemand ihr Schaden zufügen könnte? Hatte sie Ihres Wissens irgendwelche Feinde?«

»Ich kann nicht glauben, dass irgendjemand den geringsten Grund hätte, Winter etwas antun zu wollen. Sie hatte überhaupt keine Feinde. Sie ist einfach der netteste Mensch, den Sie sich denken können. Intelligent, witzig, zuverlässig – großartige Ärztin. Fragen Sie jeden, der mit ihr zusammenarbeitet. Es gibt keinen, den sie lieber im OP dabeihaben wollen.«

»Wir werden selbstverständlich noch mit ihren anderen Kollegen sprechen«, sagte Delorme. »Aber was ist mit einem Freund? Ist sie mit jemandem zusammen, den Sie kennen?«

Dr. Perry sah zu Boden. Ihre OP-Haube verrutschte, und sie zupfte sie geistesabwesend wieder zurecht. »Winter hat einen Freund von früher, der, na ja, problematisch ist. Aus Sudbury. Craig Soundso. Ich hab ihn einmal kennen gelernt. Ich glaube, sie hat mir seinen Nachnamen nie genannt. Ich war einmal bei ihr zu Hause – wir wollten gerade essen gehen und danach ins Kino –, und dieser Craig steht auf einmal in der Tür. ›Ich kann jetzt nicht‹, sagt Winter zu ihm. ›Ich gehe aus.‹ ›Kein Problem‹, sagt er, ›ich fahr euch!‹ Es war wirklich schwer für sie, ihn loszuwerden.«

»Kam er Ihnen gefährlich vor?«

»Oh, nein. Ich fand es nur ein bisschen seltsam, dass er einfach so aufkreuzt. Winter sagte, das sei typisch für ihn. Offenbar hatte sie ihm schon längst gesagt, dass es vorbei ist, aber er tut beharrlich so, als wär nichts gewesen. Er hat immer gehofft, dass sie nach Sudbury zurückkommt, wenn sie mit dem Studium fertig ist. Aber sie wollte nicht zurück.«

»Wegen ihm?«, fragte Delorme.

»Oh, keine Ahnung. Ich will den Kerl nicht zu einem Ganoven hochstilisieren. Ich glaube, sie hatte einfach keine Lust, in ihrer Heimatstadt zu bleiben. Das können Sie sicher nachvollziehen?«

Eigentlich hatte Delorme nie woanders leben wollen als in ihrer Heimatstadt. Selbst als sie an die Uni in Ottawa ging – und danach auf die Polizeiakademie in Aylmer –, hatte ihr Algonquin Bay gefehlt. Es war etwas Besonderes, wenn man in der Stadt leben konnte, die einen geprägt hatte – dieses Gefühl von Rückhalt und Kontinuität –, das keine andere Stadt, wie reizvoll oder kosmopolitisch sie auch sein mochte, ersetzen konnte. Aber sie wusste auch, dass andere das anders sahen.

»Gibt es noch irgendjemanden, mit dem Dr. Cates Probleme hat? Hat sie irgendetwas erwähnt?«

»Na ja, sie hatte so was wie eine Auseinandersetzung mit Dr. Choquette, aber nichts Ernstes.«

»Was für eine Auseinandersetzung? Worüber?«

»Winter hat Ray Choquettes Praxis übernommen, als er sich zur Ruhe setzte, und es gab ein paar Missverständnisse über ihre Abmachungen.«

»Er hat ihr die Praxis verkauft?«

»Nein, eine Arztpraxis können Sie nicht verkaufen, nicht in Ontario. Wahrscheinlich ging es um die Ausstattung oder etwas in der Art. Jedenfalls hat sie sich darüber geärgert.« Dr. Perry sah auf die Uhr und stand auf. »Ich muss jetzt wirklich. Hören Sie, Winter ist ein feiner Kerl. Ich meine, sie ist wirklich etwas Besonderes. Sie macht Menschen glücklich. Ich könnte es nicht ertragen, wenn ihr etwas zugestoßen wäre.«

»Es sind noch keine vierundzwanzig Stunden vergangen«,

sagte Delorme in bester Krankenschwestermanier, »wir sollten keine voreiligen Schlüsse ziehen.«

Dr. Cates' Wohnung lag in der Twickenham Mews, einer teuren Gruppe von niedrigen Häusern am Ende einer kurzen Straße hinter der Algonquin Mall. Delorme konnte sich noch an die Zeile weiß getünchter Bungalows erinnern, die dem Erdboden gleichgemacht wurden, um für das Einkaufszentrum Platz zu schaffen. Mit seinen roten Backsteinhäusern und den Zedern gehörte Twickenham Mews zu den attraktivsten Ecken weit und breit. Es wirkte heimelig – für ein Appartementhaus, man bekam richtig Lust, hineinzugehen, besonders da der Nebel jetzt wieder in Regen überging.

Delorme klingelte bei der Hausmeisterin, einer Mrs. Yvonne Lefebvre. Sie erschien an der Tür, eine spindeldürre Frau in ihren Vierzigern mit rot geränderten Augen und einem Taschentuch vor dem Gesicht. »Allergie«, sagte sie. »Im Frühling, Sommer, Herbst und Winter. Ich weiß nicht, ob es vom Schimmel kommt oder was. Ich weiß nur, dass eine die andere jagt.« Sie unterstrich ihre Ausführungen mit einem Nieser.

Als Delorme erklärt hatte, wer sie sei und in welcher Angelegenheit sie komme, brauchte Mrs. Lefebvre gute zwei Minuten, um unter mehrfachem Niesen und Naseschnäuzen den Weg zum Ende des Flurs zurückzulegen und ein Schlüsselbund hervorzukramen, bevor sie wieder zur Tür zurückkam, wo Delorme wartete – ein Ausflug, von dem sie sich, an die Wand gelehnt, erst einmal erholen musste.

»Wie schaffen Sie denn alleine ein so großes Gebäude?«, fragte Delorme.

»Oh, damit hab ich gar nichts zu tun, meine Liebe. Mein Bruder erledigt alle Reparaturen und die Wartung. Ich ziehe nur die Miete ein. Hören Sie, macht es Ihnen was aus, wenn ich nicht mit hochkomme? Ich bin nicht ganz auf dem Posten.«

»Tut mir leid, aber es geht nicht ohne Sie. Wenn Dr. Cates zurückkommt und es fehlt etwas, möchte ich nicht, dass sie denkt, die Polizei hätte es weggenommen.«

Der Weg durch den Flur in den Fahrstuhl bis zur Wohnung der Ärztin dauerte fünfmal so lang wie normalerweise. Über den größeren Teil der Strecke suchte Mrs. Lefebvre an der Wand Halt.

»Was für einen Wagen fährt Dr. Cates?«

»Einen PT Cruiser. Normalerweise wüsste ich das nicht auf Anhieb. Ich weiß es nur, weil es so ein schnuckeliges, kleines Auto ist und ich sie einmal gefragt hab, als sie gerade ihre Lebensmittel rausholte. Es steht noch auf ihrem Parkplatz hinter dem Haus.«

Mrs. Lefebvre lehnte sich mit puterrotem Gesicht gegen den Türpfosten, während Delorme die Wohnung aufmachte, und setzte sich drinnen auf den nächstbesten Holzstuhl. »Ich hau mich hier hin. Sagen Sie mir nur Bescheid, wenn Sie fertig sind.«

Die Lampen waren an, wie Delorme sofort bemerkte, als sie eintrat. Auch die Gardinen waren nicht zugezogen. Ein großes Flachglasfenster ging auf den Nipissing-See hinaus, der grau und trübe unter dem schräg einfallenden Regen lag.

Die Wohnung vermittelte den Eindruck behaglicher Unordnung. Die Möbel waren neu, im Landhausstil, wie Delorme sie nur aus Katalogen kannte. Eine bunte Wolldecke lag zusammengeknüllt am einen Ende des Sofas. Auf dem Couchtisch türmten sich Videos. Aus einem randvollen Papierkorb quollen Zeitschriften – *The New Yorker, Maclean's, Scientific America*. Die Bücherregale bogen sich unter Thrillern im Taschenbuchformat, die kreuz und quer hineingestopft waren. Überall standen halb leere Kaffeetassen und Weingläser herum, und allenthalben fanden sich Gegenstände am falschen Fleck – ein Bügeleisen auf dem Couchtisch, ein Squashschläger im Esszimmerbereich, ein BH über einer Stuhllehne.

Nicht gerade eine Ordnungsfanatikerin, dachte Delorme. Das Entscheidende war, dass nichts zerbrochen, nichts umgeworfen war und somit auf einen Kampf hingedeutet hätte.

Sie ging langsam durchs Wohnzimmer, die Hände in den Hosentaschen, um nichts anzufassen. Über den Couchtisch gebeugt blieb sie stehen. Von einer Videohülle starrte ihr Mel Gibson entgegen: »Fletcher's Visionen«. Auf dem Sofa lagen zwei Fernbedienungen, eine für den Fernseher und eine für den Videorekorder. Der Bildschirm war dunkel, doch das rote Lämpchen leuchtete.

Auf dem Tisch stand ein Teller mit Keksen, zwei Keksen, genau gesagt, neben einem fast vollen Henkelbecher Tee.

In der Küche war das Spülbecken ein einziger wackeliger Turm Kochgeschirr. Delorme hob den Deckel von einer kleinen braunen Teekanne. Sie war halb voll. Nicht weit davon lag eine Tüte Pepperidge Farm Cookies, in der die erste Reihe Kekse fehlte. Delorme pflegte selber ein ähnliches Ritual: ein Video, ein Glas Milch, ein Teller Kekse – das perfekte Beruhigungsmittel. Offenbar war die Ärztin mitten in ihrem Imbiss weggerufen worden. Ein Patient? Ein Verwandter? Dieser Freund?

»Haben Sie in den letzten Tagen Fremde im Haus gesehen?«

»Nee. Nur die üblichen. Nicht dass ich ne Liste führe. Ich bin der unvorwitzigste Mensch, den Sie sich vorstellen können – abgesehen davon, dass meine Wohnanlage mitten im Gebäude ist. Liegt ja nicht zur Straße oder zum Parkplatz raus.«

»Wer hat Dr. Cates regelmäßig besucht?«

Mrs. Lefebvre schniefte und betupfte ihre Augen. »Kann ich Ihnen nicht sagen. Sie ist ja erst seit ein paar Monaten hier. Zahlt pünktlich ihre Miete, beschwert sich nicht. Alles andere ist mir egal. Dass Sie mich nicht falsch verstehen. Meine Mieter sind mir natürlich nicht egal. Aber normalerweise lerne ich nur die auf meinem Stock kennen. Sie wissen schon, man läuft sich mal über den Weg, bringt ihnen die Post mit hoch und so was.«

»Haben Sie sie überhaupt mal mit irgendjemandem gesehen?«

»Ihre Eltern sind mal zu Besuch gekommen. Und ich hab sie ein paarmal mit ner rothaarigen Frau gesehen.«

»Klein? Strahlend blaue Augen?«

»Kann sein.«

Das konnte nur Dr. Perry gewesen sein.

»Haben Sie sie jemals mit einem Mann zusammen gesehen?«

»Ja, hab ich, jetzt, wo Sie's sagen. War nicht sonderlich groß. Ganz kurzes Haar und sehr höflich. Hat mir die Tür aufgehalten. Ich erinnere mich dran, weil ich dachte, Honey, den Kerl solltest du heiraten. Sie ist so hübsch, dass ich mich schon gefragt hab, warum sie keinen Kerl hat. Sicher, Ärzte haben immer so viel zu tun ...«

Delorme ging ins Schlafzimmer. Auf dem Nachttisch standen ein Telefon und ein Anrufbeantworter, auf dem eine Vier leuchtend rot blinkte. Delorme drückte mit der Spitze eines Kugelschreibers auf die Abspieltaste. Die elektronische Stimme eines Computerchips kündigte die erste Nachricht von 10.15 Uhr morgens an. Es folgte die Stimme von Dr. Perry, die Winter fragte, wo sie geblieben sei und ob sie den OP-Termin vergessen habe.

Zweite Nachricht, gleichfalls Dr. Perry.

Die dritte Nachricht kam von jemandem namens Melissa, vermutlich der Sekretärin von Dr. Cates, die wissen wollte, wo sie sei, das Wartezimmer fülle sich allmählich.

Delorme drückte auf den Knopf für alte Nachrichten. Diese Aufnahmen hatten keine Uhrzeit und kein Datum mehr. Die Stimme eines jungen Mannes meldete sich. *Winter, ich bin's. Tut mir leid, wie ich mich neulich benommen habe, ich war nur so aufgeregt. Ich muss dich sehen. Ich kann nicht Monat für Monat so weitermachen wie du. Am Wochenende ist es am schlimmsten. Bitte ruf an – Gott, ich klinge, als würde ich dich anflehen. Ja, ich flehe dich an. Bitte ruf zurück. Ich liebe dich.*

Der nächste Anruf mit derselben Stimme: *Ich weiß, dass du da bist, Winter. Ich weiß, dass du deine Anrufe abhörst. Wieso kannst du mich nicht einfach zurückrufen? Weißt du, manchmal bekomme ich zwanzig oder dreißig Anrufe am Nachmittag – zum großen Teil von Leuten, die ich nicht kenne –, und ich rufe alle zurück. Du behandelst mich schlimmer, als ich einen Wildfremden behandeln würde. Ich würde niemandem antun, was du mir antust.*

Dritte Nachricht: Inzwischen mit verzweifeltem Unterton: *Ich weiß nicht, was ich sagen soll, Winter. Ich werd hier noch wahnsinnig. Ich schnapp einfach über. Ich kann nichts essen, ich kann nicht klar denken, ich krieg kaum Luft. Das tust du mir an. Ich weiß einfach – ich weiß einfach nicht, was ich sagen soll. Bitte ruf an. Unter der Handynummer.*

Dr. Perry hatte den Namen des Exfreunds erwähnt, Craig Soundso. »Klingt ganz danach, dass Craig Soundso total verknallt ist«, murmelte Delorme vor sich hin. »Klingt ganz danach, dass Craig Soundso bald durchdreht.«

Aber aus welchem Grund behielt eine Frau solche Anrufe auf dem Band? Warum löschte sie sie nicht sofort? Behielt sie sie als Beweis dafür, dass der Kerl sie belästigte, ihr nachstellte? Andererseits konnte es gut sein, dass sie nur vergessen hatte, sie zu löschen.

Delorme wandte sich dem Knäuel aus Steppbett, Kissen und Daunendecke zu. Sie schlug sie vorsichtig zurück; nichts deutete auf Sex hin.

Sie ging zum Wandschrank. Die Ärztin war kein Modepüppchen. Die Sachen auf den Bügeln schienen zur Hälfte aus Jeans zu bestehen, und die Fächer waren voll mit Sweatern. Es hing ein angenehmer Duft nach einem leichten Parfüm und Lederschuhen in der Luft.

Sie zog ein gerahmtes Foto unter den Sweatern hervor. Darauf war ein junges Paar – eine jüngere Ausgabe von Dr. Cates in den Armen eines jungen Mannes. Sie war für einen gesellschaftlichen Anlass gekleidet, doch was Delorme den Atem verschlug, war die Kleidung des Mannes: der hohe, steife Kragen, die Epauletten, der Kasack aus roter Serge.

Delorme ging ins Wohnzimmer und zeigte das Bild Mrs. Lefebvre. »Ist das der Mann, den Sie mit Dr. Cates zusammen gesehen haben?«

»Mensch Meier«, sagte Mrs. Lefebvre und putzte sich erst mal die Nase. »Und ob er das ist. Hätte nie gedacht, dass der bei den Mounties ist.«

11

Das Gebäude des Healing Arts Centre ist ein Kasten aus gelben Ziegeln nach dem Geschmack der Sechziger. Es steht gleich vorne in der Algonquin Avenue, direkt hinter der Umgehungsstraße zum Highway 11. Der größte Laden im Erdgeschoss ist der Shoppers Drug Mart, umgeben von einem Waschsalon, einer Reinigung und verschiedenen kleinen Geschäften. Darüber befinden sich fünf Stockwerke mit Arztpraxen und Chiropraktikern.

Delorme war schon oft als kleines Mädchen hier gewesen, zusammen mit ihren Eltern, bei einem Zahnarzt, der sich später, als alle ihre Füllungen ersetzt werden mussten, als die personifizierte Inkompetenz erwiesen hatte.

Laut Adressenverzeichnis für das Gebäude befand sich die Praxis von Dr. Cates auf dem zweiten Stock.

Auf der Tür klebte ein Zettel mit der Nachricht WEGEN NOTFALL GESCHLOSSEN. BITTE VEREINBAREN SIE TELEFONISCH EINEN NEUEN TERMIN. Delorme klopfte laut und wurde von einer zierlichen Frau hereingelassen, deren blondes Haar jungenhaft kurz geschnitten war und deren Ohren je fünf Ringe schmückten. Die Frau war Melissa Gale, Dr. Cates' Sprechstundenhilfe.

»Sind Sie die Kriminalbeamtin, mit der ich am Telefon gesprochen habe?« Ihre leise Stimme zitterte leicht.

»Ja, ich bin Detective Delorme.«

»Kommen Sie rein, ich mach besser die Tür hinter Ihnen zu. Ich kann keine Patienten mehr sehen. Ich schicke sie schon seit der Mittagspause weg.«

»Wann hätte Dr. Cates normalerweise da sein müssen?«

»Ihr erster Termin war um elf. Um halb zwölf herum fing ich allmählich an mir Sorgen zu machen. Ich meine, sie kommt nie zu spät. Ich hab ein paarmal bei ihr zu Hause angerufen.

Ich hab sogar im Krankenhaus angerufen. Als die sagten, bei ihnen wäre sie auch nicht erschienen, bekam ich's richtig mit der Angst zu tun. Da hab ich mich dann bei Ihnen gemeldet.«

»Haben Sie sie gestern gesehen?«

»Ja, sie war den ganzen Tag hier. Wir waren so um sieben herum fertig.«

»Das war das letzte Mal, dass Sie mit ihr gesprochen haben?«

»Gestern Abend, ja.«

»Was machte sie da für einen Eindruck? Wirkte sie besorgt oder außergewöhnlich gestresst?«

»Nicht im Geringsten. Sie müssen wissen, dass Winter ein ausgesprochen fröhlicher Mensch ist. Die Leute machen manchmal Sachen, dass ich an die Decke gehen könnte, und sie lässt sich nicht im Mindesten aus der Ruhe bringen. Das sieht ihr einfach überhaupt nicht ähnlich. Ich hab wirklich keinen blassen Schimmer, wo sie stecken könnte.«

»Hat es irgendwelche ungewöhnlichen Anrufe gegeben?«

Ms. Gale legte einen Moment den Kopf schief und dachte nach. »Nichts.«

»Und heute Morgen, als Sie die Praxis geöffnet haben? Waren irgendwelche Nachrichten auf dem Anrufbeantworter, die Ihnen merkwürdig ...«

»Es war vielleicht ein halbes Dutzend drauf. Sie wissen schon, Leute, die einen Termin machen wollen oder sich nach Laborergebnissen erkundigen, so was in der Art.«

Delorme sah sich um. Das Wartezimmer war klein und schlicht, durch ein Ledersofa und ein paar große Grünpflanzen ein wenig aufgelockert. Die leeren Stühle standen säuberlich nebeneinander, die Zeitschriften lagen ordentlich auf den Beistelltischen gestapelt. »Als Sie geöffnet haben, ist Ihnen da irgendetwas Ungewöhnliches an der Praxis aufgefallen? Irgendetwas außer der Reihe?«

»Nein, es ist immer gleich. Ich hab gestern Abend abgeschlossen, und als ich heute Morgen reinkam, war alles so, wie ich es verlassen hatte.«

Delorme wies mit dem Kopf auf Ms. Gales Computer, auf dessen Bildschirm ein Versicherungsformular flimmerte. »Und auf dem Computer? Irgendwelche E-Mails?«

»Nichts. Nur die üblichen Sachen, was von der staatlichen Gesundheitsfürsorge, Werbung von Pharmaherstellern und Krankenversicherungen. Wir bekommen tonnenweise Reklame.«

»Nichts dagegen, wenn ich mich mal umschaue?«

»Nein, bitte – hier lang.«

An das Wartezimmer grenzte ein Sprechzimmer: großer Eichenschreibtisch, Büchervitrinen und Orientteppich. Delorme sah sich die Schreibtischplatte an: Telefon, Notizbuch, gelbes Schreibblock-, Bleistift- und Kugelschreiber-Set, Tipp-Ex, keine Fotos. Die penible Ordnung stand in ziemlichem Kontrast zu Dr. Cates' Wohnung.

»Ist ihr Schreibtisch immer so aufgeräumt?« Delorme zeigte auf die Notizblöcke. »Nicht einmal irgendwelche Notizen drauf? Erledigungslisten?«

»Winter ist jemand, der nicht nach Hause geht, bevor alles erledigt ist. Außerdem schiebt sie nicht gern was auf den nächsten Morgen – deshalb sieht es abends bei Praxisschluss immer ziemlich so aus wie jetzt.«

Die Tür zum angrenzenden Untersuchungszimmer stand offen.

»Ach so, jetzt, wo Sie's sagen«, fügte Ms. Gale hinzu, »gab es doch eine Sache, die ungewöhnlich war. Im Untersuchungszimmer.«

»Zeigen Sie's mir. Aber fassen Sie nichts an.«

»Oh, Gott. Sie untersuchen doch keinen Mord?«

»Reine Vorsichtsmaßnahme.«

Ms. Gale führte sie in das Behandlungszimmer, das genauso aussah wie Behandlungszimmer in tausend anderen Praxen:

helles, fluoreszierendes Licht, Töpfchen mit Wattetupfern und Zungenspatel, ein Poster mit der Ernährungspyramide an der einen Wand und eins mit einer anatomischen Darstellung an der anderen sowie eine kleine Messinguhr mit dem Firmenlabel PROZAC darauf.

Ms. Gale zeigte auf die Untersuchungsliege. »Sehen Sie das Liegenpapier? Nach jedem Patienten reißt Winter das benutzte Papier ab und stopft es in den Abfalleimer, bevor sie ein neues Stück abrollt. Auf diese Weise bekommt jeder neue Patient eine frische, saubere Auflage.«

»So sieht es jetzt aus«, sagte Delorme.

»Aber so war es nicht, als ich heute Morgen reinkam. Sie war verkrumpelt und ganz schön zerrissen. Also hab ich ein neues Stück abgerollt und das gebrauchte in den Mülleimer geworfen.«

»Den hier?« Delorme wies auf einen hohen, offenen Mülleimer unter der Arbeitsplatte.

»Hm. Das ist er.«

»Hat sonst noch irgendetwas nicht gestimmt?« Delorme zeigte auf die Behälter mit den Wattestäbchen und Zungenspatel.

»Na ja, nur Kleinigkeiten. Auf der Arbeitsplatte lag eine Verbandsrolle, die in einen Schrank gehört, und daneben stand ein Desinfektionsmittel.«

»Und die waren nicht da, als Sie gestern Abend Schluss gemacht haben?«

Ms. Gale zuckte ein wenig zusammen. »Na ja, ich bin mir nicht hundertprozentig sicher. Montags wird es meistens ziemlich spät, und manchmal will ich einfach nur so schnell wie möglich raus hier. Tut mir leid.«

Delorme ging zu einem kleinen Abfalleimer aus Chrom hinüber und trat auf den Fußhebel. »Wann wird der geleert?«

»Jeden Abend. Manchmal auch tagsüber.«

»Und was ist mit dem, was jetzt drin ist?«

»Da dürfte eigentlich nichts drin sein.« Ms. Gale kam näher und schielte in den Kanister. Er enthielt eine Verbandsschutzhülle. »Die war da gestern Abend noch nicht drin, da bin ich mir sicher.«

»Wie sicher? Erinnern Sie sich, den gestern Abend ausgeleert zu haben?«

»Ja. Ich hab ihn gerade rausgeschafft, als Winter ›dann bis morgen‹ sagte.«

»Und wenn ein Patient spät am Abend einen Notfall hätte? Sagen wir, um Mitternacht. Was wäre dann?«

»Sie meinen, wenn er sich bei Winter melden würde? Sie würde ihm nur sagen, dass er den Notarzt anrufen soll. Eine gewöhnliche Praxis ist auf Notfälle nicht eingerichtet.«

»Gehen wir einmal davon aus, jemand ruft sie an und sagt, ihm wären seine Tabletten ausgegangen – so was in der Art.«

»Also, er würde eigentlich nicht bei ihr zu Hause anrufen, weil ihre Nummer nicht im Telefonbuch steht. Und wenn er hier anriefe, bekäme er eine Durchsage, dass er sich an den Notarzt wenden soll.«

»Okay«, sagte Delorme. »Gehen wir erst mal ins Wartezimmer zurück. Wir wollen hier möglichst nichts durcheinander bringen.«

»Dann glauben Sie also tatsächlich, dass ihr was zugestoßen ist?«

»Möglicherweise stellt sich heraus, dass nichts gewesen ist. Aber ich werde unseren Spurendienst rüberbitten, damit sie sich mal umsehen. Gibt es eine andere Praxis, in der Sie so lange warten können, bis die Leute hier sind?«

»Sicher, ich kann mich bis dahin zu Dr. Bisson rübersetzen, gleich nebenan.«

Delorme nahm sie mit in den Flur und sah zu, wie sie abschloss.

»Haben sich Ihres Wissens irgendwelche Patienten von Dr. Cates über sie geärgert?«

»Oh, es gibt immer Patienten, die sich mal ärgern. Die meisten haben keine Ahnung, wie viele Spinner da draußen rumlaufen. Winter sagt, sie sind nur einsam, und sobald ihnen mal jemand Aufmerksamkeit schenkt, klammern sie sich daran und benehmen sich manchmal wie die letzten Trottel. Ich meine, sie nehmen zum Beispiel doppelt so viel von ihrem Medikament, wie sie sollen, und dann werden sie sauer, wenn der Arzt ihnen nicht alle fünf Tage ein neues Rezept ausstellt. Oder sie wollen sich krankschreiben lassen – ich meine, um die Arbeitsunfallversicherung hinters Licht zu führen. Also, ich hab mal erlebt, wie ein Typ wegen so was durchgeknallt ist. Er hat rumgeschrien und mit der Faust auf den Tisch geschlagen und sogar eine Pflanze umgestoßen. Ich dachte schon, wir müssten die Polizei rufen.«

»Wie hieß der Mann?«

»Glenn Freemont.« Melissa fasste sich mit der Hand an den Mund. »Oh, ich glaub, ich werde dafür Ärger bekommen, dass ich Ihnen das erzählt habe. Solche Sachen sind vertraulich.«

»Wann war das?«

»Vor ein paar Wochen. Ich kann für Sie nachsehen.«

»Hat noch jemand Dr. Cates Probleme gemacht? Ein Freund? Verwandter?«

»Na ja, sie hat einen alten Freund. Craig Simmons. Er ist nicht gewalttätig oder so, nicht, dass ich wüsste. Aber er ruft sie alle naselang an. Meistens muss ich ihm sagen, dass sie gerade einen Patienten hat und ihn später zurückruft. Aber oft kommt sie nicht dazu, und dann rastet er aus. Manchmal taucht er sogar hier auf. Wie gestern übrigens. Winter war ziemlich geladen. Ich konnte hören, wie sie sich gegenseitig angeschrien haben.«

Delorme zeigte ihr das Bild von Dr. Cates und dem jungen Mountie. »Ist er das?«

»Ja. Ich hätte allerdings nie gedacht, dass er ein Mountie ist. Er wirkt eher wie ein Schauspieler oder so.«

»Wie kommen Sie darauf?«

»Ich weiß nicht. Er ist eher klein und muskulös, so wie Schauspieler heute sind. Und so nervös.«

Delorme ließ Ms. Gale in der Praxis nebenan zurück und bat sie, dort auf das Team von der Spurensicherung zu warten. Sie rief auf dem Handy Arsenault und Collingwood an und ging dann zu ihrem Wagen hinunter, um noch zwei weitere Telefonate zu erledingen. Das erste galt Dr. Cates' Eltern. Delorme betonte, es handle sich nur um einen Routineanruf, es gebe bisher keinerlei Anzeichen für ein Verbrechen. Ihre Fragen waren kurz und sachdienlich: Wer könnte Dr. Cates wohl aus heiterem Himmel aufsuchen? (Niemand.) Hatte sie irgendwelche Freunde oder Bekannten, die sie beunruhigten? (Ja, Craig Simmons.) Sie versuchte, sie zu beruhigen, doch Mr. und Mrs. Cates wussten natürlich, dass eine Kriminalbeamtin nicht bei ihnen anrufen würde, wenn es keinen Grund zur Besorgnis gäbe, und bis sie aufgehängt hatte, waren sie außer sich.

Als Nächstes rief sie Malcolm Musgrave an.

»Craig Simmons«, sagte er, »ist ein verflucht guter Cop, einer der besten, die ich je hatte, und mir sind in meiner Laufbahn schon eine ganze Menge untergekommen.«

»Ist er bestimmt. Aber ich habe hier eine Ärztin, die vermisst wird – eine Ärztin, mit der er mal befreundet war –, und ich habe Grund zu der Annahme, dass er sich über sie geärgert hat.«

Musgraves Ton wechselte. »Doch nicht etwa Winter Cates?«

»Genau die. Wieso? Waren Sie wegen ihr schon alarmiert?«

»Nee. Aber Simmons redet schon, solange ich ihn kenne, von ihr. Als er zu uns kam, ging ich davon aus, dass sie bald heiraten. Hab allerdings nicht lang gebraucht, um zu merken, dass er sich da nur was einbildete. Wenn Sie sie zusammen sehen, kriegen Sie ziemlich schnell mit, dass er für sie bloß ein Freund ist oder so was wie ein Bruder.«

»Und sie für ihn ...?«

»Nicht bloß eine Freundin oder Schwester.«

»Würden Sie mir dann seine Adresse geben?«

»Klar, ich geb Ihnen seine Adresse. Allerdings ist er im Moment nicht zu Hause, sondern draußen im Cottage seiner Familie, in Mattawa. Unglaublich, die Hütte, sieht aus wie ne Puppenstube. Aber phantastisch zum Angeln.«

»Wieso ist er mitten im Winter im Cottage?«

»Weil um die Zeit gerne in Cottages eingebrochen wird. Haben Sie was zum Schreiben?«

Musgrave gab ihr eine genaue Wegbeschreibung. »Aber hören Sie«, sagte er. »Bei Simmons sind Sie auf dem Holzweg. Fahren Sie meinetwegen nach Mattawa, wenn es Ihre Neugier befriedigt. Quetschen Sie ihn aus. Aber je schneller Sie ihn wieder von Ihrer Liste streichen, desto besser.«

Die alte Stadt Mattawa liegt etwa vierzig Meilen östlich von Algonquin Bay, am Zusammenfluss von Mattawa und Ottawa. Diese besondere Lage macht die Stadt seit den Tagen von Samuel de Champlain zu einer besonderen Attraktion für Kanusportler; das Kanurennen im Juli ist ein beliebtes Ereignis, und was das Angeln betrifft, so springen die Barsche aus dem Wasser und bitten darum, dass man sie mit nach Hause nimmt. Es ist eine kleine Gemeinde, deren Bewohner überwiegend von den Touristen leben, die im Sommer zu Tausenden herbeiströmen, um die Flüsse, die hohen Berge und die winzigen Blockhütten zu genießen, die am Wasser oder im Wald versteckt liegen. Ein Cottage-Paradies.

Auch wenn Delorme nicht allzu viel Sinn für die Schönheit der Landschaft hatte, musste sie zugeben, dass die Umgebung einen gewissen atmosphärischen Reiz ausübte. Die grünen Berge tauchten durch den Regen am Horizont auf, und der Wagen füllte sich mit würzigem Kieferndu ft. Nebelschleier lagen über den Fichten und Strauchkiefern, die die Straße säumten, und der Highway schimmerte wie ein Band aus schwarzer Seide.

Unterwegs hörte sie die Nachrichten. Der neue Bürgermeister warb für den Winterkarneval, obwohl er erst in einem Monat war und die Warmfront den gesamten Schnee weggeschmolzen hatte; Geoff Mantis prangerte den Vorschlag der Liberalen an, die Kapitalgewinnsteuer zu erhöhen; und es gab ein Porträt des neuen Chefs der Parti Québécois in Verbindung mit der nicht allzu subtilen Analyse des »Quebec-Problems«. Solange Delorme denken konnte, war Quebec in ihrem Land das Thema schlechthin gewesen. Die Zeitungen und Experten waren nie müde geworden, diese prekäre Wetterlage zu diskutieren, die sich hartnäckig hielt – das Sturmtief am Horizont der französisch-englischen Beziehungen.

»Sie fahren nicht in die Stadt rein«, hatte Musgrave ihr gesagt. »Sie müssen schon auf der LaFramboise rechts abbiegen. Direkt hinter der Chevy-Filiale.«

»Wo bleibt nur diese Chevy-Filiale?«, fragte sich Delorme. Sie erschien eine halbe Meile weiter auf der rechten Seite.

Delorme bog ein und kam an einem Holzlager vorbei, dann an einem stillgelegten Lagerhaus und einem Hundezwinger – ein prosaischer, hässlicher Anblick, durch den Regen nur noch trostloser. Zur Linken tauchte ein Reifendienst auf, und dahinter zeigte ein Pfeil auf das zerbeulte Schild eines Sandy-Point-Campingplatzes. Delorme blinzelte in den Regen und versuchte, zwischen den Kiefern die Cottages auszumachen.

Ein paar Minuten später hatte sie, wie es aussah, das Ende der Straße erreicht und hielt an. Wenige Meter entfernt sah sie einen Briefkasten mit dem Namen *Simmons*. Sie ließ den Wagen langsam die Einfahrt hinunterrollen. Unterhalb des Hangs stand ein Jeep Wrangler; Delorme notierte sich das Nummernschild. Der Jeep parkte neben einem Cottage wie aus Hänsel und Gretel, ein viktorianisches Lebkuchenhaus, das vorwiegend mit mauvefarbenen Vinylschindeln verkleidet war. Ein steiles Dach glänzte nass, und die oberen Fensterhälften waren aus Buntglas. Aus dem Schornstein stiegen malerische Rauchkringel auf.

Delorme trat auf eine lilafarbene, gedrechselte Holzveranda. Musgrave hatte das Simmons-Cottage als Puppenhaus bezeichnet, und Musgrave lag absolut richtig. Auf dem Treppenabsatz stand ein gusseiserner Schuhabstreifer, und die Haustür zierte ein Messingklopfer in Form eines Löwenkopfs. Die Tür ging auf, und ein junger Mann in T-Shirt und Jeans musterte sie von oben bis unten. Muskulös, wie Ms. Gale gesagt hatte, ein Mann, der viel Zeit in der Turnhalle verbrachte.

»Kann ich Ihnen helfen?«

Sein Haar war länger als auf dem Foto in Dr. Cates' Haus; es hing ihm in weizenblonden Fransen in die Stirn. Und ohne die Mountie-Uniform sah er viel kleiner aus. Doch er wirkte trotz der Freizeitkleidung gepflegt und zurückhaltend: Die Jeans und das T-Shirt waren gebügelt.

»Craig Simmons?« Delorme hielt ihre Marke hoch. »Ich bin Detective Lise Delorme, vom Kriminalkommissariat Algonquin Bay.«

»Sie sind ein bisschen weit außerhalb Ihres Zuständigkeitsbereichs, oder?«

»Was dagegen, dass ich kurz reinkomme? Es ist ziemlich nasskalt hier draußen.«

Simmons hielt ihr die Tür auf.

Nord-Ontario hat zwei Kategorien von Cottage-Besitzern. Die eine benutzt das Cottage als eine Art Dachboden und stopft es mit Ausrangiertem voll – ramponierte Sofas, von Katzen zerfetzte Sessel, Videorekorder, die schon bessere Tage gesehen haben, alles, was man zu Hause nicht mehr haben will. Die andere Kategorie betrachtet das Cottage als Zweitwohnsitz und tut alles, um es ansehnlich, komfortabel und einladend zu gestalten, zuweilen mit größerem finanziellen Aufwand als bei ihrem Hauptwohnsitz.

Diese zwei Kategorien ergänzte Delorme nunmehr durch eine dritte: Bewohner im Reich der Phantasie. Das Simmons-Häuschen diente der Verewigung einer viktorianischen Ära, die es so nie gegeben hatte. Sie blickte ihr aus den Messingkerzenhaltern, den Vitrinen aus geschliffenem Glas, den Spitzengardinen entgegen. Sie zwinkerte ihr aus den perlenbesetzten Lampenschirmen, der silbernen Zuckerdose und der Standuhr zu, die gut eine halbe Stunde nachging. Über einem Esstisch aus massiver Eiche brütete ein altersfleckiges Foto von Queen Victoria in einem abgeschrägten Rahmen.

»Das Cottage gehört meiner Mutter«, sagte Simmons und zeigte auf den Firlefanz. »Und eines Tages, das schwöre ich, sieht es hier ganz anders aus. Setzen Sie sich.« Er wies auf die Esstischstühle, die allesamt üppig mit Volants besetzt waren.

Delorme beschloss, es sich gar nicht erst gemütlich zu machen, sondern gleich zur Sache zu kommen. »Corporal Simmons, ich weiß, dass Sie bei der RCMP in Sudbury sind. Was machen Sie um diese Jahreszeit hier unten in Mattawa?«

»Ich hab einen Anruf von der örtlichen Polizei erhalten, es habe einen Einbruch gegeben. Es gab hier draußen offenbar eine ganze Serie.«

»Aber das Cottage sieht makellos aus.«

»Sie sind nur ins Bootshaus eingebrochen. Haben einen zweimotorigen 95er Mercedes-Außenborder mitgehen lassen.«

»Und wo waren Sie letzte Nacht?«

»Letzte Nacht? Ich war die ganze Zeit hier. Wieso?«

»Die ganze Zeit? Was haben Sie gemacht?«

»Das Schlafzimmer angestrichen. Ich dachte, wenn ich schon mal hier draußen bin, kann ich mich auch drum kümmern. Hab den größten Teil des Abends dazu gebraucht.

Dann hab ich mir das Ende des Hockeyspiels angesehen. Hat das was mit einer Ermittlung zu tun?«

»Wer hat gewonnen?«

Als Mountie war es der Corporal zweifellos eher gewöhnt, Fragen zu stellen, als sie zu beantworten. Die Frage schien ihn durcheinander zu bringen, er machte für einen Moment den Mund auf, dann wieder zu und sah zur Seite.

»Das Spiel«, fasste Delorme nach. »Sie sagen, Sie haben sich das Hockeyspiel angesehen.«

»Detroit hat gewonnen. Fünf zu vier.«

Das war zwar richtig, wie Delorme wusste, doch es war die Art Alibi, die sich Schuldige andauernd zurechtlegten. »Sind Sie sicher, dass Sie nicht Winter Cates einen Besuch abgestattet haben?«

»Winter einen Besuch abgestattet? Nein, hab ich nicht. Ich war tagsüber bei ihr.«

»Ja, ich weiß. Und Sie haben sich mit ihr gestritten.«

»Ich habe mich mit ihr unterhalten. Hören Sie, Detective, Sie schnüffeln da in meinem Privatleben herum. Woher wissen Sie überhaupt von mir und Winter? Was soll das alles?«

»Ein Zeuge sagt zumindest, dass Sie beide mit deutlich erhobener Stimme gesprochen haben. Wütend. Wollen Sie das abstreiten?«

»Winter hat sich darüber geärgert, dass ich in ihre Praxis gekommen bin.«

»Aber Ihnen blieb nichts anderes übrig, nicht wahr? Sie ließ Ihnen keine andere Wahl. Sie hat nie zurückgerufen.«

Simmons' Gesichtsausdruck wechselte von aufkeimendem Zorn zu Furcht. »Ist Winter etwas zugestoßen? Ist sie verletzt?«

»Das wüsste ich gerne von Ihnen, Mr. Simmons.«

»Ich hab keine Ahnung, wovon Sie reden. Sagen Sie schon, ist mit Winter alles okay?«

»Winter Cates wird seit gestern Abend vermisst. Niemand

hat sie mehr gesehen, weder die Kollegen im Krankenhaus noch ihre Patienten noch ihre Eltern.«

»Sie ist Ärztin, wissen Sie, vielleicht wurde sie zu einem Notfall gerufen.«

»Was für ein Notfall soll das wohl sein? Ihr Wagen steht noch zu Hause.«

Simmons schien zusammenzuzucken, als er begriff.

»›Du gibst mir das Gefühl, betteln zu müssen‹«, zitierte Delorme aus dem Gedächtnis. »›Du behandelst mich schlimmer, als ich einen Wildfremden behandeln würde.‹ Ganz schön starke Wortwahl, finden Sie nicht?«

Simmons' Gesicht wurde puterrot. Delorme hatte den Eindruck, dass es nicht aus Verlegenheit war.

»Wollen Sie damit sagen, dass ich Winter etwas antun könnte?«

»Wo ist sie, Corporal Simmons? Ich glaube, dass Sie vielleicht noch einmal unangemeldet aufgekreuzt sind. Scheint eine Gewohnheit von Ihnen zu sein. Sie hat Ihre Anrufe nicht beantwortet, sie hat Sie aus ihrer Praxis geworfen, und Sie wollten dafür sorgen, dass sie Ihnen einmal zuhört. Für sie ist es vorbei, und Sie können es einfach nicht akzeptieren.«

»Wofür halten Sie sich eigentlich?«, sagte Simmons. »Sie wissen rein gar nichts von mir.«

»Wo ist sie, Mr. Simmons?«

Er war ein kleiner Mann, der vermutlich nur so gerade eben die Mindestgröße bei der RCMP erreicht hatte, doch er packte den Tisch in einer plötzlichen Bewegung und warf ihn so heftig um, dass er nicht auf der Seite landete, sondern mit der Platte nach unten, die Löwentatzen in die Luft gestreckt.

»Immer mit der Ruhe«, sagte Delorme, mehr aus der Fassung gebracht, als sie sich anmerken ließ. »Beantworten Sie nur die Frage.«

»Was glauben Sie eigentlich, wer Sie sind?«, sagte Simmons noch einmal. »Ein kleines französisches Miststück, das direkt von der Farm gehüpft ist. So sind Sie doch an Ihren Job gekommen, oder? Der alte bilinguale Freischein. Verraten Sie mir was: Wie haben Sie unten in Aylmer eigentlich beim Mann-zu-Mann-Training abgeschnitten, heh?«

»Wir reden hier nicht von mir, Mr. Simmons. Ihre Freundin wird vermisst. Ehemalige Freundin. Und Sie haben kein Alibi.«

Delorme hatte tatsächlich das Mann-zu-Mann-Training einmal wiederholen müssen, und selbst dann war sie nur gerade so durchgerutscht. Seitdem hatte sie eine Menge Zeit mit einem persönlichen Trainer zugebracht, doch sie war nicht scharf darauf, es mit einem wütenden Mountie aufzunehmen. Sie überlegte, ob sie die Pistole ziehen sollte. Tut der Kerl nur so, oder rastet der wirklich aus?

»Corporal Simmons«, sagte sie, »ein einfaches Ja oder Nein genügt. Wissen Sie, wo Winter Cates im Moment ist?«

Simmons kam einen Schritt näher.

»Beantworten Sie einfach nur die Frage. Die Macho-Theatralik können Sie sich schenken.«

»Vielleicht bin ich ein besonders emotionaler Mensch«, sagte Simmons. Seine Stimme war jetzt sehr ruhig. »Ein leidenschaftlicher Mensch.«

»Vielleicht auch ein gewalttätiger Mensch«, sagte Delorme. »Vielleicht jemand, der Totschlag begeht.«

Simmons warf ihr einen wütenden Blick zu, dann schüttelte er den Kopf. »Sie wissen gar nichts von mir«, sagte er. »Und ehrlich gesagt bin ich empört, dass Sie einem Kollegen im Zweifel nicht glauben.«

Er ging zur Tür und hielt sie offen. »Ich habe nicht die geringste Ahnung, wo Winter sein könnte. Die Antwort mag Ihnen nicht schmecken, Detective, aber es ist trotzdem die Wahrheit. Wenn sich wirklich herausstellt, dass sie verschwunden ist, dann werde ich mir viel größere Sorgen machen als Sie. Und wenn Sie noch mehr Fragen haben, werden

Sie damit warten müssen, bis ich mir einen Anwalt genommen habe.«

»Corporal, wir haben Ihre Nachrichten auf Winters Anrufbeantworter, wir haben eine einseitige Liebesaffaire, wir haben Ihr explosives Temperament, und wir haben Ihr unbestätigtes Alibi. Falls Dr. Cates nicht sehr schnell wieder auftaucht, werden Sie mit Sicherheit einen Anwalt brauchen.«

Simmons öffnete die Tür noch weiter.

Delorme machte eine Kopfbewegung in Richtung des umgestürzten Tischs. »Hier sollten Sie vielleicht auch gleich noch renovieren.«

Melissa Gale hatte recht gehabt, dachte sie, als sie wieder im Wagen saß: Der Typ ist ein Schauspieler. *Ich bin ja so taff. So leidenschaftlich.* Komm runter, Mann.

Als sie Richtung Highway zurückfuhr - vorbei an grünen Wäldern, regenverhangenen Bergen -, meldeten sich Zweifel. Wenn Simmons nun wirklich ein Berserker war? Würde das etwas an der Situation ändern? Wenn er nur so tat, dann versteckte er dahinter offensichtlich sein schlechtes Gewissen. Wenn er nicht nur so tat, dann wäre er durchaus fähig - nun ja, sie hoffte, dass es am Ende doch kein Mord war.

12

Delorme erzählte Cardinal am nächsten Morgen von der vermissten Ärztin. Sie saßen im Büro und tranken Kaffee von Tim Hortons.

»Sie kann noch nicht lange weg sein«, sagte Cardinal, »ich hab sie noch am Montag gesehen.«

»Sie kennen Winter Cates?«, sagte Delorme. »Ich wünschte, Sie hätten mir das gestern gesagt.«

»Sie haben nicht gefragt«, sagte Cardinal. »Ich hoffe, ihr ist nichts passiert.«

»Es sieht leider nicht gut aus. Sie ist seit fast sechsunddreißig Stunden weg, und ihr Wagen steht noch zu Hause.«

Cardinal rief sich die effiziente Art der jungen Frau ins Gedächtnis, wie sie mit seinem Vater umgegangen war, streng, aber freundlich. Er erinnerte sich an die dunklen Augen, das mühsam gebändigte Haar. »Ich bin ihr nur das eine Mal, am Montag, begegnet«, sagte er, »als sie meinen Dad behandelt hat. Aber da war ein Kerl in ihrer Praxis – ein junger Mann mit blondem Haar, der offenbar Streit mit ihr hatte.«

»Craig Simmons. Mit dem habe ich mich schon unterhalten. Er ist ein Ex-Freund und außerdem ein Mountie.«

Cardinal schnippte mit den Fingern. »Ach, daher kam er mir bekannt vor. Er arbeitet für Musgrave, oder? Und wie lautet seine Geschichte?«

»Sagen wir so, wenn Cates nicht wieder auftaucht, werde ich noch einmal mit Corporal Simmons reden. Dieser Kerl ist ein Schaumschläger ohne Alibi.«

Delorme stellte ihren Kaffee ab, ging zu Chouinards Büro hinüber und klopfte an.

Bei Cardinal klingelte das Telefon. Er nahm den Hörer ab, und die Stimme am anderen Ende wischte alle Gedanken an die vermisste Ärztin beiseite.

Die wenigsten Menschen können genau sagen, was ihr schlimmster Fehler im Leben war. Es war fast dreizehn Jahre her, sein letztes Jahr beim Drogendezernat in Toronto. Das Dezernat hatte im Haus eines der drei führenden Drogendealer von Ontario, eines gewalttätigen Schweins namens Rick Bouchard, eine Razzia durchgeführt. Während Cardinals Kollegen sich Bouchard und seine Handlanger vorknöpften – darunter auch ein bösartiger Troll namens Kiki B. –, hatte Cardinal im Schlafzimmerkleiderschrank eine Sporttasche voller Bargeld gefunden. Zu seiner ewigen Schande war er mit fast zweihundert Riesen rausmarschiert. Die übrigen fünfhundert hatten als Beweismittel gedient; eine solche Summe in bar hatte vollkommen ausgereicht, um den ganzen Fang hinter Gitter zu bringen.

Kiki B. war jetzt in der Leitung.

»Ich hoffe, Sie haben Ricks Karte bekommen. Sie sollen nicht denken, wir hätten Sie vergessen.«

»Kiki, nur so viel, und ich sag's nur ein Mal: Wenn Sie – oder ein anderer von euch – je bei mir zu Hause aufkreuzen, dann werde ich dafür sorgen, dass Sie für den Rest Ihres Lebens dafür bezahlen. Haben Sie das verstanden?«

»Zwölf Jahre, Cardinal. Verstehen Sie *das*? Bouchard ist zwölf Jahre im Kingston Pen gewesen. Er hat noch sechs Monate, und dann ist er draußen, und jetzt will er sein Geld wiederhaben. Er betrachtet es als einen Notgroschen, den Sie für ihn aufbewahrt haben.«

»Sagen Sie, er soll keine Zinsen erwarten. Der Markt lief nicht so toll in der letzten Zeit.«

»Er will seine zweihundert Riesen, Cardinal. Er weiß, dass Sie sie geklaut haben, und er wird sie zurückkriegen, oder Sie können schon mal Ihr Testament machen.«

»Ich hab sein Geld nicht, Kiki. Es mag Ihnen schwerfallen, das zu glauben, aber es ist die Wahrheit.« Cardinal wünschte sich, er wäre nur halb so ruhig, wie er klang.

»Hört, hört. Was haben Sie damit gemacht – nem Wohltätigkeitsverein gespendet?«

»Schon mal von der Sunrise gehört?«

»Der Sunrise-Stiftung? Sie haben es einem Drogen-Reha-Zentrum gegeben? Oh, Mann, den Witz wird Rick sicher zu würdigen wissen, Cardinal. Er wird sich totlachen.«

Es stimmte zwar, dass der Rest des Geldes dahin gegangen war, doch davor hatte Cardinal damit Catherines Krankenhausrechnungen in den Staaten bezahlt, wo ihre Eltern sie partout behandelt wissen wollten, und Kellys Studium an der Yale. Voriges Jahr hatte er, als er mit seinem schlechten Gewissen nicht mehr leben konnte, die ganze Geschichte seiner Frau und seiner Tochter gebeichtet. Als ihr die Studiengebühren auf einmal unter dem Hintern weggezogen wurden, war Kelly gezwungen gewesen, vor ihrem letzten Semester von der Uni zu gehen, und Cardinal war sicher, dass sie ihm das nicht verziehen hatte. Er hatte sogar versucht, den Dienst zu quittieren, doch Delorme hatte sein Kündigungsschreiben abgefangen, bevor es beim Chef ankam. »Sie sind ein guter Cop«, hatte sie zu ihm gesagt. »Wieso wollen Sie dem Kommissariat unnötigen Schaden zufügen, indem Sie gehen?« Cardinal war zu der Zeit mit zwei Schusswunden im Krankenhaus gewesen und hatte einfach nicht die Kraft aufgebracht, sich ihr zu widersetzen.

»Kiki, wieso suchen Sie sich nicht einen neuen Arbeitgeber?«, sagte er jetzt. »Schreiben Sie einen Lebenslauf. Sie werden nicht jünger.«

»Das ist die letzte Warnung, Cardinal. Glauben Sie vielleicht, Bouchard findet sich damit ab, ohne einen Penny aus dem Knast zu kommen? Das wird er sich nicht bieten lassen.«

»Ach so, er wird sich das nicht bieten lassen. Ja dann ...«

»Okay, ich hab nur versucht, Ihnen zu helfen. Sie stellen sich taub, das ist Ihr Problem. Und glauben Sie bloß nicht, Bouchard könnte sich nicht aus dem Knast mit Ihnen befassen – das kann er sehr wohl. Nächstes Mal ist es nicht mehr nur eine Karte oder ein Anruf.«

Cardinal legte auf. Er hielt seine Hand ausgestreckt über den Schreibtisch und sah, wie sie zitterte. Eine Woge der Scham durchströmte ihn, weil etwas, das er getan hatte – und wenn es noch so lange her war – sein Zuhause in Gefahr bringen konnte. Zum tausendsten Mal verfluchte er seine eigene Dummheit.

Seine Gegensprechanlage summte, und Mary Flower sagte ihm, dass Calvin Squier da sei. Cardinal ging zum Eingangsflur hinaus.

»Schön, Sie wiederzusehen, John«, sagte Squier und streckte ihm die Hand entgegen. Nur Amerikaner schütteln so oft die Hand, dachte Cardinal. Amerikaner und Schwindler und Calvin Squier vom Canadian Security Intelligence Service.

»Sind Sie schon aus New York zurück? Sie sind doch erst gestern geflogen.«

»Konnte nicht schnell genug zurückkommen. New York ist keine Stadt, in der ich mich lange aufhalten möchte.«

Cardinal nahm ihn mit in das Großraumbüro des Kriminalkommissariats. Der Arbeitsplatz stellte eine erhebliche Verbesserung gegenüber der früheren Zentrale dar mit ihren verbeulten Aktenschränken und Gerüchen nach Rauch, Schweiß und anderen, weniger appetitlichen Dingen. Doch Cardinal hegte keinen Zweifel, dass Squier mit seinem Boy-Scout-Lächeln und seinen viel zu vielen Zähnen im vornehmsten Büro arbeitete, das ein Bundesbudget – ein verdecktes obendrein – sich leisten konnte.

»Hey, nettes Büro haben Sie hier«, sagte Squier. Er machte eine ausladende Bewegung über die Schreibtische, Raumteiler, Fensterfront, die Plastikverkleidung an der Decke. Delorme kam gerade aus irgendeiner Tür herein. Sie blickte einen Moment zu ihnen herüber und ging dann zu ihrem eigenen Schreibtisch. Squier drehte sich zu ihr um.

Cardinal zog einen Stuhl aus McLeods Kabine. McLeod war noch auf Urlaub in Florida.

»Setzen Sie sich.«

»New York, ich kann Ihnen sagen«, ergriff Squier das Wort. »Zu groß, zu dreckig und einfach zu verflixt amerikanisch. Ich versteh ja vollkommen, dass diese schreckliche Elfte-September-Sache ne große Bedeutung für sie hat, aber ich war nicht mal in der Nähe von Ground Zero. Es gibt keine Bäume in der Stadt. Nichts Grünes. Keine Luft. Sicher, sieht imposant aus. Es ist Toronto hoch hundert. Schon mal da gewesen?«

Cardinal schüttelte den Kopf. »Haben Sie mit Matlocks nächsten Angehörigen gesprochen?«

Squier nickte. »Hab mit der Frau geredet. Sie war natürlich ziemlich aufgelöst.«

»Was haben Sie herausgefunden?«

»Wenn man ihr glauben darf, dann hatte Howard Matlock keinen einzigen Feind auf der Welt.«

»Hat sie das gesagt?«

»Oh, nicht nur die Frau. Ich hab mit Nachbarn gesprochen, mit der dortigen Kirche, ein paar Klienten – er war schließlich Steuerberater. Die Klienten wussten nur Gutes über ihn zu berichten: gewissenhaft, spart ihnen Geld, aber mit ehrlichen Mitteln. Allerdings passt das nicht ganz zu dem, was ich vom FBI habe.«

»Wirklich? Was hatten die vom FBI zu erzählen?«

»Sie haben alles über eine regierungsfeindliche Organisation namens WARR registriert – die Abkürzung von Waco and Ruby Ridge, zwei Ortschaften, wo das FBI amerikanische Staatsbürger getötet hat. Jedenfalls ist WARR ein Haufen wütender weißer Männer, deren dringlichstes Ziel offenbar darin besteht, ›den Feind zu blenden‹, wie sie sich ausdrücken. Sie wollen Amerika daran hindern, seine eigenen Bürger zu überwachen. Deshalb haben sie Rohrbomben an die NSA geschickt und dergleichen mehr.«

»Das würde sein Interesse an der CATS-Basis erklären, aber nicht, wer ihn ermordet hat.«

»Das FBI hatte Matlock mit einem Sprengkörper in Verbindung gebracht, der ihnen in ihre Zentrale in Washington geschickt wurde. Zum Glück ist er nicht explodiert. Matlock war dabei, einen Deal als Kronzeuge auszuhandeln, und andere Mitglieder von WARR haben davon Wind bekommen.«

»Ein triftiges Mordmotiv, mit anderen Worten.«

Über ihnen ging in diesem Moment ein Schlagbohrer los, und sie mussten sich anbrüllen, um etwas zu verstehen.

»Sehr triftig.«

»Und die Frau? Auch ein Mitglied dieser Fanatiker?«

»Nee, Matlocks rein privates Hobby, nach unseren Erkenntnissen.«

»Wie gut haben sie sich verstanden?«

»Etwa durchschnittlich, würde ich sagen. Seine eigene Familie ist tot, aber ich hab mit den Verwandten seiner Frau gesprochen. Die sagen, die beiden hatten wie jedes Paar ihre Hochs und Tiefs, aber keine dramatischen, endlosen Auseinandersetzungen. Die Nachbarn haben sie nie schreien gehört oder so was in der Art. Wieso? Glauben Sie, die Frau wollte ihn loswerden?«

Das Bohren hörte auf, und die plötzliche Stille schien übertrieben.

»Ich weiß nur das, was Sie mir sagen.«

»Na ja, ich kann Ihnen auch noch sagen, dass auf ihn keine hohe Lebensversicherung abgeschlossen ist, falls Sie das meinen. Das habe ich sofort geprüft. Außerdem glaube ich, dass die WARR-Schiene wesentlich vielversprechender aussieht, meinen Sie nicht?«

»Vielleicht. Aber eines wüsste ich gerne, Squier: Wieso sollten sie ihn in Kanada umbringen?«

»Weil es dann wesentlich schwerer ist, es mit ihnen in Verbindung zu bringen. Und bitte nennen Sie mich Calvin.«

»Aber ich mag Squier. Es klingt so hübsch nach einem Ritter in der Rüstung.«

Squier betrachtete ihn nachdenklich. Dann lehnte er sich in seinem Stuhl vor und sagte in vertraulichem Ton: »Sie sind mir doch nicht mehr böse wegen neulich Abend? Ich bin vermutlich zwanzig Jahre jünger als Sie, und ich hatte das Überraschungsmoment auf meiner Seite, Kunststück.«

»Squier, hat Ihnen schon mal jemand gesagt, dass Sie zu viel reden?«

Squier nickte. »Ja, das habe ich schon zu hören bekommen. Um die Wahrheit zu sagen, es macht sich nicht besonders gut in meinem Metier.«

»Nein, wirklich nicht«, sagte Cardinal feierlich. »Reden ist Silber, Schweigen ist Gold.«

Squier sah sich im Großraumbüro um, und sein Blick blieb ein bisschen länger als nötig an Delorme hängen. »Haben Sie und Musgrave denn Fortschritte gemacht?«

Cardinal erzählte ihm die Geschichte von Bressard und den Bären. Squier machte sich auf einem Palmtop mit einem winzigen Metallstift Notizen.

»Und wer, sagte er, hat ihn dafür bezahlt, dass er die Leiche verschwinden lässt?«

»Ein Gangster namens Leon Petrucci.«

Squier notierte sich den Namen auf seinem Palmtop. »Wieso interessiert sich ein lokaler Mafioso für einen amerikanischen Terroristen? Das verstehe ich nicht.«

»Ich auch nicht. Sie haben gefragt, wo wir stehen; jetzt wissen Sie's.«

»Sie könnten einen Killer beauftragt haben.«

»Petrucci ist nicht Al Capone. Es würde mich wundern, wenn irgendjemand in den Staaten je von ihm gehört hätte.«

»Wie dem auch sei, gibt es vielleicht nicht mehr allzu viel, was Sie noch tun können. Die Antworten werden alle über die amerikanische Schiene kommen und von dieser Sache mit

WARR. Keine Sorge, ich werde Sie ständig auf dem Laufenden halten.« Squier schob seinen Palmtop in ein schickes Lederetui und steckte es in die Tasche. »Geben Sie mir Bescheid, wenn ich noch etwas für Sie tun kann. Ich hab schon mit der Gerichtsmedizin über die Rückführung der sterblichen Überreste in die Staaten gesprochen. Einstweilen finden Sie mich im Hilltop.«

»Also, Sie haben wirklich viel getan. Falls ich mich irgendwie revanchieren kann, lassen Sie es mich bitte auch wissen.«

»Oh, und ob ich das werde, John.« Squier bekräftigte sein unverwechselbar kanadisches Grinsen mit dem Siegesdaumen. »Da können Sie Gift drauf nehmen.«

Als Cardinal ihn hinausführte, sagte Squier: »War das Lise Delorme? Die Frau ein paar Tische weiter?«

»Detective Delorme. Sie wird Ihnen den Hals umdrehen, Squier.«

»Wieso? Sie trägt keinen Trauring.«

»Sie ist ein ernsthafter Mensch.«

»Das bin ich auch, John. Ich auch.«

Als er draußen war, ging Cardinal sofort zu seinem Schreibtisch zurück und rief die New Yorker Telefonauskunft an. Sie gaben ihm die Nummer von Howard Matlock in der East-Einundneunzigsten Straße 312. Cardinal überlegte, was er zu der trauernden Witwe sagen würde, falls sie zu Hause war.

»Hallo?«, meldete sich ein Mann.

»Hallo. Ist das der Anschluss von Howard Matlock?«

»Ja.«

Ein Verwandter, dachte Cardinal. Jemand aus ihrer Familie, der gekommen ist, um die Frau zu trösten.

Doch dann sagte die Stimme: »Hier spricht Howard Matlock.«

Detective Sergeant Daniel Chouinard suchte etwas unter einem Stapel noch nicht aufgestellter Regalbretter und stieß sich den Kopf an einer scharfen Ecke, als Cardinal verkündete, er wolle nach New York.

»Es besteht kein Grund, nach New York zu gehen. Der CSIS geht nach New York.«

»Der CSIS ist schon wieder zurück. Calvin Squier hat mir gerade ein sehr plausibles Szenario für den Mord an Matlock aufgetischt. Squier zufolge wurde Howard Matlock dabei ertappt, wie er die CADS-Basis ausspionierte, richtig?«

»Richtig. Und?«

»Ich habe gerade bei der CADS-Basis angerufen. Ihr Sicherheitschef hat noch nie von Howard Matlock gehört. Er hat nichts über ihn in seinen Akten.«

»Nun ja, vielleicht hat ihm der CSIS aufgetragen, die Akten aus irgendeinem Grund in der Versenkung verschwinden zu lassen.«

»Calvin Squier hat auch vergessen, eine andere Kleinigkeit zu erwähnen.« Er erzählte Chouinard von seinem Anruf in New York.

»Wollen Sie damit sagen, dass Howard Matlock am Leben ist?«

»Howard Matlock ist am Leben, und Howard Matlock hat noch nie etwas von Algonquin Bay gehört.«

»Was so viel heißt wie, wir haben keine Ahnung, wer der Tote ist.«

»Nicht die geringste.«

Chouinard angelte einen Sony-Walkman unter den Regelbrettern hervor und ließ ihn in seine Aktentasche fallen.

»Also, dann müssen Sie nach New York. Keine Frage. Es wird nicht schwer sein, das R. J. zu verkaufen.«

13

Cardinal erwischte noch am selben Morgen ein Flugzeug nach Toronto. Dort hatte er eine Stunde Zeit zum Umsteigen, und wenige Stunden später war er in New York. Auf der Fahrt mit dem Taxi vom Flughafen LaGuardia ins Zentrum registrierte er die riesenhafte Ausdehnung der Stadt, ihre erdrückende Skyline, den beängstigenden Fahrstil ihrer Bewohner. Doch er konzentrierte sich auf das, was er zu tun hatte, und nahm sich vor, von New York nur so viel Notiz zu nehmen wie eben nötig.

Howard Matlock - der wahre Howard Matlock - hatte noch nie etwas vom Loon Lodge gehört. Das war nicht verwunderlich, denn Howard Matlock hatte ja auch noch nie etwas von Algonquin Bay gehört. Tatsächlich hatte Howard Matlock seit 1996, als er ein Wochenende in Quebec verbrachte (Zauberhaft, die Stadt! So europäisch! So billig für Amerikaner!), keinen Fuß mehr auf kanadischen Boden gesetzt, und Howard Matlock hatte nicht das geringste Interesse am Eisfischen. Das Einzige, was an Cardinals Daten über Howard Matlock stimmte, waren sein Name, seine Anschrift und seine berufliche Tätigkeit.

Matlock wohnte auf dem zweiten Stock eines kleinen Mehrfamilienhauses auf der Upper East Side von Manhattan. »Viel zu ›upper‹, um noch zum Nobelviertel zu gehören«, erklärte er Cardinal an der Tür, »aber bis ich meine erste Million verdient habe, reicht's nicht zu mehr.«

Er war ein schlanker Mann Mitte fünfzig mit sehr kurzem Haar, um den spärlichen Wuchs zu kaschieren. Seine erste Million schien nicht in Sicht. Seine Wohnung beschränkte sich auf zwei Zimmer, die mit Chrom und Glas karg eingerichtet war. Man fühlte sich eher wie in einem Büro als in einer Privatwohnung.

»Ihre seltsame Suche schreit nach einem Kaffee«, sagte Matlock. »Trinken Sie einen?«

Cardinal sagte Ja. Während Matlock sich an einer winzigen Küchenzeile zu schaffen machte, nutzte Cardinal die Gelegenheit für einen Anruf bei Malcolm Musgrave. Er hatte den Sergeant schon am Vorabend über Squiers Scheinermittlung informiert.

Musgrave hatte mit der ihm eigenen Eloquenz reagiert. »Dieses kleine Arschloch. Dem spring ich mit dem nackten Hintern ins Gesicht.«

Cardinal hatte Musgrave gebeten, seine Beziehungen zu den Dinosauriern bei den Mounties im CSIS spielen zu lassen und Namen und Anschrift des falschen Matlock herauszufinden. Offensichtlich enthielt der CSIS ihnen diese Information aus unerfindlichen Gründen vor.

»Ich hab seit gestern Abend jemanden drangesetzt«, sagte Musgrave jetzt. »Geben Sie mir noch ungefähr eine Stunde.«

Als Cardinal aufgelegt hatte, reichte ihm Matlock eine dampfende Tasse Kaffee und eine kleine Schale Kekse sowie eine Serviette, die säuberlich unter dem Löffel steckte.

»Sie sind vermutlich kein Mountie, oder?«

»Nein. Ich bin beim Kriminalkommissariat Algonquin Bay.«

»Ich habe einen Freund, der vor Neid platzen würde, wenn ich ihm erzählen könnte, ich hätte einen Mountie kennen gelernt. Probieren Sie mal einen, hab ich selber gebacken.«

Es war ein Haferrosinenkeks. »Sie machen tolle Kekse. Das reicht glatt für den Supermarkt.«

»Sie werden lachen, daran hab ich sogar mal gedacht. Nur kann ich Supermärkte leider nicht ausstehen.«

»Hören Sie, Howard. Könnten Sie mal in Ihrer Brieftasche nachsehen, ob Sie irgendwelche Kreditkarten oder irgendeinen Ausweis vermissen?«

»Ich habe nachgesehen, während Sie telefonierten. Es fehlt nichts. Beim Führerschein hätte ich es vielleicht nicht gemerkt – ich meine, niemand fährt in Manhattan Auto. Aber meine Kreditkarten? Keine Chance. Meine Kreditkarten und ich haben ein inniges Verhältnis.«

Demnach hatte der Tote neue Papiere zu Matlocks Daten beantragt, oder aber er hatte gewusst, wo er sich Fälschungen besorgen konnte. Sehr gute Fälschungen.

»Der Mann, der Ihre Identität benutzt hat, ist auf Sie gekommen, weil Sie ungefähr in seinem Alter sind. Fällt Ihnen jemand ein, der im Lauf des letzten Jahres Zugang zu Ihren persönlichen Daten gehabt haben könnte?«

»Also, jeder, für den ich die Steuererklärung mache, hat meine Sozialversicherungsnummer unten auf dem Formular stehen. Aber ich habe eine Menge Klienten.«

»Sie haben von allen die Geburtsdaten, oder? Können Sie wohl Ihre Unterlagen nach Männern durchsuchen, die nicht mehr als drei Jahre älter oder jünger sind als Sie?«

»Das haben wir gleich, ich werf mal einen Blick auf meine Datenbank. Nehmen Sie noch ein paar Kekse.«

Wenig später stand Howard Matlock mit einem Computerausdruck in der einen Hand, einem Keks in der anderen im Zimmer. »Ich habe drei Klienten männlichen Geschlechts in ihren späten Fünfzigern – Namen, Adressen und Telefonnummern –, aber ich sollte sie Ihnen wirklich nicht geben. Das wäre ziemlich ungehörig.«

»Ich habe hier in New York natürlich keine Befugnisse; ich kann Sie nicht zwingen, sie mir zu geben. Aber es ist sehr unwahrscheinlich, dass jemand, der Ihre Identität stehlen will, Ihnen seinen wirklichen Namen und seine richtige Adresse gibt. Ist Ihnen jemand von den dreien gut bekannt – ein langjähriger Klient?«

»Zwei davon, ja. Einer ist ein Dokumentarfilmemacher, der andere ist ein Location-Scout – ich habe fast nur Kundschaft aus den darstellenden Künsten. Beide kommen seit über zehn Jahren zu mir.«

»Und der Dritte?«

»Nun, das kommt drauf an«, sagte Matlock lächelnd. »Haben Sie schon Pläne fürs Abendessen?«

Cardinal wusste nicht, was er sagen sollte. Er fühlte, wie ihm die Röte die Wangen hochstieg.

»Also wirklich, ihr Kanadier. Da kennen Sie keine Menschenseele in der Stadt, und ich biete Ihnen ein Abendessen in einem wunderschönen Restaurant mit einem charmanten Profi wie mir an. Gütiger Himmel, Mann, ich bin achtundfünfzig, ich bin vollkommen harmlos.«

»Das ist sehr freundlich von Ihnen«, brachte Cardinal heraus. »Aber ich bin im Moment knapp bei Kasse.«

»Ach so, na ja. Fragen kostet nichts.«

»Wollen Sie mir den dritten Namen geben?«

»War nur ein Verzweiflungsakt. Ich hatte nur zwei.«

In der Nähe der U-Bahn-Station auf der Sechsundachtzigsten machte Cardinal kurz in einem Starbucks halt und rief Musgrave auf dem Handy an.

»Ich hab einen alten Freund beim CSIS Ottawa«, erklärte Musgrave. »Franzose namens Tourelle. Muss fünfundsechzig sein oder um den Dreh. Ist schon ewig beim Geheimdienst. Ohne die McDonald-Kommission wäre er schon vor Jahren Inspektor gewesen. Stattdessen hat er bei der Mutter aller bürokratischen Einrichtungen seine kleine Nische gefunden.

Na jedenfalls«, fuhr Musgrave fort, »Onkel Tourelle hat mir was geflüstert. Der CSIS hat, wie Sie vielleicht wissen oder auch nicht, ein wachsames Auge auf die großen Flughäfen. Sie unterhalten ein Vollzeitbüro am Pearson, genau wie Zoll und Personenkontrolle.«

»Was? Mit mehreren Leuten?«

»Wie wär's mit sechs? Tourelle weiß nicht, ob sie einen Tipp gekriegt haben oder nicht. Vermutlich ja. Wär'n bisschen viel Zufall auf einmal. Jedenfalls, sie werfen einen Blick auf die Glückspilze, die gerade mit diesem speziellen Flieger aus New York angekommen sind. Sie behaupten, die Personenkontrolle hätte diesen so genannten Matlock eine Minute lang festgehalten. Er protestiert wie wild, muss einen anderen Flieger kriegen, die übliche Leier. Also, um die Sache kurz zu machen, sie ignorieren im Prinzip den Führerschein, den sie sich angucken, aber die Fingerabdrücke, die sie darauf finden, die ignorieren sie nicht.«

»Hat der CSIS seine eigenen Vorstrafenregister?«

»Die kriegt er von uns oder der örtlichen Polizei, von euch. Aber sie haben ihre eigenen Dossiers – nicht wirklich Register, weil es gewöhnlich nur um Verdachtsmomente, keine wirklichen Straftaten geht. Wir haben es hier mit Geheimdiensten zu tun, dürfen Sie nicht vergessen, mit Paranoia, mit einem Sumpf, verstehen Sie?«

»Und die haben den passenden Mann dazu.«

»Junge, Junge, das können Sie laut sagen. Der Name: Miles Shackley. Derzeitige berufliche Tätigkeit: unbekannt. Frühere berufliche Tätigkeit – halten Sie sich fest: CIA-Agent in Quebec.«

»Wo in Quebec? Wann? Wie lange ist das her?«

»Tourelle sagt, dreißig Jahre. Also 1970, genauer gesagt. Montreal.«

»Dreiunddreißig Jahre. Dann hat seine frühere Tätigkeit wahrscheinlich nichts mit seiner Ermordung in Algonquin Bay zu tun, richtig?«

»Vermutlich nicht.«

»Wann hat er die CIA verlassen?«

»1971 steht auf dem Aktendeckel.«

Cardinal überkam plötzlich ein Gefühl der Ohnmacht. »Das sieht ganz nach einer Sackgase aus.«

»Da stimme ich Ihnen zu. Dreißig Jahre sind ne verdammt lange Zeit. Allmählich sollte sich für Sie das Blatt bei diesem Fall mal wenden, was?«

»Wieso hat uns Squier dann über ihn was vorgelogen? Wieso wollte der CSIS aus Shackleys wahrer Identität ein großes Geheimnis machen?«

»Weil Calvin Squier ein schnöseliger kleiner Schwachkopf mit einem Laptop ist. Weil er für die nutzloseste Behörde auf diesem Planeten arbeitet. Keine Ahnung. Alles, was Tourelle mir erzählt hat, weiß er nur aus dem Kennsatz – er hatte keinen Zugang zu der eigentlichen Akte. Darin erfährt man was über sein politisches Lager, wo er woran wann gearbeitet hat und das, was Tourelle die Temperaturanzeige nannte, eine Art Code. Auf dieser Skala hatte Miles Shackley Rot. Deshalb haben sie jeden Schritt von dem Kerl verfolgt. Warum Shackley Rot hatte, weiß Tourelle nicht, noch hat er im Moment die Möglichkeit, es rauszufinden. Aber er arbeitet dran. Er würde liebend gerne einen von diesen Palmtop-Trotteln drankriegen, das dürfen Sie mir glauben.«

»Dann glauben Sie, der CSIS hat unseren Mann umgebracht?«

»Der CSIS ist im Inkompetenz-Business, nicht im Mord-Business. Selbst wenn sie einen Mann aus dem Weg haben wollten, würden sie für den Job nicht jemanden wie Squier nehmen, einen regulären Angestellten. Sie würden mindestens drei Stufen dazwischenschalten. Nein, ich glaube, sie haben Shackleys Spur bis hier rauf verfolgt, und es sieht ihnen ähnlich, dass er von jemand anderem direkt unter ihrer Nase getötet und an die Bären verfüttert wurde.«

»Wieso sollte der CSIS sich dann nicht Leute wie uns zunutze machen, die den Mord untersuchen? Wieso sollten sie uns aktiv irreführen?«

»Also, das ist eine sehr interessante Frage, und ich schlage vor, wir stellen sie Laptop-Larry, und je schneller, desto besser.«

»Was ist mit einem Dossier über Shackley? Vorstrafenregister oder sonst was.«

»Cardinal, was meinen Sie, womit ich meine Brötchen verdiene? Ich hab Nachfragen bei meinen US-Verbindungen laufen. Ich meld mich bei Ihnen, sobald ich was höre.«

»Danke.«

»Übrigens hab ich, während Sie in der Hauptstadt globaler Degeneration Ihren kulturellen Horizont erweitern, noch eine nützliche kleine Information aufgetrieben.«

»Shackleys wirkliche Adresse?«

»Bingo. New York City, East Sixth Street 514.«

Cardinal kritzelte sie in sein Notizbuch. »Großartig. Ich hab schon mit dem Kriminalkommissariat New York gesprochen. Es scheint sie nicht sonderlich zu interessieren, was ich mache.«

»Passen Sie auf, dass Sie den Jungs nicht auf die Füße treten. Reagieren schon mal empfindlich, wenn sie meinen, jemand respektiert ihre Zuständigkeit nicht.«

»Ich war natürlich überaus charmant.«

»Cardinal, ich hab mit ihnen gearbeitet. Sie sind nicht charmant.«

Hector Robles, der Hausverwalter in der 514 East Sixth Street, war ein freundlicher Hispano-Amerikaner in seinen Vierzigern, der bemerkenswert wenig über Mr. Shackley zu wissen schien. Er sprach mit Cardinal, während sie einen schwindelerregenden Treppenschacht hinaufgingen, wobei er recht häufig stehen blieb, um eine Bemerkung mit dem spitzen Finger oder der scharfen Handkante zu unterstreichen.

»Er hat sich nie beschwert, weißt du, nicht wie paar andere Leute. Ich meine, er hat sich andauernd beklagt – über das Viertel, über die Punks, über den Krach, über die Sozialwohnungen. Er hat sich über die Stadt beklagt, aber nie über das Haus, weißt du. Er war keine Problem für mich, also hab ich nicht viel auf ihm geachtet. Andere Leute, Mann, ich kann dir sagen, alle fünf Minuten kommen die mit irgendeine Problem – der Wasserhahn, der Klo, der Putz –, bin ich vielleicht ihr Dienstmädchen oder was?«

»Wie ist er mit den Nachbarn zurechtgekommen? Hat sich mal jemand über ihn beschwert?«

»Nicht richtig beschwert. Aber es gab schon 'n paarmal Streit – nicht mit Nachbarn, mit Lieferanten. Ich kann dir sagen, jedes Mal wenn die was liefern, schieben sie ihre Speisekarten unter alle Türen im Haus. Keiner gefällt das, aber Shackley, Mann, der flippt gleich aus der Haut. Er macht 'n Zettel an die Tür steht drauf Keine Speisekarten, aber ne Menge von die Lieferanten können nich Englisch. Und die Restaurants, die sie für arbeiten, sagen, sie müssen das machen. Na jedenfalls, zweimal kommt er aus seine Wohnung gerannt, wirklich stinksauer, Mann – knallroter Kopf, total wütend im Gesicht –, und brüllt diese kleinen chinesischen Jungs an. Schubst sie richtig doll, weißt du. Hab ihm gesagt, ich mag das nich besonders. Ich mag keine Gewalt, nicht in meinem Haus.«

»Wie hat er reagiert?«

»Hat gesagt, das geht mich nix an. Ich war ziemlich sauer. Aber Tag später kommt er sich entschuldigen. Er sagt, andauernd diese Speisekarten auf dem Boden und auf den Straßen rumfliegen macht ihn einfach krank. Sie sind ein Problem, das weiß jeder, aber trotzdem hat er überreagiern.

Zweite Mal wo es passiert, hab ich es nich gesehen. Einer von den anderen Mietern hat mir erzählt, er is nem Typ bis draußen hinterhergerennt und dann angefangen zu boxen und an die Gurgel und so, bis der Mieter ihn wegzieht. Wenn ich gesehen hätte, ich hätte die Polizei gerufen. Na ja, also, was ist mit Mr. Shackley?«

»Er wurde von Bären aufgefressen.«

»Verarschen kann ich mich selber. In New York?«

»In Kanada. Keine Sorge, hier kann Ihnen nichts passieren.«

»Bären. *Madre*, ich dachte, Kakerlaken wären schlimm.«

»Wie lange hat Shackley hier gewohnt?«

»Er war schon da, als ich hier angefangen hab, und bei mir sins schon zwölf Jahren.«

Sie hatten den dritten Stock erreicht. Cardinal folgte Robles bis ans Ende des Flurs. Im Gehen zog der Verwalter ein Schlüsselbund aus der Tasche und betrachtete es, indem er es sich in einigem Abstand vor die weitsichtigen Augen hielt. An der Tür zu 3B prangte ein quadratisches Schild von zirka siebzig mal siebzig Zentimetern, auf dem in handgeschriebenen Buchstaben *Keine Speisekarten* stand. Robles fand den richtigen Schlüssel und machte die Tür auf. »Wenn du noch was brauchst, weißt du, wo mich findest.«

Cardinal schob die Tür auf und ging hinein. Es roch nach schmutzigem Teppich. Die Wohnungen von kürzlich Verstorbenen hatten immer etwas Trauriges, Hoffnungsloses an sich. Cardinal war schon in vielen gewesen, und noch in keiner hatte er ein gutes Gefühl gehabt. Shackleys Ein-Zimmer-Appartement allerdings war die deprimierendste Bleibe eines Verblichenen, die er je gesehen hatte.

Er betrachtete den billigen Schreibtisch aus lackiertem Kiefernholz, auf dem ein Telefon, ein rissiger Henkelbecher mit Kugelschreibern und Bleistiften stand, ein Kalender, auf dem der vorige Donnerstag angekreuzt war – der Tag, an dem Shackley nach Toronto geflogen war. Der Schreibtisch, nein, das ganze Zimmer, war ordentlich, aber schmutzig; unter den Schuhen knirschte Sand. Neben der Schreibtischlampe war eine saubere Stelle von der Größe eines Laptops. Entweder hatte Shackley ihn mitgenommen, oder Squier war zuerst hier gewesen.

Cardinal machte die mittlere Schreibtischschublade auf: noch mehr Kugelschreiber und Bleistifte und ein Sammelsurium an Bürobedarf. Er öffnete eine Seitenschublade, ohne mehr zu finden als billige Briefumschläge und eine Rolle

Marken sowie einen halb leeren Schreibblock. Er hielt den Block gegen das Licht, doch auf dem oberen Blatt waren keine Schreibspuren zu erkennen. Der Papierkorb unter dem Schreibtisch war leer. Er hob die Lampe hoch, das Telefon, den Henkelbecher mit den Stiften. Nichts. Auch unter der Schreibtischplatte war nichts zu finden.

Ein kurzer Blick ins Badezimmer brachte ebenso wenig Erkenntnisse, und dasselbe galt für den Schrank in der Kochnische. Shackley hatte offenbar im Wesentlichen von Müsli gelebt. Im Schrank befanden sich vier verschiedene Packungen, deren Ecken von Mäusen angenagt und ausgefranst waren.

Cardinal war noch selten auf eine derart fade Lebensweise gestoßen. Natürlich konnte das Absicht gewesen sein – die Art von perfekter Tarnung, von der man in Spionagethrillern las –, aber vermutlich eher nicht. Die Trostlosigkeit wirkte zu echt. Er stand still und horchte. Weiter den Flur hinunter sang Van Morrison hysterisch. Noch weiter weg kläffte ein kleiner Hund.

Cardinal ging zum Aktenschrank. Zwei Schubladen, größtenteils leer. Es gab noch ein paar Hängeschränke – Steuererklärungen (nicht von Howard Matlock erstellt, wohlgemerkt), Sozialversicherungsformulare, Bankauszüge und Zahlungsbelege. Die Sozialversicherung schien Shackleys einzige Einnahmequelle zu sein – ein paar hundert Dollar im Monat. Rechnungen: Kabelfernsehen, Strom, Telefon. Cardinal zog die Telefonrechnungen der letzten drei Monate heraus. Sie verzeichneten Ferngespräche unter drei verschiedenen Nummern mit Montrealer Vorwahl. Stätte seines früheren Wirkens. Cardinal steckte die Telefonrechnungen in seine Aktentasche.

Die nächste Stunde verbrachte Cardinal damit, sämtliche Bücher, Notizen und Briefe durchzugehen, die er finden konnte. Nichts. Er öffnete die Rückseite des Fernsehers, des Radios und untersuchte sogar den Tiefkühlschrank. Dann stellte er sich in die Mitte des Zimmers und versuchte den einen Gegenstand auszumachen, der hier nicht hingehörte. Er brauchte eine Weile. Doch irgendwann fiel sein Blick auf das Gitter des Lüftungsschachts. Das kleine Rechteck befand sich direkt über dem Herd und war, im Unterschied zur übrigen Wohnung, makellos sauber. In einem alten Gebäude wie dem hier, dachte Cardinal, würde man erwarten, dass der Lüftungsschacht ziemlich schmuddelig ist.

Er fand einen Schraubenzieher, drehte mehrere Schrauben heraus und nahm das Gitter von der Wand. Als sich die Abdeckung löste, folgte ihr ein durchsichtiges Plastikkuvert, das an einem kurzen Stück Angelschnur befestigt war. Darin befand sich ein kleinerer Umschlag. Cardinal machte ihn auf und zog ein eingerolltes Fotonegativ heraus. Er knipste die Schreibtischlampe an und hielt das Negativ gegen das Licht. Er konnte nicht mehr erkennen, als dass es ein Gruppenfoto war, von drei Männern und einer Frau. Er steckte es zu den Telefonrechnungen in seine Aktentasche.

Wenig später stand er draußen auf der Sixth Street. Er hatte das, was er sich vorgenommen hatte, wesentlich schneller erledigt als erwartet. Er überlegte, ob er Kelly anrufen sollte; er holte schon das Handy heraus und wollte die Nummer wählen. Doch er hatte seiner Tochter letztes Jahr mit seiner Gewissenskrise zu sehr wehgetan. Er hatte gedacht, er täte das Richtige, als er beschloss, den Rest des Geldes von Bouchard wegzugeben, aber Kelly hatte es ausgebadet. Bei dem Gedanken, ihr in peinlichem Schweigen gegenüberzusitzen, zog sich ihm das Herz zusammen.

Stattdessen rief er Catherine an. Er war den ganzen Tag seinem Jägerinstinkt gefolgt, doch ihre Stimme rief eine zartere Regung in ihm wach. Und die zärtlichen Gefühle mischten sich mit Angst.

»Catherine, ich will dich nicht beunruhigen, aber es wäre vielleicht besser, wenn du aufpasst, was rund ums Haus vor sich geht. Und auf unserer Straße. Hast du irgendetwas Ungewöhnliches bemerkt?«

»Wie zum Beispiel?«

»Ich weiß nicht. Seltsame Anrufe vielleicht, wo jemand auflegt, ohne was zu sagen.«

»Nein, nichts dergleichen. Wieso fragst du?«

»Nichts. Alte Geschichten, die wieder hochkommen. Wir müssen nur in der nächsten Zeit ein bisschen vorsichtig sein.«

»John, es gibt noch etwas, worüber wir uns Sorgen machen müssen. Ich hol dich am Flughafen ab.«

»Wieso? Was ist passiert?«

»Ich komme gerade aus dem Krankenhaus. Dein Vater liegt auf der Intensivstation.«

14

Etwa um die Zeit, als Cardinal nach New York abgeflogen war, hatte Lise Delorme die weniger spektakuläre Aufgabe erfüllt, einen Handzettel zur Auffindung von Dr. Cates zu entwerfen und zu vervielfältigen. Unter dem Foto der Vermissten stand: *Haben Sie diese Person gesehen?* Ganz unten war Delormes Telefonnummer abgedruckt. Szelagy verbrachte seinen Vormittag damit, sämtliche Nachbarn der Ärztin im Twickenham zu befragen. Delorme legte die Hälfte der Handzettel auf Szelagys Schreibtisch und ging dann zur Spurensicherung hinüber.

Von allen Räumen des Präsidiums war die Spurensicherung derzeit am meisten in Mitleidenschaft gezogen. Die gesamte Decke fehlte, und die Beamten hatten provisorische Plastikzelte über ihren Schreibtischen und Aktenschränken aufgestellt. Das Plastik schützte ihr Inventar vor Staub und verhinderte ebenso wirkungsvoll jede Luftzirkulation. Dafür richtete es rein gar nichts gegen den Baulärm über ihnen aus.

»Wie können Sie da drin bloß arbeiten?«, fragte Delorme Arsenault. Sie musste gegen das Kreischen eines Metallbohrers anbrüllen. »Sie kriegen keine Luft.«

»Luft?«, fragte Arsenault zurück. »Ich bin dabei, taub zu werden, und Sie sorgen sich um die Luft?«

Collingwood sah einen Moment zu Delorme hoch, um sich sogleich wieder seinem Computer zuzuwenden, unbeeindruckt wie ein Mönch.

Delorme und Arsenault gingen in den Flur.

»Was können Sie mir aus Dr. Cates' Praxis geben?«

»Es ist eine Arztpraxis – sie halten sie sauber. Ich hoffe, Sie erwarten keine zigtausend Fingerabdrücke oder so.«

»Einer würde mir reichen.«

»Also, da haben wir ein bisschen mehr zu bieten, aber die meisten stammen von Dr. Cates und ihrer Sprechstundenhilfe. Die übrigen gleichen wir gerade mit der daktyloskopischen Datei ab, aber bis jetzt haben wir noch nichts.«

»Und die Verbandshülle?«

»Abdrücke von der Ärztin. Sonst nichts.«

»Sie brechen mir das Herz, Paul. Und was ist mit dem Papier von der Untersuchungsliege? Die Sprechstundenhilfe schwört, dass es Montagabend erneuert wurde, aber gestern Morgen war es benutzt.«

»Leider kein Haar, keine Faser. Aber dafür haben wir ein paar Blutspuren gefunden. Es ist AB negativ.«

»Das ist selten, oder?«

»Ziemlich selten sogar. Wir haben es für die DNA-Analyse zur Gerichtsmedizin eingeschickt, aber Sie wissen ja selber – das braucht seine Zeit.«

Delorme fuhr durch einen leichten, gefrierenden Regen zum Wohnsitz von Dr. Raymond Choquette. Der Arzt hatte fünfundzwanzig Jahre lang in Algonquin Bay praktiziert. Er wohnte in einen dreistöckigen roten Backsteinhaus auf der Baxter, einer kleinen, ansteigenden Nebenstraße weniger als vier Häuserblocks vom St. Francis Hospital entfernt. Delorme konnte auf Anhieb mindestens drei Ärzte nennen, die in der Baxter Street wohnten. Ihre Eltern hatten sie zu einem Arzt namens Renaud mitgenommen, der hier seine Praxis hatte. Er war ein bärbeißiger alter Knacker gewesen, ein Hals-Nasen-Ohren-Arzt, der immer eine reflektierende Lampe auf der Stirn trug. Er hatte Delorme stets gedroht, ihr die Mandeln herauszunehmen, war aber gestorben, bevor er seine Drohung wahr machen konnte.

Neben dem Seiteneingang zu Choquettes Haus parkte ein Toyota RAV4. Da das Thermometer wieder fiel, war der Toyota von einer zarten Eisglasur bedeckt. Delorme parkte dahinter und notierte sich das Kennzeichen, bevor sie aus dem Wagen stieg.

Als Choquette die Haustür aufmachte, zeigte Delorme ihm ihre Dienstmarke und stellte sich auf Französisch vor.

»Sie haben Glück, dass Sie mich noch erwischen«, antwortete Choquette auf Englisch. »Morgen um diese Zeit werden meine Frau und ich schon in Puerto Rico sein.« Der Doktor war ein kleiner Mann Mitte fünfzig, mit einem rötlichen Gesicht, das ihm etwas Verschmitztes verlieh – was er, wie Delorme vermutete, gar nicht war –, und einer langen, geraden Nase, die ihm etwas Snobistisches verlieh, was er, wie Delorme vermutete, ganz sicher war.

Delorme fuhr auf Englisch fort. »Dr. Choquette, kennen Sie eine Frau namens Winter Cates?«

»Ja, natürlich. Sie übernimmt meine Praxis. Besser gesagt, hat meine Praxis übernommen. Gibt es irgendwelche Probleme? Sagen Sie bloß, es ist schon wieder eingebrochen worden ...«

»Ich fürchte, Dr. Cates gilt als vermisst.«

»Vermisst? Was genau heißt das? Ist sie nicht in die Praxis gekommen?«

»Seit dem späten Montagabend, als sie zu Hause beim Fernsehen war, hat sie niemand mehr gesprochen oder gesehen. Gestern hat sie eine Operation verpasst, bei der sie assistieren sollte, und sie ist auch nicht zu ihrer Sprechstunde erschienen.«

»Vielleicht hatte sie einen Unfall. Dieser ständige Regen, und jetzt gefriert er auch noch.«

»Dr. Cates ist verschwunden, ihr Wagen nicht.«

»Du liebe Güte, das klingt gar nicht gut. Sind Sie sicher? Ich hab sie noch vor ein paar Tagen gesehen.«

»Macht es Ihnen was aus, wenn ich reinkomme und Ihnen ein paar Fragen stelle?«

Dr. Choquettes rosige Wangen sackten ein bisschen nach

unten, doch er tat so, als sei es ihm eine große Freude. »Selbstverständlich. Kommen Sie herein. Wenn ich irgendwie helfen kann ...«

Choquette führte Delorme in ein kleines Fernsehzimmer. Es war winzig, gemütlich und voller Bücherregale gespickt mit englischen Titeln. Delorme hatte die plötzliche Eingebung, dass Dr. Choquette einer von diesen beinahe ausgestorbenen Ontario-Frankokanadiern war, die sich vollkommen mit der englischen Kultur verbunden fühlen und ihre eigene verleugnen. Auf einer Reihe von Fächern standen Golfvideos und -trophäen. Offenbar nahm er regelmäßig an den hiesigen Turnieren teil. Es waren kleine und große Auszeichnungen dabei, goldene Männer, die goldene Schläger schwingen, Plaketten, Pokale, Henkelbecher und Andenken von diversen Wettkämpfen. Auf einem Foto an der Wand posierte Choquette in karierter Hose und gelber Strickjacke neben einem berühmten Golfspieler; Delorme war nicht sicher, ob es Jack Nicklaus oder der andere war. Mit Ausnahme von Tiger Woods sahen für sie alle Golfer gleich aus: Männer in seltsamen Hosen.

»Hoffentlich ist ihr nichts passiert«, sagte er immer wieder. »Ich kann nur hoffen, dass mit ihr alles okay ist.«

»Sie sagen, Sie haben sie kürzlich gesehen. Wann genau?«

»Das war im Wal-Mart. Ja, genau, im Wal-Mart, und ich weiß, dass es am Donnerstag war.«

»Hatten Sie den Eindruck, dass sie unter irgendeinem besonderen Stress stand?«

»Ganz und gar nicht. Sie ist ein fröhliches Ding. Unerschrocken, ist mein Eindruck – ich meine, jemand, der sich durch nichts unterkriegen lässt.«

»Wissen Sie von irgendwelchen Feinden? Irgendjemand, vor dem sie Angst hatte? Der ihr Sorgen machte?«

»Winter? Ich kann mir nicht vorstellen, dass sie irgendeinen Feind auf der Welt hat. Sie ist ganz und gar gesellig. Seit sechs Monaten in der Stadt, und sie hat schon mehr Freunde am Krankenhaus als ich in meinen ersten sechs Jahren. Und ich will Ihnen auch ihr Geheimnis verraten: Sie assistiert gerne.«

»Assistiert?«

»Im OP im Krankenhaus. Sie hat sofort alle wissen lassen, dass sie gerne assistiert, und das ist selten.«

»Und wieso?«

»Wieso?« Choquette sah sie an wie den letzten Trottel. »Weil es lausig bezahlt wird, darum. Die Landesregierung hat in ihrer unergründlichen Weisheit die Honorare so gestaffelt, dass ein Allgemeinmediziner weitaus mehr verdient, wenn er in seiner Praxis Patienten betreut, als wenn er bei einer Operation assistiert. Zwei Stunden im OP, und Sie bekommen dasselbe wie für die Behandlung von zwei, drei Patienten. Natürlich können Sie in derselben Zeit weitaus mehr Patienten betreuen. Heutzutage läuft der Hippokrates-Eid auf ein Armutsgelübde hinaus. Wissen Sie, was ich bekomme, wenn ich Ihnen einen gebrochenen Arm schiene? Nicht mal halb so viel, wie ein Tierarzt bekommt, wenn er dasselbe mit der Pfote Ihres Hundes macht. Ach, lassen wir das lieber. Alles, was Sie über Winter Cates wissen müssen, ist, dass sie unter den Medizinern hier sehr beliebt ist. Gut gepolsterte Nerven und großartiger Sinn für Humor. Glauben Sie mir, Humor wissen die im OP sehr zu schätzen.«

»Kann auch im Polizeidienst nicht schaden«, sagte Delorme.

Weitere Fragen förderten die Erkenntnis zutage, dass Dr. Winter Cates als Assistenzärztin in einem großen Kinderkrankenhaus gearbeitet und ihren Facharzt am Toronto General gemacht hatte.

»Dr. Cates ist eine attraktive Frau«, sagte Delorme. »Wissen Sie irgendetwas über ihr Liebesleben?«

»Da muss ich passen, keine Ahnung. Ich hatte den Eindruck, dass es jemanden in Sudbury gab, ansonsten kann ich Ihnen nicht weiterhelfen. Dr. Cates liebt ihre Arbeit, und wir reden nie über etwas anderes als über medizinische Dinge.«

»Und Sie haben ihr die Praxis verkauft, ist das richtig?«

»Verkauft? Nein, Sie können keine Praxis verkaufen, jedenfalls nicht in Ontario. Nein, nein. Ich hab sie unten im Toronto General kennen gelernt, als sie ihren Facharzt machte, und war wie alle von ihr entzückt. Sie sagte, sie würde sich gerne in Algonquin Bay niederlassen, und ich hab mir die Sache durch den Kopf gehen lassen. Ich hatte schon seit mindestens zehn Jahren dran gedacht, mich zur Ruhe zu setzen. Also, ich hab ihr angeboten, dass sie sechs Monate lang als meine Partnerin arbeitet und ich dann einen würdigen Abgang mache. Was ich auch getan habe.«

»Dr. Choquette, wann haben Sie Ihre Tickets nach Puerto Rico gekauft?«

»Vor Monaten. Ich versteh allerdings nicht, wie meine Tickets von irgendwelchem Belang sein sollten.«

»Kann ich sie bitte sehen?«

Der Arzt stand auf, noch röter im Gesicht, und Delorme konnte sehen, dass er sich Mühe gab, seinen Ärger zu zügeln, während er den Raum verließ. Wenig später kam er mit den Flugscheinen zurück und reichte sie Delorme ohne ein Wort. Zwei Rückflugtickets nach Puerto Rico, im November gekauft, Rückkehr in einer Woche.

»Danke.« Delorme gab sie ihm zurück. »Wo wollen Sie wohnen?«

»In einem wunderschönen Badeort namens Palmas del Mar, an der Südküste. Waren Sie zufällig schon mal da?«

»Nein.« Da sie sich kein bisschen für Karibikurlaub interessierte, war sie sich nicht einmal sicher, wo Puerto Rico lag, außer noch weiter weg als Florida.

»Zauberhafter Ort. Traumhaft gelegen – ein bisschen wenig Strand, aber dafür einer der schönsten Golfplätze, die es gibt.«

»Und können Sie mir sagen, wo Sie Montagabend waren, Doktor? So um Mitternacht herum?«

»Beim Bridgespielen mit Freunden. Wir treffen uns jeden Montagabend – verflixt noch mal, Sie können doch nicht allen Ernstes glauben, ich hätte irgendetwas mit dieser Sache zu tun? Eine junge Ärztin ist verschwunden. Warum zum Teufel soll ich damit zu tun haben?«

Delorme ließ sich mit einer Antwort Zeit, während sie eine Ader betrachtete, die an Dr. Choquettes Schläfe angeschwollen war. »Sie haben mit Dr. Cates geschäftlich zu tun. Gut, Sie haben ihr die Praxis nicht verkauft, aber sie ist ziemlich groß und voll ausgestattet. Soweit ich weiß, hatten Sie eine Meinungsverschiedenheit darüber, was Sie mit übergeben haben und was nicht. Und Sie waren verärgert.«

»Ach, was Sie nicht sagen.« Dr. Choquette verschränkte die Arme und musterte Delorme abschätzig. »Ich wüsste gar zu gerne, mit wem Sie gesprochen haben.«

»Dr. Cates weigert sich, Ihnen die Summe zu zahlen, die das Inventar Ihrer Meinung nach wert ist, nicht wahr?«

»Da muss ich Sie enttäuschen, so dramatisch ist es nun auch wieder nicht. Ich hätte einen Anwalt einschalten sollen – normalerweise tue ich das bei geschäftlichen Transaktionen –, aber aus irgendeinem Grund habe ich es in diesem Fall nicht getan. Vielleicht, weil Winter so – na ja, sie ist, sagen wir mal, sehr attraktiv. Wir haben eine Meinungsverschiedenheit in Bezug auf die Wertminderung. Wissen Sie, was eine Untersuchungsliege neu kostet? Ich dachte, wir hätten einen Betrag gefunden, der einen guten Mittelwert darstellt zwischen dem, was ich für die Sachen bekäme, wenn ich sie verkaufen würde, und was Winter bezahlen müsste, wenn sie sich alles neu beschafft. Offenbar habe ich mich geirrt. Ich meine, fragen Sie sie, wenn Sie glauben, dass ich Sie belüge.«

»Da Dr. Cates leider nicht auffindbar ist, können wir sie nicht fragen. Um wie viel Geld geht es denn?«

»Kein Vermögen. Ein paar Tausend. Es geht ums Prinzip. Sehen Sie, vermutlich hat sie achtzig- bis hunderttausend für ihre Ausbildung abzuzahlen, und jeder Penny zählt. Zweifellos ist sie wirklich davon überzeugt, dass wir uns auf die niedrigere Summe geeinigt haben, aber das ist reines Wunschdenken ihrerseits. Na jedenfalls ist es keine große Sache. Wenn Sie jetzt keine weiteren Fragen mehr haben ...«

»Keine weiteren Fragen. Aber ich benötige die Namen Ihrer Bridgepartner.«

Nächste Station: Glenn Freemont, der unangenehme Patient.

Freemont kam in einem Bademantel an die Tür, der so aussah, als hätte er schon mehrfach den Besitzer gewechselt, von denen wenigstens einer darin gestorben war. Er war ein Wicht von einem Mann, Mitte dreißig, mit dem fettigsten Haar, das Delorme je gesehen hatte.

»Mr. Freemont, ich ermittle wegen des Verschwindens von Dr. Winter Cates«, sagte sie, nachdem sie sich vorgestellt hatte. »Darf ich reinkommen und Ihnen ein paar Fragen stellen?« Die Tür zu Freemonts Kellerwohnung hatte kein Vordach, und Delorme hatte keinen Schirm dabei. Eisige Regentropfen arbeiteten sich in ihren Kragen vor.

»Wozu?« Freemont lehnte die Hand gegen den Türpfosten, wie um unerwartete Bewegungen abzuwehren.

»Sie sind ein Patient von Dr. Cates. Ich muss Ihnen ein paar Fragen stellen.«

»Sie hat eine Million Patienten. Warum kommen Sie ausgerechnet zu mir?«

»Mr. Freemont, wäre Ihnen eine gründliche Überprüfung bei Ihrer Versicherung lieber? Vielleicht sollte ich einfach nur dort anrufen.«

»Nur zu. Die haben mich sowieso abserviert, diese Idioten. Mein Rücken macht mir zu schaffen. Ich hatte nie Rückenprobleme. Und jetzt hab ich welche, weil ich den ganzen Tag

Farbdosen zwei Treppen hoch und runter schleppe. Machen Sie das erst mal, dann sprechen wir uns wieder.«

»Sie hatten in Dr. Cates' Praxis einen Wutanfall. Lag das daran, dass sie Ihrem Wunsch nicht entsprochen hat?«

»Es war kein Wutanfall. Wir hatten eine Diskussion, weiter nichts.«

»Laut Zeugen haben Sie mit der Faust auf den Tisch geschlagen und eine Pflanze umgestoßen.«

»Sie hat mich Lügner genannt. So'n Scheiß lass ich mir nicht bieten. Von keinem.«

»Können Sie mir sagen, wo Sie Montagabend waren? So um Mitternacht herum?«

»Montagabend? Klar, kann ich Ihnen sagen, wo ich Montagabend war. Ich war in Toronto.«

»Weshalb sind Sie nach Toronto gefahren?«

Freemont hakte seinen Zeigefinger in seine rechte Wange und zog sie zurück. Es schimmerte rosa, mit einer Zickzacklinie schwarzer Stiche. »Zahnfleischoperation. Dienstag früh. Bin einen Tag vorher runtergefahren, hab im Hotel übernachtet. Warten Sie.«

Freemont machte die Tür zu. Delorme zog die Kapuze ihres Anoraks hoch. Der Regen prasselte auf das Nylon. Über den Pfützen zu ihren Füßen bildete sich ein Eisfilm.

Zwei Minuten später kam Freemont mit einer Hand voll Papiere zurück. Er reichte sie Delorme eines nach dem anderen. »Quittung vom Colony Hotel. Quittung von der Tankstelle auf der Spadina. Quittung von meinem Kieferorthopäden. Er trägt schwarze Gummihandschuhe, und er kostet mich ein Vermögen.«

»Führen Sie immer so sorgfältig Buch?«, sagte Delorme, während sie sich den Namen und die Nummer des Kieferorthopäden notierte.

»Nur wenn ich vorhabe, mir die Kosten vom OHIP erstatten zu lassen.«

»Das wird schwierig werden. Die Provinz deckt keine Zahnsachen ab.«

Freemont schnappte ihr die Quittungen aus der Hand. »Zeigt nur, dass Sie keine Ahnung haben.«

»Danke, Mr. Freemont. Ich weiß Ihre Kooperation zu schätzen.«

»Oh, nein. Der Dank ist ganz auf meiner Seite, Officer. Und noch einen wunderschönen Tag.«

Bevor Delorme ihren Wagen erreicht hatte, hörte sie Freemont hinter der geschlossenen Tür brüllen: »Miststück!«

Sowohl das Hotel als auch der Kieferorthopäde bestätigten alles, was Glenn Freemont gesagt hatte. Delorme machte die Anrufe, sobald sie wieder im Büro war. Sie machte sich ein paar Notizen zu ihren Befragungen und übergab die Namen von Dr. Choquettes Bridgepartnern Szelagy zur weiteren Überprüfung.

Sie aß ihren Mittagsimbiss am Schreibtisch und betrachtete dabei den Stapel Handzettel, von dem Dr. Cates' hübsches Gesicht ihr entgegenblickte. Der Bautrupp hämmerte und bohrte über ihnen und machte es nicht eben leichter, konzentriert nachzudenken. Sie sah aus dem Fenster über den Parkplatz. Der Regen hatte aufgehört, und es war noch ein strahlend sonniger Tag geworden. Selbst die profansten Gegenstände – Bäume, Telefonmasten und Briefkästen – schimmerten mit ihrer Patina aus Eis wie Gebilde einer ekstatischen Vision. Je länger sich Delorme in die Aussicht vertiefte, desto mehr schien ihr der tiefblaue Himmel die Dächer anzustrahlen.

Ihr Telefon klingelte.

»Delorme. Kriminalkommissariat Algonquin Bay.«

Es war ein Mann namens Ted Pascoe, ein Kameraverkäufer bei Milton's Photo, der jüngere Bruder eines Frank Pascoe, den Delorme wegen Kreditkartenbetrugs hinter Gitter gebracht hatte. Ted Pascoe war so aufgelöst, dass sie kaum begriff, was er sagte – etwas von einer Leiche im Wald.

»Reden Sie langsamer, Mr. Pascoe, langsam. Wo sind Sie?«

»Hm, Telefonzelle in der Nähe des North Wind Tavern. Sie kennen die Kneipe draußen hinter der Algonquin Mall?«

Delorme kannte sie gut. Sie hatte mal einen Freund, der sein englisches Bier liebte. Sie gingen damals fast jeden Freitagabend zum North Wind und aßen Fish and Chips. Leider war das schon so ziemlich das Aufregendste, was diese Romanze zu bieten hatte.

»Ich hab oben am Berg, Richtung Four Mile Bay, fotografiert. Hab extra den Jeep genommen, nur um ein gutes Foto zu bekommen, wissen Sie. Und da liegt auf einmal diese Leiche. Eine Frau. Sieht aus wie erfroren.«

»War noch jemand bei Ihnen?«

»Nein. Ich bin lieber allein, wenn ich fotografiere. Da kann man keinen brauchen, der von einem Bein aufs andere tritt, während er auf einen wartet. Man fängt an zu hetzen, man vergisst zu fokussieren, man probiert nicht erst alle Winkel aus. Sollte man wirklich nicht ...«

»Wie ist der Weg? Können wir da mit einem Van rein?«

»Ausgeschlossen. Das hier ist striktes Erholungsgebiet.«

»Okay, Mr. Pascoe. Bleiben Sie, wo Sie sind. Erzählen Sie niemandem von Ihrem Fund. Wir sind in ein paar Minuten bei Ihnen.«

Delorme klopfte an Daniel Chouinards Tür und trat ein, ohne auf ein Okay zu warten. Er hörte aufmerksam zu, während sie den Anruf zusammenfasste.

»Es könnte demnach Ihre vermisste Ärztin sein«, sagte er.

»Ich würde sagen, die Wahrscheinlichkeit ist hoch.«

»Sie brauchen Verstärkung. Zu dumm aber auch, dass McLeod nicht da ist. Nehmen Sie sich Szelagy. Sie werden auch die Spurensicherung brauchen.« Er rief eine Durchwahlnummer an. »Arsenault, legen Sie den Sportteil weg. Für Sie und Collingwood gibt's mal was Richtiges zu tun. Und kommen Sie mit dem Landrover. Wie's aussieht, können wir den Van von der Spurensicherung vergessen.« Er hängte auf und sagte: »Worauf warten Sie noch? Machen Sie sich auf die Socken.«

»Ich hab den Staatsanwalt noch nicht angerufen.«

»Das übernehme ich. Fahren Sie los«, sagte Chouinard wehmütig. »Die zweite Leiche im Wald. Ich wünschte, ich könnte mitkommen.«

»Tut mir leid«, sagte Delorme. »Sie sind jetzt nun mal ein hohes Tier.«

»Ich weiß.« Chouinard seufzte und warf einen Bleistiftstummel in den Papierkorb. »Und ist das nicht ein Jammer?«

Ken Szelagy war ein Plappermaul. Sie stiegen in den Wagen, und es war, als hätte man eine Münze eingeworfen: die Frau, die Kinder, das Hockeyspiel. Delorme schaffte es, das Gespräch für einen Moment auf das Thema von Dr. Cates' Nachbarn zu lenken.

»Derzeit sind eine Menge Leute verreist - auf die Bahamas oder sonst wohin -, deshalb gab's nicht sonderlich viele, mit denen ich reden konnte. Typischer Wohnblock - ich meine, keiner kennt keinen. Ich glaube, Sie könnten in dem Haus sterben, und niemand würd's merken. Jedenfalls, es läuft darauf hinaus, dass niemand Montagnacht oder Dienstagmorgen irgendetwas Ungewöhnliches gehört hat. Sie haben alle entweder ferngesehen oder schon geschlafen, und sie haben nicht das Geringste gehört.«

»Das ist ziemlich seltsam«, sagte Delorme. »Wenn sie jemand entführt hat, dann sollte man eigentlich meinen, das lief nicht völlig geräuschlos ab.«

»Vielleicht ist sie ja freiwillig irgendwo hingegangen. Wir wissen noch zu wenig. Sie könnte mit jemandem mitgefahren sein, den sie kannte, und dann passiert ein Unfall oder sonst was, und deshalb hat niemand was von ihr gehört.«

Szelagy schweifte erneut vom Thema ab und fing an, von seiner Familie zu erzählen. Delorme wurde bewusst, dass sie sich Cardinal an seiner Stelle gewünscht hätte, der meist genauso schweigsam war wie sie. Szelagy war inzwischen bei seiner Schwiegerfamilie gelandet, bei seiner Hypothek, seinen Autoversicherungsprämien. Er war eine Naturgewalt.

»Szelagy!«

»Was?«

»Halten Sie mal die Luft an!«

»Ich bin nur ein bisschen umgänglich. Was man von Ihnen nicht unbedingt sagen kann.«

Sie musste einräumen, dass in puncto Liebenswürdigkeit niemand im Kommissariat Szelagy das Wasser reichen konnte. Er war einfach von Natur aus nett, und Delorme bereute, dass sie ihn angefahren hatte. Die nächsten Häuserblocks passierte sie in schuldbewusstem Schweigen.

»Tut mir leid«, sagte sie an der nächsten Ampel. »Ich muss nur an Dr. Cates denken.«

»Geht schon in Ordnung«, sagte Szelagy und ließ sich im nächsten Moment über das Schneemobil aus, das er für die Kinder gekauft hatte. Aber hallo, die neuen Bombardiers waren verteufelt schnell!

Sie fuhren auf der Sumner weiter aus der Stadt und dann über die Umgehungsstraße auf den Highway 63. Auf jedem Dach, auf jeder Leitung, auf jedem Ast glitzerte das Eis. Der Himmel war kobaltblau. In den Bäumen und Dächern brach sich das Sonnenlicht – aus der Nähe betrachtet in blendend weißen Strahlen, doch von ferne silbrig glitzernd wie Lametta.

Der Highway selbst war frei, und sie schafften es in weniger als zwanzig Minuten bis zum North Wind. Ted Pascoe lehnte gegen seinen Jeep Wrangler und rauchte eine Zigarette. »Eigentlich rauche ich nicht«, sagte er zur Begrüßung.

»Vor zwei Jahren aufgegeben, aber das hier hat mich wirklich umgehauen. Hab noch nie eine Leiche gesehen – na ja, meinen Dad, aber das war was anderes. Ich zittere.« Zum Beweis streckte er eine zitternde Hand aus.

Delorme stellte Szelagy vor und fragte Pascoe, wann genau er die Leiche gefunden habe.

»Vor etwa einer Dreiviertelstunde. Ich bin sofort hierher gekommen und hab Sie angerufen.« Dabei zeigte er auf die Telefonzelle.

»Und Sie waren allein?«

»Mit meiner Kamera, ja. Diesen Frost kriegt man nicht alle Tage geboten – ich wollte da raus, bevor es schmilzt. War auf einem Waldweg etwa eine halbe Meile östlich von hier.«

Arsenault und Collingwood fuhren in einem Landrover heran. Delorme signalisierte ihnen, sich einen Moment zu gedulden. »Mr. Pascoe, am besten führen Sie uns sofort zu der Stelle, und die Spurensicherung fährt hinter uns her.«

Im selben Moment bog ein Lexus vom Highway ab, und Delorme stöhnte innerlich. Die Staatsanwaltschaft arbeitete mit mehreren Ärzten, die einander abwechselten. Es war einfach Pech, zum zweiten Mal in Folge Dr. Barnhouse zu erwischen.

»Sie werden mit Arsenault und Collingwood fahren müssen, Doktor. Glaube nicht, dass Ihr wunderschönes Auto es bis zu der Stelle schafft, wo wir hinwollen.«

»Na großartig«, sagte er trocken. »Ist ja phantastisch.« Doch er stieg aus dem Wagen, die schwarze Tasche in der Hand.

Was immer es in der Gegend um Algonquin Bay an Holzwirtschaft gegeben hatte, lag fünfzig Jahre zurück, doch die alten Zugangswege blieben erhalten. Jahrzehntelang gerieten sie in Vergessenheit, bis die Begeisterung für Geländefahrzeuge sie wieder passierbar machte. Die Warmfront hatte die Schneeschicht in den Wäldern auf kaum mehr als zehn, zwanzig Zentimeter zusammengeschmolzen, und das Eis an der Oberfläche war nur eine dünne Kruste. Die Bodenhaftung war folglich besser als auf den Straßen in der Stadt.

Hier gab es nur noch Kiefern. Ihre Zweige hingen schwer herab, doch die Bäume selbst, die sich über Jahrtausende an dieses Klima angepasst hatten, standen kerzengerade. Aus den Eispanzern blitzte das Licht scharf wie Laserstrahlen hervor.

»Hier hab ich den Wagen stehen gelassen«, sagte Pascoe. »Wollte nicht riskieren, um den herumzufahren.« Er zeigte mit dem Finger auf einen umgefallenen Baum, der vor ihnen den Weg versperrte.

Sie stiegen aus und warteten auf Arsenault und Collingwood. »Sind Sie auf demselben Weg zum Auto zurückgekehrt wie auf dem Hinweg?«

»Ja.« Er wies auf eine Fußspur im Schnee. »Das war ich. Ich hab keine anderen Spuren bemerkt, aber ich hab auch nicht drauf geachtet.«

Delorme und Szelagy gingen voraus. Pascoe hielt sich dicht hinter ihnen, gefolgt von Arsenault, Collingwood und Dr. Barnhouse. Sie waren noch keine fünf Minuten unterwegs, als Pascoe hinter ihnen sagte: »Da oben. Direkt hinter dem Baumstumpf. Ich wäre beinahe über sie gestolpert.«

In den sechs Jahren, in denen Delorme bei der Sonderermittlung gearbeitet hatte, waren ihr Leichen erspart geblieben. In ihrer Zeit als Streifenpolizistin hatte sie natürlich die üblichen Unfallopfer und Ertrunkenen gesehen. Die Fundorte strahlten stets völlige Hoffnungslosigkeit aus, selbst wenn das Opfer in einem freundlich eingerichteten Wohnzimmer umgekommen war. Zuweilen waren die Umstände abstoßend: Männer, die nackt in der Schlinge hingen, pornografische Heftchen unter ihren bleichen Füßen verstreut. Zuweilen waren sie beängstigend: etwa dort, wo ein Feuer getobt hatte und die verkohlten Überreste von seiner alles verschlingenden Wut zeugten. Manche waren unheimlich: ein stillgelegter Minenschacht mitten in einer Winternacht. Was Delorme in ihrer gesamten Dienstzeit noch nie gesehen hatte, war ein Fundort von solcher Schönheit.

Sie und Szelagy und die anderen standen am Rand einer Szene wie aus dem Bilderbuch. In allen Richtungen schimmerten die Bäume, als wären sie aus Edelsteinen gemacht. Kein Laut war zu hören außer dem Knacken im Geäst und dem Brummen eines Schneemobils in der Ferne. Jede Oberfläche warf das Sonnenlicht zurück, so dass das Ganze mehr von einem Märchen als von einer Tragödie hatte, die Art von Geschichten, in denen Statuen zum Leben erwachen.

Doch die Gestalt vor ihnen würde nicht wieder zum Leben erwachen. Die Frau lag wie im Schlaf auf der linken Seite, ein Knie und einen Arm angewinkelt, wie um das Gleichgewicht zu halten. Auf den ersten Blick waren keine Anzeichen von Gewalteinwirkung zu erkennen, keine Schnittwunden oder Prellungen. Aus der Ferne fotografiert, hätte man denken können, dass sie schlief. Doch es gab nichts Regloseres als einen Leichnam, darüber konnte nichts hinwegtäuschen. Dieser hier war nackt, mit einer dünnen Eisschicht überzogen. Selbst das lange schwarze Haar, das der Frau in lockigen Strähnen übers Gesicht fiel, war von Eis überzogen. Sie sah aus wie verzaubert – das Opfer eines eifersüchtigen Zauberers oder einer bösen Hexe vielleicht.

»Rumstehen bringt nichts«, bemerkte Barnhouse.

»Man nennt das Leichenbefundaufnahme«, sagte Delorme. »Ihnen mag es ja lieber sein, darüber herzufallen und Beweismaterial zu zertrampeln, aber wir werden zuerst ein paar Fotos machen.«

»Das werden Sie nicht.« Barnhouse vertrug keinen Widerspruch, und wenn er gar von einer Frau kam, wirkte er sich sichtbar auf seinen Blutdruck aus und führte dazu, dass er stotterte. »Das werden Sie nicht«, wiederholte er. »Ich bin der Coroner, und ich bin hier zuständig.«

»Außer wenn ein Verbrechen festgestellt wurde.«

»Was ich zu tun beabsichtige, wenn Sie mich nicht an der Arbeit hindern.«

»Das Opfer liegt nackt bei Frosttemperaturen mitten im Wald. Wenn Sie mich fragen, haben wir damit bereits festgestellt, dass ein Verbrechen vorliegt.« Szelagy warf Delorme einen Take-it-easy-Blick zu, und Delorme fing an, im Stillen bis zehn zu zählen.

»Ich wusste gar nicht, dass Sie ausgebildete Pathologin sind«, maulte Barnhouse weiter. »Vielleicht brauchen Sie ja gar keinen Coroner.«

»Doktor«, sagte Delorme. »Wir brauchen Sie, und wir möchten, dass Sie sich die Leiche ansehen. Lassen Sie uns nur erst ein paar Aufnahmen machen, bevor irgendjemand von uns Beweismaterial zerstört.«

»Wir stellen hier hinten gerade die Videokamera auf«, sagte Arsenault. »Lassen Sie sie mit Weitwinkel laufen.«

Collingwood war unterdessen schon dabei, mit einem Fotoapparat und einem Maßband die Spur festzuhalten, die auf die Lichtung führte. Es schien nur eine zu geben. Er drehte sich zu Pascoe um. »Könnten Sie bitte mal einen Fuß hochheben, Sir?«

Pascoe folgte etwas linkisch seiner Aufforderung, indem er sich gegen einen Baum lehnte. Collingwood machte ein paar Fotos von seinen Wanderstiefeln.

Arsenault verknipste einen Film mit der Leiche, und dann gingen Delorme, Szelagy und der Coroner näher heran. Dr. Barnhouse hielt sein Diktiergerät in der Hand, in das er unentwegt hineinsprach, während er sich über die Leiche beugte: gut genährte Frau, Anfang dreißig, Verfärbung an der Kehle, was auf Strangulierung hindeutet.

»Da sind ihre Kleider«, sagte Delorme. Sie lagen seitlich ein Stück entfernt als stummer Zeuge von Gewalt. Die Eiskruste ließ keine genauere Untersuchung zu, doch es gab abgerissene Knöpfe, einen gedehnten Halsausschnitt an einem Sweater.

»Sieht so aus, als wäre sie hier getötet worden«, sagte Szelagy.

»Möglich. Aber sehen Sie sich diese rötliche Verfärbung hier an«, sagte Barnhouse und wies mit einem latexbehandschuhten Finger auf die rötliche Einfärbung des zuunterst liegenden Arms und Beins. »Das Blut ist der Schwerkraft gefolgt – die Unterseite ihrer Schulter und der Beine. Sie ist nicht in dieser Stellung gestorben. Möglicherweise wurde sie hier getötet und nach ihrem Tod von jemandem bewegt. Vielleicht wurde sie aber auch woanders getötet und anschließend hierher gebracht.«

»Aber die Kleider ...«, sagte Delorme.

»Ja, sicher. Zweifellos gibt es eine Erklärung dafür, aber ich bezweifle, dass sie medizinischer Natur ist.«

»Können Sie uns einen ungefähren Anhaltspunkt geben, wann der Tod eingetreten ist?«

»Sie ist von Eis bedeckt, daher muss sie offensichtlich schon hier gelegen haben, als es regnete – bevor der Regen gefror. Andererseits gibt es kaum Zersetzung. Demnach hat sie während der warmen Periode nicht lange hier gelegen. Ich würde daher sagen, sie wurde hier Montagnacht, Dienstagmorgen abgelegt. Aber Sie wissen natürlich, dass es bei dem Kühlungseffekt hier draußen schwer sein wird, den Todeseintritt ohne weitere Indizien genauer zu bestimmen. Wenn mir jetzt bitte jemand helfen würde? Ich will die Leiche herumdrehen.«

Delorme, die sich ebenfalls Handschuhe angezogen hatte, griff mit der Hand unter das angewinkelte Knie und hob es an. Die Eishaut auf den Gliedern zersplitterte mit einem knisternden Laut und glitt zu Boden. Das dunkle Haar lag steif gefroren über dem halben Gesicht.

»Blutergüsse in der Vaginalregion weisen auf mögliche Vergewaltigung hin. Auch im Bereich der Kehle sind Kontusionen festzustellen. Strangulation ist eine mögliche Erklärung. Sie werden sie öffnen müssen – und nach petechialen Blutungen in der Lunge suchen. Dann wollen wir mal sehen, wen wir da haben.« Das gefrorene Eis knackte, als Barnhouse es beiseite schob. »Na, so was«, sagte er. »Ich kenne diese Frau.«

»Ich geh mal davon aus, dass wir uns sparen können, diese Handzettel zu verteilen«, sagte Szelagy.

Delorme betrachtete die vereisten Gesichtszüge, den milchigen Schimmer der halb geöffneten Augen. Sie dachte an all die Patienten, denen diese junge Dr. Cates geholfen hätte – Tausenden vermutlich –, wenn sie hätte leben dürfen. Sie fragte sich, was für ein Mensch ihr das angetan hatte. Ihre Gedanken eilten voraus zu den Dingen, die es als Nächstes zu tun galt, zuallererst einmal die Benachrichtigung ihrer Eltern.

Sie sah Barnhouse an. »Wir wissen, dass Dr. Cates Montagabend um 23.30 Uhr zu Hause war. Eine Freundin hat mit ihr telefoniert. Aber wir wissen von ihrem Anrufbeantworter, dass sie am Dienstagmorgen nicht mehr ans Telefon gegangen ist.«

»Das würde mit dem übereinstimmen, was ich hier sehe. Zweifellos wird der Pathologe Ihnen mehr sagen können.«

»Was schätzen Sie, wie lange die Gerichtsmedizin mit den Untersuchungsergebnissen brauchen wird?«

»Nun, da haben Sie Glück. Haben Sie bei denen schon mit Dr. Lortie zusammengearbeitet?«

»Nein.«

»Er ist einer ihrer führenden Pathologen. Wie's der Zufall will, ist er gerade hier in der Stadt, um die regionalen Erfordernisse zu sondieren. Es dürfte mir, glaube ich, nicht schwer fallen, ihn dazu zu bewegen, den Fall gleich hier vor Ort zu übernehmen. Würde dem Steuerzahler bares Geld sparen und so weiter.«

»Es würde uns jedenfalls viel Zeit sparen«, sagte Delorme.

»Weiß Gott«, sagte Dr. Barnhouse und nickte in Richtung der toten Frau. »Das ist das Wenigste, was wir für sie tun können.«

Sie verfielen in Schweigen. Aus dem glitzernden Wald war nichts zu hören außer dem Knacken im Geäst.

15

Während das Team der Spurensicherung sich im Wald an seine Arbeit machte, fuhr Delorme nach Sudbury, achtzig Meilen westlich von Algonquin Bay. Das schimmernde Eis verlieh den vorbeieilenden Telefonmasten, den durchhängenden Kabeln, den scharfen Felskanten einen bizarren Reiz, doch Delormes Gedanken waren die meiste Zeit bei dem Fund im Wald.

Ein Verbrechen aus Leidenschaft? Vielleicht war Craig Simmons als verschmähter Liebhaber endgültig explodiert. Mit ziemlicher Sicherheit gab es in Dr. Cates' Leben keine weiteren Verdächtigen für diese Art von Verbrechen. Ein Mann sagt, er habe sich daheim das Hockeyspiel angesehen, hat aber keine Zeugen. Nun ja, was will man machen, solange ihm das Gegenteil nicht nachzuweisen ist? Dr. Choquettes Alibi musste noch überprüft werden, aber er stand auf Delormes Liste nicht gerade obenan. Und zwei Leichen, die kurz hintereinander im Wald gefunden werden? Falls sich herausstellte, dass Craig Simmons nicht in Frage kam, dann lag die Vermutung nahe, dass es irgendeine Verbindung zwischen Dr. Cates und dem toten Amerikaner gab. Wieso aber wurde dann der eine den Bären vorgeworfen und die andere nicht?

Jetzt standen ihr erst einmal Dr. Cates' Eltern bevor. Delorme hatte sie bereits telefonisch benachrichtigt, doch es war unerlässlich, sie persönlich aufzusuchen. Mit den Hinterbliebenen zu reden war gut und gerne das Schlimmste bei Mordsachen und das Einzige, was bei Delorme Sehnsucht nach dem Sonderdezernat aufkommen ließ. Im S.D., wo sie einige große Fälle gelöst hatte, brauchte man wenigstens niemandem zu erzählen, dass seine Tochter tot ist. Man brauchte nicht in einem Zimmer zu stehen und beinahe von ihrem Schmerz erdrückt zu werden.

Und genau das war eine halbe Stunde später der Fall. Auf

dem Kaminsims Delorme gegenüber stand ein Foto von Winter Cates' Abschlussfeier an der Uni, mit einem Lächeln, das Stolz und Freude über den Erfolg zum Ausdruck brachte. Ihre Mutter saß, ein Taschentuch in der Hand, zusammengekauert in einem Sessel in der Ecke – eine rundliche Frau in ihren Sechzigern, aber immer noch mit einem Hauch des pfirsichfarbenen Teints ihrer Tochter auf dem Bild. Ihr Vater, ein kantiger Mann mit weißem Bart und weißem Haar, das er zu einer Franse nach vorne gekämmt hatte, war Professor für englische Literatur an der Laurentian University. Er erinnerte an einen römischen Senator.

»Dieser Craig Simmons«, sagte Professor Cates. »Ich wusste vom ersten Augenblick an, dass er ein Fehler war. Wir beide wussten das. Winter war erst sechzehn, als sie ihn kennen lernte, und er war gut aussehend, athletisch gebaut und in der Footballmannschaft und ... all das eben, was einem sechzehnjährigen Mädchen imponiert. Aber jedem Erwachsenen war klar, dass etwas mit ihm nicht stimmte. Er war zu leidenschaftlich. Zu vernarrt. Er hing dauernd wie eine Klette an Winter – buchstäblich. Kaum standen sie da in der Diele, packte er sie wie ein kleiner alter Mann am Ellbogen.«

»Und er hat sie immerzu angestarrt«, sagte Mrs. Cates leise. Ihre Augen waren gerötet, auch wenn sie im Moment nicht weinte. »In einer Art und Weise, die nicht mehr normal war. Er hing an ihren Lippen, wenn sie was sagte, als wäre jedes ihrer Worte eine Sache von Leben und Tod für ihn.«

»Winter war ja noch ein Kind«, sagte Professor Cates. »Sie hat das nicht durchschaut. Vermutlich hat sie einfach gedacht, er wäre superromantisch. Aber mit ein bisschen Lebenserfahrung sieht man, wenn es zur Obsession wird. Traurigerweise scheint das die einzige Form von Liebe zu sein, die man heutzutage noch zur Kenntnis nimmt. Ich meine, in Büchern und Filmen. Songs. Eine stille Liebe ist nicht mehr gefragt. Nein, nein, es muss Sturm und Drang sein.«

Nach Delormes Erfahrung *war* die Liebe normalerweise Sturm und Drang, aber sie hatte nicht vor, mit Professor Cates darüber zu diskutieren.

»Craig Simmons hat nie jemand anders als sich selbst geliebt«, fuhr er fort. »Er ist wie dieser besessene kleine Mistkerl, der John Lennon erschossen hat. Oder wie all die anderen Irren, die es nicht ertragen können, wenn sie jemand zurückweist, weil sie nie wirklich einen anderen Menschen geliebt haben. Die Gefühle der betreffenden Person haben dabei nichts zu sagen. Meinen Sie, er hat auch nur einmal darüber nachgedacht, ob Winter glücklich ist oder nicht? Hat er nicht. Wir haben letzte Woche mit ihr gesprochen, und sie hat gesagt, dass sie es einfach leid ist mit ihm. Sie hat nicht mehr mit ihm geredet, und sie hat nicht mehr zurückgerufen. Sehen Sie, bei den Craig Simmonses dieser Welt geht es doch immer nur um das eine – Ich, Ich, Ich. Großes I. Was anderes existiert für sie nicht. Und wenn etwas wie ein schallendes Nein sie zwingt zu begreifen, dass ihnen nicht das Universum gehört, dann ist es für sie gleich die völlige Vernichtung, und sie müssen zurückschlagen. Und genau das hat er getan.«

Die Stimme des Professors wurde immer lauter. Seine Frau lehnte sich zu ihm vor und legte ihm die Hand auf den Arm, doch er merkte es nicht.

»Dieser Wahnsinnige hat meine Tochter umgebracht, und ich will Gerechtigkeit, Detective Delorme. Ich will diesen mordenden Bastard für den Rest seines Lebens hinter Gittern schmoren sehen. Ich nehme an, er hat sie vergewaltigt?«

Delorme hatte diese Frage befürchtet und war nun doch nicht darauf vorbereitet. »Es gibt leider Anhaltspunkte dafür.«

Professor Cates zuckte so heftig von ihr zurück, als hätte jemand auf ihn geschossen. Er sank aufs Sofa und sackte mit dem Oberkörper nach vorn. Mrs. Cates erhob sich aus ihrem

Sessel. Sie setzte sich neben ihn und legte ihm den Arm um den Rücken.

»Das Seltsame bei Craig Simmons ist ...« Mrs. Cates sprach leise, kaum noch hörbar. »Alles, was mein Mann sagt, stimmt. Craig hat sich wirklich so benommen. Und trotzdem hatte ich immer das Gefühl, dass er das irgendwo gelernt hatte.«

»Sicher hat er das irgendwo gelernt«, sagte der Professor. »Er hat es aus Filmen gelernt, von seinen Eltern, als Kind, von Gott weiß woher – na und?«

»So habe ich das nicht gemeint. Ich meinte, er hat es irgendwo gelernt, wie ein Schauspieler seine Rolle lernt. Als ob er irgendwo gelesen hätte, dass man sich so verhalten sollte, also, verdammt noch mal, benahm er sich auch so. Man hatte irgendwie den Eindruck, er wusste ganz genau, dass es unangebracht war, aber er tat es trotzdem, das war wirklich traurig.«

»Hat Mr. Simmons Ihre Tochter je in irgendeiner Weise bedroht?«

Mrs. Cates sah zur Decke hoch, damit die Tränen nicht überliefen. »Nie«, sagte sie. »Nicht ein einziges Mal.«

Professor Cates saß so schnell kerzengerade, dass es unter anderen Umständen vielleicht komisch gewirkt hätte. »Was willst du damit sagen? Der Junge kreuzte alle naselang hier auf, ungebeten. Er stand vor der Tür, um sie zur Schule zu begleiten, was etwas anderes gewesen wäre, wenn sie miteinander gegangen wären, aber sie hatte mit ihm Schluss gemacht. ›Daddy, er ist schon wieder da‹, sagte sie dann, und ich musste rausgehen und ihm sagen, er soll abhauen. Nicht, dass es etwas genützt hätte. Eine Woche später war er wieder da.«

»Ich glaube nicht, dass die Kommissarin darauf hinauswollte, Liebes.«

»Wie viele unerwünschte Anrufe hat es gegeben? Hunderte? Tausende?«

»Es stimmt schon, dass er ständig anrief«, sagte Mrs. Cates.

»Anfangs hatte ich Mitleid mit ihm. Man konnte gar nicht anders. Er war so offensichtlich verzweifelt.«

»Dass du ja nicht anfängst, diesem Bastard zu vergeben! Du solltest nicht einmal daran denken, ihm zu vergeben!«

»Das tu ich auch nicht. Ich sag nur, wie es war. Er hat nie gedroht, Winter etwas anzutun. Er wollte nur mit ihr reden. Sie sehen. Das war einfach zu viel für eine Sechzehnjährige, wie Sie sich wohl denken können.«

»Manchmal war er da draußen. Saß einfach nur in seinem Wagen.« Der Professor tippte mit dem Finger Richtung Straße.

»Aber dann sind Jahre vergangen, in denen er sie nicht belästigt hat«, sagte Delorme. »Habe ich Sie da richtig verstanden? Am College?«

»Das stimmt«, sagte Mrs. Cates. »Die ganze Zeit in Ottawa hat sie sich nicht über ihn beklagt. Allerdings muss man wissen, dass er da die meiste Zeit im Westen war. Er konnte sie nur ein-, zweimal besuchen. Er war im Mountie-Ausbildungslager in Regina, und danach haben sie ihn irgendwohin weit oben im Norden geschickt. Ich finde es beängstigend, dass jemand wie Craig Simmons als Polizist herumläuft. Und noch dazu bewaffnet.«

»Und danach war Winter bereit, freundschaftlich mit ihm zu verkehren? Ich meine, nachdem sie mit dem Studium fertig war?«

»Er hat ihr leid getan«, sagte Professor Cates. »Gott weiß, wieso. Ich hatte kein Mitleid mit ihm. Aber eins sollten Sie wissen. Winter wollte ihre Praxis gerne in Sudbury eröffnen. Der einzige Grund, warum sie es bleiben ließ, war er. Leider war Algonquin Bay nicht weit genug weg. Wahrscheinlich hätte keine Entfernung gereicht.«

Delorme blieb noch eine Viertelstunde, in der sie nicht mehr viel Neues erfuhr. Professor Cates folgte ihr bis zur glasgefassten Eingangstür. Draußen strahlte die Vorstadtkulisse unter blauem Himmel.

»Hören Sie«, sagte Professor Cates, »wann, glauben Sie, werden Sie ihn festnehmen?«

»Dafür haben wir nicht genügend Beweise gegen ihn.«

»Aber Sie wissen, dass er es war, oder?«

»Zum gegenwärtigen Zeitpunkt haben wir noch keine dringend Tatverdächtigen. So schlimm Mr. Simmons' Verhalten gewesen sein mag, ist er deswegen noch nicht schuldig.«

Professor Cates betrachtete sie von oben bis unten, als gelte es, ihre Leistung zu benoten. Delorme konnte die Sechs förmlich sehen. »Eines wüsste ich nur gern«, sagte er. »Wozu soll der Verein, für den Sie arbeiten, gut sein, wenn Sie einen solchen Mann nicht hinter Schloss und Riegel bringen können?«

Das Leid der Cates lastete den ganzen Heimweg über auf Delorme. Sie versuchte, sich in die völlige Verzweiflung von Eltern hineinzuversetzen, die ein Kind verlieren, aber sie wusste, dass sie es nicht konnte. Unentwegt sah sie das Gesicht der jungen Ärztin vor sich, und Delorme schwor sich noch einmal, nicht zu ruhen, bis sie denjenigen geschnappt hatte, der ihr die Zukunft gestohlen hatte.

Ihre Gedanken wanderten erneut zu dem obsessiven Corporal Simmons, und auf einmal kam ihr ein eigener ehemaliger Freund namens René in den Sinn, der sich ähnlich obsessiv benommen hatte. Er meldete sich immer noch gelegentlich, gewöhnlich um zwei Uhr morgens. Meistens war er betrunken und sentimental und drohte unentwegt, er würde sich umbringen. Einmal war er plötzlich bei ihr aufgekreuzt, als sie mit einem anderen Mann zusammen war. Sie liegen auf dem Sofa und küssen sich, als es klingelt und René schwankend auf der Matte steht und mit den Fäusten gegen das Fliegengitter trommelt. Das hatte den neuen Freund äußerst nervös gemacht, und er kam nie wieder. Das Letzte, was sie gehört hatte, war, dass René in Vancouver gelandet sei – und geb's Gott, dass er dort blieb.

Das Problem war, dass nicht viele ideale Männer in Algonquin Bay herumliefen und Delorme nicht die Absicht hatte, mit irgendjemandem in ihrer Dienststelle eine romantische Verbindung einzugehen. Es wäre schön, wenn jemand wie Cardinal - nicht Cardinal selbst, versteht sich - auf einmal vor ihrer Tür stünde. Einen weniger obsessiven Mann als Cardinal konnte sich Delorme kaum vorstellen. Da hast du deine stille Liebe, Professor. Man konnte Cardinal nicht gerade als einen glücklichen Menschen bezeichnen - er war ein Grübler, vielleicht sogar irgendwie deprimiert -, aber er sprach nie anders als mit Zuneigung von seiner Frau. Ihre Krankheit erwähnte er mit keiner Silbe, nicht ein einziges Mal. Und doch musste sein Leben mit ihr schwierig sein. McLeod behauptete, Cardinal habe seine Tochter praktisch allein aufgezogen. Zugegeben, es war oft ganz schön anstrengend, mit Cardinal zu arbeiten, er machte Fehler - man denke nur an diese unselige Bouchard-Geschichte in seiner Vergangenheit -, aber auf jemanden wie Cardinal konnte man sein Leben verpfänden, und er würde einen nie im Stich lassen.

Delorme musste unvermittelt bremsen, weil bei Sturgeon Falls plötzlich ein Lkw in den Highway einbog. Du liebe Güte, dachte sie, wieso muss ich an Cardinal denken? Er denkt mit Sicherheit nie an mich. Sie machte das Radio an. Ein Nachrichtensprecher gab bekannt, dass vor einem Restaurant in Montreal eine Rohrbombe hochgegangen sei, mit schönem Gruß von der French Self-Defence League, aus Protest gegen das englische Schild des Restaurants. Delorme schaltete auf einen französischen Pop-Sender um - Céline Dion, die über eine verlorene Liebe wehklagte - und beschloss, John Cardinal aus ihren Gedanken zu verbannen.

Zurück im Büro, schob Delorme einen Anruf in der Praxis des Coroners im Ontario Hospital dazwischen. Sie hatte zuerst Dr. Barnhouse am Apparat, der den Hörer an den Gastpathologen, Dr. Alain Lortie, weiterreichte. Er klang jung, doch selbstbewusst.

»Diese Frau starb an der Strangulation, das steht außer Zweifel. Wir haben Blutungen in den Lungen und den Augen, ganz zu schweigen von dem gebrochenen Zungenbein im Hals. Ich würde mal vermuten, dass das jemand getan hat, der ganz schön kräftig ist.«

»Und was ist mit Vergewaltigung, Doktor? Wir haben ihre Kleider ganz in der Nähe im Wald gefunden, die ihr offenbar vom Leib gerissen wurden.«

»Heruntergerissene Kleider könnten auf sexuelle Gewalt hinweisen. Vaginale Hämatome – und damit haben wir es hier zu tun – deuten in dieselbe Richtung. Die Kleider würde ich allerdings nicht zu hoch bewerten, da die Hautverfärbungen nahe legen, dass sie woanders getötet wurde. Das Entfernen der Kleidung erscheint mir daher nachgestellt. Kein Sperma am oder im Körper, keine vaginalen oder analen Fissuren. Aus dem Bauch heraus würde ich sagen, dass diese Frau nicht vergewaltigt wurde.«

»Sind Sie sich da sicher?«

»Kann den Gegenbeweis nicht antreten, Detective. Es ist nur mein Gefühl.«

»Aber jemand wollte, dass es wie Vergewaltigung aussieht?«

»Scheint so, ja.«

»Was ist mit dem Zeitpunkt des Todeseintritts?«

»Mageninhalt: zwei Schokoladenkekse, nicht viel mehr.«

»Nun, wir wissen, dass sie diese Kekse Montagabend um 23.30 Uhr gegessen hat. Sie hat mit einer Freundin telefoniert.«

»Also, danach zu urteilen, wie weit sie in ihrem Verdauungstrakt gelangt sind, würde ich sagen, sie ist ungefähr eine Stunde nach diesem Telefongespräch getötet worden. Sonst nichts von Interesse, fürchte ich. Ich faxe Ihnen meinen vollständigen Bericht zu.«

»Herzlichen Dank, Doktor, dass Sie das übernommen haben. Ich weiß, dass Sie nicht in der Stadt sind, um Autopsien durchzuführen.«

»Hab ich gern gemacht.«

Delorme speicherte den Todeszeitpunkt in ihrem mentalen Ordner unter »unbestrittene Fakten« ab und ging zur Snackbar hinunter. Neben dem Cola-Automaten hing ein schwarzes Brett, und Delorme blieb wie immer davor stehen, um es zu lesen. Außer den Verkaufsanzeigen steckte daran eine Liste von Zulassungsnummern – allesamt notiert an der Northtown Mini-Mall.

Die Video-Arkade in der Mini-Mall hatte sich in der letzten Zeit zu einem Ärgernis in diesem Viertel entwickelt. Teenager hingen bis in die Puppen herum, rauchten Haschisch und hauten auf den Putz. Die Polizisten, die hier Streife gingen, waren angehalten, das Kennzeichen jedes Wagens aufzuschreiben, das nach elf Uhr abends in der Nähe des Ladens parkte. Es war als ein kostengünstiges, unspektakuläres Projekt gedacht, um den oder die Dealer loszuwerden, die den Kids das Gras besorgten. Die Liste mit den Autonummern prangte unter der süffisanten Überschrift: *Die Meistgesuchten von Algonquin Bay!*

Das Weiterverfolgen dieser Kennzeichen war ein ganz und gar inoffizieller Einsatz – wenn man überhaupt von einem Einsatz sprechen konnte. Es war das, was der Polizeichef überzeugend eine »andauernde Bemühung« nannte, um ein geringfügiges Problem in den Griff zu bekommen. »Wir haben die Situation unter ständiger Kontrolle«, konnte R.J. sagen und dabei noch in den Spiegel sehen. Kurz gesagt, niemand nahm die Nummernschildliste sonderlich ernst; sie hing ebenso selbstverständlich am schwarzen Brett neben dem Cola-Automaten wie Kaufanzeigen für Heimtrainer oder Vermietungsanzeigen für Cottages. Dennoch warf jeder einen Blick darauf.

Delorme steckte eine Ein-Dollar-Münze in den Getränke-Automaten und drückte den Knopf für Diät-Cola, nur um eine normale Cola zu ziehen. Sie stand da und nippte an der Dose, während sie sich ein Bild mit einer Hockeyausrüstung ansah – ein komplettes Kinder-Torwartoutfit für »nur« fünfhundert Dollar. Sie las eine Suchanzeige über ein neues Heim für sechs Tigerkatzenbabys sowie eine wegen eines »saubilligen« Laptops. *Melde dich bei Nancy Newcombe*, hatte ein Witzbold darunter geschrieben; Nancy Newcombe leitete die Asservatenkammer.

Als Delorme gerade über die Kalorienzahl in der Cola nachdachte, fiel ihr Blick auf die Liste mit den Fahrzeugkennzeichen. Und da war es: PAL 474, leicht zu merken. Delorme schlug die Seite in ihrem Notizbuch auf, um die Nummer zu überprüfen. Doch nicht wegen der Nummer als solcher pochte ihr das Blut in den Adern, sondern wegen des Zeitpunkts, zu dem der Streifenpolizist sie notiert hatte: Montag, 23.00 Uhr.

Ein gesetzestreuer Bürger kann in fünfunddreißig Minuten von Algonquin Bay nach Mattawa fahren. Delorme schaffte es in weniger als zwanzig. Das Simmons-Cottage prangte am Ende der Einfahrt in mauvefarbenem viktorianischem Glanz. Die Lebkuchenverkleidung hatte der gefrorene Regen jetzt mit einem kristallklaren Zuckerguss überzogen. Craig Simmons' Jeep war noch da. In Delormes Kopf leuchteten die Kennzeichen wie eine Neonschrift in grellroten Buchstaben: schuldig.

Delorme klingelte an der Haustür, aber es machte niemand auf. Sie entdeckte Simmons hinter dem Bootshaus, wo er ein kompliziert aussehendes Schloss an die Tür montierte. Der Mattawa River, in dieser Gegend tief und schwarz, strudelte stürmisch hinter ihm. Er sah nur einen winzigen Moment zu Delorme auf und wandte sich dann wieder seiner Arbeit zu.

»Corporal Simmons, ich habe noch einige Fragen an Sie.«

»Sie ist tot. Ich hab's in den Nachrichten gehört. Mir ist im Moment wirklich nicht danach, mich mit Ihnen zu unterhalten.«

»Sie sind Mountie. Sie wissen, dass ich nur meine Pflicht tue. Machen Sie es uns nicht schwerer, als es schon ist.«

Simmons betrachtete sie mit Abscheu. Er ließ seinen Schraubenzieher scheppernd in einen Werkzeugkasten fallen und ging Richtung Haus.

Delorme folgte ihm nach drinnen. Es roch nach Kaffee. Simmons goss eine Tasse ein und bot sie Delorme an. Als sie ablehnte, nahm er sie mit ins Wohnzimmer, wo er sich auf die Kante einer Chaiselongue setzte und das Gesicht in den Händen vergrub. Delorme spannte in Erwartung des nächsten Ausbruchs alle Muskeln an. Doch als der Corporal die Arme sinken ließ, starrte er nur auf seine Hände, als hielte er darin ein aufgeschlagenes Buch. »Ich wusste, dass sie tot ist, vom ersten Augenblick an. In dem Moment, als sie verschwunden war. Winter ist einfach nicht der Typ, der verschwindet.«

»Sie wirken ziemlich gefasst.«

»Gefasst? Nein, das würde ich nicht sagen.«

Delorme setzte sich auf die Kante eines Ohrensessels. »Jedenfalls ruhiger als das letzte Mal.«

»Sie glauben, ich hätte Winter getötet. Und Sie denken, ich wäre ruhig, weil ich sie getötet habe.«

Delorme zuckte die Achseln. »Wem der Schuh passt ...«

»Meinen Sie nicht, dass es möglich ist, gefasst und gleichzeitig tief getroffen zu sein?« Simmons nahm einen Schluck aus einer zarten, geblümten Tasse, die in der Hand eines so muskulösen Mannes absurd wirkte. »Können Sie sich nicht vorstellen, dass die Gewissheit über Winters Tod weniger quälend ist, als sich den Kopf darüber zu zermartern, wo sie ist? Sich zu fragen, ob sie irgendwo liegt und verletzt ist oder

Schmerzen hat? Ich sitze hier am Boden zerstört, aber zugleich, ja, weniger unter Stress, mir fällt kein besseres Wort ein.«

»Ich hätte eigentlich gedacht, dass Sie bedeutend mehr unter Stress stehen, wenn man bedenkt, dass Sie kein Alibi haben – außer dem Hockeyspiel, das Sie, wie Sie sagen, Montagabend gesehen haben.«

»Aber ich weiß, dass ich unschuldig bin, nicht wahr? Das macht somit Ihnen mehr zu schaffen als mir. Seit ich Winter das erste Mal begegnet bin – das ist jetzt über zehn Jahre her, wir waren noch an der Highschool –, habe ich mir nichts sehnlicher gewünscht, als mit ihr zusammen zu sein. Aber für sie ist es nie dasselbe gewesen. Sicher, sie hatte mich gern. Es gab manches an mir, das sie mochte. Aber ich wollte sie heiraten, und sie hat nie eingewilligt. Es hat entsetzlich wehgetan.«

Simmons betrachtete den Dampf, der aus seiner Tasse aufstieg. Er strich sich die blonden Fransen aus dem Gesicht. Er wäre attraktiv, dachte Delorme, wenn er nicht so unecht wäre, so ein Schauspieler.

»Von dem Moment an, als wir uns kennen lernten, war es, als hätte ich diesen Motor in mir – muss sie haben, muss sie haben, muss sie haben.« Er sprach die Worte so an einem Stück, dass es wie ein aufheulender Motor klang. »Tag für Tag, Jahr für Jahr hat sich bei mir alles nur darum gedreht, Winter dazu zu bringen, dass sie mich auch liebte. Ich war zu allem bereit. Als ich im Ausbildungslager draußen in Regina war, bin ich manchmal bis nach Ottawa geflogen – hat mich ein Schweinegeld gekostet! –, um nur einen Tag mit ihr zusammen zu sein. Einen einzigen Tag!

Und Briefe. Ich hab ihr endlose Briefe geschrieben und ihr gesagt, wie sehr ich sie liebe. Ich hab sogar angefangen, Bücher über Medizin zu lesen, weil es das war, was sie studierte. Können Sie sich das vorstellen?«

»Hören Sie, Corporal Simmons, es ist mir nicht neu, dass Sie Dr. Cates völlig verfallen waren. Das haben schon Ihre Telefonnachrichten deutlich gemacht.«

»Wissen Sie, wie das war?« Simmons blickte sie an, und Delorme sah, dass er keine Antwort erwartete. »Es war, als wäre ich zehn Jahre lang zu hochtourig gefahren. Mehr als zehn Jahre. Und wissen Sie was? Es ist vorbei. Und deshalb ist, obwohl ich verzweifelt bin, dass Winter nicht mehr lebt, zugleich diese Last nicht mehr da. Ich muss es nicht mehr versuchen. Es ist vorbei. Ich kann nichts daran ändern, und ich muss sie nicht mehr für mich gewinnen, und deshalb ist es auf absurde Weise auch irgendwie eine Erleichterung.«

»Na, wie schön für Sie«, sagte Delorme. »Ich bin sicher, es hätte Dr. Cates nichts ausgemacht zu sterben, wenn sie gewusst hätte, wie gut Sie sich dadurch fühlen würden. Wahrscheinlich hätte sie es schon viel früher getan.«

»Sie können mich nicht wirklich verdächtigen, Detective. Ich bin ehrlicher, als es die meisten Menschen in dieser Situation wären.«

»Natürlich sind Sie das. Also wirklich, ich bin beeindruckt. Ach, und nebenbei, Sie waren tatsächlich hier und haben sich das Hockeyspiel angesehen, als sie getötet wurde, ja? Das haben Sie jedenfalls gesagt.«

»Das habe ich gesagt, und es ist die Wahrheit.«

»Dann erklären Sie mir mal, wieso Ihr Jeep Wrangler, Kennzeichen PAL 474, Montagnacht an der Northtown Mini-Mall in Algonquin Bay gesehen wurde? Kurz bevor Dr. Cates getötet wurde.«

Simmons stellte langsam seine Tasse auf den Tisch, so behutsam, dass es kein Geräusch machte. Alle Farbe wich aus seinem Gesicht. Dann lehnte er sich vor und vergrub noch einmal sein Gesicht in den Händen.

»Das Gericht wird Ihre so genannte Ehrlichkeit kaum zu würdigen wissen, Corporal Simmons. Sie haben behauptet,

Sie wären hier gewesen, als Winter ermordet wurde, aber das waren Sie nicht. Sie waren in Algonquin Bay.«

»Oh, mein Gott«, sagte Simmons unter seinen Händen. »Oh, gütiger Gott.«

16

Selbst das Eis konnte die Teenager nicht davon abhalten, an der Northtown Mini-Mall rumzuhängen. Unter dem Vordach der Cosmic Arcade standen mindestens ein halbes Dutzend Jugendliche, die ihre Zigaretten rauchten, sich anrempelten, laut rülpsten und sich nach allen Regeln der Kunst, wie sie Teenager vervollkommnet haben, widerwärtig benahmen.

Wie halten sie das bloß aus? dachte Delorme. Ich würde jedenfalls nicht um diese Jahreszeit mit nacktem Bauchnabel im Freien stehen. Andererseits würde ich es genauso wenig im Hochsommer tun.

Delorme und Craig Simmons waren mit getrennten Wagen hergefahren, und jetzt saß er neben ihr auf dem Beifahrersitz des Zivilfahrzeugs. Ihre Aufmerksamkeit galt nicht der Spielhalle. Die Northtown Mini-Mall beherbergte auch ein Geschäft für Computerzubehör, mehrere leere Ladenlokale und das Fantasy XXX Video.

Delorme und Simmons hatten nur Augen für den Videoshop. Das Neonschild ließ an der Windschutzscheibe, auf der das Eis geschmolzen war, verschwommene Rubine aufleuchten. Delorme machte die Scheibenwischer an, und das Geschäft war wieder deutlich zu sehen.

»Sie dürfen niemandem von der Sache erzählen«, sagte Simmons. »Niemals. Sie können sich wohl denken, dass ich bei der Polizei erledigt wäre.«

»Vorausgesetzt, es stimmt.«

»Ich bin sehr vorsichtig. Ich würde das nie in Sudbury oder Mattawa machen, wo mich die Leute kennen.«

»Vorsichtig? Wenn Sie nicht mal wissen, mit wem Sie da ... Ich würde das nicht unbedingt als vorsichtig bezeichnen.«

Simmons malte ein Gesicht auf die Fensterscheibe neben sich. »Es ist nichts weiter als ein Spleen, klar? Deshalb brauchen Sie mir nicht moralisch zu kommen. Es gibt ne Menge Leute, die das tun.«

»Ne Menge Männer, meinen Sie.«

Delorme sah auf die Uhr. »Es ist gleich halb zwölf. Ich wüsste nicht, wieso ich noch mit dem Burschen rechnen soll. Falls er überhaupt existiert.«

»Er hat gesagt, er kommt an drei, vier Abenden die Woche her. Er hat gesagt, wenn ich mich noch mal mit ihm treffen wollte, wär er wahrscheinlich da.«

»Drei-, viermal die Woche. Sie scheren sich offenbar wenig um Ihre Gesundheit, wenn Sie ...«

»Da«, unterbrach sie Simmons, »das ist er.«

Er zeigte auf einen Mann mittleren Alters in einem beigefarbenen Regenmantel, der die Tür eines zerbeulten Caprice abschloss. Der Mann sah sich kurz auf dem Parkplatz um und steuerte den Videoshop an.

»Warten Sie hier«, sagte Delorme. Sie stieg aus dem Wagen und holte den Mann ein, bevor er im Laden war.

»Entschuldigen Sie, Sir. Ich muss mit Ihnen sprechen.« Der Mann drehte sich um und sah sie missbilligend an.

»Ist das Ihr Handschuh?« Delorme hielt einen braunen Lederhandschuh hoch.

»Wieso, ja, ich glaub schon.«

Er griff nach dem Handschuh, doch Delorme zog ihre Dienstmarke. »Ich hätte ein paar Fragen. Es dauert nicht lang.«

Der Mann machte einen Schritt zurück. »Was soll das? Wieso sollte ich Ihnen irgendwelche Fragen beantworten?«

»Weil Sie zufälligerweise ein Zeuge in einem Mordfall sind.«

»Mordfall? Ich hab keine Ahnung, wovon Sie reden.« Er ging an Delorme vorbei zu seinem Auto.

»Ich weiß. Aber Sie haben Samstagnacht hier auf diesem Parkplatz einen jungen Mann gesehen. Sie waren in seinem Wagen. Der Jeep Wrangler, erinnern Sie sich?«

»Sie haben kein Recht, mir solche Fragen zu stellen. Wie kommen Sie dazu, mich so zu belästigen«, sagte er und machte die Wagentür auf. »Ich habe einen sehr guten Anwalt.«

»Sie haben auch eine Frau, wie ich aus dem Ring an Ihrem Finger schließe. Ich vermute mal, dass Sie mir lieber hier als bei Ihnen zu Hause ein paar Fragen beantworten, nicht wahr?«

Der Mann verschränkte die Arme. Er sah zu Boden und schüttelte den Kopf. »Ich glaub's einfach nicht.«

Delorme ging näher auf ihn zu. »Hören Sie. Ich hab nicht das allergeringste Interesse an Ihrem Sexualleben. Ich will nichts weiter von Ihnen, als dass Sie mir ein paar Dinge bestätigen.«

»Na großartig. Als ob ich nichts Besseres zu tun hätte.«

»Für den Augenblick trifft das vermutlich zu.« Delorme machte Simmons ein Zeichen. Er stieg aus dem Wagen und ging zur Fahrertür herum. Er war knapp zwanzig Meter entfernt. »Erkennen Sie den Mann wieder?«

»Ja. Was dagegen? Man nennt das gegenseitiges Einvernehmen unter Erwachsenen. Kann ich jetzt gehen?«

»Wann genau waren Sie Samstagnacht mit ihm zusammen?«

»Weiß nicht, so um Mitternacht herum.«

»Wir reden von einem Mord. Geht das etwas präziser?«

»Das erste Mal gesehen habe ich ihn so um halb zwölf herum, als ich in den Laden ging. Ich hab mich ne Weile umgesehen. Als ich rauskam, war er noch da. Ein bisschen später haben wir, hm, etwas Zeit in seinem Jeep verbracht.«

»Von wann bis wann? Bitte genau.«

»Von ungefähr halb eins vielleicht so bis eins. Ich bin dann gleich nach Hause gefahren, und auf der Kaminuhr war es halb zwei.«

»Sie sind also ungefähr um eins hier weggefahren. Er auch?«

»Er war noch da.«

»Ich brauche Ihre Personalien, für den Fall, dass wir zu Ihren Angaben noch Fragen haben.«

»Ich sehe nicht, wieso Sie meine ...«

»Zeigen Sie mir einfach einen Ausweis, okay?«

Der Mann zog einen Führerschein aus der Tasche, und Delorme notierte sich die Personalien. Sie gab ihn dem Mann zurück.

»Ich hätte gerne meinen Handschuh wieder.«

»Nein, den brauchen wir noch. Aber vielen Dank für Ihre Kooperation.«

»Blieb mir ja wohl nichts anderes übrig.«

Der Mann stieg in seinen Wagen, schlug die Tür lautstark zu und war in exakt zehn Sekunden vom Parkplatz verschwunden.

»Er hat meine Aussage bestätigt, oder?«, sagte Simmons. »Was hat er gesagt?«

»Er hat gesagt, ›wer einmal einen Mountie gehabt hat, tut's nicht mehr darunter‹.«

»Ich kann von Glück sagen, dass er den Handschuh bei mir im Wagen verloren hat. Sonst hätte er wahrscheinlich überhaupt nichts zugegeben.«

»Corporal Simmons, hören Sie gut zu. Ich werde diesen Vorfall niemandem gegenüber erwähnen, außer wenn es sich absolut nicht vermeiden lässt. Aber ich würde Ihnen raten, sich eine berufliche Laufbahn zu suchen, bei der es egal ist, dass Sie schwul sind.«

»Na großartig, Detective. Ich hab schon immer davon geträumt, Friseur zu werden.«

»Haben Sie nie darüber nachgedacht, wie verwirrend das für Dr. Cates gewesen sein muss? All die Jahre, in denen Sie hinter ihr her waren – und sie hat nicht gewusst, dass sie für Sie nur Tarnung war. Obwohl sie geahnt haben muss, dass Sie schwul sind.«

»Sie verstehen offenbar nicht, Detective. Winter war nicht nur Tarnung. Und ich betrachte mich nicht als schwul.«

Delorme sah ihm nach, wie er davonfuhr. Es regnete schon wieder; selbst die Teenager hatten beschlossen, Feierabend zu machen. Delorme ließ sich für eine Weile die dicken, eisigen Tropfen übers Gesicht rollen, während sie versuchte, den Arbeitstag zu sondieren. Doch der einzige klare Gedanke, den sie fassen konnte, war, dass sie, egal, wie lange sie diesen Job noch machte, und egal, wie lange sie lebte, niemals – und sie schrieb das Wort im Geist kursiv –, dass sie niemals verstehen würde, wie Männer tickten.

17

Cardinal hatte an diesem Mittwoch in Toronto gerade noch die letzte Maschine nach Algonquin Bay erwischt. »Gott sei Dank, dass du da bist«, sagte Catherine, kaum dass er aus dem Hallenvorfeld trat. Sie wirkte blass und die Falten in ihrem Gesicht tiefer.

»Wie geht es ihm?«

»Sein Zustand ist stabil. Ich weiß nicht so recht, was das heißt, aber sie sagen, er ist stabil.«

Sie fuhren den glitzernden Airport Hill Richtung City Hospital hinunter, und Cardinal kämpfte gegen eine Panikattacke an.

»Er bekam schlecht Luft«, fuhr Catherine fort. »Ich hatte ihn zu Hause abgesetzt, und er räumte gerade Lebensmittel ein, als er plötzlich dachte, ihm bliebe die Luft weg. Jedenfalls hat er seinen Kardiologen angerufen – der Gott sei Dank einen Krankenwagen gerufen hat –, und jetzt ist er in der Intensivstation.«

Sein Vater wirkte in mancherlei Hinsicht unverwüstlich, doch Cardinal hatte auf einmal Angst, dass er pflegebedürftig werden könnte, dass er bei Cardinal und Catherine wohnen und sie über seine letzten Monate oder Jahre wachen, ihm die Windeln wechseln müssten. Dann holte ihn sein katholisches Gewissen ein und drohte, ihn für diesen egoistischen Gedanken mit dem Fegefeuer zu bestrafen.

Auf der Intensivstation erfuhren sie, dass Stan Cardinal in die Kardiologie auf dem vierten Stock verlegt worden war. Die Schwester versicherte Cardinal, sein Vater habe keine Beschwerden mehr und müsse nur noch ein wenig ruhen. »Wir haben seine Medikamente raufgesetzt, und es scheint ihm gut zu bekommen. Ich vermute, er wird morgen entlassen.«

»Kann ich zu ihm?«

»Möglichst nicht länger als fünf Minuten. Wir wollen ihn nicht erschöpfen.«

»Welches Zimmer?«

»Er liegt leider in einer der ›Mantis-Suiten‹, einem der Flure mit abgeteilten Schlafbereichen.«

»Moment mal. Mein Vater hat Herzinsuffizienz, und Sie sagen, Sie haben ihn im Flur abgestellt?«

»Tut mir leid. Kapazitätsabbau dank der Regierung. Ein Bett im Flur ist alles, was wir im Moment für ihn tun können.«

»Ich war schon bei ihm«, sagte Catherine liebevoll. »Soll ich hier auf dich warten?«

Es gab drei so genannte Mantis-Suiten. Cardinals Vater war in der letzten, der Vorhang seines Abteils war zurückgezogen, so dass er durch das Fenster mit Blick über Eisenbahnschienen und den Schulhof der Algonquin Highschool etwas Licht bekam. Die Scheibe war vom Regen verschwommen.

Das Kopfende war auf einen Dreißig-Grad-Winkel hochgestellt. Stan Cardinal lag tief in die Kissen gesunken, sein Kopf hing zu einer Seite herunter, als ob das Gewicht des durchsichtigen Plastikschlauchs, der an seinen Nasenlöchern festgeklebt war, an ihm zerrte. Er hatte die Augen geschlossen, doch als Cardinal herantrat, schlug er sie auf.

»Sieh an, wen haben wir denn da!« Die Stimme seines Vaters klang viel kräftiger, als er aussah. »Der Arm des Gesetzes.«

»Wie fühlst du dich?«

»Als ob ein Elefant auf meiner Brust säße. Aber es ist schon besser. Vorher waren es noch zwei Elefanten und ein Rhinozeros.«

»Die Schwester sagt, sie schicken dich wahrscheinlich morgen nach Hause.«

»Ich wünschte, sie würden mich auf der Stelle nach Hause schicken.«

»Auf jeden Fall sind sie offenbar mit deinem Zustand zufrieden.« Cardinal konnte den geheuchelten Optimismus in seiner eigenen Stimme hören.

»Ich fühl mich gut. Wirklich. Ich hab den Kardiologen nur angerufen, weil ich ein Rezept brauchte. Ich konnte ja nicht wissen, dass der gleich zuschlägt und den Krankenwagen bestellt.«

»Na ja, du hattest ihn vermutlich nötig.«

Sein Vater zuckte nur die Achseln. Seine Haut war grau und pergamentartig, seine Augen schwammen.

»Hast du alles? Soll ich die Schwester rufen?«

»Mir fehlt nichts, verflixt noch mal. Ich will nur nach Hause. Wie zum Teufel soll man in einem Krankenhaus gesund werden? Was du wirklich brauchst, ist deine gewohnte Umgebung. Deine eigenen Sachen, dein eigener Fernseher, deine eigene Kanne, in der du dir deinen Tee selber kochst. Hier bist du ganz und gar auf andere angewiesen. Du klingelst dir die Finger wund, und sie kommen mal vorbeispaziert, wenn's ihnen gerade passt. Zu Hause kann ich mir machen, was ich will, wann ich es will. Ich bin nicht darauf angewiesen, dass diese Püppchen in Weiß es mir bringen.«

»Ich geh jetzt besser mal. Sie haben gesagt, ich soll nicht lange bleiben.«

»Klar, mach, dass du rauskommst. Ich ruf dich an, sobald sie mir die Entlassungspapiere geben.«

Auf dem Heimweg lehnte sich Catherine zu ihm hinüber und legte ihm die Hand auf die Schulter. »Vielleicht sollte dein Dad eine Weile zu uns kommen. Weißt du, wenn die Ärzte sagen, er bräuchte immer jemanden in seiner Nähe, dann kann er bei uns wohnen. Ich wär damit einverstanden, falls du es wärst. Ich würde es sonst nicht sagen.«

»Ich glaube sowieso nicht, dass er zu uns ziehen würde«, sagte Cardinal. »Weißt du, als Mom starb, war ich nicht sicher, ob er es schafft, er war so ... gestrandet. Aber er hat sich zusammengerissen und sich dieses Häuschen besorgt, und da war er nun, mit einundsiebzig zum ersten Mal allein, seit ungefähr fünfundvierzig Jahren. Er redet zwar nicht drüber, aber er ist wirklich stolz darauf. Sein eigener Herr zu sein, unabhängig zu sein, das bedeutet ihm alles.«

»Ich weiß, Liebling. Ich sag ja nur, wenn er jemanden in seiner Nähe braucht, können wir ihn zu uns nehmen.«

Cardinal nickte. Er konnte Catherine kaum in die Augen sehen – ausgerechnet sie, die so viel gelitten hatte, bot ihre Hilfe an.

Sie erkundigte sich nach seiner Arbeit.

Er gab ihr eine kurze Zusammenfassung von seinem Aufenthalt in New York.

»Hattest du Gelegenheit, Kelly anzurufen?«

»Dafür war keine Zeit«, sagte Cardinal. »Ich musste so schnell wie möglich zurück. Das Problem bei diesem Fall ist, dass das Glück die ganze Zeit gegen uns ist – und auf der Seite dessen, hinter dem wir her sind. Ich trete einfach auf der Stelle.«

Cardinal ging mit Catherine ins Haus, doch nur lange genug, um zu sehen, ob alles in Ordnung war. Möglichst unauffällig überprüfte er, ob sich irgendjemand an Türen und Fenstern zu schaffen gemacht hatte. Offensichtlich nicht.

»Es ist zehn Uhr, und du hast immer noch deinen Mantel an«, sagte Catherine. »Du willst doch hoffentlich nicht um diese Zeit noch mal ins Präsidium.«

»Leider doch. Bin sicher bald wieder zurück.«

Cardinals nächste Station war das Hilltop Motel, ein lang gestreckter, roter Backsteinbau, der, wie der Name sagt, auf dem Algonquin liegt. Er parkte in einer unauffälligen Ecke. Es standen nur drei Autos auf dem Parkplatz, und der Asphalt glänzte von schwarzem Eis. Cardinal hatte bereits nachgefragt, ob Squier noch gemeldet war, doch das Fach vor der Nummer elf war leer.

Während er wartete, hörte er die Nachrichten. Der Provinzwahlkampf kam in Gang. Premier Mantis hatte angekündigt, dass er tatsächlich noch einmal kandidieren wolle: Es sei das Gebot der Stunde durchzuhalten, statt das Boot ins Wanken zu bringen. Sein Gegner von den Liberalen wollte an Klischees nicht zurückstehen und stellte daher fest, es sei an der Zeit, ein neues Kapitel im Buch der Geschichte Ontarios aufzuschlagen.

Ein paar Minuten später bog Calvin Squier in den Parkplatz ein.

Cardinal sprang aus dem Wagen und rief quer über den Platz: »Hey, Squier!«

Squier drehte sich, den Schlüssel in der Hand, vor dem Eingang von Nummer elf um. »Ach Sie, John. Wie geht's denn so?«

»Gut. Viel unterwegs.«

Cardinal hielt ihm eine Hand zum Gruß entgegen. Als Squier sie ergriff, ließ Cardinal die Handschelle zuschnappen. Auf dem glitschigen Pflaster war es richtig schön: Cardinal zog ihn nach unten und zur Seite, und Squier ging wie ein erlegter Elch zu Boden, während sein Handy über das Eis schlidderte. Cardinal hatte die andere Handschelle zu, bevor Squier auch nur Luft holen konnte.

»Hey, was soll das, John? Was tun Sie da?«

»Calvin Squier, Sie sind verhaftet wegen Behinderung polizeilicher Ermittlungen, Behinderung der Justiz, wegen groben Unfugs und noch einer ganzen Reihe von Vergehen, die mir auf dem Weg zum Staatsanwalt einfallen werden.«

»Oh, nein«, sagte Squier. »Das ist ja furchtbar.«

»Sind Sie sicher, dass Sie nicht gegen Ihre Festnahme Widerstand leisten wollen? Das würde meine Laune noch erheblich verbessern.«

»Kommen Sie schon, John, lassen Sie mich aufstehen.«

Cardinal behielt sein Knie auf Squiers Rücken, während er

ihm seine Rechte verlas und dabei jedes Wort deutlich artikulierte. »Verstehen Sie diese Rechte?«

»John, Sie bringen mich in ernste Schwierigkeiten. Das wollen Sie doch nicht, oder?«

»Sie scheinen irrigerweise anzunehmen, dass wir Freunde sind, Squier. Ich weiß nicht, wie Sie darauf kommen. Ich kann mich nicht erinnern, jemals einem Menschen begegnet zu sein, der mir noch unsympathischer war, und ich hab mit einer Menge unsympathischer Menschen zu tun.«

Squier kam ohne Hilfe der Hände nur mühsam auf die Beine. Cardinal stützte ihn und führte ihn anschließend über den Parkplatz zum Wagen.

»Das ist einfach kleinlich«, sagte Squier vom Rücksitz aus. »Sie wollen mir nur heimzahlen, dass ich Ihnen in der Nacht, als wir uns das erste Mal trafen, die Waffe abgenommen habe.«

»Reden Sie nur weiter, Squier. Macht mir einfach gute Laune, Ihre Stimme zu hören.«

»Ich glaube, wenn Sie einmal objektiv über das hier nachdenken, werden Sie zugeben müssen, dass Sie sich unfair verhalten.«

»Herrgott, Squier. Wie konnten Sie nur je annehmen, dass Sie damit durchkommen?«

»Ich weiß nicht ganz, was Sie meinen.«

»So zu tun, als wäre unser Mordopfer ein Howard Matlock, wo Sie genau wussten, dass er jemand anders ist.«

»Ich hab nie explizit gesagt, dass es Howard Matlock ist. Sie haben in dem Hotelzimmer eine Brieftasche gefunden und daraus diesen Schluss gezogen.«

»Den Sie mit Ihrem imaginären Flug nach New York bestätigt haben. Indem Sie so taten, als würden Sie diese Ermittlungen unterstützen, während Sie sie in Wahrheit aktiv blockierten. Dieser ganze Scheiß über die CADS-Basis und WARR. Das war doch alles ein Haufen Schrott, oder etwa nicht?«

»John, ich sehe ja ein, dass Ehrlichkeit die Seele einer guten Zusammenarbeit ist. Aber ich arbeite für den Geheimdienst. Daher steht es mir offensichtlich nicht frei, Ihnen meine ganze Handlungsweise zu erklären.«

»Ist mir egal. Erklären Sie sie dem Richter.«

18

Das war am Mittwoch. Am Donnerstag saß Cardinal am Frühstückstisch und trank seine zweite Tasse Kaffee, als die Lokalnachrichten im Radio kamen. Die erste Meldung war der Mord an Winter Cates.

»Ist das nicht die neue Ärztin deines Vaters?«, sagte Catherine.

Cardinal lehnte sich über den Tisch und drehte das Radio lauter. Der Nachrichtensprecher hatte nur spärliche Informationen. Dr. Cates, zweiunddreißig, war irgendwann Montagnacht in einem Waldstück im Norden der Stadt vergewaltigt und anschließend erdrosselt worden. Die Polizei hatte noch keine Verdächtigen.

»Mein Gott«, sagte Cardinal. »Ich kann's nicht fassen. Wir waren am Montag bei ihr.«

»Das ist ja schrecklich«, sagte Catherine.

»Ich bin ihr nur das eine Mal begegnet, aber sie war mir auf Anhieb sympathisch. Und sie schien eine erstklassige Ärztin zu sein.«

Cardinal ging zum Telefon und wählte Delormes Privatnummer. Als sich der Anrufbeantworter einschaltete, legte er wieder auf.

Auf der Fahrt in die Stadt dachte Cardinal an die junge Ärztin, die seinen Vater so gut zu nehmen verstand und so schnell dafür gesorgt hatte, dass er behandelt wurde. Sie schien so klug, so entschlossen zu helfen.

Es war noch früh, als Cardinal ins Büro kam, doch Delorme war schon da.

»Ich hab gerade das mit Winter Cates im Radio gehört«, sagte Cardinal. »Ich kann es noch immer nicht fassen. Sie wurde auch vergewaltigt?«

»Es gab Anzeichen von sexueller Gewalt, aber, nein, der Pathologe ist ziemlich sicher, dass sie nicht vergewaltigt wurde. Umso sicherer ist es allerdings, dass sie jemand umgebracht hat«, sagte Delorme. »Und ich hab nicht den blassesten Schimmer, wer.«

»Ich dachte, Sie hätten sich auf Corporal Simmons konzenriert. Wie hat Musgrave das übrigens aufgenommen?«

»Musgrave war großartig. Hat mir sogar gesagt, wo ich ihn finde. Hat mir auch gesagt, Simmons sei nicht unser Mann, was sich als richtig erwiesen hat.«

»Er hat ein Alibi? Welches?«

Delorme zuckte zurück. »Ich möchte nicht darüber sprechen – ich hab's versprochen –, aber glauben Sie mir, es lag nicht in seinem Interesse, mir davon zu erzählen.«

Delorme brachte Cardinal auf den neuesten Stand. Sie legte besonderen Nachdruck auf Dr. Cates' Praxis. »Die Sprechstundenhilfe ist sicher, dass die Papierauflage auf der Untersuchungsliege erst nach Praxisschluss am Montag benutzt worden sein muss. Natürlich warten wir auf die DNA-Ergebnisse, aber das Blut, das wir daran gefunden haben, ist AB negativ, also selten.« Sie schloss ihren Bericht, indem sie aussprach, was Cardinal dachte. »Wissen Sie, zwei Leichen im Wald innerhalb von drei Tagen – das schreit nach einer Verbindung.«

»Sieht allerdings danach aus. Aber wo ist die Verbindung? Am besten sage ich Ihnen erst mal, wo ich mit Matlock stehe, und vielleicht fällt uns dann was ein. Er heißt gar nicht Matlock, so viel schon mal vorweg. Und er war auch kein Steuerberater.«

Cardinal wurde vom Telefon unterbrochen.

»Cardinal, Kriminalkommissariat.«

»Ed Beacom, Beacom Security. Wir werden wohl wieder zusammenarbeiten, wie's aussieht.«

»Ist ja großartig. Wovon reden Sie, Ed?« Ed Beacom war

ein ehemaliger Cop, der es nie weit gebracht hätte. Es lag nicht an Unvermögen; Beacom hatte einfach einen Groll gegen die ganze Welt, und das machte es schwierig, mit ihm zu arbeiten.

»Der Mantis-Fundraiser?«

Cardinal hielt die Hand über die Sprechmuschel. »Hat Chouinard Ihnen von diesem Fundraiser erzählt, für den wir den Polizeischutz machen sollen?«

»Diese Sache bei den Konservativen«, sagte Delorme. »Ja, hat er mir erzählt. Genau das, worauf ich mitten in einem Mordfall ganz versessen bin.«

»Hören Sie, Ed«, sagte Cardinal ins Telefon. »Bei uns ist schwer was los im Moment. Kann ich Sie zurückrufen?«

»Ja, sicher. Ich weiß, wie wichtig ihr Jungs seid. Würde nicht wagen, die Mühlen der Gerechtigkeit aufzuhalten.«

»Und geben Sie mir Ihre Nummer?«

Beacom gab sie ihm und legte auf.

»Wo waren wir stehen geblieben?«

»Sie sagten gerade, dass Matlock nicht Matlock ist.«

Cardinal berichtete Delorme über Squiers Täuschungsmanöver, über Shackleys wahren Background und über seinen eigenen New-York-Besuch. Delorme hörte ihm gespannt zu, ihre braunen Augen unverwandt an sein Gesicht geheftet.

»Quebec? 1970?«, sagte Delorme, als er fertig war. »Das ist ja Steinzeit. Glauben Sie wirklich, das bringt uns weiter?«

»Geben Sie mir andere Anhaltspunkte, und ich gehe ihnen auf der Stelle nach.«

»Und dieser Witzbold von Squier«, sagte Delorme. »Wieso hat der uns in Bezug auf Shackleys Identität belogen? Wieso will der CSIS ein Riesengeheimnis daraus machen? Wieso versuchen die, Sie absichtlich in die Irre zu führen?«

»Ganz offensichtlich will der CSIS, dass der Fall begraben bleibt.«

»Ja, aber warum?«

»Gute Frage. Ich schlage vor, wir stellen sie Calvin Squier.«

Als sie am Wachtisch vorbeikamen, brüllte Mary Flower Cardinal hinterher: »Kommen Sie, Detective, ich muss mit Ihnen reden.«

Cardinal winkte ab. »Bin gleich zurück.«

Er und Delorme steuerten den Zellentrakt an.

»Ich glaube, wir sollten uns erst mal darauf konzentrieren, woher der CSIS wusste, dass er Miles Shackley am Flughafen finden konnte«, sagte Cardinal. »Als Nächstes, wieso Shackley Code Rot war. Es könnte etwas ganz und gar Einfaches sein, was eine Verbindung mit Algonquin Bay ausschließt, oder es könnte uns Anhaltspunkte geben, die uns bei Dr. Cates voranbringen.«

Sie gingen an der rosa Zelle vorbei, in der ein Betrunkener ausnüchterte, und hatten den Schimmelgeruch in der Nase, den eine kürzliche Überflutung der Zelle hinterlassen hatte. Dahinter kamen die Zellen, in denen Paul Bressard und Thierry Ferand gesessen hatten, bis sie Kaution stellten, und schließlich standen sie vor der letzten Zelle rechts, in der Calvin Squier vom Canadian Security Intelligence Service untergebracht worden war. Sie war leer.

»Muss mit nem Anwalt in einem Vernehmungszimmer sein«, sagte Cardinal. »Gehen wir zurück.«

Sie gingen zum Wachtisch.

»Was ist mit Squier?«, fragte Cardinal Mary Flower. »Er ist nicht in seiner Zelle.«

»Das wollte ich Ihnen ja sagen«, erwiderte Flower. »Calvin Squier ist weg. Calvin Squier hat sich aus dem Staub gemacht. Calvin Squier ist frei wie ein Vogel. Der Staatsanwalt hat ihn gestern Abend, kaum dass Sie gegangen waren, auf freien Fuß gesetzt.«

»Sagen Sie nur, Sie hätten da nicht gegenüber dem Staatsanwalt klein beigegeben«, sagte Cardinal zu Chouinard. »Sagen

Sie nur, Sie hätten sich nicht beim ersten Winseln des CSIS unter Ihrem Schreibtisch verkrochen.«

»Kommen Sie mir nicht so, Cardinal. Die hatten den Chef vorgeschickt, die Staatsanwaltschaft, die haben nichts ausgelassen. Das lag nicht in meiner Hand, auch wenn ich nicht allzu lautstark protestiert habe. Sich an die Vorschriften zu halten macht einen noch lange nicht zum Schlappschwanz. Und sie zu verletzen, macht Sie noch lange nicht zum Helden.« Sie waren im Büro des Detective Sergeant. Hinter seinem Schreibtisch hatte er einen großen Kalender von den *Montreal Canadiens* aufgehängt.

»Vielleicht reden Sie mal mit Calvin Squier ein paar Takte über die Vorschriften«, sagte Cardinal. »Calvin Squier hat eine Morduntersuchung torpediert, indem er so getan hat, als ob er mit den nächsten Angehörigen gesprochen und weitere Ermittlungen zur Person angestellt hätte, während er in Wahrheit nichts dergleichen getan hat. Calvin Squier hat eine von vorn bis hinten erstunkene Geschichte aufgetischt, die sich um die CADS-Basis und amerikanische Terroristen rankte. Und Calvin Squier hat es außerdem versäumt, eine Information von zentraler Bedeutung sowohl an uns als auch an die RCMP weiterzugeben, nämlich die wahre Identität des Opfers. Wenn das keine Behinderung der Rechtspflege ist!«

»Der CSIS ist ein Geheimdienst. Das wissen Sie so gut wie ich. Als solcher unterliegt er nicht denselben Vorschriften wie alle anderen.«

»Zumindest nicht in Algonquin Bay, wie man sieht.«

»Sie haben einen Agenten einer Bundesbehörde verhaftet, ohne mich oder den Polizeichef oder die Staatsanwaltschaft zu fragen. Reginald Rose ist stinksauer, und wenn ich Sie wäre, würde ich auch dem Chief ne Weile aus dem Weg gehen. Sie können von Glück sagen, wenn Sie nicht selber ein paar Beschwerden an den Hals kriegen. Ich sag Ihnen, Rose hat getobt. Und dazu hatte er allen Grund.«

»Das gibt Squier noch lange nicht das Recht, Ermittler irrezuführen. Wenn er damit durchgekommen wäre, würden wir immer noch versuchen rauszubekommen, wer Howard Matlock getötet hat, der quicklebendig ist, statt Miles Shackley, der ausgesprochen tot ist.«

»Meinetwegen. Squier hat Beweise zurückgehalten. Das ist kein Delikt, für das Sie einen Beamten ohne Haftbefehl von der Straße holen. Wieso sind Sie nicht erst zur Staatsanwaltschaft?«

»Weil es schon spät war. Calvin Squier hielt Informationen zurück, die für meine Ermittlungen relevant waren.«

»Das macht ihn zu einem Zeugen, nicht zu einem Kriminellen. Cardinal, Sie und ich haben schon an einer Menge Fälle zusammengearbeitet. Ich bin, ehrlich gesagt, erstaunt.«

»Dito.«

»Ach ja?« Chouinard stand auf, und einen Moment lang dachte Cardinal, er würde zuschlagen; sein Vorgänger hätte nicht gezögert. Doch Chouinard umklammerte lediglich die Kante seines Schreibtischs und atmete ein paarmal tief durch.

»Wen haben die wohl auf Sie angesetzt?«, sagte Cardinal. »Ich nehme mal an, jemanden mit ziemlichem Gewicht.«

»Hier geht es nicht um Personen, hier geht es darum, wer das Recht auf seiner Seite hat.«

»Wen haben die auf Sie angesetzt?«

»Sie haben Ihre Befugnis überschritten, indem Sie einen CSIS-Agenten verhaftet haben, und das Büro in Ottawa hielt es für angezeigt, mich darauf hinzuweisen.«

»Ottawa. Nun ja, das sollte Ihnen zu denken geben. Squier arbeitet von Toronto aus. Und somit stellt sich die Frage, was Ottawa zu verbergen hat.«

»Sie bestehen nur auf ihrer Zuständigkeit in Fällen, die mit Terrorismus zu tun haben. Das ist nicht nur ihr Recht, das ist ihre Pflicht. Sie scheinen die CADS-Basis zu vergessen.«

»Ich sagte Ihnen bereits, dass der Sicherheitsdienst von CADS nichts von irgendeinem Unbefugten auf ihrem Gelände weiß. Das ist eine reine Erfindung von Squier. Und ich glaube auch nicht, dass Shackley mit irgendwelchen amerikanischen Gruppierungen in Verbindung stand. Wenn dieser Fall in irgendeiner Weise mit terroristischen Aktivitäten zu tun hat, dann haben sie vor über dreißig Jahren in Quebec stattgefunden. Unsere Pflicht, Mörder zu schnappen, dürfte demgegenüber ja wohl den Vorrang haben.« Cardinal machte die Tür auf. »Wenn ich mich beeile, kann ich ihn vielleicht gerade noch wieder einfangen, bevor er die Stadt verlässt.«

»Daran dürfen Sie nicht einmal denken, Cardinal! Wenn Sie das tun, kriegen Sie es mit mir zu tun, dass es kracht! Schon mal was von Freiheitsberaubung gehört?«

Cardinal konnte die Stimme des Detective Sergeant bis zum Erdgeschoss hinunter hören.

In Wahrheit hatte er nicht die Absicht, Squier noch einmal zu jagen. Er fuhr zum nächstbesten Country Style und besorgte sich einen Kaffee, setzte sich dann ins Auto und versuchte, während er ihn schluckweise trank, sich zu beruhigen. Der Regen der letzten Nacht hatte alles, worauf er fiel, mit einer neuen Eisschicht überzogen. Alle Wagen auf dem Parkplatz sahen aus wie laminiert, mit Ausnahme der Stellen, wo Schaber ein kleines Guckloch freigekratzt hatten.

Ein Mann mit riesigem Brustkorb und keinerlei Haar auf dem Kopf stieg aus einem allradangetriebenen Auto und steuerte den Eingang zum Country Style an. Für einen Moment dachte Cardinal, es wäre Kiki B., und alle seine Reflexe gingen auf Alarmstufe Rot. Doch der Mann drehte sich, als er die Tür aufmachte, ein wenig zur Seite, und Cardinal sah, dass es nicht Kiki war. Er versuchte, seine Angst ebenso zu vergessen wie seine Wut auf Chouinard und sich stattdessen auf die Dinge zu konzentrieren, die als Nächstes anstanden.

Delorme schrieb an ihrem Bericht über Craig Simmons. Das Problem war, ihn so zu formulieren, dass der Corporal vollständig entlastet war, ohne die sexuelle Geschichte erwähnen zu müssen.

»Buh!«

»Sehr witzig, Szelagy! Irgendwann machen Sie das mal, und jemand erschießt Sie.«

»Sie wirkten so ernst, dass ich nicht widerstehen konnte.« Szelagy hängte sein Jackett über seine Stuhllehne und ließ sich schwer auf den Sitz fallen. Delorme mochte Szelagy, aber manchmal wünschte sie, er hätte seinen Schreibtisch in einem anderen Raum.

»Wollte Ihnen nur sagen«, sagte er, »dass ich bei Dr. Cates' Nachbarn spitzenmäßig vorankomme. Ich schwör Ihnen, in dem Häuserblock ist jeder entweder in Ferien oder auf Geschäftsreise. Ziemlich exklusive Wohngegend, würde ich sagen. Der Hausverwalter sagt, die Hütte gehört Paul Laroche.«

Delorme drehte sich auf ihrem Schreibtischstuhl zu ihm um. »Wirklich? Paul Laroche?«

»Klar doch. Wieso ›wirklich‹?«

»Na ja, Laroche ist ein ziemlich großer Fisch – zumindest unter den Frankophonen. Hat schon jemand mit ihm geredet?«

»Meinen Sie, wir sollten? Immerhin wohnt er nicht selber da.«

Delorme wählte Cardinals Handynummer. Als er sich meldete, fragte sie: »Ergehen Sie sich immer noch in Selbstmitleid?«

»Ja, eigentlich schon.«

»Also, wie wär's, wenn wir mal bei Paul Laroche vorbeischauen würden? Ihm gehört das Haus, in dem Winter Cates gewohnt hat.«

»Deshalb muss er sie nicht gekannt haben.«

»Das wissen wir erst, wenn wir ihn fragen.«

»Sie scheinen zu vergessen – ich arbeite nicht am Fall Cates!«

»Nein, aber Sie machen Polizeischutz für Laroches Fundraiser. Kann nicht schaden, mit dem Mann zu plaudern.«

Sie trafen sich vor dem Firmensitz von Laroche Real Estate, einem sehr schön restaurierten edwardianischen Haus auf der MacIntosh mit kleinen Sprossenfenstern und einer L-förmigen Veranda.

Eine junge Frau wie aus einer Hochglanzbroschüre geleitete sie zur Mantis-Wahlzentrale ein paar Häuser weiter, einem umfunktionierten Ladenlokal, das jahrelang leer gestanden hatte. Drinnen wimmelte es von alten Metalltischen und Telefonapparaten. Viele davon waren mit Hausfrauen im mittleren Alter besetzt, doch daneben gab es auch noch einen Trupp junge Männer in Hemdsärmeln. Einer davon, ein Junge kaum über achtzehn, ging Laroche holen. So jung, dachte Cardinal, und schon so konservativ.

»Detective Cardinal«, sagte Laroche, als er herauskam. »Wie nett, Sie wiederzusehen.« Er reichte seinem pickelgesichtigen Assistenten einen Stapel Papiere und sagte: »Die sind gut.«

Cardinal stellte Delorme vor.

»Die berüchtigte Detective Delorme«, sagte Laroche mit einem Lächeln. »Ich muss aufpassen, was ich sage.«

Er führte sie nach hinten zu einer hässlichen kleinen Kabine mit billiger Kieferverkleidung und Metallregalen voller Videobänder. An einer Wand prangte ein Poster mit dem lächelnden Premier Mantis vor der Flagge von Ontario. Auf der Fensterbank lief in einem Fernseher ein Video, auf dem Mantis vor der Queen's-Park-Kulisse mit Reportern scherzte; der Ton war abgestellt. Auf einem Schnappschuss im Bücherregal posierten Laroche und Mantis in Jagdkleidung grinsend inmitten strahlenden Herbstlaubs.

Die einzigen Sitzgelegenheiten bestanden aus billigen Drehstühlen vor einem Schreibtisch mit drei Computern und ebenso vielen Telefonapparaten.

»Nehmen Sie Platz«, sagte Laroche. »Vermutlich sind Sie solchen Luxus nicht gewöhnt.«

»Ich fühle mich ganz zu Hause«, sagte Cardinal.

»Ich nehme an, Sie haben sich schon mit Ed Beacom zusammengesetzt. Haben Sie die Sicherheitsvorkehrungen schon ausgearbeitet?«

»Wir werden uns bald mit Ed in Verbindung setzen«, sagte Cardinal. »Deswegen sind wir eigentlich nicht hier.«

»Ach so?«

Cardinal sah Delorme an: *Es ist Ihr Fall.*

»Mr. Laroche«, sagte Delorme. »Haben Sie Winter Cates gekannt?«

»Die junge Frau, die ermordet wurde? Ich vermute, Sie fragen mich, weil sie in einem meiner Häuser gewohnt hat.«

»Haben Sie sie gekannt?«

»Ich bin ihr einmal begegnet. Das war rein zufällig, am Twickenham, an dem Tag, als sie einzog. Reizende junge Frau. Gute Ärztin obendrein, hab ich mir sagen lassen. Ein schrecklicher Verlust.«

»Als Sie ihr begegnet sind, war da irgendetwas mit ihr, das Anlass zur Sorge gegeben hätte?«

»Ich verstehe nicht ganz, was Sie meinen.«

»Vielleicht irgendetwas Ungewöhnliches mit ihrem Mietvertrag. Oder vielleicht war jemand bei ihr ...«

»Nur ein paar Möbelpacker, soviel ich weiß.«

»Und Sie haben sie nie wiedergesehen?«

»Mir gehören eine Menge Häuser. Ich verwalte sie nicht selber.«

»Ich weiß«, sagte Delorme. »Ich war mal eine Ihrer Mieterinnen.«

»Tatsächlich?«, sagte Laroche. »In welchem Gebäude?«

»Im Balmoral, drüben auf der MacPherson. Allerdings nicht lange.«

»Nun ja, tut mir leid, dass wir Sie nicht halten konnten.«

»Zu teuer, die Stadt zahlt mir nicht genug.«

Laroche lachte. Er sagte etwas auf Französisch, das Cardinal nicht verstand, und Delorme erwiderte etwas. Cardinal spürte, dass sie Laroche attraktiv fand, obwohl er mindestens zwanzig Jahre älter sein musste als sie. Vielleicht war es das sonnengebräunte gute Aussehen, die grauen Schläfen. Vielleicht war es auch die Selbstsicherheit, die er wie ein teures Aftershave verströmte.

»Ich bin froh, dass Sie vorbeigekommen sind«, sagte Laroche. »Ich wollte schon R. J. anrufen und eine Idee bei ihm austesten, die mir in den Sinn kam. Das ist das erste Mal, dass einer meiner Mieter ermordet wird, und ich muss sagen, dass mir das kein bisschen gefällt. Ich hab mich gefragt, ob eine Belohnung vielleicht von Nutzen sein könnte. Bitte verstehen Sie mich nicht falsch«, sagte er und legte Delorme leicht die Hand auf den Ärmel. »Ich will mich unter gar keinen Umständen aufdrängen, wo ich nicht erwünscht bin. Ich weiß nur, dass Belohnungen schon mal helfen können, und falls das in diesem Fall zuträfe, wäre ich bereit, zwanzigtausend oder so auszusetzen.«

Delorme sah Cardinal an. Cardinal zuckte die Achseln; es lag bei ihr.

»Das ist sehr großzügig von Ihnen«, sagte Delorme. »Aber dafür ist es noch ein bisschen zu früh. Wie kommen Sie darauf, dass wir den Mörder nicht ohne eine Belohnung schnappen?«

»Ich zweifle keinesfalls an Ihrer Kompetenz, Detective. Wer könnte das wagen – nach Bürgermeister Wells, ganz zu schweigen vom Fall Windigo? Es ist nur, dass Dr. Cates eine überaus vielversprechende junge Frau war.«

»Und sie war Ihre Mieterin.«

»Es wäre selbstverständlich ganz und gar anonym. Aber wie gesagt, ich möchte mich nicht einmischen, falls Sie es nicht für hilfreich halten.«

Delorme warf Cardinal einen Blick zu und wandte sich wieder an Laroche. »Ich habe das Gefühl, dass es noch zu früh dafür ist. Wir haben es hier nicht mit einem Fall zu tun, bei dem wir eine Gruppe von Leuten verdächtigen. Wenn es um eine Gang oder um Drogen oder so etwas ginge, würde ich sagen, wir versuchen's mal. Wenn Sie einen dazu bringen, gegen die anderen auszusagen, haben Sie Ihren Fall schnell gelöst. Aber wir haben es mit einem Einzeltäter zu tun. Daher glaube ich nicht, dass es viel bringt – es sei denn, Sie würden die Belohnung dem Mörder anbieten, dafür, dass er sich selber stellt.«

Laroche lächelte. »Nicht ganz, woran ich gedacht hatte, Detective. Muss Ihnen in Ihrem Beruf gut zu Pass kommen, diese Art von Humor.«

Delorme zuckte die Schultern. »Sie haben mich um meine Meinung gebeten«, sagte sie.

»Na, jedenfalls, geben Sie mir Bescheid, wenn Sie es sich anders überlegen«, sagte Laroche. »Das Angebot steht.«

»Finden Sie es seltsam, dass er eine Belohnung aussetzen will?«, fragte Cardinal, als sie draußen waren.

»Nicht unbedingt. Es passt zu ihm. Unter den Frankophonen spielt er eine wichtige Rolle – sehr aktiv in der Kirche, bei gemeinnützigen Organisationen und so weiter. Was mir an ihm imponiert, ist, dass er, egal, was er tut, es nie an die große Glocke hängt.«

»Sie finden ihn einfach nur sexy«, sagte Cardinal.

»Sie haben keine Ahnung, was ich finde«, sagte Delorme. Doch Cardinal registrierte, dass sie es nicht bestritt.

Zurück im Präsidium, ging Cardinal sofort in die Asservatenkammer, wo er sich die Kiste mit Matlock-Shackleys persönlicher Habe aushändigen ließ, die aus der Hütte des Loon

Lodge stammte. Er nahm sie mit zu seinem Schreibtisch, wo er nacheinander die einzelnen Gegenstände in beliebiger Reihenfolge herausnahm. Er wusste nicht so recht, wonach er eigentlich suchte; er dachte nur, dass jetzt, wo der Tote sich als jemand anders erwiesen hatte, die Dinge, die er zurückgelassen hatte, vielleicht auch irgendwie anders wirkten, vielleicht in eine neue Richtung verwiesen.

Cardinal zog das Rasierzeug heraus, eine feste Silberschatulle, die man zu einem Spiegel aufklappen konnte. Ein kleiner Metallgriff ließ sich jeweils zu einem Rasierkopf oder einer Zahnbürste aufschrauben. Das Ding bestach durch Präzision, wie die Teile eines Gewehrs. Er hätte nicht sagen können, ob das Etui teuer war oder nicht; er hatte noch nie etwas Vergleichbares gesehen. Das Hersteller-Logo war in die Schatulle eingraviert, über dem Schriftzug: *Made in France.* Natürlich hatte das nicht unbedingt zu bedeuten, dass Shackley es auch dort gekauft hatte.

Die Frage des Preises brachte ihn darauf, sich die Kleider einmal genauer anzusehen. Er zog einen Brooks-Brothers-Blazer heraus, der an den Ellbogen glänzte und an den Ärmelenden fadenscheinig war. Die beiden Hemden trugen ebenfalls gute Markenetiketten und waren extrem abgetragen, als ob Shackley sich seit zwanzig Jahren nichts Neues mehr gekauft hätte. Cardinal zog eine Socke mit einem Loch an der Ferse heraus. Offensichtlich knauserte die CIA bei ihrer Altersversorgung.

Erneut wünschte er sich, sie würden den verdammten Wagen finden. Er konnte entscheidende Hinweise bergen. Tatsächlich war es durchaus denkbar, dass Shackley in diesem Auto ermordet wurde. Wieso hätte der Mörder sich sonst die Mühe gemacht, ihn zu verstecken oder zu entsorgen? Roter Escort? Avis-Aufkleber? Wieso war er immer noch nicht aufgetaucht?

Er zog das Flugticket des Toten aus der Kiste: Rückflugschein New York–Toronto, American Airlines, fünfhundert Dollar. Shackley hatte den Flug vor einem Monat gebucht, also lange im Voraus; wieso hatte er dann so viel für Economy Class bezahlt?

Cardinal sah sich die Codes genauer an. Ach so, ja, keine Beschränkungen. Shackley wollte sich die Möglichkeit offen lassen, das Datum seines Rückflugs zu ändern. Was vermutlich besagte, dass er sich nicht sicher war, wie lange er bleiben würde. Das, woran er arbeitete, hatte für ihn einen ungewissen Ausgang.

Und wieso hatte er mit Montreal telefoniert? Hatte es dort irgendetwas gegeben, das ihn nach Algonquin Bay führte?

Cardinal rieb sich die Stirn. Er hatte das Gefühl, dass an dieser Stelle ein wichtiger Schluss nahe lag, den jemand mit einer schnelleren Auffassungsgabe längst gezogen hätte. Aber er kam nicht drauf. »Ich weiß es nicht«, murmelte er.

»Führen Sie wieder Selbstgespräche?«, fragte Delorme. Sie setzte sich neben ihn.

»Hmm, aber es hilft nicht.«

»Was ist mit den Telefonrechnungen? Sagten Sie nicht, dass er ein paar Anrufe nach Montreal gemacht hat?«

»Sie waren allesamt nicht verzeichnet. Die einzige Nummer, zu der ich durchgekommen bin, war etwas, das sich Beau-Soleil-Tagesstätte nannte.«

»Ein dreiundsechzigjähriger New Yorker, der eine Tagesstätte in Montreal anruft?«

»Ich weiß. Musgrave hat seine Leute in Montreal auf die anderen angesetzt.«

Er erzählte Delorme von dem Negativ, das er in Shackleys Wohnung gefunden hatte, als Paul Arsenault hereinkam. Cardinal rief quer durchs Büro: »Hey, Arsenault, haben Sie meine Negative entwickelt?«

»Was ist los mit Ihnen? Sehen Sie nie in Ihr Postfach?« Arsenault schnappte sich einen braunen Umschlag aus Cardinals Fach für bürointerne Post und warf ihn gezielt auf seinen Schreibtisch. »Und bevor Sie fragen: Nein, es waren keine Fingerabdrücke auf dem Negativ.«

Cardinal öffnete die Lasche des Umschlags und zog zwölf Abzüge desselben Fotos heraus, von denen er einen Delorme in die Hand drückte. Schwarzweiß. Ein Gruppenbild mit Dame, alle jung, eine Frau, drei Männer. Zwei der Männer trugen lange Koteletten und Schnurrbärte; der dritte einen Vollbart. Cardinal hielt es ans Licht. Die vier sahen glücklich und selbstbewusst aus. Sie standen vor zwei gardinenlosen Fenstern und grinsten breit in die Kamera. Durch die Fenster waren Bäume und ein Kirchturm zu erkennen, der in der Sonne glitzerte.

»Ganz schön lange Haare«, bemerkte Delorme. Sie blinzelte kurzsichtig auf ihren Abzug. »Und sehen Sie sich mal die Hemden der Kerle an, diese Kragen.«

»Könnte aus den Siebzigern stammen«, sagte Cardinal.

»Außer dem Mädchen sehen sie aus wie Holzfäller.«

»Hey, alle mal herhören!« Ken Szelagy steckte den Kopf in die Tür und brüllte quer über die Kabinen hinweg. Er hatte ein Handy an einem Ohr. »Sattelt die Pferde! Wie's aussieht, haben wir den Wagen.«

Der rote Ford Escort befand sich am Grund eines ehemaligen Steinbruchs ganz in der Nähe des Highway 17. Ein begeisterter Radsportler namens Vince Carey hatte ihn gefunden. Er hatte einen völlig kahl rasierten Schädel und ein kleines Adlertattoo am Halsansatz.

»Ich war empört«, erzählte er Cardinal. »Also, man schmeißt doch nicht einfach ein Auto mitten im Wald weg, nicht mal in einen ehemaligen Steinbruch.«

»Wieso fahren Sie hier mitten im Winter mit Ihrem Fahrrad durch die Gegend?«

»Na ja, es sieht so schön aus, alles mit Eis überzogen. Und

ich fand diese Gegend irgendwie cool. Muss so vor drei Jahren gewesen sein, da hatte ein Abfluss ein natürliches Wasserbecken gebildet, fast einen kleinen See, bis ungefähr dort.« Er zeigte auf einen moosgrünen Streifen an der Granitklippe.

»Haben Sie heute in dieser Gegend noch irgendjemanden gesehen?«

»Keine Menschenseele. Wunderbar ruhig.« Carey fuhr sich mit der Hand über den Kahlschädel. »Als ich sah, dass das Wasser weg war, hab ich gedacht, ich fahr mal den Felsrand hoch. Konnte ja nicht ahnen, dass da unten ein verdammtes Auto liegen würde. Fand ich ehrlich zum Kotzen. Deshalb hab ich nachher, als ich wieder zum Highway zurück bin, den Naturschutz angerufen, um ihnen Bescheid zu sagen, aber die haben gesagt, wenn es ein Fahrzeug ist, soll ich bei Ihnen anrufen. Und das hab ich gemacht.«

»Okay, danke, Mr. Carey«, sagte Cardinal. »Wir rufen Sie an, wenn wir noch was brauchen.«

»Gern geschehen.« Er sah den Steilhang hinunter, wo Szelagy, Arsenault und Collingwood um den umgekippten Wagen herumkletterten, und wandte sich wieder zu Cardinal um. »Ziemlicher Aufstand für ein Schrottauto, oder?«

»Wir arbeiten gerne gründlich.«

Cardinal stieg äußerst vorsichtig die eisglatte Felswand hinab und hoffte nur, dass sich das hier als eine Goldmine erweisen würde. Endlich wendete sich jetzt vielleicht das Glück zu seinen Gunsten.

Der Wagen lag umgekippt, mit der Kühlerhaube zuunterst, in knapp einem Meter Wasser. Das Dach war größtenteils flach eingedrückt, und ein Rad fehlte vollständig.

»Sieht vielversprechend aus«, sagte Arsenault. »Wir haben hier ein Austrittsloch, wo eine Kugel durch die Beifahrertür gedrungen ist.«

»Und drinnen?«, fragte Cardinal. »Hat das Wasser alles vernichtet?«

»So, wie es jetzt liegt, ist kaum Wasser eingedrungen. Wir wollen uns nur nicht allzu nahe dranwagen, damit wir nicht das Gewicht verlagern und das Prachtstück umkippen. Gut möglich, dass das Wasser Haare oder Fasern weggespült hat, aber falls sich an diesem Austrittsloch Blut befindet, müsste es eigentlich noch trocken sein. Das Schwierige wird sein, den Wagen überhaupt da rauszukriegen. Mit einem Abschleppwagen ist das nicht zu machen.«

Cardinal sah von dem Wrack zum Klippenrand hoch – eine zwanzig bis fünfundzwanzig Meter hohe Wand aus zerklüftetem Granit. »Don Deckard«, sagte er. »Das ist unser Mann.«

Sie hörten den Kran, bevor sie ihn sahen: zuerst das dumpfe Grollen im Untergrund, dann das Knirschen der Gänge und schließlich das Knattern eines gewaltigen Verbrennungsmotors, der den Berg hochächzte. Dann erschien die Maschine selbst, ein kolossales Fahrzeug, das fast vollständig aus Rädern bestand. Auf seiner Ladefläche trug es die Stahlpfeiler eines Krans, jetzt wie im Modellbaukasten eines Jungen zusammengeklappt. Der Koloss blieb auf der Kuppe stehen, und Don Deckard sprang aus der Kabine.

Er sah wie ein Dinosaurier aus den Sechzigern aus, der irgendwie gegen seinen Willen ins nächste Jahrhundert katapultiert worden war. Er trug schwarze Jeans mit Silberbeschlägen an den Außennähten und eine perlenbesetzte Wildlederjacke mit aufwändigen Fransen. Sein angegrautes Haar war im Nacken zu einem Pferdeschwanz zusammengebunden, und seine Augen waren knallrot, als hätte er gerade einen Joint geraucht.

»Hey, Mann.« Er klatschte Cardinal ab; sie hatten über die Jahre schon ein paarmal zusammengearbeitet. »Lange nicht gesehen. Was liegt an?«

Cardinal führte ihn zu dem Wagen hinunter.

»Wo habt ihr den denn aufgegabelt?«, sagte Szelagy zu Arsenault. »Woodstock?«

»Kennen Sie etwa Deckard nicht? Der Kerl ist eine Legende. Sehen Sie das niedliche Ding da?« Arsenault wies auf den Kran. Selbst zusammengeklappt konnte er es fast mit einem kleinen Hochhaus aufnehmen. »Das ist eine halbe Million Dollar wert. Ist vor zehn Jahren im Lake Superior versunken – weiß nicht mehr, was sie damit gemacht haben. Na jedenfalls, die Firma, der es gehörte, hat es als Verlust abgeschrieben. Selbst die Versicherung hat es abgeschrieben. Aber Deckard ist mit ungefähr sechs Jungs und einem Lastkahn da rausgefahren und hat das Ding aus hundert Meter tiefem, eiskaltem Wasser geborgen.«

Deckard brauchte knapp eine Stunde, um seinen Kran aufzustellen. Dann schwenkte der Arm weit über den Steinbruch und ließ ein Stahlseil mit einer Segeltuchschlinge hinunter. Gigantische Airbags, ursprünglich dazu gedacht, gesunkene Schiffe zu heben, wurden zwischen Auto und Felswand verkeilt und anschließend aufgeblasen, damit der Wagen nicht verrutschte. Die Schlinge wurde an die richtige Stelle geschoben, und Minuten später hing der Wagen über dem Abgrund hoch in der Luft.

In der Kabine des Krans zog Deckard an seinen Hebeln und drehte an seinen Steuerrädern, bis der Wagen – immer noch auf dem Kopf – sachte auf einem Flachlader landete.

Deckard trat aus seiner Kabine, und alle vier Polizisten klatschten Applaus. Er verbeugte sich tief und sprang vom Kran. Er klatschte Cardinal noch einmal ab. »Ging wie geschmiert, Mann, wie geschmiert.«

Arsenault und Collingwood standen schon auf dem Flachlader. Mit Hilfe eines Rettungsspreizers brachen sie zwischen dem eingedrückten Dach und den Sitzen ein Stück auf.

»Die Fenster standen alle offen, als er über die Klippe stürzte«, sagte Arsenault. »Wie's aussieht, hat der Bursche geglaubt, er würde ihn versenken. Kam wahrscheinlich in der Nacht her und hat ihn hier über Bord gehen lassen, weil er dachte, das Wasser wäre tiefer.«

Arsenault und Collingwood fanden den einen oder anderen Gegenstand von begrenztem Interesse: einen verwischten Mietvertrag auf den Namen Howard Matlock, eine Fliegersonnenbrille zum Hochklappen, eine leere Coladose, die noch im Becherhalter steckte. Sie würden zusammen mit dem gesamten Auto nach Fingerabdrücken abgepinselt, sobald der Wagen trocken war.

»Eigentlich wollen wir uns auf den Beifahrer konzentrieren«, sagte Cardinal. »Wir wissen ein bisschen was über das Opfer, aber rein gar nichts über den Mörder.«

Collingwood untersuchte die Rückenlehne des Beifahrersitzes mit einer Pinzette. Er drehte sich zu Cardinal um und gab ein einziges Wort von sich. »Blut.«

»Auf dem Beifahrersitz? Sicher?«

Collingwood antwortete nicht. Er zog einen Teppichschneider aus seiner Werkzeugbox und schälte den Sitzbezug zurück, bis das Polster freilag. Der braune Fleck, der darunter zum Vorschein kam, sprach für sich.

»Wir wollen keine zehn Tage warten, bis wir die DNA-Ergebnisse haben«, sagte Cardinal. »Gibt es irgendeine Möglichkeit, wie wir uns vorher Klarheit verschaffen können, ob das hier vom Beifahrer und nicht vom Fahrer ist?«

»Wir können hier und jetzt die Blutgruppe bestimmen«, sagte Arsenault. »Gut möglich, dass sie dieselbe haben, aber ist immerhin einen Versuch wert, nicht?«

Arsenault holte ein tragbares Gerät aus dem Van der Spurensicherung. Die nächste Viertelstunde arbeiteten er und Collingwood an den Flecken. Cardinal wartete und starrte über den See und in den bleigrauen Himmel. Am Horizont türmten sich Wolken auf und drohten mit noch mehr Regen, was gleichbedeutend war mit noch mehr Eis.

Arsenaults Tritte knirschten hinter ihm auf dem vereisten Boden. »Der Fahrer ist 0 negativ«, sagte er.

»Und der Beifahrer?

»Den haben wir auch. AB negativ.«

Cardinal zog blitzschnell sein Handy heraus und rief Delorme an. »Haben Sie nicht gesagt, das Blut aus Dr. Cates' Praxis sei AB negativ?«

»Allerdings. Wir haben es von dem Papier der Untersuchungsliege.«

»Das könnte der Beweis sein, dass die beiden Fälle zusammengehören«, sagte Cardinal. »Der Mörder schießt auf Shackley, aber er bekommt auch selber einen Schuss ab. Die Kugel steckt noch, aber er kann in kein Krankenhaus gehen, weil sie Schusswunden melden müssen. Also schnappt er sich Dr. Cates und zwingt sie, ihn zu behandeln.«

»Dann tötet er sie, um sie zum Schweigen zu bringen. Das sieht gut aus. Und ich hab auch was für Sie.«

»Tatsächlich?«

»Musgrave ist vorbeigekommen. Sie werden nicht glauben, wen Shackley angerufen hat.«

Chouinard hörte sich Cardinals Vorschlag an, ohne irgendeine Gefühlsregung oder auch nur Interesse zu zeigen. Als Cardinal mit seinen Ausführungen fertig war, antwortete er mit dieser ruhigen, sonoren Stimme, die ihn intelligenter erscheinen ließ, als er war: »Dass Sie nach Montreal müssen, steht außer Frage. Bei Delorme bin ich mir nicht so sicher.«

»Detective Delorme«, sagte Cardinal, »wie schätzen Sie mein Französisch ein?«

»Was für Französisch? Ich hab Sie schon reden gehört, aber das war kein Französisch. Das ist eher so ein Frankenstein-Kauderwelsch –«

»Wieso machen Sie sich darüber Gedanken, Cardinal? In Montreal spricht jeder Englisch, wissen Sie.«

»Das ist nicht ganz richtig«, sagte Delorme. »Das ist nicht einmal annähernd richtig.«

»Na ja, vielleicht hat sich das geändert, seit ich das letzte Mal da war. Nehmen Sie ein Wörterbuch mit. Ich bin einfach noch nicht davon überzeugt, dass Sie denselben Mörder haben.«

»D. S., überlegen Sie bitte noch mal«, sagte Cardinal. »Cates ist innerhalb von drei Tagen die zweite Leiche im Wald. Sollten wir nicht so lange davon ausgehen, dass es eine Verbindung zum Shackley-Mord gibt, bis wir Grund haben, das Gegenteil anzunehmen?«

»Wir haben einigen Grund, das Gegenteil anzunehmen«, sagte Chouinard. »Die eine Leiche ist ein Mann, die andere eine Frau. Eine wurde von Bären gefressen, die andere nicht. Der eine ist von auswärts, die andere hat hier in der Stadt gelebt ...«

»Warten Sie mal«, sagte Delorme. »Wie groß ist die Chance, dass zwei Mörder, die in dieser Stadt leben, AB negativ sind?«

»Die Blutgruppe ist kein eindeutiger Beweis.«

»Nehmen wir mal an, er schießt auf Shackley und wird selber verwundet«, sagte Cardinal. »Eine kleine Wunde. Es war nicht viel Blut auf der Beifahrerseite.«

»Hab ich schon verstanden. Er braucht einen Arzt. Aber wieso verfüttert er Shackley an die Bären und die Ärztin nicht?«

»Dafür gibt es eine Reihe von Erklärungen. Nummer eins: Ich denke, wir sind uns darin einig, dass der Mord an Dr. Cates keinen Mafiahintergrund hat. Falls sie von derselben Person getötet wurde, das heißt Bressard nicht von Leon Petrucci den Auftrag bekam, Shackleys Leiche verschwinden zu lassen, dann wurde er von jemand anderem angeheuert, der sich für Petrucci ausgab. Petrucci ist in der Stadt gut bekannt. Eine Menge Leute wissen, dass er nicht reden kann, dass er über schriftliche Botschaften kommuniziert. Das kam alles vor Jahren an die Öffentlichkeit, als Bressard wegen schwerer Körperverletzung vor Gericht stand - der *Algonquin Lode* hat die Geschichte damals in allen Einzelheiten ausgebreitet. Vielleicht geht unser Mörder davon aus, dass er Bressard nicht zweimal hereinlegen kann. Vielleicht will er ihn auch nicht zweimal bezahlen.«

»Jedenfalls«, sagte Delorme, »wird er Samstagabend bei der Auseinandersetzung mit Shackley verwundet. Er denkt möglicherweise, er kann es aussitzen. Er glaubt vielleicht, er kann damit leben. Bis Montag tut es höllisch weh oder es hört vielleicht nicht auf zu bluten. Jetzt weiß er, dass er nicht um einen Arzt herumkommt.«

»Wieso Dr. Cates?«

»Das wissen wir noch nicht«, räumte Delorme ein.

»Aber Sie haben doch ihre Patienten überprüft. Sie haben ihre Kollegen überprüft.«

»Und deshalb sollte ich mit Cardinal nach Montreal. Zusammen können wir viel schneller diesen Telefonnummern nachgehen. Und wenn wir rauskriegen, hinter wem Shackley her war, wissen wir, wer der Mörder ist.«

»Gott, ich hasse Entscheidungen«, sagte Chouinard. »Wartet nur, bis ihr euch selber mit Budgets herumzuschlagen habt, dann wisst ihr, wie das ist.«

»Dann kann ich also mit, ja?«

»Und dass Sie nicht eine Minute länger dableiben als nötig.«

19

Zentrale der RCMP, Abteilung C, Montreal. Die Atmosphäre ruhig und sachlich, jedermann höflich. Cardinal fragte sich für einen Moment, ob er vielleicht versehentlich in das falsche Gebäude gegangen war. Er und Delorme kamen gerade aus dem Regent Hotel – einem winzigen Kasten ohne jeden Charme und direkt an der Schnellstraße gelegen –, und das vergleichsweise luxuriöse Interieur der Abteilung C stand dazu in angenehmem Gegensatz.

»Das sieht ja mehr nach einer Versicherung als nach einer Polizeiwache aus«, sagte Delorme.

Für ihr erstes Gespräch mit Sergeant Raymond Ducharme hatte man ihnen ein kleines Vernehmungszimmer zur Verfügung gestellt. Cardinal schätzte Ducharme auf plus/minus fünfundsechzig, bei all den Falten in seinem geröteten Gesicht. Er hatte den Körper eines Schwimmers und den Kopf eines Philosophen – breite Stirn, scharfe Gesichtszüge und einen schmalen, sarkastisch verzogenen Mund. Seine Zähne waren zu schön, um echt zu sein.

»Sie sind also Freunde von Malcolm Musgrave«, sagte Ducharme. Sein frankokanadischer Akzent hatte etwas Erfrischendes. »Ich kannte ihn schon, als er so groß war.« Er machte eine entsprechende Geste kurz über seinen Knien.

»Tatsächlich?«, sagte Cardinal. »Ich kann mir gar nicht vorstellen, dass Malcolm Musgrave mal so klein gewesen ist.«

»Und ob«, versicherte Ducharme. »Ich hab schon mit seinem Vater gearbeitet, in den guten alten Zeiten. Sein Dad war einer der Besten. Bitte, nehmen Sie Platz. Möchten Sie was trinken? Bestimmt? Gut. Also, wir konnten uns das Foto, das Sie mir geschickt haben, mal unter die Lupe nehmen, aber zuerst würde ich Sie gerne fragen, wie viel Sie von der Oktoberkrise behalten haben.«

»Oktober 1970«, sagte Cardinal. »Ein paar Leute wurden von der FLQ entführt. Raoul Duquette, ein Minister des Provinzkabinetts, wurde getötet. Das war's dann auch schon.«

»Ich war noch ein kleines Kind«, sagte Delorme. »Ich kann mich an gar nichts erinnern.«

Sergeant Ducharme hob einen pädagogischen Zeigefinger. »Dann ist es ja höchste Zeit für einen Auffrischungskurs.«

Cardinal holte seinen Kugelschreiber heraus.

»Wir befinden uns in Quebec, La Belle Province, in den späten Sechzigern. Alles streikt: Die Taxifahrer, die Studenten, selbst die Cops gehen auf die Straße. Ein paar der Demonstranten geraten außer Kontrolle, es gibt eingeschlagene Schädel, einen oder zwei Tote. Aus dieser Anarchie geht eine Gruppe hervor, die als Front de Libération du Québec bekannt wird, kurz FLQ. Die FLQ fängt nun an, in Montreal und Quebec City Bomben in Briefkästen zu werfen. Was wollen sie? Sie wollen, dass sich Quebec von Kanada trennt und ein eigener Staat wird.

Andere Organisationen wollen dasselbe. So zum Beispiel die Parti Québécois. Der Unterschied besteht darin, dass die PQ das durch einen demokratischen Prozess erreichen will. Die FLQ schert sich einen Dreck um den demokratischen Prozess. Sie wollen ihr eigenes Land hier und jetzt, und sie wollen es mit aller Gewalt.

Also gehen Bomben hoch. Meistens sind sie klein, und meistens wird niemand verletzt. Aber in der ganzen Stadt verschwinden Dynamitvorräte von den Baustellen. Ein großer Teil des Dynamits stammt überhaupt vom Bau der Expo 67, die als Hundertjahrfeier für die kanadische Nation gedacht war. Einige fanden, dass die FLQ damit ihren Sinn für Humor an den Tag legte. Was es auf jeden Fall zeigte, war, dass einige Mitglieder der FLQ im Bauwesen arbeiteten.

Jedenfalls fangen sie also an, Bomben in Briefkästen zu stecken. Einige in Quebec City, einige in Ottawa, doch meistens bevorzugen sie die Briefkästen der hübschen Straßen von Westmount, wo die wohlhabenderen Anglokanadier in Montreal wohnen und wo, nebenbei gesagt, auch wir, RCMP, Abteilung C, unseren Sitz haben.« Er winkte mit der Hand Richtung Fenster, wo vereinzelte Schneeflocken über den grünen Hang des Mount Royal wehten.

»Doch dann gibt es auf einmal Tote und Verkrüppelte. Einem unserer Männer im Bombendezernat hat es beide Hände abgerissen, als er versuchte, eine Bombe zu entschärfen. Und ein Wachmann starb in einem Gebäude, von dem die FLQ angenommen hatte, es stünde leer. Champions der Arbeiterklasse nennen sie sich, aber ich glaube kaum, dass die Witwe des Wachmanns dem zugestimmt hätte. Jedenfalls setzen wir jetzt alles daran, die Mistkerle zu schnappen.

Fünfter Oktober 1970. Wohnsitz des britischen Handelsattachés Stuart Hawthorne. Es klingelt, das Hausmädchen macht auf. Vor der Tür steht ein Mann mit einem länglichen Paket. »Geburtstagsgeschenk für Mr. Hawthorne«, sagt er. Das Mädchen tritt zur Seite, um ihn hereinzulassen, und plötzlich stehen vier Männer in der Diele, die Schachtel ist offen, und das Mädchen blickt in die Mündung eines Maschinengewehrs. Sie zerren Mr. Hawthorne aus dem Badezimmer, wo er sich gerade rasiert, und kaum fünf Minuten später findet er sich auf dem Rücksitz eines Autos wieder.

Kommuniqués werden verschickt, Forderungen gestellt. Die so genannte Befreiungszelle der FLQ hat eine Menge Forderungen, doch die größten sind zum einen die Freilassung von dreiundzwanzig so genannten politischen Häftlingen, zum anderen 500 000 Dollar, die sie als freiwillige Steuer deklarieren, und schließlich freies Geleit nach Kuba sowohl für die Kidnapper als auch für die befreiten Häftlinge. Falls diese Forderungen nicht erfüllt werden, wird Mr. Hawthorne exekutiert.«

»Wieso haben sie jemanden aus einem anderen Land gekidnappt?«, fragte Cardinal. »Wieso haben sie sich nicht jemanden von hier ausgeguckt?«

»Genau das haben sich auch andere Mitglieder der FLQ gefragt. Die Bundesregierung ist noch dabei, ihren Krisenstab aufzustellen, als eine weitere Zelle zuschlägt, die Chenier-Zelle. Diesmal kidnappen sie Raoul Duquette, Bildungsminister des Provinzkabinetts.

Die Regierung spielt auf Zeit. Ich war damals beim Geheimdienst, und wir richteten aus Mounties, der Quebecer Provinzpolizei und der örtlichen Polizei von Montreal ein gemeinsames Anti-Terror-Kommando ein – das *Combined Anti-Terrorist Squad* oder auch *CAT-Team* genannt. Binnen achtundvierzig Stunden wussten wir, wer die Entführer waren. Was wir nicht wussten, war, wo sie steckten. Ich war damals überzeugt und bin es bis heute, dass wir sie gefunden hätten, wenn wir nur ein paar Tage mehr Zeit gehabt hätten. Aber die Leute gerieten in Panik.

Die Bundesregierung – Pierre Trudeau – will, dass die Armee einschreitet. Wörtlich. Dazu braucht er nur noch einen Brief des Bürgermeisters von Montreal und des Premiers von Quebec, die ihn bei einem ›zu befürchtenden Aufstand‹ um Beistand bitten. Dies ist der Wortlaut, den das Gesetz für militärisches Eingreifen vorsieht. Nun ja, einer seiner Minister diktiert den beiden die Briefe, und wie nicht anders zu erwarten, hat er zwei Stunden später die Unterschriften. Um Mitternacht desselben sechzehnten Oktobers 1970 verhängt er das Kriegsrecht. Plötzlich brauchen wir keine richterlichen Durchsuchungs- oder Haftbefehle mehr. Für dreißig Tage können wir jemanden festhalten, ohne Anklage zu erheben. Wir treiben die Leute zusammen, und es kann jeden treffen – und wenn ich jeden sage, dann meine ich jeden, vom Taxifahrer bis zur Nachtclubsängerin. Jeden, der irgendwann einmal irgendetwas Nettes über einen separaten Staat gesagt hat. Wir buchten sie ein und fragen sie, wen sie sonst noch kennen.

Das Peinliche an der ganzen Sache ist, dass sie überhaupt keinen kennen, nur dreißig von ihnen werden überhaupt unter irgendeine Anklage gestellt, und davon wird gerade mal ein Dutzend verurteilt, meistens für läppische Verstöße gegen das Waffengesetz. Wir haben keine riesigen Waffenlager gefunden, wir haben kein gigantisches terroristisches Netzwerk entdeckt.«

»So schnell haben sie die Bürgerrechte außer Kraft gesetzt?«, fragte Delorme. »Das haben die Amerikaner nicht mal nach dem elften September getan. Für Einwanderer vielleicht, aber nicht für die eigenen Bürger.«

»Sie haben völlig recht«, sagte Ducharme. »Die Trudeau-Regierung wollte den Terroristen klar machen, dass Gewalt sie weit mehr kosten würde, als sie ihnen einbringen konnte. Bei der Chenier-Zelle kam das irgendwie anders an. Sie legten es sich so aus, dass sämtliche Verhandlungen der letzten Tage von vornherein Scheingefechte gewesen seien. Ihre Antwort kam prompt einen Tag später: Sie ermordeten Raoul Duquette.«

»Aber den Diplomaten haben Sie freibekommen«, sagte Cardinal, »diesen Stuart Hawthorne?«

»Hawthorne haben wir freibekommen. Wir brauchten zwei Monate, aber wir konnten ihn lebend rausholen. Seine Kidnapper gingen nach Kuba, dann nach Paris. Irgendwann kamen die meisten wieder hierher zurück, saßen ein paar Jahre ab – nicht viele übrigens – und ließen sich dann nieder.

Die Leute, die Duquette umgebracht haben, kamen ins Gefängnis. Leider konnten wir nicht beweisen, wer von ihnen den eigentlichen Mord auf dem Gewissen hatte, und so saßen sie nur zwölf Jahre.

Und damit wären wir bei Ihrem Foto.«

Ducharme hielt das Gruppenbild hoch, das Cardinal in Shackleys Wohnung gefunden hatte.

»Der Kerl links mit dem gewellten Haar ist Daniel Lemoyne,

der Anführer der Chenier-Zelle. Der junge Mann vorne ist Bernard Theroux. In seinem ursprünglichen Geständnis hat er behauptet, er hätte Duquette am Boden festgehalten, während Lemoyne ihn erdrosselte. Später hat er sein Geständnis widerrufen, und sein Anwalt hat es geschafft, es ganz aus dem Prozess rauszuhalten.«

»Und die junge Frau?«, fragte Cardinal. »Sie sieht wie ein Teenager aus.«

»Sie muss eine Randfigur gewesen sein, falls sie überhaupt ein Mitglied war. Ich hab noch gar nichts über sie. Dasselbe gilt für den anderen jungen Mann, den mit dem Bart und dem gestreiften Hemd. Die Gesichter der entscheidenden Drahtzieher kenne ich auswendig, aber diese zwei ...«

»Dann sind sie keine Mitglieder der Chenier-Zelle?«

»Ich glaube, nicht. Jedenfalls nicht, dass ich wüsste. Tut mir leid. Normalerweise können wir mit solchen Informationen sofort aufwarten, aber das hier war lange vor dem Computerzeitalter, und die Akten sind gerade von Ottawa an uns unterwegs. Der CSIS hat sie sich vor einer Weile unter den Nagel gerissen. Ist wie beim Kennedy-Attentat, wissen Sie – alle fünf Jahre erklärt irgend so ein Klugscheißer, dass es höchste Zeit sei, sich die Oktoberkrise noch mal vorzuknöpfen. In ein, zwei Tagen müssten wir den ganzen Klumpatsch wieder hier haben, und dann bekommen Sie die Personalien, die Sie brauchen.«

»Das Ganze ist kaum zu glauben«, sagte Delorme. »Aus heutiger Sicht klingt es so verrückt.«

»Meinen Sie?«, erwiderte Sergeant Ducharme. »Erst letztes Jahr hatten wir die French Self-Defence-League mit ihren Bomben vor Cafés und Restaurants, die Schilder auf Englisch hatten. Auch heute noch können sich die Gemüter ganz schön erhitzen.«

»Und das andere Foto?« Cardinal zeigte auf ein Bild von Miles Shackley, das etwa von 1970 stammen musste. Musgrave hatte es ihm und Ducharme geschickt. Als Cardinal ihn fragte, wie er darangekommen sei, hatte Musgrave nur geantwortet: »Ich bin Mountie, Cardinal, ich habe übernatürliche Kräfte.«

»Miles Shackley war ein Amerikaner, der hier ungefähr zur Zeit der Oktoberkrise arbeitete. Wir haben im CAT-Team mit ein paar CIA-Leuten zusammengearbeitet. Sie brauchen gar nicht so zu gucken, das war ganz normal. Die schlugen sich damals mit den Black Panthers und den Weathermen rum, und der Terrorismus wurde zu einem internationalen Problem. Es wäre albern gewesen, sie nicht mit einzubeziehen.

Ich persönlich mochte Shackley nicht besonders. Nicht, dass das von irgendwelchem Belang gewesen wäre – ich war ein ganz kleiner Fisch. Er arbeitete mit Lieutenant Fougère und Corporal Sauvé zusammen. Fougère ist leider vor ein paar Jahren gestorben, aber Sie werden zweifellos mit Sauvé reden. Das waren die Jungs an der Spitze, alle drei, und sie kamen gut miteinander aus. Sonst fällt mir zu Shackley nichts mehr ein, und die Akte ist natürlich bei denen, aber ich hoffe doch, dass ich sie in ein paar Tagen zurückhabe.«

»Welche Funktion erfüllte Shackley im CAT-Team?«, fragte Cardinal.

»Er war vermutlich Verbindungsoffizier. Vielleicht auch mehr, aber das entzieht sich meiner Kenntnis. Er hat uns wahrscheinlich geholfen, den Geldfluss und die Verbindungen zwischen den einzelnen Zellen zu verfolgen. Ach ja, ich glaube, er war auch einem bestimmten Black Panther auf den Fersen, der sich hier oben irgendwo versteckt hielt. Die FLQ bekam von den Panthern Waffen, und im Gegenzug haben sie sie versteckt.«

»Und von Musgrave haben wir die Telefonnummern«, sagte Cardinal.

»Ja, die Telefonnummern. Das wird sicher spannend.«

Im Vergleich zu dem, was in Algonquin Bay los war, herrschte in Montreal und Umgebung ein ganz normaler Winter. Es lag schätzungsweise ein Meter Schnee, und an Ecken und Straßenkreuzungen war er so hoch aufgetürmt, dass Cardinal schon weit auf der Kreuzung war, bevor er sehen konnte, was von der anderen Straße kam.

Aber auch hier wurde es wärmer. Die Äste hingen schwer herunter, die Eiskristalle tropften, und als Cardinal den Highway 20 Richtung Eastern Townships fuhr, wurde der leichte Schnee zu Nieselregen. In der feuchten Luft wirkten die Baumstämme tiefschwarz, so dass die Landschaft, als er die Stadtgrenze hinter sich hatte, zugleich winterlich wie neblig erschien – ein karges Schwarzweiß. Der Himmel war so dunkel, dass ein abendliches Dämmerlicht herrschte, obwohl Cardinal gerade vom Mittagessen kam.

Er und Delorme hatten sich die Arbeit aufgeteilt: Delorme war ins Stadtzentrum gefahren, um mit einem früheren FLQ-Mitglied zu sprechen, und Cardinal war auf dem Weg zu Robert Sauvé, seinerzeit der zweite Mann im CAT-Kommando. Sauvé gehörte die erste Telefonnummer, die Shackley von New York aus angerufen hatte, und er hatte sie mehrfach gewählt.

»Folgendes müssen Sie über Sauvé wissen«, hatte Sergeant Ducharme ihm gesagt. »Ein paar Jahre nach der Oktoberkrise, genauer gesagt, am dreizehnten Juni 1973 um etwa halb vier Uhr morgens, wachten die Bewohner von Westmount von einem lauten Knall auf. Vor dem Haus eines gewissen Joseph P. Feldstein, des Gründers der Feldstein-Supermarktkette, war eine Bombe hochgegangen. In der ganzen Straße waren Fensterscheiben zu Bruch gegangen.

Die Polizei kommt und findet ein Loch im Boden, das immer noch raucht, und eine Blutspur, die sie zu einem Wagen einen halben Block weiter führt. Hinterm Steuer sitzt zusammengesunken ein Mann mit zerfransten Händen, das halbe Gesicht weggerissen und mit heraushängendem Gedärm.

Sie bringen ihn ins Krankenhaus, wo er operiert wird. Eine Zeit lang sieht es so aus, als würde er nicht durchkommen, aber – nennen Sie es meinetwegen ein Wunder der medizinischen Zunft von Montreal – der Kerl überlebt. Natürlich kriegt er jede Menge Draht in den Kiefer, ihm fehlen ein paar Finger, und sein linkes Auge ist weg, aber er lebt. Dummerweise redet er nicht. Sagt nicht mal seinen Namen.

Die Polizei von Montreal braucht aber nicht lange, um den rauszubekommen. Das Auto war gemietet, aber sie können es zu einem gewissen Robert Sauvé beim Combined Anti-Terrorist Squad zurückverfolgen. Erinnern Sie sich, wie die Mounties von der Keable-Kommission zusammengestaucht wurden? Wir hatten eine Scheune niedergebrannt, die von der FLQ für Treffen benutzt wurde, und René Lévesques Büros nach Verteilern gefilzt, um sie anschließend auch noch zu verwanzen. Böse, böse Jungs, sagte die Keable-Kommission.«

»Ja, ich kann mich erinnern«, sagte Cardinal. »Das ging monatelang jeden Abend durch die Nachrichten.«

»Corporal Robert Sauvé war der Grund dafür, dass es überhaupt dazu kam. Wäre er nicht gewesen, wären die Mounties bis heute für die nationale Sicherheit zuständig. Der CSIS wäre nie erfunden worden. Wochenlang sagt Sauvé kein Sterbenswörtchen. Die Cops in Montreal hängen ihm eine Klage nach der anderen an, doch der Kerl kooperiert noch immer nicht.

Dem Richter passte seine Haltung ganz und gar nicht. Sauvé wurde in allen Punkten für schuldig befunden und bekam zwölf Jahre aufgebrummt. Zwölf Jahre dafür, dass er sich selber in die Luft gesprengt und ein paar Fensterscheiben zerbrochen hat. Und plötzlich findet Sauvé seine Stimme wieder.

»›Zwölf Jahre‹, sagt er, ›und außer mir ist niemand verletzt worden. Ich hab weitaus Schlimmeres gemacht, als ich noch im Anti-Terror-Kommando war. Weitaus Schlimmeres.‹ Und das brachte den Stein ins Rollen. Das Ergebnis der endlosen

Untersuchungen und Kommissionen war die Gründung des CSIS. Eine Menge gute Leute verloren damals ihren Job. Unter anderem Alan Musgrave.«

»Musgraves Vater?«, fragte Delorme.

»Alan bekam einen Tritt in den Hintern. Hat seinem Alkoholproblem nicht unbedingt gut getan, und ein halbes Jahr später hat er sich umgebracht. Hat mir in der Seele wehgetan, die Geschichte.«

»Jesses Maria«, sagte Cardinal. »Kein Wunder, dass Musgrave so schlecht auf den CSIS zu sprechen ist.«

»Es gibt ne Menge gute Gründe, auf den CSIS sauer zu sein, aber das ist ein ziemlich triftiger.«

»Eins verstehe ich immer noch nicht«, sagte Cardinal. »Wieso wollte Sauvé den Typ von der Supermarktkette in die Luft jagen?«

»Nichts Genaues weiß man nicht, denn der Mistkerl hat nie kooperiert. Sie gehen davon aus, dass es ein freiberuflicher Auftrag von der Mafia war. Die Cotronis kontrollierten eine konkurrierende Lebensmittelkette, und sie wollten ihrer Botschaft Nachdruck verleihen. Sauvé war der Laufbursche.«

»Ziemlich drastischer Berufswechsel«, sagte Delorme. »Wie kommt man dazu, von der RCMP zur Mafia zu gehen?«

»Da müssen Sie Sauvé fragen.«

Cardinal überlegte, ob sich Sauvés Verbindung zur Mafia am Ende als eine Verbindung zu Leon Petrucci erweisen könnte. Irgendwie konnte er sich nicht recht vorstellen, wie ein kleiner Ganove, der vor allem dafür bekannt war, die Getränkeautomaten von Algonquin Bay zu kontrollieren, plötzlich die Ermordung eines Amerikaners und einer Ärztin anordnen sollte. Dennoch nahm er sich vor, die Sache nicht aus den Augen zu verlieren.

Er bog vom Highway ab und fuhr auf einer Nebenstraße meilenweit an ärmlichen Farmen vorbei. Dann wies ein verbeultes

Schild nach Seguinville, was, wie sich herausstellte, keineswegs eine Stadt war, sondern eine Kreuzung. Ein leichter Nieselregen fiel auf die brachliegenden Äcker. Sauvés Wohnsitz lag noch einmal zwei Meilen die holprige und kaum geräumte Straße weiter, die im Zickzackkurs nach Norden führte.

Das Haus selbst lag fast gänzlich hinter Gestrüpp und ein paar Birken versteckt. Von der Straße aus schien es ein zweistöckiger Bau zu sein, doch als er in die heruntergekommene Einfahrt bog, erkannte Cardinal, dass das Obergeschoss zur Hälfte eingestürzt war. Im Sommer sah es vermutlich noch schlimmer aus; der Winter hatte die weggebrochenen Ecken mit kleinen Schneehügeln zugedeckt.

Ein ziemlich ramponierter Pick-up parkte vor dem Scheunengerippe, dessen letzte noch stehende Wand aus einem verrosteten Schild bestand, das für Laurentide-Bier warb. Dahinter hing ein Boot prekär an einer Winde, Bug und Brücke gleichfalls von Schnee gerundet. Es war nicht die Art von Boot, die man gewöhnlich in einer Einfahrt oder einem Garten vermutete, kein Vergnügungsboot. Es war ein Schlepper, mindestens siebzig Jahre alt und dennoch himmelwärts aufgerichtet, als kämpfe er gegen die Wellen eines unsichtbaren Flusses an. Cardinal hätte den Schweißnähten nicht einmal zu Land getraut, geschweige denn im St.-Lorenz-Strom.

Robert Sauvé selber war aus dem Haus und in der Einfahrt, bevor Cardinal auch nur hätte aussteigen können. Der ehemalige Korporal hielt eine zwölfkalibrige Schrotflinte in Bauchhöhe. Selbst auf diese Entfernung wirkte die linke Gesichtshälfte wie ausgehöhlt, genauso wie sein Haus. Ein Auge blinzelte Cardinal entgegen, und das andere – das Glasauge – blieb irritierend starr. Er trug keinen Bart, doch nach seinem Kinn zu urteilen lag die letzte Rasur eine Weile zurück. Er sagte nur ein Wort, und es klang eher wie eine Zurückweisung als ein Gruß. »Bonjour.«

»Entschuldigen Sie«, sagte Cardinal auf Französisch. »Mit

meinem Französisch ist es nicht so weit her. Sprechen Sie Englisch?«

Der ehemalige Korporal antwortete nicht. Cardinal wünschte sich, Delorme wäre bei ihm. Er versuchte es mit Englisch.

»Würde es Ihnen etwas ausmachen, das Ding da für einen Moment woandershin zu richten?«

Das Gewehr blieb, wo es war.

Cardinal versuchte es noch einmal auf Französisch. »Hören Sie, ich bin nicht gekommen, um Ärger zu machen. Ich bin ein Polizist aus Ontario, ich arbeite an einem ...« Ihm fiel das Wort für »Fall« nicht ein, und so gab er sich mit »Geschäft« zufrieden. *Ich arbeite an einem Geschäft in Ontario*. Wenn das nicht Wunder wirkte!

»Sind Sie von der RCMP?« Die Worte kamen mit einem starken Akzent, aber es war immerhin Englisch.

»Algonquin Bay, örtliche Polizei«, sagte Cardinal und hielt die Hände deutlich vom Körper weg. »Wollen Sie meine Marke sehen? Dann muss ich in meine Gesäßtasche fassen.«

»Ganz langsam.«

Cardinal griff hinter sich und zog seine Dienstmarke aus der Tasche. Er hielt sie vor sich in der Hand, und Sauvé machte zwei Schritt nach vorn, um mit seinem gesunden Auge einen Blick darauf zu werfen.

»Was will ein Cop aus Ontario von mir?« Die linke Hälfte von Sauvés Mund blieb versteinert. Seine Stimme klang wie selten benutzt, doch vielleicht war nur sein Englisch eingerostet.

»Ich hab einen toten Amerikaner, einen Ex-CIA-Mann namens Miles Shackley, der vor dreißig Jahren in Quebec war. 1970, genau gesagt. Er war während der Oktoberkrise aktiv, und wir glauben, dass seine Ermordung etwas damit zu tun haben könnte. Wir wissen außerdem, dass er kürzlich mit Ihnen Kontakt aufgenommen hat.«

»Und? Ein ehemaliger Mitarbeiter der CIA ruft einen ehemaligen Mitarbeiter der RCMP an, das ist nicht verboten.«

»Ich wüsste gerne, was er wollte. Können wir für ein paar Minuten reingehen, Mr. Sauvé?« Cardinal rieb einen Moment lang die Hände aneinander. »Ich bin diese Quebecer Winter nicht gewöhnt, und es ist ziemlich nasskalt hier draußen.«

»Es ist nicht kalt«, sagte Sauvé, ohne sich zu rühren.

»Sie gehörten zum CAT-Team. Und Sie haben mit Shackley zusammengearbeitet.«

»Ich hab mit einer Menge CIA-Leuten gearbeitet. An dem Tag, als Hawthorne entführt wurde, kamen sie aus allen Löchern gekrochen. Dreißig oder vierzig allein in der Kommandozentrale.«

»Welche Aufgabe hatte Miles Shackley im CAT-Kommando?«

»Weiß ich nicht mehr.«

»Lassen Sie sich Zeit.«

»Ich brauche keine Zeit.« Sauvé kehrte ihm den Rücken und humpelte zur Ruine seines Hauses zurück.

»Mr. Sauvé, warten Sie. Ich brauche Ihre Hilfe.«

Sauvé drehte sich nicht einmal um.

»Wissen Sie nicht mehr, wie das ist? Bis zum Hals in einem Fall zu stecken und irgendwie nicht weiterzukommen? Ich suche nach einem einzigen kleinen Durchbruch, der alles verändert.«

Jetzt drehte sich Sauvé noch einmal mühsam zu ihm um. »Ich hab mit jedem Ausschuss im Land geredet. Ich hab ihnen alles gesagt, was ich wusste. Und trotzdem hab ich zwölf Jahre im Knast gesessen. Ein ehemaliger Mountie. Was glauben Sie wohl, wie sie mich da behandelt haben? Meinen Sie, ich hätte auch nur die geringste Sympathie für den Arm des Gesetzes?«

»Ich habe nichts mit den Leuten zu tun, die Sie hinter Gitter gebracht haben, ich versuche lediglich, einen Fall in einer kleinen Stadt in Ontario zu knacken.«

Sauvé hievte sich die durchgetretenen Stufen zu seiner Eingangstür hoch. Als er sich vorbeugte, um die Tür zu öffnen, glänzten seine Zähne im Licht. Vielleicht lag es an seiner Entstellung, dass sich die Haut über seinem Kiefererersatz straff zog, doch Cardinal hatte den Verdacht, dass der ehemalige Korporal Robert Sauvé lachte.

20

Bernard Theroux«, hatte Sergeant Ducharme gesagt. »Die zweite Telefonnummer gehört Bernard Theroux. 1970 war er neunzehn Jahre alt. Mitglied der Chénier-Zelle, er hat für die Entführung von Raoul Duquette genau wie Daniel Lemoyne zwölf Jahre abgebüßt. Verheiratet mit einer Françoise Coutrelle, einer unbedeutenden Mitläuferin der FLQ, eher Sympathisantin als aktive Terroristin. Sie kam nie vor Gericht. Sie standen lose mit einer gewissen Simone Rouault in Verbindung – aber zu Simone kommen wir noch.

Soweit wir wissen, haben Bernard und Françoise Theroux keinerlei Verbindung mehr zu irgendwelchen terroristischen Aktivitäten. Aber das hier ist eindeutig ihre Telefonnummer, und es stellt sich die Frage, wieso dieser Amerikaner drei Wochen, bevor er tot aufgefunden wird, die beiden anruft.«

Die Frage stellt sich in der Tat, dachte Delorme eine halbe Stunde später. Sie versuchte, heil durchs Zentrum von Montreal zu kommen, ohne in einen Auffahrunfall zu geraten. Der Regen war nicht mehr stark, aber offenbar stark genug, um bei den hiesigen Fahrern Verwirrung zu stiften.

An der nächsten Ampel rief sie auf dem Handy Szelagy an.

»Was haben Sie über Dr. Choquette rausgefunden? War er Montagnacht bei diesem Bridgeabend, wie er behauptet?«

»Also, der Typ, sag ich Ihnen, sollte einen Kurs an der Alibischule geben«, sagte Szelagy. »Er hat nicht nur drei Zeugen, die mit ihm gezockt haben, sondern die drei sind sozusagen vergoldet. Einer ist der Leiter des Ontario Hospital, einer ist Kurator bei der Schulbehörde, und der andere ist der hiesige Leiter des Kinderhilfswerks. Packen Sie die in einen Raum, und Sie haben einen ganzen Vorstand zusammen.«

»Sie haben mit jedem von denen einzeln gesprochen?«

»Mit allen dreien. Und die waren auch noch so höflich! Ich wünschte, meine Freunde hätten solche Manieren.«

»Das können Sie vergessen. Ihre Freunde sind Cops.«

Delormes Handy klingelte, bevor sie es weggesteckt hatte. Malcolm Musgrave.

»Sind Sie damit fertig, meine Abteilung zu schikanieren, Sergeant Delorme? Oder haben Sie vor, uns alle zu verhören?«

»Machen Sie mir wegen Simmons nicht das Leben schwer. Sie wissen so gut wie ich, dass ich ihn überprüfen musste.«

»Und – nein, sagen Sie nichts, lassen Sie mich raten – es hat sich herausgestellt, dass er weder ein Entführer noch ein Mörder ist, hab ich recht? Ich meine, ich versuch schon, Kidnapper und Killer aus meinem Team rauszuhalten, wenn es sich irgendwie machen lässt.«

»Craig Simmons gehört nicht mehr zu den Verdächtigen in diesem Fall«, sagte Delorme. »Lassen wir es dabei bewenden.«

»Und wir werden in Zukunft sehr behutsam mit dem Privatleben eines RCMP-Beamten umgehen, nicht wahr?«

»Ich weiß nicht, ob ich Sie richtig verstehe.«

Ein Mann in einem schwarzen Saab schoss an ihr vorbei nach vorne und hatte auch noch die Stirn, ihr ein paar Flüche zuzurufen. Für einen Moment wollte sie ihn rauswinken, auch wenn sie in Montreal nicht zuständig war.

»Ich glaube, Sie wissen ganz genau, was ich meine«, sagte Musgrave. »Mir ist noch kein Polizist untergekommen, dem es gefallen würde, wenn man sein Privatleben ans Licht der Öffentlichkeit zerrt, ich nicht, Ihr Partner nicht und Craig Simmons nicht – oder sind Sie vielleicht eine fromme Ausnahme?«

»Heißt das, Sie wissen Bescheid? Ich meine, Sie wissen, dass der Corporal –«

»Machen Sie genau da einen Punkt, Delorme. Ich weiß

alles über meine Männer – und Frauen –, was ich über sie wissen muss. Ich möchte nur noch einmal ein gegenseitiges Einvernehmen unterstreichen, das doch hoffentlich zwischen uns besteht? Muss ich mehr sagen?«

»Nein«, sagte Delorme. »Sie haben sich wie immer klar und deutlich ausgedrückt.«

»Viel Spaß in Montreal«, sagte Musgrave. »Hübsche Stadt.«

Die Theroux-Adresse war auf der Rue St-Hubert in Villeray, fast genau in der Mitte von Montreal. Obwohl die Gegend vorwiegend französisch war, bemerkte Delorme auch Schilder auf Italienisch, Portugiesisch und Arabisch. Die Fußgänger schienen eine Mischung aus Studenten und Arbeiterklasse zu sein. Verstaubte alte Stoffgeschäfte wechselten sich mit neuen Boutiquen und winzigen Cafés ab.

Delorme parkte das Zivilfahrzeug der RCMP vor einem Kurzwarenladen. Nummer 7540, die Adresse, nach der sie suchte, befand sich einen halben Block weiter südlich, inmitten einer Brut kleiner, quadratischer Häuschen, die sich wie zum Schutz hinter einer griechisch-orthodoxen Kirche aufreihten. Sie klingelte an der Tür, nachdem sie die zwei Messingschilder daneben gelesen hatte. Auf dem einen stand *Theroux*, auf dem anderen *Beau Soleil*. Während sie wartete, fing es zu regnen an.

Die Tür wurde von einer rundlichen Frau im mittleren Alter geöffnet, das Gesicht von dunklen Locken gerahmt. »Oui?«

»Madame Theroux?«

»Oui?«

Delorme erklärte ihr auf Französisch, sie sei eine Polizistin aus Nordontario und bei einem Fall dringend auf Unterstützung angewiesen und sie glaube, dass Mr. Theroux ihr weiterhelfen könne. Aus dem Hintergrund drang das Geschnatter und Geschrei von Kindern. Auf ein krachendes Geräusch folgte das Brüllen eines zornigen Kleinkinds.

»Tut mir leid«, sagte die Frau. »Aber mein Mann redet nicht mit der Polizei.«

Ein kleiner, geschmeidiger Mann mit dunklen Augen und dunklem, leicht angegrautem Haar erschien hinter ihr und schlüpfte in seine Jacke. »Hauen Sie ab«, fauchte er Delorme an, »Sie haben doch gehört, was meine Frau gesagt hat.«

»Niemand will Ihnen was«, sagte Delorme. »Ich brauche nur ein paar Auskünfte.«

»Ach ja? Nur ein paar Auskünfte? Ist das alles?« Der Mann schob sie zur Seite und ging die Eingangstreppe hinunter. »Auskünfte haben was Tödliches an sich.«

Er sprang in seinen Lkw und fuhr davon.

»Tut mir leid«, sagte die Frau. »Aber ich sagte ja bereits ...«

»Ja, das haben Sie«, erwiderte Delorme. »Darf ich vielleicht Ihr Telefon benutzen, um mir ein Taxi zu rufen? Mein Partner hat den Wagen.«

Die Frau machte die Tür weiter auf. Delorme trat in eine Eingangsdiele, in der ein Klavier und ein paar Plastikstühle standen. Rechts, hinter einer Flügeltür, führte eine junge Frau in sehr engen Jeans eine Gruppe Vorschulkinder in einem Reigen zu »Bonhomme, Bonhomme« an.

»Das Telefon ist in der Küche. Hier lang.«

Delorme trennte die Verbindung in dem Moment, in dem sie wählte. Als das Freizeichen kam, bestellte sie ein Taxi. »Wie lange? Schneller geht es nicht? Ja, ich weiß auch, dass es regnet. Na schön. Danke.«

Mrs. Theroux machte ein Tablett mit Apfelsaft und Pfeilwurzkeksen fertig, das sie ins angrenzende Esszimmer brachte. Überall hingen Kinderzeichnungen an den Wänden. Einige davon enthielten kindliche Liebeserklärungen – »Je t'aime, Françoise!«, »Ma deuxième mère« und Ähnliches mehr – mit den entsprechenden Rechtschreibfehlern. Im ganzen Haus roch es nach Suppe und Gebäck. Es war kaum vorstellbar, dass hier ein Terrorist wohnte, selbst ein ehemaliger Terrorist.

»Das Taxi braucht leider eine halbe Stunde«, sagte Delorme.

»Immer das Gleiche, wenn es regnet. Möchten Sie eine Tasse Kaffee?«

»Oh, nein, nicht nötig. Bitte tun Sie, als wäre ich nicht da.«

»Das kann ich nicht, Sie sind nun mal in meinem Haus. Nehmen Sie einen Kaffee.«

»Danke. Sehr freundlich von Ihnen.«

So, wie sie den Kaffee einschenkte, die Milch dazugoss, war Françoise Theroux der Inbegriff von Häuslichkeit – rundlich, beinahe matronenhaft, die Art von Frau, die Reporter auf der Straße interviewen würden, wenn sie wissen wollen, wie eine Mutter die örtliche Schulbehörde findet. Der Kaffee war dunkel und aromatisch, ohne jeden bitteren Beigeschmack. Delorme fühlte, wie das Koffein an ihren Nervensträngen die Lichter aufgehen ließ.

»Wann dürfte ich wohl am besten wiederkommen?«, sagte sie. »Ich fürchte, es ist äußerst wichtig, dass ich mit Ihrem Mann rede.«

»Bitte kommen Sie nicht wieder.« Ein Schatten huschte über das Gesicht der Frau. »Bernard hat dreißig Jahre lang nichts mit irgendwelchen kriminellen Machenschaften zu tun gehabt.«

»Ich weiß. Das, worüber ich mit ihm sprechen will, liegt dreißig Jahre zurück. Die FLQ, die Oktoberkrise.«

»Sie dürfen nicht wiederkommen. Bernard wird wahnsinnig, wenn er die Polizei nur von weitem riecht. Das erinnert ihn an damals, und er möchte das alles einfach vergessen. Vielleicht kann ich Ihnen helfen. Vermutlich wissen Sie, dass ich auch bei der FLQ war.«

»Aber Sie wurden niemals angeklagt.«

»Nein. Bernard hat mich immer aus den gefährlicheren Unternehmungen rausgehalten.«

»Ich wüsste gerne, ob Sie für mich die Leute auf diesen Bildern identifizieren könnten.« Delorme zeigte ihr Miles Shackleys Foto von seinem gefälschten Führerschein und das Aktenfoto, das Musgrave ihr zur Verfügung gestellt hatte. »Können Sie mir sagen, wer dieser Mann ist?«

»Nein. Der kommt mir nicht bekannt vor. Wer ist das?«

»Ich komm drauf zurück. Und die hier?«

Mrs. Theroux nahm das Gruppenfoto in die Hand. »Ach, sehen die jung aus! Sie waren ja auch jung! Der hier vorne ist Bernard – er muss damals neunzehn gewesen sein. Mein Gott, wie mager er da ist. Der an der Seite, mein Gott, das ist Yves Grenelle.«

»Yves Grenelle?«

Mrs. Theroux hatte unwillkürlich die Hand vor den Mund gelegt.

»Wer ist Yves Grenelle?«

»Nein, das ist er nicht. Ich muss mich vertan haben.«

»Aber Sie waren sich sicher, dass es Yves Grenelle ist. Wollen Sie mir nicht einfach erzählen, was Sie von ihm wissen?«

»Das kann ich nicht. Ich kann Ihnen nicht weiterhelfen.«

»Nein. Ich muss Sie über diesen Mann befragen.« Delorme hielt Miles Shackleys Bild von 1970 hoch. »Sagt Ihnen der Name Miles Shackley etwas?«

»Nein, und ich erkenne den Mann auch nicht wieder.«

»Es gibt zweierlei, das Sie wissen sollten, bevor Sie mir antworten, Mrs. Theroux. Zum einen, dass dieser Mann vor weniger als einem Monat bei Ihnen angerufen hat. Zum anderen, dass er ermordet wurde.«

Mrs. Theroux sah eine Weile lang zur Decke hoch und atmete schwer. Sie stand auf und ging nach nebenan, um die Tassen und Kekse wegzubringen. Kinderstimmen riefen ihren Namen, bettelten, sie solle zu ihnen kommen und mit ihnen zeichnen. Sie kam in die Küche zurück und stellte energisch das Tablett auf die Arbeitsplatte.

»Bernard hat nie jemanden umgebracht«, sagte sie. »Er hatte nichts mit einem Mord zu tun.«

»Entschuldigen Sie, aber Ihr Mann wurde im Mordfall Raoul Duquette verurteilt. Und er hat ein Geständnis abgelegt.«

»Er wurde wegen Menschenraubs verurteilt, nicht wegen Mordes. Und sein Geständnis wurde nicht vor Gericht verwendet.«

»Mrs. Theroux. Ein Mann, von dem bekannt ist, dass er in die Oktoberkrise verwickelt war, hat letzten Monat bei Ihnen angerufen. Dieser Mann ist jetzt tot. Ihr Mann war schon einmal in einen Mordfall verwickelt. Es wäre möglich, dass er auch diesmal etwas damit zu tun hat.«

»Hören Sie: Mein Mann hat niemals irgendjemanden ermordet. Ich sag's noch einmal. Bitte notieren Sie sich das. Schreiben Sie's in Ihr Notizbuch, in Ihren Computer, meißeln Sie es irgendwo ein – irgendwo, wo Sie es nicht vergessen können, denn das ist die reine Wahrheit: Mein Mann hat niemals jemanden getötet.«

»Sie beziehen sich auf Raoul Duquette?«

Mrs. Theroux gab einen langen Seufzer von sich und ließ sich in einen Sessel fallen. »Ja. Ich meine Raoul Duquette.«

»Die Gerichtsmedizin hat nachgewiesen, dass er erdrosselt wurde. Ihr Mann hat ausgesagt, dass er Duquette zu Boden gehalten habe, während Daniel Lemoyne ihn erdrosselte.«

»Sie haben ein Bild von Bernard. Er war neunzehn. Er wog 120 Pfund. Wissen Sie, wie groß Duquette war? Er war eins achtundneunzig, wog 190 Pfund, ein ehemaliger Football-Spieler. Mein Mann hat ihn nicht zu Boden gedrückt.«

»Mrs. Theroux, dem Minister waren die Hände auf dem Rücken gefesselt. Er war bereits eine Woche in Gefangenschaft.«

Ein kleiner Junge kam in die Küche marschiert und hielt ein Stück Zeichenpapier wie ein Geschenk vor sich. »Françoise, ich hab ein Bild für dich.«

»Oh, das ist wunderschön, Michel«, sagte Mrs. Theroux und neigte sich vor, um das verschwommen blaue Wasserfarbengemälde besser zu sehen. »Wer ist das auf dem Bild?«

»Das ist mein Vater. Er ist Polizist.«

»Dann musst du es Officer Delorme hier zeigen – sie ist auch bei der Polizei.«

Der Junge staunte Bauklötze. »Du bist bei der Polizei?«

»Ja, ich bin Polizistin.«

»Vermutlich hat er noch nie eine Polizistin gesehen. Michel, willst du Officer Delorme dein Bild auch mal zeigen?«

Der Junge drehte sich langsam zu Delorme um und hielt unsicher das Bild hoch. Es bestand aus zwei blauen Farbklecksen und einem kräftigen schwarzen Strich.

»Das ist sehr gut«, sagte Delorme. »Man sieht, dass er ein ausgezeichneter Officer ist.«

Der Junge wandte sich wieder zu Mrs. Theroux um, das Bild hatte er vergessen. »Françoise, liest du uns jetzt was vor?«

»Gleich, Michel.« Mrs. Theroux schloss die Tür hinter ihm. Sie bot Delorme noch Kaffee an und schenkte sich, als ihr Gast dankend ablehnte, selbst noch einmal ein. Sie setzte sich wieder an den Tisch und rührte langsam in ihrer Tasse. »Ich will nicht, dass Sie noch mal wiederkommen«, sagte sie endlich. »Unser Frieden hier ist zu brüchig, zu schwer erkauft. Gewisse Erinnerungen sind wie Erdbeben, sie können jederzeit wieder hervorbrechen. Also, ich werde Ihnen alles erzählen, was ich weiß, und ich will nicht, dass Sie meinen Mann damit quälen. Und dann will ich Sie nie wiedersehen.«

»Ich weiß nicht, was Sie mir erzählen werden. Ich kann Ihnen nichts versprechen.«

»Ich hätte Ihnen auch nicht geglaubt, wenn Sie mir Versprechungen gemacht hätten. Aber ich werde Ihnen erzählen, was damals wirklich passiert ist, und dann brauchen Sie nicht wiederzukommen. Falls Sie es doch tun, werden Sie kein Wort mehr aus mir herausbekommen. Niemand kennt die wahre

Geschichte. Es war, als ob sie sich bereits auf eine Version verständigt hätten, bevor überhaupt jemand verhaftet wurde. Aber hören Sie mir gut zu, ich erzähle Ihnen, wie es wirklich war.

Zuallererst mal müssen Sie begreifen, dass wir alle zueinander absolut loyal waren. Das galt für jeden von uns in der FLQ, wir waren absolut und unerschütterlich loyal, aber Bernard und Daniel Lemoyne ganz besonders. Sie lernten sich damals bei einer Demo kennen. Bei einer davon – vielleicht war es die für die Seven-Up-Arbeiter, ich weiß nicht, oder vielleicht die Taxifahrer – jedenfalls wurde Bernard verletzt und blutete am Kopf, wo so ein Bastard von Polizist ihn mit dem Gummiknüppel getroffen hatte. Tut mir leid, aber –«

»Schon in Ordnung. Ich habe keinerlei Sympathie für gewalttätige Cops.«

»Jedenfalls, da sitzt er nun blutig geschlagen in einem Gefangenenwagen. Daniel Lemoyne hat sein eigenes Hemd zerrissen, um daraus einen Verband für ihn zu machen.«

»Waffenbrüder«, sagte Delorme.

»Waffenbrüder, ganz richtig.« Sie hielt zwei gekreuzte Finger in die Luft. »Sie wurden unzertrennlich. Aber es vergeht kein Tag, an dem ich nicht wünschte, sie wären sich nie begegnet. Ich kann nicht sagen, wie es bei Lemoyne wäre – ich glaube, er wäre immer gleich gewesen, egal, mit wem er zusammen war –, aber ich bin sicher, dass Bernard niemals jemanden entführt hätte, wenn er Lemoyne nicht begegnet wäre. Bernard war immer für Gemeinschaftsaktionen, er wollte Leute mobilisieren. Geheime Verschwörungen waren seine Sache nicht. Aber irgendwie wurde es eine gemeinsame Obsession, dieses Kidnapping.«

»Eine Obsession, die sie mit Yves Grenelle teilten, nicht wahr? Wieso ist sein Name bisher nie aufgetaucht?«

»Yves Grenelle wurde nie geschnappt, nie für irgendetwas vor Gericht gestellt.« Die Frau nahm plötzlich einen anderen

Gesichtsausdruck an. Sie blickte auf ihre Hände herab, als ob sie darin einen zerbrechlichen Bildschirm hielt, auf dem die Ereignisse aus ihrer Jugend abgespielt wurden. »Das war Teil der Abmachung, verstehen Sie.«

»Abmachung?«

»Unter den Mitgliedern der Zelle. Es war wie Blutsbrüderschaft. Die Abmachung war, dass jemand, der der Polizei entwischte, niemals erwähnt wurde – nicht gegenüber den Cops, nicht gegenüber der Presse, gegenüber niemandem. Es sollte so sein, als hätte er oder sie nie existiert.

Und genau das passierte mit Yves Grenelle. Er wurde nicht zusammen mit den anderen geschnappt. Nachdem Raoul Duquette ermordet worden war, war er wie vom Erdboden verschluckt. Seitdem hat nie wieder jemand von ihm gehört. Wahrscheinlich hat er sich nach Frankreich abgesetzt – das haben viele getan, als ihnen der Boden hier zu heiß unter den Füßen wurde. Meistens kamen sie zurück. Aber von Grenelle hat man nie wieder etwas gesehen.«

»Wie kam er in die Zelle, dieser Grenelle? War er ein Freund Ihres Mannes? Von Lemoyne?«

»Er muss ein Freund von Lemoyne gewesen sein. Bernard kannte ihn nicht. Ich glaube, Simone Rouault hatte ihn ein, zwei Jahre davor mit Lemoyne bekannt gemacht. Mit der sollten Sie reden, wenn Sie was über Mitgliederwerbung wissen wollen. Sie war so schön, sie hätten Poster von ihr machen können, und die Mitgliederzahlen hätten sich über Nacht verdreifacht. Sie brachte eine Menge junge Männer rein. Sie gab der Revolution ein hübsches Gesicht, einen schönen Mund. Und natürlich ist sie mit jedem ins Bett gegangen.«

»Den Namen hab ich schon gehört. Haben Sie ihr nahe gestanden?«

»Wir kamen ganz gut miteinander aus. Aber wir sind uns nicht oft über den Weg gelaufen, weil wir immer darauf geachtet haben, nicht zusammen gesehen zu werden. Aber die war schon was, ein richtiges Original.« Bei der Erinnerung schüttelte Mrs. Theroux den Kopf. »Sie trank grundsätzlich nichts anderes als Champagner. Französischen Champagner - Veuve Cliquot, darunter tat sie's nicht. Und sie rauchte unentwegt Gitanes. Ich hasse die Dinger. Sie stinken wie Zigarren. Ich sag Ihnen was, wenn Sie mit Simone reden wollen, nehmen Sie ihr eine Flasche Veuve Cliquot mit, und sie erzählt Ihnen ihre Lebensgeschichte.«

»Aber Simone war bei der Befreiungs-Zelle, bei der, die Hawthorne entführt hat, nicht wahr? Da kann sie Grenelle doch eigentlich nicht begegnet sein.«

»Oh, und ob sie das konnte. Grenelle war der Verbindungsmann zwischen den Zellen. Er ging zwischen ihnen hin und her. Ein Großmaul, dieser Grenelle, hatte den Kopf immer voller Ideen, wollte ständig Action, wollte, dass es voranging. Bernard und sogar Lemoyne waren, ich weiß nicht, besonnener.«

»Und wie hat Grenelle es geschafft, nicht geschnappt zu werden?«

»Zum Teil durch meinen Mann. Bernard ist Zimmermann, wie sein Vater. Bevor sie Duquette entführt haben, hatten sie sich ein anderes Haus als sicheres Versteck besorgt. Irgendwo am Südufer. Bernard hat in einen Kleiderschrank eine zweite Wand eingebaut. Das war ihr ganzer Fluchtplan. Aus heutiger Sicht wirkt es ziemlich jämmerlich, aber, sehen Sie, sie hatten niemals vor, jemanden zu töten, und so haben sie auch keinen detaillierten Fluchtplan entwickelt.«

»In den Kommuniqués stand was anderes. Sie haben vom ersten Tag an gedroht, Duquette umzubringen.«

»Sie haben verhandelt. Ihre Geisel als Druckmittel eingesetzt. Sie glauben mir nicht, aber es ist die Wahrheit - dreißig Jahre danach habe ich keinen Grund zu lügen. Sie waren über die Reaktion der Regierung vollkommen bestürzt. Dass sie die Bürgerrechte außer Kraft setzen. Die Armee rufen. Das hatte niemand kommen sehen. Bernard und Daniel dachten, sie hätten ziemlich gute Chancen, ein paar der politischen Gefangenen rauszubekommen. Niemand hätte gedacht, dass die Regierung die Geiseln sterben lassen würde. Schlimmstenfalls, dachten sie, würden sie selber freies Geleit nach Kuba oder Algerien oder sonst wohin bekommen.«

»Wären Sie mit Ihrem Mann nach Kuba gegangen?«

»Ja, natürlich. Oder Algerien. Egal, wohin.« Mrs. Theroux zuckte die Achseln. »Ich war jung.«

»Und Sie gingen nie davon aus, dass sie jemanden töten würden. Nicht einmal, als sie einen Provinzminister wie Duquette entführten?«

»Nein, das hätte ich nie für möglich gehalten. Keine Sekunde lang.« Sie stand auf und sah aus dem Fenster. Wahrscheinlich nur, um ihr den Rücken kehren zu können. »Das Taxi braucht aber lange.«

»Ja, wenn sie nicht innerhalb der nächsten paar Minuten kommen, werde ich noch einmal anrufen.«

Die Tür ging auf, und ein kleines Mädchen kam herein, das Gesicht untröstlich. »Sasha hat schon wieder Farbe über mein ganzes Bild geschüttet.«

»Also, das ist wirklich schlimm, Monique.« Mrs. Theroux lehnte sich vor und legte dem Mädchen eine Hand auf die Schulter. »Ich bin sicher, dass er es nicht absichtlich getan hat.«

»Hat er doch! Sasha ist gemein!«

»Also, jetzt gehst du bitte zurück und sprichst mit Danielle. Du weißt, du kannst jederzeit ein neues Bild malen.«

»Will ich aber nicht!«

»Na ja, aber rede mit Danielle.«

Mrs. Theroux hielt ihr die Tür auf, und aus dem Zimmer nebenan drang ein Schwall Kinderlärm herein. Sie setzte sich wieder Delorme gegenüber und rührte so lange in ihrem Kaffee herum, dass Delorme meinte, er müsse gänzlich verdampfen.

»Mir ist nie in den Sinn gekommen, dass Bernard in einen Mord verstrickt werden könnte. Ich kenne meinen Mann. Ich kenne ihn jetzt, und ich kannte ihn damals. Statuen in die Luft jagen, ja. Unternehmen angreifen, ja – mitten in der Nacht, wenn niemand drin war und alle vorgewarnt waren. Aber jemanden kaltblütig umbringen, niemals. Das steckt einfach nicht in ihm.« Sie runzelte die Stirn und rieb sie sich, als könne sie so die Erinnerungen wegwischen.

»Nach vier oder fünf Tagen standen alle wirklich unter größtem Druck. Die Armee und die Polizei waren allgegenwärtig. Die drei Männer versuchen, einen Entschluss zu fassen, was sie tun sollen. Grenelle, der Angeber, ist ganz und gar dafür, Duquette zu töten, aber Lemoyne und Bernard brauchen Zeit zum Nachdenken. Sie gehen zu einem Freund, einem von den Sympathisanten, um sich zu beratschlagen, nur die beiden, während Grenelle zurückbleibt, um den Minister zu bewachen. Nach einer langen, hitzigen Debatte kommen sie zu dem Schluss, dass ihnen die Ermordung ihrer Geisel nichts einbringt. Die Armee war überall, die Regierung lehnte alle Verhandlungen ab, es sah so aus, als stünden sie auf verlorenem Posten, verstehen Sie? Sie beschlossen, Duquette nicht zu töten.

Sie gehen zu dem Haus zurück, um Grenelle ihre Entscheidung mitzuteilen. Sie kommen rein, sie finden ihn in der Küche. Er starrt aus dem Fenster, sagt kein einziges Wort – was für ihn ungewöhnlich war, dieses Großmaul. Und da sitzt er nun und starrt aus dem Fenster, hat Bernard mir erzählt, als ob ihm jemand mit dem Hammer auf den Kopf geschlagen hätte.

Sie sagen ihm, sie hätten beschlossen, Duquette nicht zu töten. Sie sagen ihm auch, warum. Sie legen ihm das Für und Wider dar. Sie sagen ihm, dass es eine schwere Entscheidung war, aber dass sie sie für die einzig richtige halten. Die ganze Zeit sagt Grenelle nichts. Nicht ein Wort. Er starrt nur weiter aus dem Fenster.

Endlich dreht er sich zu ihnen um. Mustert sie von oben bis unten und schüttelt den Kopf.

›Was hast du?‹, fragen sie. ›Was ist los? Wenn du anderer Meinung bist, dann sag's. Hör nur endlich auf, wie ein stummes Kalb aus dem Fenster zu starren. Spuck's aus.‹

›Ihr kommt zu spät‹, sagt er.

›Zu spät‹, sagen sie, ›was willst du damit sagen?‹

›Ich hab ihn getötet‹, sagt Grenelle und bricht in Tränen aus. Dieser große, starke Kerl, Mr. Action, heult wie ein kleines Kind. Bernard und Lemoyne stürzen ins andere Zimmer und sehen, dass es wahr ist. Duquette liegt zusammengekrümmt unter dem Fenster – kein Atem, kein Puls, und dieser schreckliche Bluterguss am Hals. Das Fenster ist zerbrochen, und das Zimmer ist durcheinander, als ob es einen Kampf gegeben hätte.

Sie gehen in die Küche zurück, wo Grenelle immer noch schluchzt. Irgendwann können sie ihn beruhigen.

›Sag, was passiert ist‹, fordert Bernard ihn auf. ›Er hat versucht zu fliehen?‹

Grenelle sagt ihnen, dass Duquette es irgendwie geschafft hat, die Stricke loszubekommen. Grenelle ist in der Küche und hört die Nachrichten. Plötzlich hört er, wie etwas kracht. Er rennt ins Schlafzimmer und sieht, wie Duquette schon halb aus dem Fenster ist. Grenelle zieht ihn wieder rein, doch Duquette kämpft wie ein wildes Tier, schlägt hysterisch um sich. Grenelle zeigt ihnen sein Auge, das gerade anfängt blau anzulaufen. Jedenfalls kämpfen er und Duquette, und irgendwann schafft es Grenelle, ihn flach auf den Bauch zu legen. Er zieht wie wahnsinnig an Duquettes Pullover. Er will den Mann nur zur Ruhe bringen, außer Gefecht setzen. Er lockert seinen Griff, und Duquette wehrt sich erneut. Also zieht er wieder den Pullover nach hinten. Diesmal ist er entschlossen, mit dem Kerl fertig zu werden. Er lehnt sich mit seinem ganzen Gewicht zurück, so dass der Halsausschnitt Duquette die Kehle zuschnürt. Das war's. Duquette wird bewusstlos, Grenelle schnappt sich den Strick und bindet ihm wieder die Hände zusammen. Das einzige Problem ist, dass Duquette nicht bewusstlos ist – er ist tot.

Grenelle erzählt ihnen das alles und fängt wieder an zu heulen. Der hartgesottene Revolutionär, plötzlich ist er Mamas Söhnchen. Die anderen beiden sind furchtbar aufgeregt, aber sie verstehen andererseits, wie es hatte passieren können. Sie müssen alles neu überdenken.«

»Das können Sie laut sagen«, warf Delorme ein. »Erklären sie nun Duquettes Tod zu einem Unfall, so dass sie als Tollpatsche und Dilettanten dastehen? Oder stellen sie es als eine Hinrichtung dar, so dass sie skrupellos erscheinen – grausam, aber Revolutionäre?«

»Genau. Sie beschlossen, als Revolutionäre dazustehen. Sie würden sich an den ursprünglichen Plan halten. Die ganze Zelle übernimmt die kollektive Verantwortung, egal, wer geschnappt wird und wer entwischt. Sie wollen sagen, dass es eine Gruppenaktion war.

Also schaffen sie die Leiche in den Kofferraum eines Autos und fahren zum St.-Hubert-Flughafen. Sie sagen den Medien, wo sie sie finden. Dann flüchten sie zu ihrem sicheren Haus am Südufer. Drei Wochen später findet die Polizei das Haus, und alle drei schaffen es, sich hinter die falsche Rückwand des Schranks zu zwängen. Sie waren die ganze Zeit da drin, während die Polizei das Haus durchsuchte, und hörten jedes Wort mit an. Irgendwann rückte der Trupp wieder ab, sie warteten noch einmal zwölf Stunden und türmten mitten in der Nacht. Die Polizei hatte keine Wachposten zurückgelassen, und so konnten sie einfach durch die Hintertür verschwinden.

Bernard und Lemoyne wurden innerhalb einer Woche geschnappt, als sie sich wie Penner in einer Scheune versteckt hielten. Grenelle entkam.« Mrs. Theroux seufzte tief und biss sich auf die Lippen.

Delorme sprach leise. »Wieso haben Sie das bis jetzt niemandem erzählt?«

»Zunächst einmal wegen des Treueschwurs. Und Bernard wollte, dass ich es niemandem erzähle. Er wollte die Geschichte so lassen, wie sie war.« Aus dem angrenzenden Zimmer war das wütende Gebrüll von Kindern zu hören. »Nicht so laut da drüben, Sasha! Andere Leute wollen sich unterhalten!«

»Ist einer von Ihnen je auf den Gedanken gekommen, dass Grenelle vielleicht gelogen hat? Vielleicht ahnte er, dass seine Waffenbrüder schwankten – in seinen Augen Schwäche zeigten –, und um die Revolution zu retten, nahm er die Sache selbst in die Hand und tötete Duquette.«

»O ja. Das ist jedem in den Sinn gekommen, ungeachtet seiner Tränen. Grenelle war immer der größte Hitzkopf. Derjenige, der mehr Aktionen wollte, größere Explosionen, mehr Schlagzeilen. Ich hab das sogar während des Prozesses bei Bernard angeschnitten. Zuerst wollte er nicht einmal an die Möglichkeit denken, und später, im Gefängnis, meinte er, dass es keine Rolle mehr spielte. Sie dürfen nicht vergessen, dass mein Mann nur wegen Kidnappings, nicht wegen Mordes verurteilt worden war.«

»Da ist noch etwas anderes«, sagte Delorme. »Wenn Grenelle ein solcher Heißsporn war, so ein Revolutionär, wieso hat er es nicht an die große Glocke gehängt, dass er die Geisel getötet hat? Wieso gibt er sich damit zufrieden, es als Unfall hinzustellen? Schließlich ist es in seinen Augen eine Kriegshandlung, nicht wahr? Ist er nicht schließlich ein Held?«

»Ja, sicher, er hat immer mit seinen Heldentaten geprahlt, den Bomben und alldem. Er hat immer gerne für alle gewalttätigen Aktionen der Zelle selber den Ruhm eingestrichen. Ich meine, er hat sie auch meistens dazu angestachelt, warum also auch nicht?«

»Statt sich genauso mit der Ermordung Duquettes zu brüsten, bricht er in Tränen aus. Nach allem, was Sie sagen, passt das nicht zu ihm.«

Mrs. Theroux zuckte die Achseln. »Vielleicht ist das eine normale Reaktion. Ich kann das nicht beurteilen, ich habe nie jemanden getötet.«

Delorme ja. Eine Serienkillerin namens Edie Soames. Noch Wochen danach war sie den Tränen nahe gewesen und hatte unter Depressionen gelitten.

»Dieses Taxi – ich glaube beinahe, Sie haben gar keins gerufen.«

»Ich glaube, ich geh dann mal, der Regen lässt nach. Danke für den Kaffee.« Delorme zog ihren Mantel an. »Sie sagen, Ihr Mann wollte nicht darüber nachdenken, ob Grenelle Duquette vielleicht absichtlich umgebracht hatte. Haben Sie eine Ahnung, wieso? Ich könnte mir denken, dass es seiner Selbstachtung als Revolutionär gut getan hätte.«

Mrs. Theroux war zusammen mit Delorme aufgestanden. Jetzt wandte sie sich ein wenig ab und zerknüllte ihre Schürze in den Händen. Sie sah aus dem Fenster, an dessen oberem Rand die Eiszapfen tropften.

»Hat er nie mit Ihnen über andere Möglichkeiten gesprochen?«

Mrs. Theroux schüttelte energisch den Kopf.

»Hat er zum Beispiel – ich weiß nicht – hat er nie etwas über den Schauplatz erzählt? Das Schlafzimmer, als er und Lemoyne zurückkamen und Duquette tot vorfanden? Hat er nie erwähnt, wie es aussah? Ob es zu dem passte, was Grenelle ihnen über den Fluchtversuch erzählt hatte, das zerbrochene Fenster, den Kampf?«

»Mein Mann war neunzehn, er war Zimmermann, kein Gerichtsmediziner.«

»Sicher. Aber wenn man den Ernst der Situation berücksichtigt, was es für ihr persönliches Leben bedeutete – oder für die politische Situation –, müssen sie doch darauf gebrannt haben, ganz sicher zu wissen, was stimmte und was nicht. Schließlich sind Ihr Mann und Lemoyne für zwölf Jahre ins Gefängnis gegangen. Wenn Grenelle nicht gewesen wäre, wäre es vermutlich bei Kuba und ein paar Jährchen danach geblieben. Was ich daher wissen möchte, ist, ob es am Tatort irgendetwas gegeben hat, das Ihren Mann vielleicht misstrauisch gemacht hat, das Grenelle in einem anderen Licht erscheinen ließ?«

»Ich weiß nicht, worauf Sie hinauswollen.«

»Ich glaube, das wissen Sie sehr gut. Ich glaube, das lässt Sie seit dreißig Jahren nicht los.«

»Sie gehen jetzt besser. Bernard hatte recht, wir haben nichts zu gewinnen, wenn wir mit Cops reden, aber alles zu verlieren.«

»Wieso hat Miles Shackley hier angerufen, Mrs. Theroux? Weniger als einen Monat bevor er ermordet wurde.«

»Ich sagte Ihnen bereits: Ich kenne keinen Miles Shackley. Aber irgendjemand hat tatsächlich vor einem Monat hier angerufen. Ein Fremder. Er hat sich als Yves Grenelles Cousin aus Trois-Rivières vorgestellt. Bernard sagt, Grenelle käme tatsächlich aus Trois-Rivières, ob er allerdings irgendwelche Cousins hatte oder nicht, wer weiß das schon? Jedenfalls sagte dieser Cousin, sein Vater sei gestorben und ein Teil des Grundbesitzes solle an Yves gehen, ob wir wüssten, wo er ihn finden kann. Wir waren sogar misstrauisch, aber wer würde jetzt noch nach ihm suchen? Die RCMP? Die wussten nicht mal von seiner Existenz.«

»Was haben Sie ihm gesagt, dem Fremden, der nach Grenelle suchte?«

»Bernard ist drangegangen. Er hat ihm gesagt, er hätte noch nie von einem Yves Grenelle gehört.«

Delorme warf einen letzten Blick auf die Küche, die Kinderzeichnungen und ließ noch einmal die Atmosphäre harmloser Häuslichkeit auf sich wirken. »Danke«, sagte sie. »Ganz herzlichen Dank.«

»Mein Mann wird niemals mit Ihnen sprechen, und jetzt habe ich Ihnen alles gesagt, was ich weiß. Ich hoffe, Sie kommen nicht wieder.«

»Nein, das wird nicht nötig sein.«

Mrs. Theroux verschwand, auf Geheiß einer Abordnung von drei Kleinkindern, in einem anderen Zimmer, um ihre Pflicht als Chefvorleserin des Beau Soleil Centre zu erfüllen. Delorme zog die Haustür hinter sich zu.

Draußen hatte der Regen nachgelassen, und die Straßen von Montreal glänzten sauber und wie neu.

21

Als Cardinal nach seinem nutzlosen Besuch bei dem ehemaligen Korporal Sauvé in die Stadt zurückfuhr, rief er Catherine an, von der er erfuhr, dass sein Vater aus dem Krankenhaus entlassen worden und nun wieder zu Hause war.

»Ich hab ihn gebeten, erst mal zu uns zu kommen, aber er wollte nichts davon hören. Ich hab es nicht forciert. Du weißt ja, wie er ist.«

»Wie geht's ihm deiner Meinung nach?«

»Nicht schlecht, wenn man bedenkt ... Ein bisschen wacklig auf den Beinen, aber er ist ein zäher alter Bursche.«

Cardinal erzählte ihr, dass er vermutlich am nächsten Tag zurück sein würde.

»Du solltest nicht zu lange warten. Es regnet, und wie's aussieht, bekommen wir noch eine Schicht Eis. Könnte ziemlich scheußliches Reisewetter geben.«

Cardinal hatte sich mit Delorme in einem Café auf der St-Denis verabredet, aber er war etwas früher da, und es nieselte schon wieder, und so stellte er sich in einer der Malls unter der Ste-Catherine unter. Natürlich haben die meisten modernen Städte solche unterirdischen Einkaufszentren, und in Städten mit langen Wintern erfreuen sie sich besonderer Beliebtheit. Doch Montreal verbirgt eine ganze Zivilisation unter seinen Straßen. Geschäfte aller Art – Apotheken, Kaufhäuser, Tabakhandlungen, Pelzläden – reihen sich meilenweit aneinander. Cardinal verstand, wieso, besonders an einem Regentag wie diesem und noch mehr bei dreißig Grad minus – aber Spaß machte es ihm nicht. Unter der Erde fühlte er sich, trotz der üppigen Dekorationen, bedrückt, und in der Beleuchtung sahen die Passanten erschöpft und unzufrieden aus.

Er gelangte an eine Kreuzung so groß wie ein Flughafen und sah sich die Straßenschilder genau an; unter der Erde war es schwer, sich zu orientieren. Ein Kosmetikladen fiel ihm ins Auge, und er stand eine Weile vor dem Schaufenster und überlegte, ob es etwas gab, das er Catherine mitbringen konnte. Er entdeckte ein Eau de Cologne namens Torso, mit einer entsprechenden Flasche, aber es erinnerte ihn zu sehr an Autopsien.

Um eins verließ er die Mall und traf, wie verabredet, Delorme im Tasse-Toi-Coffeeshop. Es war eine winzige Crêperie für Touristen. An der Decke hingen Streichholzbriefchen aus aller Welt als Souvenirs. Die Klientel schien gänzlich aus riesigen Texanerinnen zu bestehen.

»Gott, bin ich froh, Sie zu sehen«, sagte er zu Delorme.

»Ich weiß, dass Sie nicht ohne mich leben können, Cardinal. Das ist der einzige Grund, warum ich mitgekommen bin.«

Sie bestellten jeder eine Crêpe Spezial des Tages und einen Kaffee, Cardinal entkoffeiniert.

»Wie lief's bei Bernard Theroux?«

»Ich hab nicht mit ihm, sondern mit Françoise Theroux gesprochen. Ich glaube, das war nur von Vorteil.«

Cardinal hörte ihr schweigend zu und machte sich ein paar Notizen. Er lehnte das Foto der jungen FLQ-Mitglieder gegen seine Kaffeetasse. »Er heißt also Yves Grenelle, und Miles Shackley hat kurz vor seinem Tod nach ihm gesucht. Das heißt, wenn wir Madame Theroux glauben dürfen.«

»Sie ist eine Frau im mittleren Alter mit einer Kindertagesstätte, und sie wünscht sich nichts sehnlicher, als diese Dinge hinter sich zu lassen. Ich denke, wir können ihr glauben. Und was haben Sie aus Sauvé rausbekommen?«

»Nichts.«

»Gar nichts? Und dafür sind Sie extra da rausgefahren?«

»Ich glaube, ihm hat mein Französisch nicht gepasst.«

»Das kann ihm niemand verübeln.«

»Kommt dazu, dass wir nichts haben, womit wir Druck auf den Kerl ausüben können. Er hat seine Zeit abgesessen, er lebt zurückgezogen, was kümmert's ihn, dass ein paar Cops aus Ontario seine Hilfe brauchen? Ich an seiner Stelle würde mich vermutlich genauso verhalten.«

Als die Rechnung kam, sagte Cardinal: »Ganz schön happig für ein bisschen Kaffee. Wieso kommen die damit durch?«

»Sie verlangen das Doppelte, wenn du aus Ontario kommst.«

Sie ließen einen der Wagen am RCMP-Präsidium stehen und fuhren quer durch die Stadt Richtung Hochelaga-Distrikt. Delorme hielt einen Stadtplan auf den Knien ausgebreitet und navigierte Cardinal durch ein kompliziertes Netz von Einbahnstraßen.

»Hätten wir nicht einfach auf der Ste-Catherine bleiben können?«

»Nicht, wenn Sie heute noch ankommen wollen. Da ist es.«

Cardinal bog in eine deprimierende kleine Einbahnstraße ein.

»Wow«, sagte Delorme. »Das ist ja nur ein paar Schritt von den Theroux entfernt.«

Sie dachte noch einmal an das, was Sergeant Ducharme ihnen am Morgen über Simone Rouault gesagt hatte: Simone Rouault war, Zitat, eine ziemliche Nervensäge. Sie war unter anderem – unter so manch anderem – eine Informantin gewesen. Simone Rouault war, sagen wir einmal, kompliziert. Einmal ist sie ganz und gar für die Guten, für Recht und Ordnung – sehen wir zu, dass wir die Mistkerle in ein tiefes Verließ werfen und den Schlüssel wegschmeißen! Das nächste Mal zündet sie am Mount Royal Dynamit. Eine explosive Mischung, diese Frau. Eine überzeugte Separatistin, die als Spitzel für das CAT-Team gearbeitet hat, und wenn Sie das auf die Reihe kriegen, lassen Sie's mich wissen. Höllisch launisch. Fougère kam von ihren Treffen immer zurück wie nach einem K.O. in der fünften Runde. Die gute Nachricht: Bringen Sie Simone Rouault ein gutes Tröpfchen mit, und sie verkauft Ihnen ihre Mutter.

Sie standen vor einem winzigen Doppelhaus mit einem verrosteten roten Balkon, der herunterhing wie ein halb geöffneter Mund. Nach einer Ewigkeit wurde die Tür von einer uralten Frau geöffnet, die sich auf eine Gehhilfe stützte. Aus dem Mundwinkel baumelte ihr eine Zigarette, an deren Spitze vier Zentimeter Asche zitterten.

»Entschuldigen Sie bitte, wenn wir stören«, sagte Delorme auf Französisch. »Wir möchten gerne zu Simone Rouault.«

»Ich bin Simone Rouault. Was wollen Sie?«

Delormes Schnellfeuer-Französisch war zu viel für Cardinal. So ziemlich das einzige Wort, das er verstand, war »Ontario«. Und Ms. Rouaults Antworten konnte er schon gar nicht entschlüsseln. Cardinal blieb hinter Delorme stehen und versuchte, ernst, aber nicht bedrohlich auszusehen.

Endlich trat die Frau beiseite. Cardinal und Delorme traten in ein Zimmer kaum größer als Cardinals Schlafzimmer daheim. »Was ist los mit Ihnen? Sind Sie taubstumm?«

»Leider ist mein Französisch nicht besonders gut.«

»Ontario, typisch. Na schön. Sprechen wir eben Englisch – plumpe Sprache, machen wir das Beste draus.«

Sie bewegte sich schmerzhaft langsam und zur Seite gekrümmt. Langsam ließ sie sich in einen Sessel sinken, der einzigen Sitzgelegenheit außer dem Bett, einer Faltcouch, die sie nicht hochgeklappt hatte; Cardinal bezweifelte, dass sie dafür die Kraft besaß.

»Macht nichts«, sagte Cardinal, »ich kann stehen.«

»Setzen Sie sich schon, Himmelherrgott noch mal. Es ist nur ein Bett. Es beißt nicht. Mich soll der Teufel holen, wenn ich das Ding für Sie hochklappe. Verdammtes Monstrum.«

Als Cardinal und Delorme sich setzten, sank das Bett ein gutes Stück zu Boden.

»Ms. Rouault«, sagte Cardinal, »in den Fall, an dem wir arbeiten, ist mindestens eine Person verwickelt, die 1970 in der FLQ aktiv war, und wir müssten mit Ihnen über diese Zeit reden. Das braucht Sie überhaupt nicht zu beunruhigen. Wir wollen nur ein paar Auskünfte von Ihnen.«

»Beunruhigen? Schätzchen, ich bin nicht beunruhigt. Ich habe ein Dutzend Bomben gelegt, fünfundzwanzig Kommuniqués verfasst, flüchtige Straftäter versteckt, Staatsfeinde unterstützt und begünstigt und sieben Banküberfälle organisiert. Nur zu, verhaften Sie mich.« Sie hielt ihm die verkrümmten, gequälten Handgelenke entgegen.

»Wir sind nicht gekommen, um Sie zu verhaften.«

»Das will ich auch verdammt noch mal hoffen. Dann müssten Sie nämlich gleich die ganze RCMP mit einsperren. Meine Gefährten kamen ins Gefängnis. Meine Liebhaber kamen ins Gefängnis. Selbst mein bester Freund kam ins Gefängnis. Aber ich blieb frei. Dafür gibt es Gründe.«

»Das ist uns bekannt«, sagte Cardinal. »Um ehrlich zu sein, wundert es mich, dass Sie noch in Montreal leben, und unter Ihrem richtigen Namen.«

»Sehen Sie mich an. Was können sie mir jetzt noch anhaben? Reinplatzen und eine kleine alte Dame erschießen? Meinetwegen können sie kommen. Ist mir egal.«

»Nun, wir hoffen, dass Sie uns –«

Sie unterbrach ihn. »Wissen Sie, dass ich eigentlich nicht mit Ihnen reden darf?«

»Die Ereignisse, für die wir uns interessieren, liegen dreißig Jahre zurück. Ich glaube nicht, dass Sie nach so langer Zeit noch Geheimhaltungsvorschriften verletzen.«

»Da ist der CSIS offenbar anderer Meinung. Sie haben mich heute Morgen angerufen und mich angewiesen, Ihnen nichts zu sagen.«

»War das Calvin Squier am Telefon?«

»Er hat mir seinen Namen nicht genannt. Ein älterer Mann. Frankokanadier. Er hat gesagt, ich würde die nationale Sicherheit gefährden, wenn ich Ihnen irgendwelche Auskünfte gäbe. Ich fühle mich denen nicht im Mindesten verpflichtet.

Sehen Sie, wie ich lebe. Ich möchte bezweifeln, dass Detective Lieutenant Jean-Paul Fougère so gelebt hat wie ich – in New Brunswick oder wo sonst zum Kuckuck er seinen Ruhestand verbracht haben mag, bevor er das Zeitliche gesegnet hat. Der CSIS ist der gleiche Haufen unter anderem Namen. Hätten sie nicht angerufen und mir gedroht, hätte ich vielleicht nicht mit Ihnen geredet, aber jetzt können sie mich mal.«

Delorme griff in ihre Tasche und zog die längliche Packung heraus. »Ich hab von Françoise Theroux gehört, dass Sie das hier mögen.«

Die Frau nahm die Packung und betrachtete sie wie einen Gegenstand von äußerster Seltenheit. Museumswürdig. Mit Mühe zog sie die Flasche heraus und hielt sie wie ein Neugeborenes im Arm.

»Geht's ihnen gut, den Theroux?«

»Sie scheinen nicht schlecht zu verdienen.«

»Gott hat Sinn für Humor, nicht? Der Mörder, der verdient gut, und ich bin ein Fall für die Wohlfahrt.«

»Wir müssten etwas über diese Person erfahren«, sagte Cardinal. Er reichte ihr das Bild von Shackley als jungem Mann.

Sie betrachtete es eine Weile ausdruckslos, bevor sie es zurückgab. Ein zartes Lächeln huschte über ihre trockenen, brüchigen Lippen, und sie schüttelte langsam den Kopf hin und her. »Ich könnte Ihnen was erzählen.« Sie neigte den Kopf in Richtung des Champagners. »Können Sie mir den aufmachen, ja?«

Cardinal nahm die Flasche und fing an, die Folie zu entfernen.

»Immer wieder schön, nicht wahr?«, sagte sie zu Delorme, »einem starken Mann dabei zuzusehen, wie er mit seinen Händen arbeitet.«

Delorme ließ die Bemerkung unkommentiert.

»Die Gläser sind da drüben, mein Junge.« Sie wies auf ein

metallenes Regalfach über dem halbhohen Kühlschrank. »Wollen Sie nicht mittrinken?«

»Würde ich gern«, sagte Cardinal. »Aber leider ...«

»Ja, sicher. Zu schade. Geht natürlich nicht, dass betrunkene Mounties durch die Gegend rennen, nicht wahr?«

»Wir sind keine Mounties«, sagte Delorme.

»Das war metaphorisch gemeint, meine Liebe. Sie dürfen nicht alles so wörtlich nehmen.«

Cardinal brachte die Flasche und ein trübes Champagnerglas. Er goss es für sie voll und stellte die Flasche ab.

Die Frau hielt sich das Glas für einen Moment unter die Nase und sog den Duft ein. »Veuve Cliquot«, sagte sie. »Jedermanns Lieblingswitwe.«

»Veuve heißt Witwe«, sagte Delorme zu Cardinal.

»Danke. So viel hab ich auch verstanden.«

»Es gab Zeiten, da hab ich nichts anderes getrunken.« Ms. Rouault nahm einen kleinen Schluck, hielt das Glas vor sich hin und betrachtete die Farbe, bevor sie noch einmal nippte. »Hat sich überhaupt nicht verändert – im Unterschied zu mir.«

Cardinal und Delorme warteten.

»Ich war schön«, sagte sie. »Das müssen Sie zunächst mal wissen. Ich war sehr schön.«

»Das ist nicht schwer zu erraten«, sagte Cardinal. Wenn auch von violetten Äderchen überzogen, so waren die hohen Wangenknochen noch immer zu erkennen. Die anmutig geschwungenen Brauen. Die grauen Augen, die jetzt fast ganz unter Hautfalten versteckt waren, standen so weit auseinander, dass sie ihr in jüngeren Jahren einen Ausdruck von frühreifer Klugheit verliehen haben mussten.

»Ich hatte eine Intensität«, sagte sie in nüchternem Ton, »ich hatte etwas Leidenschaftliches an mir, gepaart mit der nötigen Distanziertheit, die die Leute offenbar faszinierend fanden.« Sie fasste unter Schmerzen in ein Bücherregal und holte ein Foto herunter, auf dem eine junge Frau in die Kamera lacht. Sie hatte wunderschöne Zähne und eine verlockend volle Oberlippe, und ihre großen grauen Augen waren absolut strahlend.

»Am Strand. Im Sommer 1970. Ich war einunddreißig.« Und somit war sie jetzt in ihren Sechzigern. Man hätte sie eher auf etwa achtzig geschätzt. »Osteoporose, Arthritis, das ganze Programm«, sagte sie, als ob sie Cardinals Gedanken erriete. »Mochte noch nie Milch. Aber die hier umso mehr.« Sie zog eine Schachtel Gitanes heraus und zündete sich eine an. Dann nahm sie mit einer ausgetrockneten Klaue das Foto wieder an sich und zeigte mit dem Finger auf das Bild – nicht auf ihr junges Gesicht, sondern auf die Wolken im Hintergrund der Aufnahme, den Hügel zur Linken, das Laub zur Rechten. »Sehen Sie das? Wissen Sie, was das ist? Oder besser gesagt, was das war?«

Cardinal zuckte die Achseln. »Sie sagten, Sie waren am Strand.«

»Schon wieder diese Wortklauberei. Ihr zwei solltet heiraten. Ich hab auf meine Zukunft gezeigt. Das meinte ich. Damals hatte ich noch eine. Wären Sie so nett?« Sie hielt ihr Glas hin, und Cardinal füllte es auf. Sie nahm zitternd einen Schluck und hielt das Glas auf ihrem Schoß. »Meine Zukunft«, sagte sie noch einmal. »Seltsam, der Gedanke, dass dieser Körper – dieses Gesicht, dieses Zimmer – schon seltsam, dass dies hier meine Zukunft war. Hätte ich das damals gewusst, hätte ich mir gleich einen Strick um den Hals gelegt. Sie bringen doch ein bisschen Zeit mit?«

Cardinal und Delorme nickten.

»Das ist ein großer Luxus, Zeit zu haben. *Bon.* Ich habe Ihre Aufmerksamkeit, ich habe meine Zigarette, ich habe ein volles Glas. Dann lassen Sie mal eine alte Dame erzählen, wie ihre Zukunft dahingegangen ist.

Ich war neunundzwanzig. Eigentlich nicht besonders alt.

Aber damals bedeutete Jugend alles. Jung zu sein wurde als eine Ehre betrachtet, so wie man umgekehrt früher einmal so tat, als wäre es eine Leistung, alt zu sein. Beides völliger Unfug. Man ist so alt, wie man ist, und man hat keinen Einfluss darauf. Damals, ich meine 1968, 1969, standen Sie ab dreißig mit einem Fuß im Grab. Die Beatles waren am Höhepunkt ihres Ruhmes. Alles war verrückt nach Trudeau – und warum? Weil er jung war und gut aussah. Wie Kennedy. Telegen. Es gab sogar eine Regierungsorganisation, die sich die Gesellschaft junger Kanadier nannte. Natürlich verbarg sich dahinter ein völlig unproduktives Programm, das die hohen Arbeitslosenziffern vertuschen sollte, aber es klang so romantisch.

Fünfzig Prozent der Bevölkerung waren unter dreißig, und das hieß, wir hatten Macht. Bei solchen Zahlen mussten die Politiker uns zuhören. An den Universitäten streikten die Studenten, um ihre Lehrpläne zu ändern, ja sogar, um bei der Besetzung von Professorenstellen mitzureden. Und natürlich die endlosen Protestmärsche gegen den Vietnamkrieg. Es waren radikale Zeiten.

Man ging zu einer Demo, einem Sit-in, und Sie finden keinen Menschen, der über dreißig ist – oder nur eine Hand voll. So ein berauschendes Gefühl, von Tausenden von Leuten umgeben zu sein, die alle so aussehen wie du. Die alle dasselbe sagen, dasselbe singen, an dasselbe glauben. Natürlich hat das auch etwas Beängstigendes: So viele Menschen, die alle dieselben Sachen tragen – Bomberjacken und Blue Jeans, Batik-T-Shirts und Blue Jeans, indische Seide und Blue Jeans –, und alle sagen dasselbe. George Orwell wusste schon, wovon er redet.«

Sie nahm einen Schluck Champagner und einen tiefen Zug an ihrer Zigarette. Sie atmete langsam aus und hing der Rauchwolke nach. »Ich hatte panische Angst vor dem Altwerden. Es war die Zeit, in der ich lebte. Nicht nur meine eigene Neurose. Das ist Punkt eins. Punkt zwei: Ich hatte jung und unglücklich geheiratet. Mein Mann hielt sich für einen großen Künstler, aber außer ihm konnte das niemand so sehen, und er hat es an mir ausgelassen. Jedenfalls war es irgendwann vorbei, und als ich dreißig wurde, fühlte ich mich völlig ausgelaugt.

Ich war bereits zu alt, um in der Studentenbewegung mitzumachen. Ich hatte zwei Jahre an der University of Montreal studiert, aber das Studium an den Nagel gehängt, als ich heiratete. Nach der Trennung habe ich nur sehr langsam wieder Fuß gefasst. Hab einen Job bei einer Ölfirma angenommen, der langweiligste Job, den Sie sich vorstellen können, und habe ernsthaft angefangen, mich für Politik zu interessieren – es gibt nichts Besseres, um Leute kennen zu lernen.

Damals war ich Separatistin. René Lévesque hatte die Parti Québécois gegründet, und ich glaubte leidenschaftlich daran. Quebec würde ein eigenständiger, souveräner Staat werden, aber mit dem übrigen Land durch eine Wirtschaftsunion verbunden bleiben, so wie jetzt die europäischen Staaten in der EU. Und die PQ würde dies mit demokratischen Mitteln erreichen: Sie würde als Erstes zur Regierungspartei der Provinz gewählt, dann würde sie in einem Referendum die Leute selber für oder gegen die Trennung abstimmen lassen und als Drittes die neue Nation gründen.

Ich war einsam und suchte verzweifelt nach einer Möglichkeit, meine Leere zu füllen. Deshalb war ich gerne bereit, die ganze Lauferei zu übernehmen, Briefe zuzukleben, die Marken zu lecken, Flugblätter von Tür zu Tür zu verteilen. Es gab eine Menge andere junge Québécois, die mithalfen, und so hatte ich schnell eine Menge Freunde. Ich stand um sechs Uhr morgens auf, um mit unserem Kandidaten an der Metro zu sein, und dasselbe machte ich noch mal abends nach der Arbeit, und anschließend hielten wir noch endlose Planungstreffen ab.

Aber jung, wie wir waren, dachten wir natürlich, es würde über Nacht passieren. Als unser Kandidat verlor und René

Lévesque auch, war ich ganz und gar erstaunt und deprimiert. Und ich kann Ihnen auch zumindest einen Grund dafür nennen, wieso wir verloren haben: die FLQ. Die Liberalen brauchten nicht lange, um die PQ mit den Bomben in Westmount in Verbindung zu bringen, und das hat die Leute abgeschreckt. Egal, wie oft Lévesque beteuerte, er befürworte keine Gewalt, die PQ stehe für Demokratie - die FLQ machte den Wählern Angst, und so verloren wir, haushoch.

Das hatte unterschiedliche Wirkungen auf die Parteihelfer. Einer der jungen Männer, mit denen ich zusammenarbeitete, sagte, er wolle sich der FLQ anschließen. Er hat mich sogar gefragt, ob ich mitkäme, und ich war so deprimiert, dass ich sagte, vielleicht. Nicht dass ich mir Hoffnung machte, es würde irgendetwas dabei rauskommen. Um die Wahrheit zu sagen, ich habe es dann schlicht vergessen.

Bon. Etwa ein halbes Jahr später steht er vor meiner Tür und fragt mich, ob ich bereit wäre, die Revolution zu unterstützen, das heißt die FLQ. Ich hab ihm gesagt, ich wolle nichts mit Gewalt zu tun haben. Er sagte, nein, nein - keine Gewalt. Was sie bräuchten, sei Geld. Er fragte mich, ob ich immer noch bei der Ölfirma arbeite. Aus irgendeinem Grund hatte ich ihm von einer meiner Aufgaben dort erzählt. Einmal im Monat verteilte die Firma an die verschiedenen Büros große Geldsummen für die Gehaltsabrechnung. Das war natürlich in den Tagen, als es noch keine elektronischen Überweisungen gab. Aber sie benutzten keinen Geldtransporter. Ich fuhr einfach zusammen mit meinem Chef herum und brachte diese großen, braunen Umschläge zu den Büros. Er blieb im Wagen sitzen, während ich damit reinging.

Ich hab dem Jungen gesagt, dass ich auf keinen Fall die Firma bestehle, bei der ich arbeite. Und er sagte, nein, natürlich nicht, ich solle das Opfer sein. Sie würden mich und meinen Chef ausrauben, während wir unsere Runde fuhren. In zwei Wochen war wieder Zahltag, und dann würden sie es tun. Ich sagte, ich bräuchte ein bisschen Zeit, um es mir zu überlegen.

Nun ja, als ich das sagte, sah er mich anders an. Das passte ihm kein bisschen ins Konzept. Und in seinen Augen konnte ich ablesen, was er dachte: Wenn sie nicht mitmacht, habe ich mich dem Miststück völlig ausgeliefert. Er würde mit den anderen FLQ-Mitglieder ziemlichen Ärger bekommen. Ich kann Ihnen sagen, dieser Blick machte mir Angst. Er gab mir drei Tage Bedenkzeit.

Ich konnte nicht schlafen vor lauter Angst. Mir war klar, wenn ich nicht mitspielte, würde ich es vielleicht nicht überleben, und wenn ich mitmachte, hatte ich Angst, ins Gefängnis zu kommen. Zwei Tage später setzte ich mir also eine blonde Perücke auf und ging mitten in der Nacht zur Polizei, um ihnen zu erzählen, dass ich Informationen über die FLQ hätte. Und so bin ich Detective-Lieutenant Jean-Paul Fougère begegnet – möge er in Frieden ruhen.«

Sie nahm einen langen Zug an ihrer Zigarette. »Jean-Paul Fougère ... Jean-Paul Fougère war fünfunddreißig, schlank, nicht besonders groß und sehr elegant – falls elegant das richtige Wort für einen Mann ist. Er bewegte sich einfach auf eine Art, die mich faszinierte. Allein ihm dabei zuzusehen, wie er eine Zigarette anzündete, war ein Vergnügen – die Art, wie er sie hielt, während er sprach, oder sie gegen den Aschbecher klopfte. Es war wie eine Art Darbietung.

Im Lauf der nächsten Monate erzählte er mir eine Menge über sich, aber das brauchen Sie jetzt nicht zu wissen. Das Einzige, was Sie wissen müssen, ist, dass er bei CAT ziemlich weit oben war und verzweifelt versuchte, die FLQ zu infiltrieren. Die Cops hatten einfach keinen blassen Schimmer, wann die FLQ das nächste Mal zuschlagen würde, und sie hatten keine Ahnung vom Ausmaß der Bedrohung. Von vielen Mitgliedern kannten sie die Namen – Leute von der äußersten Linken, Leute aus der kommunistischen Partei, Labour-Aktivisten. Aber sie konnten nichts beweisen. Sie brauchten jemanden von drinnen.

Ihre Bemühungen, Informanten zu rekrutieren, waren erbärmlich. Es trieb Jean-Paul in den Wahnsinn. Wissen Sie, was sie machten? Sie lasen einfach jemanden von der Straße auf, nahmen ihn mit in ein scheußliches, kleines Hotel und terrorisierten ihn stundenlang. Zogen die Waffen und so was in der Art. Als ob sie auf diese Weise das arme Schwein dem Arm des Gesetzes verpflichten könnten. Oder sie drohten einem Jungen damit, ihn als Homosexuellen zu outen, was vielleicht funktioniert hätte, wenn sie jemanden erwischt hätten, der zugleich der FLQ nahe stand, aber es traf immer die Falschen. Über ganz Montreal und Quebec City gehen die Bomben hoch, und CAT tritt auf der Stelle. Jean-Pauls Chef will endlich Blut sehen, der Premierminister will Blut sehen, und sie wissen schlicht und einfach nicht, was sie machen sollen. Und genau da komme ich reinspaziert und weiß nicht, wie ich mich bei dem geplanten Überfall verhalten soll.«

»Die müssen gedacht haben, Sie schickt der Himmel«, sagte Cardinal.

»Oh, Jean-Paul war sprachlos. ›Was soll ich nur machen?‹, lag ich ihnen in den Ohren. ›Sie bringen mich um, wenn ich diesen Raubüberfall nicht mit durchziehe.‹ – ›Oh‹, sagte er, ›Sie müssen das durchziehen, keine Frage.‹ Einfach so. Ich dachte, er ist verrückt. Ich hatte nicht die geringste Lust, mich ausrauben zu lassen. Wenn sie nun dabei mich oder meinen Chef erschossen?«

Sie schwieg eine Weile, um sich Champagner nachzuschenken, wobei sie mit der Achtsamkeit eines Chirurgen das Glas randvoll goss, ohne dass es überschäumte. Sie zündete sich eine neue Zigarette an, obwohl die letzte noch im Aschbecher qualmte und Cardinal schon die Augen brannten. Eine Zeit lang nippte sie gedankenverloren an ihrem Veuve Cliquot. Dann hielt sie das Glas im Schoß und starrte in die blassgoldene Flüssigkeit wie in eine Kristallkugel. Schließlich sagte sie leise: »Damit fing mein Leben als Spitzel an.«

Delorme lehnte sich vor. Cardinal hatte fast vergessen, dass sie da war. Sie hatte die Gabe, in so vollkommenes Schweigen zu versinken, dass man sie glatt vergessen konnte, selbst wenn sie direkt neben einem saß.

»Sie haben Ihre Firma nicht wegen des Überfalls gewarnt?«, fragte sie.

Rouault schüttelte den Kopf, so dass sie Asche über Brust und Schoß verstreute. »Die Firma hatte keine Ahnung. Fougère arrangierte mit der Bank, dass sie ihnen nur gekennzeichnete Scheine gaben, doch davon abgesehen lief alles ganz normal weiter. Schließlich ist Zahltag, der Chef und ich machen uns auf unsere Tour, so wie immer.«

»Und wer war dann an dem eigentlichen Raub beteiligt?«

»Es waren drei: Lebrecque, ein älterer Typ namens Claude Hibert und ein ganz Fanatischer namens Grenelle. Yves Grenelle – er war der einzige Amateur bei der ganzen Sache.

Schlag drei Uhr wollen der Chef und ich das Bargeld gerade an das erste Büro liefern. Wir parken davor, an derselben Stelle wie immer, und bevor ich mit dem Umschlag rauskann, steht je ein Mann links und rechts vom Wagen. Es gibt noch einen dritten – Hibert, wie ich später erfuhr –, der auf der anderen Straßenseite mit dem Auto bereitsteht. Sie fordern unser gesamtes Geld – zunächst mal Brieftasche und Portemonnaie, damit es nicht wie ein abgekartetes Spiel aussieht. Und dann grapscht sich Labrecque – als ob er einem spontanen Impuls folgt – den Umschlag, den ich in der Hand halte.

Bis dahin war alles vollkommen reibungslos gegangen, bis Grenelle, ohne jeden Grund, meinem Chef einen heftigen Schlag auf den Kopf versetzt. Ich glaube, er benutzte einen Totschläger. Mein Chef hatte nichts getan. Er hatte sich kein bisschen widersetzt. Aber Grenelle haut ihm das Ding über den Schädel, und er ist bewusstlos. Es war einfach dumm, wissen Sie, denn damit ging es nun nicht mehr nur um bewaffneten Raubüberfall, sondern um schweren Raub, grundlos. Und mein Chef, na ja, ich mochte ihn nicht gerade – er kniff mich immer und gaffte mich an –, aber ich hatte auch nichts gegen ihn. Jedenfalls wollte ich nicht, dass er für drei Tage ins Krankenhaus muss, aber genau das passierte. Das ist nicht wie im Film, wo du was auf die Rübe kriegst und zwei Minuten später rumläufst, als wär nichts gewesen.«

»Wie hat die FLQ auf Ihr Mitwirken reagiert?«, fragte Cardinal.

»Oh, sie haben mich mit offenen Armen empfangen. Labrecque sagte, er hätte sie noch nie so begeistert gesehen. Natürlich hat er auch ganz schön davon profitiert, dass er mich rekrutiert hatte. Sie hatten fünftausend Dollar erbeutet und ahnten nicht, dass es alles gekennzeichnete Scheine waren. Dafür liebten sie mich.«

»Und sind Sie Grenelle wiederbegegnet?«

»Als Lebrecque mir mitteilte, ich sei aufgenommen, war das Erste, was ich sagte, dass ich nie wieder mit Grenelle zu tun haben wollte. Idiotische Gewalt.«

Ms. Rouault goss sich Champagner nach. »In den folgenden Monaten benutzten sie mich in erster Linie, um neue Mitglieder zu werben. Sie verlangten nie irgendetwas Extremes von mir. Meistens saß ich im Café Chat Noir – das war der Treff der Aktivisten – und wartete, bis irgendein junger Separatist mich anbaggerte. Wir redeten dann über die Revolution, und früher oder später engagierte er sich für die FLQ. Es ist erstaunlich, wo man reingeraten kann, wenn man verliebt ist.

Die größte Ironie ist allerdings, dass ich kein bisschen durchschaute, was sie mir antaten. Sehen Sie, von der ersten Nacht an behandelte mich Detective Fougère wie seine große Liebe. Er war so gut zu mir, so aufmerksam, so sehr um meine Sicherheit besorgt. Natürlich war ich mit diesem Doppelleben die ganze Zeit in Gefahr. Ich nahm abends an einem

FLQ-Treffen teil, und zwei Stunden später habe ich alles Wort für Wort an das CAT-Team weitergeleitet. Ich hatte die ganze Zeit Angst. Meine Nerven waren ruiniert. Ich schlief kaum. Konnte nichts essen. Leute wie Hibert, wie Grenelle meinten es verdammt erst. Es gab nicht den geringsten Zweifel, dass sie mich getötet hätten, sobald sie erfahren hätten, was ich machte.

Jedenfalls, es dauerte nicht lang, bis ich mich mit Haut und Haaren in Fougère verliebte.« Einen Augenblick lang ließ sie den Kopf hängen. Cardinal wollte ihr gerade mit einer Frage auf die Sprünge helfen, als der silbrige Kopf wieder hochschnellte und die grauen Augen leuchteten. »Ich lebte nur noch für unsere Treffen. Das waren die einzigen Gelegenheiten, bei denen ich mich nicht verstellen musste, verstehen Sie, wo ich rückhaltlos und ohne Angst die Wahrheit sagen konnte. Ich kann Ihnen gar nicht sagen, was für eine Erleichterung das nach einigen Monaten war.«

»Das kann ich mir gut vorstellen«, sagte Delorme. »Das muss wie eine Droge gewesen sein.«

»Genau das, meine Liebe.« Ms. Rouault nickte und löste einen erneuten Ascheregen aus. »Beides machte süchtig. Dieses Doppelleben – Sie glauben nicht, wie ich die Macht genoss, die ich plötzlich besaß. Wie wichtig ich war! Die sitzen gelassene kleine Hausfrau riskierte auf einmal ihr Leben und rettete dabei ihr Land. Natürlich wusste Fougère, dass ich Separatistin war, aber das war ihm egal. Wir wollten beide der FLQ ein Ende bereiten, wenn auch aus unterschiedlichen Gründen.

Und er war so nett zu mir, so zärtlich.« Sie hielt wieder inne, die Zigarette in der Luft. Die grauen Augen blickten in unbestimmte Ferne, als schwebte Fougères Gesicht irgendwo in der Rauchwolke. »Einfach nur seine Hand zu halten bedeutete mir so viel. Ich fühlte mich so sicher, so beschützt. O ja, er spielte auf mir wie auf einer Violine.

Bon. Die ganzen Monate über galt Jean-Pauls Interesse nicht Labrecque. Ein viel zu kleiner Fisch, um sich damit abzugeben. Auch nicht Grenelle - ein Renommist, wie er sagte. Nicht wichtig genug. Er wollte durch mich an Claude Hibert herankommen. Hibert stand nicht in Verdacht, in Gewalttaten verwickelt zu sein. Doch er war inzwischen der führende Mann der Nachrichtenzelle - des Kontaktbüros, wenn Sie so wollen. Er musste mit den anderen Zellen in Verbindung stehen. Also hatte ich zwei Aufträge: das Vertrauen von Claude Hibert zu gewinnen und mich an die Spitze meiner eigenen Zelle zu setzen.

Um als die Führerin einer Zelle zu überzeugen, musste ich natürlich in der Lage sein, Sachen in die Luft zu sprengen und Kommuniqués herauszugeben. Ich bat Hibert, mir Dynamit zu besorgen. Er lehnte ab. ›Du bist noch nicht so weit‹, sagte er. Ich bat ihn um den Briefkopf der FLQ. Wir fanden nie heraus, wo sie ihn herstellen ließen. Er hatte ein Wasserzeichen, das von oben bis unten über das ganze Blatt reichte - eine Darstellung von einem Patrioten mit einer Pfeife zwischen den Zähnen und einem Gewehr in der Hand. Die Leute von CAT lechzten danach, durch mich endlich das echte Papier in die Finger zu bekommen. Damals verstand ich nicht recht, wieso.

Aber ich nervte Hibert weiter mit Sprengstoff und Briefkopf. Und er sagte immer nur, ich will sehen, was ich machen kann. Fougère hatte es zunehmend satt. Dann lud er mich eines Abends - wie aus heiterem Himmel - in ein ganz besonderes Restaurant ein, Ma Bourgogne, das beste Restaurant in der ganzen Stadt. Normalerweise ging so etwas nicht, da wir nicht riskieren konnten, zusammen gesehen zu werden. Doch Jean-Paul scheute keine Mühen; wir hatten Gott weiß wie viele Männer im Rücken und draußen rund um das Restaurant, die uns bewachten. Er schmeichelte meinem Ego, indem er mir zeigte, wie wertvoll ich für das Kommando war, und außerdem kam ihm das romantische Flair gelegen.

Es war ihm nicht entgangen, dass ich verrückt nach ihm war – ich tat das alles mindestens so sehr für ihn wie für Quebec. Ich liebte ihn bedingungslos. Und er begann den Abend, schon beim Aperitif, indem er mir sagte, wie sehr er mich anbetete. Er hielt meine Hand und sah mir in die Augen. Ich konnte darin nichts anderes entdecken als grenzenlose Verehrung. Ich hab doch wahrhaftig gedacht, er würde mir einen Antrag machen. Ha!«

Der Ausruf ging in einen Hustenanfall über, der die gebrechliche Gestalt schüttelte. Dann endete der Husten in Keuchen und Schniefen. Kleenex war vonnöten, ebenso ein volles Glas, eine neue Zigarette.

»Wir hatten unser Dinner. Ein phantastisches Dinner: Hummercremesuppe, gefolgt von Rinderlende Chateaubriand. Und natürlich Champagner. Und danach Armagnac. Bis heute bin ich überzeugt, das war das beste Essen in meinem ganzen Leben. Und dann, nach dem Brandy, nimmt Jean-Paul meine Hand. Sein Gesicht ist sehr ernst, und ich begreife, dass er etwas sagen wird, das mein Leben verändert. ›Ich weiß nicht, wie ich es sagen soll, Simone, es ist so schwer für mich‹, sagte er. ›Du hast schon so viel getan. Mein Gott, du setzt jeden Tag dein Leben aufs Spiel. Aber, Simone, wir müssen wissen, wie weit du im Ernstfall gehen würdest, um deine Ideale zu verwirklichen.‹

›Aber du hast doch wohl gesehen, wie weit ich dafür gehe‹, sagte ich. ›Du siehst es jeden Tag. Was soll ich denn noch tun? Jemanden umbringen?‹

Er schüttelt den Kopf. ›Nein‹, sagt er, und seine Stimme zittert ein wenig.

Jetzt hatte ich richtig Angst. Ich wusste nicht, was er sagen würde, aber mein Magen wusste es, denn er drehte sich mir um. Auf einmal schien die Hummercremesuppe keine so gute Idee mehr. Mein Herz hörte zu schlagen auf. Mir brach der Schweiß aus allen Poren. Ich stellte mein Glas auf den Tisch.

Ich konnte ihm nicht in die Augen sehen. ›Du willst, dass ich jemanden ficke‹, sagte ich.

›Du sollst auf keinen Fall etwas tun, was zu viel für dich ist‹, fügte er hastig hinzu. ›Das liegt natürlich ganz und gar bei dir. Aber wir haben den Eindruck, dass Hibert sich einfach kein Stück mehr bewegt, und wir brauchen etwas, das uns, hm, aus der Sackgasse hilft.‹

Ich konnte ihm immer noch nicht ins Gesicht sehen. Ich lehnte mich nur nach vorn und schaukelte, die Arme verschränkt, irgendwie vor und zurück.

›Geht's dir nicht gut?‹, fragte er. Können Sie sich das vorstellen? Ob's mir nicht gut ging, wollte er wissen. Er wiederholte die Frage wer weiß wie oft. Geht's dir nicht gut? Geht's dir nicht gut? Mein Gott! Wie konnte er das fragen? Ob's mir nicht gut ging.

Ich antwortete, mir fehle nichts.

›Wirst du es tun?‹

›Wenn du willst, dass ich es tue.‹ Während ich das sagte, sah ich ihm in die Augen.

›Es ist weiß Gott nicht, was ich möchte‹, sagte er. ›Es ist das Letzte, was ich möchte, Simone. Das weißt du. Aber in unserem Geschäft fragt keiner danach, was wir möchten.‹

›Ich werde es tun.‹ Ich sagte es noch einmal – sehr deutlich, wie zu einem Schwerhörigen. ›Ich werde es tun. Wenn du es willst. Willst du, dass ich es tue?‹

Er nickte. Jetzt war er es, der mir nicht in die Augen schauen konnte. Sehen Sie, wenn er mich darum bitten konnte, so etwas zu tun, dann gab es keinen Grund mehr, es nicht zu tun. Ganz offensichtlich bedeutete ich ihm nichts. Von dem Augenblick an war mir egal, was ich tat, mit wem ich schlief. Ich hatte nichts zu verlieren.«

»Aber Sie hätten gehen können«, sagte Delorme. »Sie hätten Sie nicht dazu zwingen können.«

»Nach dem, was Jean-Paul zu mir gesagt hatte, wollte ich

am liebsten sterben. Der Tod hatte tatsächlich allen Schrecken verloren. Und undercover in der FLQ zu bleiben schien mir eine effiziente Methode, Selbstmord zu begehen. Und so kam es, dass Hibert und ich, als wir das nächste Mal allein waren, miteinander schliefen – und von da an wollte ich nicht mehr sterben, ich war bereits tot. Ich war vollkommen betäubt.

Ich versuchte, Jean-Paul wehzutun, als ich ihm Bericht erstattete. Erzählte ihm, was für ein außergewöhnlicher Liebhaber Hibert war, gut ausgestattet und so rücksichtsvoll. Nichts davon entsprach übrigens der Wahrheit.

Ohne mit der Wimper zu zucken, sagte Jean-Paul: ›Beschränk dich aufs Wesentliche, Simone.‹

In taktischer Hinsicht erwies es sich als ein guter Schachzug, mit Hibert zu schlafen. Hibert hatte jetzt die Wahl, entweder mit einer Informantin zu schlafen oder mir vollkommen zu vertrauen. Er entschied sich dafür, mir zu vertrauen, und eine Woche später hatte ich einen Stapel von ihrem Briefpapier und drei Kisten Dynamit.

Mit den Briefköpfen schickte ich Kommuniqués raus und erfand im Lauf der Zeit neue Zellennamen. Ich kündigte zum Beispiel einen ›größeren Schlag‹ an, und dann platzierten wir das Dynamit. Der Höhepunkt meiner Karriere kam, als ich auf einen Schlag acht Neuzugänge in meiner Wohnung hatte. In einem Zimmer tippen wir Kommuniqués, und zwei von ihnen basteln in meiner Badewanne eine Bombe.«

Cardinal setzte sich auf. »Wollen Sie damit etwa sagen, dass die Mounties und die Polizei von Montreal Sie in Ihrer Wohnung Bomben herstellen ließen? Das kann ich nicht glauben.«

»Sie manipulierten die Sprengkörper so, dass sie nicht hochgingen. Manchmal tauschten sie das Dynamit heimlich aus, nachdem wir die Bomben gelegt hatten – in den Fällen, wo sie wollten, dass es tatsächlich zu einer Explosion kam.

Dann wiederum ließen sie uns Blindgänger legen. Zum Beispiel ließen sie uns einen Schienenstrang auf der Canadian Pacific Railway sprengen, aber sie tauschten unseren Blindgänger gegen eine kleine Menge Dynamit aus, die sehr wenig Schaden anrichtete. Auf diese Weise konnte ich meine Glaubwürdigkeit wahren. Danach verhafteten sie vier Jungs.«

»Alles Leute, die Sie angeworben hatten?«

»Alle von mir, ja. Sie bekamen vier Jahre.«

Cardinal sah Delorme an, aber Delorme starrte nur auf Simone, die Augenbrauen in der Luft.

»Sehen Sie mich nicht so an. Meinen Sie, das waren Unschuldslämmer? Das waren Leute, die, wenn sie zu einer echten Zelle gekommen wären, Leute getötet hätten. Wir haben sie rausgeholt, bevor sie richtigen Schaden anrichten konnten. Hören Sie, ich habe siebenundzwanzig Leute ins Gefängnis gebracht, und davon waren wahrscheinlich höchstens drei schon FLQ-Mitglieder, bevor ich sie traf. Und vermutlich habe ich ihnen allen einen Gefallen getan.«

Klar doch, dachte Cardinal, wir alle müssen uns zuweilen in die Tasche lügen. Bei ihm kam auch einiges zusammen. Er zog noch einmal das Foto von Shackley heraus. »Erkennen Sie diesen Mann?«

»Shackley«, sagte sie, ohne zu zögern. »Er hieß Miles Shackley. Er arbeitete mit Jean-Paul zusammen. Ich bin ihm ein paarmal begegnet. Er war Amerikaner, CIA, nahm ich an, aber ich war zu höflich, um zu fragen. Sie waren eigentlich Partner, aber Shackley benahm sich immer, als wäre er Jean-Pauls Lehrer. Sicher, er hatte mehr Erfahrung, und ich hatte den Eindruck, dass er in einer der FLQ-Zellen seinen eigenen Informanten in einer guten Position sitzen hatte. Ein äußerst kalter Mann, wie eine Maschine, es machte Klick, wenn er lief. Ich konnte ihn nicht ausstehen, und als er von Bord ging, habe ich ihm keine Träne nachgeweint.«

»Von Bord ging?«, fragte Cardinal nach.

»Eines Abends war er mit Jean-Paul und mir zum Essen verabredet. Als Jean-Paul alleine kam, fragte ich ihn, wo Shackley bliebe, und er sagte, ›Ich glaube nicht, dass wir Miles Shackley je wiedersehen.‹ Zwischen ihm und ein paar hohen Tieren war es zu einer politischen Auseinandersetzung gekommen.«

»Wann genau war das?«

»Am siebzehnten August 1970. Ich erinnere mich so genau, weil die FLQ genau an dem Tag quer über die Stadt verteilt vier Bomben hochgehen ließ. Ein Mann – ein Wachmann – wurde getötet, und es wimmelte von Polizei. Zum ersten Mal lag so etwas wie eine ernste Krise in der Luft.«

»Und haben Sie Shackley je wiedergesehen?«

»Nein, nie. Ich weiß, dass CAT nach ihm suchte, als Hawthorne entführt worden war. Nun ja, nach ihm suchte, ist vielleicht nicht der richtige Ausdruck – sie haben die ganze Stadt nach ihm durchkämmt. Ich hatte die strikte Order, mich nicht mit ihm abzugeben. Falls er mit mir Kontakt aufnehmen würde, sollte ich umgehend die Zentrale anrufen. Ich weiß nicht, was er gemacht hatte, aber sie waren genauso hinter ihm her wie hinter der FLQ.«

»Und diese Leute hier? Können Sie die identifizieren?«

Rouault setzte das Glas ab und nahm das Foto in ihre zitternden Finger. »Du liebe Güte«, sagte sie. »Das ist ja Madeleine. Madeleine Ferrier. Ach, ich mochte sie so gern. Sie war die einzige *felquiste*, die ich wirklich ins Herz geschlossen hatte. Sie war so jung. Achtzehn, glaube ich, jedenfalls nicht älter als neunzehn. Ich hab ihren Namen nie in meinen Berichten erwähnt. Natürlich fiel sie den Beobachtern auf, und Jean-Paul fragte nach ihr, und ich hab ihm immer gesagt, sie sei niemand, die Kusine von jemandem, die ihnen nur das Essen macht. Und tatsächlich ging ihr Engagement auch kaum darüber hinaus. Sie war verrückt nach Yves Grenelle und mischte ganz offensichtlich nur in der Szene mit, um in seiner Nähe zu sein. Sie hing ihm an den Lippen. Aber sie war noch ein

Kind. Sie hatte nie Zugang zu Sprengstoff, Schusswaffen oder dergleichen. Arme Madeleine. Sie wäre jetzt fünfzig.«

»Wäre? Ist sie gestorben?«

»Sie ist nicht gestorben, sie wurde ermordet. Nachdem die Hawthorne-Entführer geschnappt waren, bekam sie eine milde Strafe für Beihilfe und Begünstigung – nicht aufgrund irgendeiner meiner Aussagen – und ging für sechs Monate ins Gefängnis. Danach war sie vollkommen kuriert. Ging zur Uni, wurde Lehrerin und brachte es zu etwas. Vor zwölf Jahren zog sie nach Ontario. Wir standen uns nicht sehr nahe, aber wir blieben über die Jahre in Kontakt. Ich mochte sie so gern, dass sie die Einzige war, der ich am liebsten die Wahrheit über mich gesagt hätte, aber ich hatte nicht den Mut. Jedenfalls rief sie mal an, um mir zu erzählen, dass sie nach Ontario raufziehen wolle, ich weiß nicht mehr, wohin da, und das Nächste, was ich von ihr hörte, war, dass sie tot ist. Der Mörder wurde, soviel ich weiß, nie gefasst.«

»Wissen Sie noch, wo sie umgekommen ist?«

»Ich weiß nicht, irgendwo im Norden. Ontario, wer will da schon hin?«

»Und Sie sagen, sie stand auf Yves Grenelle?«

»Ja. Das da ist Grenelle.« Ein gekrümmter Finger tastete zu dem jungen Mann, der lachend am Rand des Fotos stand. Das kräftige, gelockte Haar und der Bart verliehen ihm das Aussehen eines Bandido aus einem zweitklassigen Film.

»Wie oft haben Sie Grenelle nach Ihrer ersten Eskapade noch gesehen?«

»Kaum einmal. Er war immer mit Lemoyne und Theroux zusammen, Leuten, die vom ersten Tag an dabei waren. Ich sag Ihnen, er wollte die Macht über Quebec, sobald es aus den Klauen Trudeaus befreit war. Er ist schnell die Stufenleiter aufgestiegen.«

»Haben Sie mal irgendwo gehört, dass er den Minister getötet hat? Raoul Duquette?«

»Er war zweifellos dazu fähig: gewalttätig, zornig, aktionswütig und machtlüstern. Ja, ganz sicher, er wäre dazu imstande gewesen. Aber Daniel Lemoyne und Bernard Theroux haben sich ja schuldig bekannt. Das da ist Lemoyne.« Der knochige Finger glitt zu dem kräftigeren jungen Mann auf der anderen Seite des Bildes hinüber. »Er und Grenelle waren, glaube ich, dicke Freunde. Hab mich immer gewundert, wieso Grenelle nicht zusammen mit ihm und Theroux geschnappt wurde. Soviel ich gehört habe, ist er nach Paris geflohen.«

Ihr Kopf fiel nach vorn, und es herrschte Schweigen. Cardinal und Delorme sahen sich an und warteten. Cardinal dachte, Ms. Rouault versuche, sich etwas ins Gedächtnis zu rufen, oder trauere ihrer alten Liebe nach. Doch dann war ein leises, flatterndes Geräusch zu hören, und er merkte, dass sie schnarchte.

»Ich glaube, wir sind hier fertig, nicht?«, sagte Delorme.

Cardinal griff hinüber, drückte die Zigarette aus und nahm das Champagnerglas aus den alten Fingern. Die Flasche auf dem Boden war leer.

22

Cardinal und Delorme fuhren zum Regent Hotel und gingen auf ihre Zimmer, Delorme im Erdgeschoss und Cardinal im dritten Stock. Als die Klapperkiste von einem Fahrstuhl ewig nicht kam, wich er in das feuchtkalte Treppenhaus aus.

Cardinal stand der Sinn jetzt nur noch nach einer Dusche und einem Nickerchen vor dem Essen, doch er hatte kaum die Schuhe ausgezogen, als es an der Tür klopfte. Er machte auf, und Calvin Squier grinste ihm wie ein alter Kumpel aus der Burschenschaft entgegen.

»John, hören Sie. Bevor Sie was sagen, möchte ich mich bei Ihnen entschuldigen. Ich weiß, dass ich Ihnen da oben große Probleme gemacht habe, und ich möchte nur, dass Sie wissen –«

Cardinal machte die Tür zu.

»John, ich bin hier, um Ihnen zu helfen.«

»Wie kommt es, dass ich jedes Mal, wenn Sie mir helfen, in der Scheiße lande?«, fragte Cardinal durch die Tür.

»Nein, ehrlich, diesmal bin ich auf Ihrer Seite, hundert Prozent. Und nach Ihren Befragungen heute kann ich mir nicht vorstellen, dass Sie die Information, die ich für Sie habe, nicht bitter nötig hätten. Außerdem ist etwas passiert, worüber ich mit Ihnen reden möchte.«

Cardinal machte die Tür mit einem Ruck auf. »Woher wissen Sie, dass ich jemanden befragt habe?«

»Hier im Flur kann ich nicht reden.«

Cardinal trat zur Seite, und Squier schob sich an ihm vorbei, indem er seinen Mantel aufknöpfte.

»Lassen Sie den ruhig an«, sagte Cardinal. »Sie bleiben nicht. Und wie haben Sie mich überhaupt hier gefunden? Ich vermute, Sie haben mich auch verwanzt.«

Squier schien getroffen. »Natürlich nicht. Sehen Sie, was

Sie nicht wahrhaben wollen, ist, dass ich Ihnen traue, obwohl Sie mir nicht trauen.« Er hielt die Hände hoch, wie um weitere Beschuldigungen abzuwehren. »Ich weiß, ich weiß. Ich hab Ihnen Probleme gemacht. Deshalb bin ich hier. Ich will alles tun, um es wieder gutzumachen.«

»Sie könnten damit anfangen, dass Sie mir erzählen, wer Simone Rouault angerufen und versucht hat, ihr den Mund zu stopfen.«

»Also, ich war's nicht, das garantier ich Ihnen.«

»Frankokanadier. Ein älterer Mann. Angeblich vom CSIS. Nach meiner Erfahrung ist das durchaus denkbar.«

»Könnte eins von den hohen Tieren in Ottawa gewesen sein. Ich hab keine Möglichkeit, das nachzuprüfen. Sehen Sie, das wollte ich Ihnen ja sagen: Ich hab gekündigt.«

»Sie haben gekündigt?«

»Sie haben richtig gehört. Calvin Squier und der CSIS sind geschiedene Leute.«

»Ich bin sicher, dass es für beide Teile das Beste ist.«

Squier setzte sich auf das Bett in seiner Nähe. Er seufzte tief, wie unter einer Woge der Verzweiflung.

»John, es kommt der Moment im Leben eines Mannes, wo er sich sagt, halt mal, Junge, und dann das Richtige tun muss. Um die Wahrheit zu sagen, bin ich über die Art, wie der CSIS diese Sache gehandhabt hat, von Anfang an nicht glücklich gewesen. Ich versuche, einfach ein guter Soldat zu sein, meinen Job zu machen und nicht zu viele Fragen zu stellen, aber wenn es so weit geht, dass eine laufende Morduntersuchung von vorn bis hinten behindert wird, na ja, da ist bei mir die Grenze erreicht.«

»Ach, sieh mal einer an. Und was mag wohl zu diesem Sinneswandel geführt haben?«

»Na ja, es war, glaube ich, als Sie mich festgenommen haben. Da ist es mir wie Schuppen von den Augen gefallen. Ich arbeite – arbeitete – für eine wichtige Organisation, und ich wollte daran glauben, dass meine Vorgesetzten moralisch handeln. Aber es ist schon erstaunlich, wie es einem zu völlig neuen Einsichten verhelfen kann, wenn man mit Handschellen, das Gesicht nach unten, am Boden liegt. Auf einmal dämmerte mir, dass ich für Leute arbeite, denen solche Kleinigkeiten wie Wahrheit und Gerechtigkeit vollkommen egal sind.«

»Und die amerikanische Schiene?«

»Also, jetzt machen Sie sich über mich lustig, und wahrscheinlich hab ich's nicht besser verdient. Aber Sie wissen genau, was ich gesagt habe. Ich bin zum CSIS gegangen, weil ich an bestimmte Dinge glaube. Und ich habe begriffen, dass meine Vorgesetzten diese Überzeugungen nicht teilen. Glauben Sie nicht, Sie wären der Einzige, den sie an der Nase herumgeführt haben. Sie haben nicht mal mir Einsicht in die Akten über Shackley gewährt. Wieso war er Code Rot, wollte ich schon mal als Erstes wissen. Niemand wollte mir Auskunft geben, und sie haben auch die Akte nicht rausgerückt – falls sie überhaupt noch existiert. Und deshalb haben sich unsere Wege getrennt.«

»Und Sie sind hergekommen, um sich zu entschuldigen.«

»Und zu helfen, wenn ich kann.«

»Entschuldigung angenommen, Squier, leben Sie wohl.« Cardinal hielt ihm die Tür auf.

»Warten Sie, John. Lassen Sie mich zu Ende bringen, weshalb ich hergekommen bin, und dann werde ich Sie in Ruhe lassen. Sie waren heute bei Sauvé. Ich bin sicher, der ehemalige Korporal war nicht von großer Hilfe für Sie.«

»Sie sind mir doch nicht gefolgt«, sagte Cardinal und machte die Tür wieder zu. »Niemand ist mir gefolgt.«

»Nein, aber Sie denken logisch, und Sauvé war logischerweise die erste Station. Er hat nicht maff gesagt, stimmt's? Sie haben gegen eine Wand geredet, möchte ich wetten.«

»Mehr oder weniger.«

Squier machte sich auf seinem Palmtop eine Notiz. »Gut.

Wir kommen noch auf Sauvé zurück. Wetten, dass Sie auch bei Theroux nicht weit gekommen sind?«

»Wir haben mit seiner Frau geredet. Sie hat sich als äußerst hilfreich erwiesen.«

»Tatsächlich? Hat sie Ihnen auch erzählt, dass ihr Mann Raoul Duquette gar nicht umgebracht hat?«

»Woher wissen Sie das?«

»Schauen Sie in die Akte, John. Sie sagt das, seit Theroux verurteilt wurde.«

»Nicht offiziell. Sie sagt, Yves Grenelle hätte ihn ermordet.«

»Na ja, damit kommt sie allerdings nicht weit. Offiziell hat niemand je von Grenelle gehört. Und bei CAT würde Ihnen jeder sagen, dass es äußerst unwahrscheinlich ist. Yves Grenelle war ganz und gar Häuptling, kein Indianer. Er war kein Mitglied der Chénier-Zelle; er war kein Mitglied der Befreiungszelle. Bestenfalls war er Kontaktmann zwischen beiden. Sie müssen mir nicht glauben; sehen Sie in den Akten nach.«

»Simone konnte sich gut vorstellen, dass Yves Grenelle Duquette umgebracht haben könnte. Soweit sie wusste, war er ein gewalttätiger Rüpel, der die Welt regieren wollte – oder schon mal Quebec.«

»Sie haben also auch mit Simone Rouault geredet. Mann, Sie sollten sehen, was der CSIS alles über sie hat. Diese Frau verdient einen Orden. Wissen Sie, wie viele sie ins Kittchen gebracht hat?«

»Sie nimmt siebenundzwanzig für sich in Anspruch.«

»Das sind alle, von denen sie weiß. Sie wurde über vieles im Unklaren gelassen.«

»Das wurde sie zweifellos«, sagte Cardinal und musste an den Ausdruck in ihrem Gesicht denken, als sie an Lieutenant Fougère dachte.

»Großartige Frau ganz ohne Zweifel, aber nicht in der

Lage zu entscheiden, wer Raoul Duquette ermordet hat oder nicht.«

»Sie kannte immerhin Miles Shackley.«

»Natürlich. Er und Fougère arbeiteten eng zusammen, und sie tanzte nach Fougères Pfeife. Aber Rouault war eine Informantin an der Basis, John – effizient, aber an der Basis.«

»Demnach hätten sie Informanten in den höheren Rängen gehabt? Wollen Sie mir etwa weismachen, dass Daniel Lemoyne für die CIA arbeitete?«

Squier grinste. »Der alte Fuchs.«

»Soweit ich es beurteilen kann, war Simone Rouault die beste Informantin, die die Mounties je hatten.«

»Sagen wir mal so, sie ist vorläufig die Einzige, die Ihnen helfen kann. Lieutenant Fougère ist tot, und Lemoyne und Theroux wollen nicht reden.«

»Derjenige, mit dem ich wirklich reden muss, ist Yves Grenelle.«

»Yves Grenelle ist seit 1970 wie vom Erdboden verschluckt, und man hat nie mehr von ihm gehört. Arbeiten Sie mit dem, was Sie haben. Sauvé ist Ihr Mann. Er war im CAT-Team. Zum Teufel, er hat CAT praktisch geleitet. Und trotz seiner kriminellen Neigungen weiß er alles, was man über FLQ wissen sollte.«

»Leider ist er auch eine Sphinx.«

»Zeigen Sie ihm das hier.« Squier griff in seine Mappe und zog einen einmal gefalteten braunen Umschlag heraus.

Cardinal nahm ihn und machte ihn auf.

»Ein Video?«

»Ich hab's als kleines Abschiedsgeschenk beim CSIS mitgehen lassen. Im Unterschied zu denen bin ich nicht der Meinung, dass kein Handlungsbedarf besteht, wenn ein amerikanischer Staatsbürger auf unserem Boden getötet wird. Vielleicht kann Sie das für den Ärger, den Sie mit uns hatten, ein bisschen entschädigen. Jedenfalls denke ich, dass sich unser ehemaliger Mountie und Knastbruder als wesentlich kooperativer erweisen wird, wenn er erst mal einen Blick auf das da geworfen hat.«

Squier stand auf. »Ich bin froh, dass ich mit Ihnen arbeiten konnte, John. Wissen Sie, ich werd mir jetzt erst mal eine Auszeit nehmen, um meine Optionen zu sondieren. Und ich werde ernsthaft darüber nachdenken, ob ich zur Polizei gehen soll. Und das verdanke ich einzig und allein Ihnen.«

»Das würde ich mir nie verzeihen.«

»Bei meinem nächsten Job möchte ich sichergehen, dass ich wirklich Menschen helfe. Von diesem Führ-jeden-hinters-Licht-Getue hab ich endgültig die Nase voll. Wenn es das ist, was Ottawa will, stehe ich ihnen dafür jedenfalls nicht mehr zur Verfügung.«

Cardinal dachte, Squier würde tatsächlich salutieren, doch er knöpfte nur seinen Mantel zu und schüttelte ihm ein letztes Mal die Hand.

»Kämpfen Sie weiter für die Guten«, sagte er. Und dann war er draußen.

Cardinal wartete einen Moment und ging dann hinunter, um bei Delorme an der Zimmertür zu klopfen. Delorme kam in Jeans und T-Shirt, das Haar noch nass von der Dusche.

»Was ist los?«, fragte sie. »Ich dachte, wir treffen uns nachher zum Essen.«

»Calvin Squier, vormals beim Canadian Security Intelligence Service, möchte sich mit einem Kuss versöhnen.« Cardinal hielt das Video hoch. »Er hat Geschenke mitgebracht.«

»Stark. Und worauf schauen wir uns das an?«

Sie fuhren zur RCMP-Zentrale zurück. Sergeant Ducharme hatte sein Büro schon verlassen, und das erwies sich als problematisch. Der junge Mountie am Empfang hatte es nicht eilig damit, Polizisten aus anderen Provinzen, geschweige denn aus anderen Behörden hereinzulassen. Nachdem er nicht nur eine, sondern gleich zwei Vorgesetzte um Rat gefragt hatte, rief er schließlich Sergeant Ducharme zu Hause an und bekam grünes Licht.

Es folgte eine langwierige Suche nach einem leeren Büro. Zu guter Letzt durften Cardinal und Delorme es sich in einem Vernehmungszimmer mit einem Fernseher und einem Videogerät bequem machen. Das Video war eine knappe halbe Stunde lang, und als es zu Ende war, drehte sich Delorme zu Cardinal um und sagte: »Wie's aussieht, hat Ihr CSIS-Mann einmal einen Treffer gelandet.«

»Ich nehme alles zurück, was ich über ihn gesagt habe. Lassen Sie uns essen gehen, und ich will gerne auf Calvin Squier anstoßen.«

Zwanzig Minuten später saßen sie in einer Nische des Embassy Restaurant auf der Peel Street. Genauso wie die Bezeichnung »Hotel« für das Regent etwas anmaßend war, so erwies sich die Kategorie »Restaurant« für das Embassy als ein wenig hochgegriffen. Zugegeben, es hatte Tischtücher und gepolsterte Sitzbänke. Es hatte eine Hostess und gedämpftes Licht und auch Kellnerinnen in verführerischem Outfit und schließlich auch noch ein Schild mit der Aufschrift *Bitte warten Sie, bis wir Ihnen einen Platz anweisen.* Doch alles andere – von den Speisekarten über die Vinylpolster zu den fischlosen Aquarien in Sargformat – erinnerte eher an Fressbude.

»Was haben die wohl mit den Goldfischen gemacht?«, murmelte Delorme, als sie die Speisekarte studierten.

»Wahrscheinlich an ein besseres Restaurant verkauft«, sagte Cardinal. »Ist das hier für Sie in Ordnung oder sollen wir woanders hingehen?«

»Ich bin müde und halb verhungert. Bleiben wir hier.«

»Wissen Sie schon, was Sie nehmen? Ich will ein Steak.«

»Ich die Meeresfrüchte spezial.«

»Da wäre ich vorsichtig. Vielleicht bekommen Sie eine große Portion kleine Goldfische.«

»Ist mir egal. Ich werd's mit reichlich Bier runterspülen.«

Sie bestellten bei einer feindseligen jungen Frau, in deren Lebensentwurf offenbar Kellnern nicht vorkam. Cardinal war einfach nur froh, dass sie auf Englisch nach ihren Wünschen fragte.

Als das Bier kam, nahm Cardinal einen Schluck von seinem Labatt's und blickte nachdenklich auf die Flasche. »Schmeckt irgendwie seltsam.«

»Sie machen es anders für den Quebecer Markt.«

»Wieso?«

»Weil die Frankokanadier sensiblere, kultiviertere Geschmacksnerven haben.«

»Ah, sicher. Berühmt dafür.«

Delorme schnitt ein Gesicht. Sie hatte ihr Haar offen gelassen, so dass es in dicken, lockigen Wellen über ihre Schulter fiel, und sie trug ein rotes T-Shirt, das besser aussah, als einem T-Shirt zustand. Über ihrem Brustbein war eine winzige schwarze Katze eingestickt.

Als ihr Essen kam, war es zu ihrer Überraschung ausgezeichnet. Cardinals Steak war zart und genau halb durch, so wie er es mochte. Und aus Delormes Gesicht sprach der reine Hochgenuss.

»Sind die Meeresfrüchte okay?«

»Okay? Sie sind phantastisch.«

Das gute Essen hob ihre Stimmung. Während sie aßen, sprachen sie davon, wie gut sie am ersten Tag vorangekommen waren und was sie am zweiten Tag schaffen wollten. Sie hatten immer noch kein klares Motiv für den Mord an Shackley, doch falls ihnen das Schicksal wohlgesinnt wäre, würde sich vielleicht bald eines abzeichnen. Nach einer Weile kamen sie auf persönlichere Dinge zu sprechen. Cardinal fragte sie nach einem Freund, den Delorme ein-, zweimal erwähnt hatte.

»Eric – hieß er nicht Eric? Nach dem, was Sie mir über ihn erzählt haben, schien er ein netter Kerl zu sein.«

»O ja, er war ein netter Kerl – außer dass er meinte, er könne alles ficken, was ihm unter die Augen kommt. Manchmal kann ich verstehen, wieso Frauen lesbisch werden.«

Für eine Weile herrschte Schweigen. Delorme sah einen Moment lang zur Seite und lehnte sich dann ein wenig vor. »John, wir haben nie wieder darüber gesprochen, seit Sie letztes Jahr beinahe gekündigt hätten, aber ich frage Sie nur unter Freunden: Macht Rick Bouchard und Co. Ihnen immer noch Druck?«

»Ein bisschen.«

»Ich hab's geahnt. Und wie?«

»Er hat eine Karte geschickt. Er hat meine Privatadresse.«

»Er hat sie zu Ihnen nach Hause geschickt? Was wollen Sie unternehmen?«

»Bouchard hat seine Strafe noch nicht ganz abgesessen. Ich kann nur hoffen, er baut Mist und kriegt noch ein paar Jährchen obendrauf.«

»Ich würd mich nicht drauf verlassen.«

»Und einiges wird wohl auf das Konto Wichtigtuerei gehen. Er ist seit zwölf Jahren im Gefängnis. Wird er wirklich riskieren, postwendend zurückzuwandern, nur um mir nachzustellen? Höchstwahrscheinlich nur Prahlerei unter Knastbrüdern.«

»Hoffentlich. Lassen Sie's mich wissen, wenn ich etwas tun kann.«

»Danke, Lise. Können wir jetzt das Thema wechseln?«

»Worüber sollen wir sprechen?«

»Erzählen Sie mir vom schlimmsten Rendezvous, das Sie je hatten.«

»Oh, schwer zu sagen. Die Auswahl ist groß.“

Delorme fing eine Geschichte über ein Blind Date und einen Typen mit einem heißen Schlitten an, das mit einem Knöllchen wegen Geschwindigkeitsübertretung begann und mit einem Platten im strömenden Regen endete. Die ganze

Zeit staunte Cardinal, wie verwandelt Delorme war, außerhalb des Berufs. Sie hatte ein wunderbar ausdrucksvolles Gesicht. Im Kommissariat war sie von einer unterkühlten Effizienz, die jeden auf Distanz hielt und außerdem schwer zu deuten war. Doch jetzt, nach der Arbeit und in einer anderen Stadt, ließ sie den Schutzpanzer fallen. Ihre Gesten wurden ausdrucksvoller – sie rollte die Augen, als sie ihre Fahrt mit dem heißen Schlitten beschrieb, und senkte die Stimme zu der gedehnten Sprechweise eines Blödians, als sie wiedergab, was der Kerl gesagt hatte. Cardinal war gerührt, dass sie ihm eine Seite offenbarte, die emotionaler, weiblicher und vielleicht, dachte er, auch französischer war.

Nachdem das Geschirr weggeräumt war, blieben sie noch eine Weile zusammen sitzen.

»Wollen Sie noch ein Bier?«, fragte Cardinal.

Delorme zuckte die Achseln, so dass für einen Moment ihre Brüste betont wurden. Sie winkte der Bedienung am anderen Ende des Raums. »Ich hätte gern noch ein Bier. Und noch ein Labatt's für meinen Vater?«

Als sie zum Hotel zurückkamen, rief sie eines der Mädchen am Empfang zu sich. Sie sprach französisch.

»Ms. Delorme, es tut mir leid, aber wir haben ein Problem. Auf dem Erdgeschoss ist ein Rohr gebrochen und hat alle Zimmer unter Wasser gesetzt. Ich fürchte, Sie können nicht in diesem Zimmer übernachten.«

»Das macht nichts. Bringen Sie mich woanders unter.«

»Das ist ja das Problem. Wir sind völlig ausgebucht. Es gibt keine anderen Zimmer.«

»Haben Sie das mitbekommen?«, sagte Delorme zu Cardinal.

»Mehr oder weniger.«

»Ich schwör's Ihnen, das nächste Mal geh ich ins Queen Elizabeth.«

Sie drehte sich wieder zu der Empfangsdame um und sprach wieder französisch mit ihr. Cardinal verstand nicht alles, doch er nahm mit Bewunderung zur Kenntnis, dass Delorme weder die Beherrschung verlor noch die Stimme hob.

Sie drehte sich erneut zu Cardinal um. »Es gibt ein Holiday Inn rund zwei Kilometer von hier. Sie bezahlen mir die Nacht.«

»Sind Sie sicher, dass Sie nichts anderes haben?«, sagte Cardinal zu der Empfangsdame. »In Ihrem ganzen Hotel muss es doch ...«

Das Mädchen antwortete mit einem starken Akzent. »Normalerweise ja, es wäre kein Problem. Aber heute Abend haben wir ein Highschool-Hockeyteam hier, das einen ganzen Stock belegt. Es tut mir leid.«

Cardinal fühlte mit Delorme. Auf einmal sah sie sehr klein und müde aus.

»Wie wär's, wenn Sie mein Zimmer nehmen würden?«, sagte er. »Ich geh ins Holiday Inn.«

»Auf keinen Fall. Ich setze Sie nicht vor die Tür.«

»Also, die andere Möglichkeit ist, dass wir beide in meinem Zimmer übernachten. Es sind zwei Doppelbetten drin.«

Delorme schüttelte den Kopf.

»Benehmen wir uns wie zwei erwachsene Menschen«, sagte er ruhig. »Ich werde nicht über Sie herfallen.«

»Wollen Sie, dass die ganze Dienststelle über uns Witze reißt? Nein, danke.«

»Wer soll es denn erfahren? Ich werd's bestimmt niemandem erzählen.«

»Ich sollte woanders hingehen.«

»Es ist ein langer Tag gewesen. Sie sind müde. Und wir wollen morgen früh anfangen. Schlafen Sie in meinem Zimmer.«

»So wahr mir Gott helfe, John, wenn Sie irgendjemandem davon erzählen – und ich meine, *irgendjemandem* –, rede ich nie wieder mit Ihnen.«

Cardinal legte sich schlafen, während Delorme im Badezimmer war und sich die Zähne putzte. Er wollte Catherine anrufen, kam sich aber mit Delorme in einem Zimmer komisch vor. Er zog ein Taschenbuch heraus und zwang sich, ein paar Seiten zu lesen.

Als die Badezimmertür aufging, starrte er entschlossen weiter in das Buch, aber er konnte aus den Augenwinkeln heraus sehen, dass Delorme noch angezogen war. Er rollte sich auf die Seite, von ihr abgewandt, und dann hörte er, wie sie sich auszog, den Reißverschluss ihrer Jeans aufmachte.

Ein tiefer Seufzer, als sie sich hinlegte. Das Zimmer war überheizt. Was hatte sie wohl unter diesen Decken an?

Cardinal drehte sich noch einmal auf den Rücken und überlegte krampfhaft, was er sagen sollte. Er wollte auf keinen Fall etwas sagen, das zu persönlich klang, das sie als Provokation auslegen konnte, aber ihm war auch nicht danach, noch einmal mit dem Fall anzufangen. Ging es Delorme auch nur annähernd ähnlich wie ihm? Überlegte sie, was sie sagen sollte? Stellte sie sich gewisse Dinge vor? Wie zur Antwort drehte Delorme ihm den Rücken zu und knipste ihre Lampe aus. Natürlich ließ das Raum zur Interpretation. Hoffte sie, dass er den ersten Schritt machte? Schön, wie ihr Haar hinter ihr in Locken über das Kissen fiel, ihre Hüfte sich unter der Decke wölbte.

Beim Essen hatte sie so getan, als ob er ihr Vater wäre. Weiß ich wenigstens, woran ich mit ihr bin, dachte Cardinal, die zwölf Jährchen oder so, die wir auseinander sind, hat sie mir ganz schön aufs Brot geschmiert. Er knipste seine eigene Lampe aus und beschloss, nicht mehr an sie zu denken.

Es funktionierte nicht, und er lag lange wach.

Delorme war bereits auf und vollständig angezogen, bevor der Weckruf Cardinal aus dem Schlaf holte.

»Ich bin schon unten im Frühstückszimmer«, sagte sie, und dann war sie draußen.

Sie fuhren Richtung Eastern Townships und über einen Knüppeldamm zu Sauvés Haus. Die Sonne war herausgekommen, und von den umliegenden Äckern blies eine steife Brise herüber. Die Felder erinnerten an einen Sumpf, der wie Metall unter der Sonne glitzert. Cardinal führte auf dem Handy ein paar Telefonate mit dem britischen Konsulat. Eine unglaublich höfliche junge Frau sagte, sie werde die notwendigen Erkundigungen einholen, und jemand würde ihn bald zurückrufen.

»Geht's Ihnen gut?«, fragte Delorme irgendwann. »Sie wirken ein bisschen grantig.«

»Nur müde«, sagte Cardinal. »Ich hab nicht gut geschlafen.«

»Tatsächlich? Ich schon.«

Cardinal fragte sich, ob sie es ihm unter die Nase reiben wollte, dass er ihr körperlich völlig gleichgültig war. Aber wahrscheinlich sagte sie nur die Wahrheit: Physische Anziehungskraft war ihr gar nicht in den Sinn gekommen.

Sie bogen in Sauvés Auffahrt ein und blockierten damit Sauvé selber, der gerade rauswollte. Er lehnte sich auf die Hupe, so dass Krähen und Eichelhäher von den Bäumen aufflatterten. Als Cardinal sich nicht rührte, warf Sauvé seine Lkw-Tür auf und kam zu ihnen herübergehinkt. »Ich hab Ihnen schon mal klar gemacht, dass ich den Mounties nichts zu sagen habe, oder der Sûreté oder irgendeiner anderen Polizei. Und jetzt verschwinden Sie endlich aus meiner Einfahrt.«

»Mr. Sauvé, haben Sie einen Videorecorder? Wir haben vorsichtshalber einen mitgebracht, für den Fall, dass Sie keinen haben.«

Von innen war Sauvés Haus in noch schlimmerem Zustand als sein Eigentümer. In den Fenstern klapperten Plastikplatten hin und her und versuchten vergeblich, den Quebecer Winter draußen zu halten. Eine Wand im Wohnzimmer bestand nur noch aus Streben. Abgebröselter Putz lag im Flur verstreut. Im Wohnzimmer stand ein klumpiges Sofa mit einer Wolldecke, auf der Cardinal und Delorme Platz nahmen. Sauvé setzte sich in einen Sessel, aus dessen einer Lehne die Füllung austrat. Um seine Füße strich eine Katze mit kahlen Stellen im schwarzen Fell.

Sauvé hatte eine Flasche Molson in der Hand und saß schief im Sessel, so dass er mit dem gesunden Auge fernsehen konnte. Das Band war nachts aus verschiedenen Blickrichtungen auf einem Parkplatz gedreht worden. Darauf war Sauvé zu erkennen, wie er aus seinem Lkw stieg und Kisten mit der Aufschrift *Verkehrsministerium* ablud. Zwei Männer stiegen aus einem Lieferwagen und untersuchten die Kisten, bevor sie ihm einen Umschlag reichten. Sauvé fuhr weg, während sie die Kisten in ihren Lieferwagen luden. Als das Band zu Ende war, schleuderte Sauvé sein Bier quer durchs Zimmer, so dass es an der Wand zerschmetterte. Der Hopfengeruch erfüllte den Raum und mischte sich mit dem Geruch nach Schimmel.

»Gewisse Stellen sind bereit, diese Episode zu vergessen«, sagte Cardinal, »vorausgesetzt, Sie unterstützen uns bei unseren Ermittlungen. Und vorausgesetzt natürlich, dass Sie sofort aufhören, der French-Self-Defence-League Sprengstoff zu verkaufen.«

Sauvé rieb sich die Stoppeln an seinen Wangen. An der Hand fehlten drei Finger. Sein Auge glühte vor Zorn. »Eines wüsste ich gerne, Detective. Bilden Sie sich wirklich ein, es bestünde ein großer Unterschied zwischen den Mounties und den Leuten, die Sie hinter Schloss und Riegel bringen?«

»Bis jetzt sind mir noch keine Mounties begegnet, die ihre Mordopfer an Bären verfüttern. Aber ich führe ein behütetes Leben.«

»Miles Shackley ist vor ein paar Tagen nach Algonquin Bay raufgekommen«, sagte Delorme. »Wir könnten uns denken, dass Sie wissen, wieso.«

»Also, wissen Sie was, Schwester? Ich hab keine Ahnung. Ich habe Miles Shackley seit dreißig Jahren nicht mehr gesehen.«

»Und trotzdem hat er Sie vor drei Wochen angerufen. Wie kommt das wohl?«

»Er war ein alter Spion, und er konnte sich schlecht an den Ruhestand gewöhnen, okay? Er hatte Anwandlungen von Nostalgie, hat alte Freunde angerufen. Wollte noch mal die Stätten seines Wirkens sehen, Kriegsgeschichten erzählen. Wieso sollte er mich nicht anrufen?«

»Sie haben im CAT-Kommando zusammengearbeitet, richtig?«

»Ja. Und unsere Aufgabe bestand darin, in der FLQ Informanten zu rekrutieren. Das haben wir getan.«

»Und Sie beide haben mit Lieutenant Fougère gearbeitet?«

»Anfänglich nicht. Ich hab mit Fougère zusammengearbeitet, nachdem er es vermasselt hatte. Oh, entschuldigen Sie, habe ich schlecht über die Toten geredet? Tut mir leid. Lieutenant Fougère kam mit der glorreichen Idee der Operation Coquette. In erster Linie, weil er die Coquette vögelte.«

»Sie meinen Simone Rouault?«

»O ja. Eine richtige Hure. Fougère rekrutiert seine Freundin, um die FLQ zu infiltrieren, und die bringt die ersten drei Monate damit zu, sich bei einem Kerl namens Claude Hibert einzuschmeicheln. Das einzige Problem dabei: Hibert war zufällig mein Informant.«

»Er arbeitete schon für CAT?«

»Er war mein Informant – schon bevor ich zu CAT kam. Ich hatte ihn schon seit anderthalb Jahren. Fougère und seine kleine Hure haben Monate vergeudet. Deshalb mussten Shackley und ich ihn an die Hand nehmen. Shackley war CIA und eine richtige One-Man-Show. Einer der wenigen Leute auf der Welt, auf die man wirklich zählen kann. Als wir das Vereinte CAT-Team ins Leben riefen, kam er aus freien Stücken dazu. Hätte er nicht gemusst. Er schob bis dahin eine ruhige Kugel in New York.

Und einfallsreich, der Junge. Nicht wie Fougère. Als Shackley zu uns kam, hatte er schon einen Agenten platziert. Die CIA-Vorschriften besagten, dass er uns nicht klar sagen durfte, wer es war und wo. Er konnte die Früchte mit uns teilen und ihren Wahrheitsgehalt abwägen, alles Übrige war streng geheim.«

»Aber Sie hätten es erfahren müssen. Sonst hätten Sie leicht denselben Fehler machen können wie Fougère.«

»Das müssen Sie Langley sagen. Am Ende war es eigentlich egal, weil Shackley und Langley selten einer Meinung waren. Er hat mir gesagt, wer sein Mann vor Ort war: ein Kerl namens Yves Grenelle.«

»Hat Yves Grenelle Raoul Duquette ermordet?«

»Lesen Sie Ihre Akten. Daniel Lemoyne und Bernard Theroux haben Raoul Duquette getötet. Sie haben sich dazu bekannt.«

Cardinal stand auf. »Na schön. Sie haben's offenbar eilig, wieder ins Gefängnis zu kommen. Für den Verkauf von Sprengstoff an eine terroristische Vereinigung, das sollte für mindestens acht Jahre reichen. Und als Ex-Cop werden Sie sich im Zellenblock bestimmt größter Beliebtheit erfreuen.«

»Ich sage die Wahrheit. Lemoyne und Theroux –«

»Jeder weiß, dass sie die Ermordung Duquettes gestanden haben. Wir wissen auch, dass es so was wie Zellensolidarität gab, wonach derjenige, der geschnappt wurde, die Schuld auf sich nahm und wer davonkam, eben davonkam. Yves Grenelle kam davon, richtig?«

»Klar, er kam davon. Und?«

»Und er war Shackleys Agent, richtig?«

»Klar, er war Shackleys Agent. Und?«

»Und er hat Duquette getötet, richtig?«

»Wenn er es getan hätte, dann hätte ich nichts damit zu tun.«

»Aber Shackley vielleicht. Mit einem Mal, mitten in der Oktoberkrise, war das gesamte CAT-Kommando wie wild hinter Shackley her. Wieso?«

»Vielleicht, weil er ein hartes Spiel spielte. Er hat nicht herumgeredet.«

»Was im Klartext heißt? Dass Grenelle mehr als ein Informant war? Er war ein Provokateur, nicht wahr? Genau wie Simone Rouault. Jemand, der mehr Straftaten beging, als er vereitelte?«

»Und wenn schon?«

»Nun ja, wenn Detective Fougère seine Freundin Ölgesellschaften berauben und Bomben legen ließ, dann war Miles Shackleys Mann vermutlich zu ganz anderem fähig. Wie zum Beispiel, Raoul Duquette zu töten.«

Sauvé zuckte die Achseln. »Möglich.«

»Das kann aber nicht CIA-Praxis gewesen sein. Wie soll es in ihrem Interesse sein, in einem befreundeten Nachbarland Unruhen zu schüren?«

»Sie haben ganz recht. So was macht die CIA doch nicht. Das kann Ihnen jeder Chilene sagen. Oder Sie könnten mal bei den dankbaren Guatemalteken nachfragen.«

»Wollen Sie sagen, das war doch ihre Praxis?«

»Jesses Maria. Kein sonderlich ausgeschlafener Menschenschlag da oben in Ontario, wie? Fürs Protokoll, nein, ich glaube nicht, dass es CIA-Praxis war, in Kanada Unruhen zu schüren. Keine offizielle Praxis.«

»Aber?«

»Kein Aber, Ende der Geschichte.«

»Was meinen Sie, wie sich das Band da in den Sechs-Uhr-Nachrichten macht? Sollen wir's ausprobieren?«

»Also, gut, verdammt noch mal! Sie fragen mich Dinge, die ich unmöglich wissen kann! Inoffizielle CIA-Praxis? Supergeheime, verdeckte Operationen? Wie soll ich das wissen? Ich war Mountie, verdammt noch mal. Wenn Sie wissen wollen, was ich glaube, können Sie das kostenlos haben. Aber es basiert nur auf Hörensagen und auf Vermutungen, und der einzige Grund, warum ich die überhaupt anstellen kann, ist der Umstand, dass Shackley und ich eng zusammengearbeitet haben. Wir sind uns näher gekommen, weil wir beide schwarze Schafe waren und wir beide gerne Dinge zu Ende brachten.«

»Schön. Wir hören.«

Sauvé machte einen tiefen Seufzer. Er fing an, monoton zu reden, als ob er zu diesem Thema schon häufig Vorträge gehalten hätte. »Die USA waren unter Nixon von Kanada äußerst irritiert. Zuerst schlagen wir vor, dass sie das Embargo gegen Kuba aufheben. Die Yanks sehen rot bei dem Thema Kuba. Zweitens nehmen wir ganze Flugzeugladungen an Vietnam-Kriegsdienstverweigerern auf – das garantiert uns in Washington nicht unbedingt Liebe und Verständnis. Drittens, es ist der Höhepunkt des Kalten Krieges, und Trudeau erklärt uns zur nuklearwaffenfreien Zone. Nuklearwaffenfrei! Nicht dass wir eine richtige Armee hätten. Die Staaten geben Milliarden für die Verteidigung aus, und sie finden, dass wir uns um unseren Beitrag drücken. Und viertens, Trudeaus Haar ist zu lang. Sie denken, ich mache Witze, aber wir reden hier von Richard Milhous Nixon, der personifizierten Paranoia.

Die Nixon-Bande wollte ihren Nachbarn im Norden Haltung beibringen, und zwar sofort. Sie wollten einen Konservativen an der Macht sehen, jemanden, der bei solchen Kleinigkeiten wie Vietnam oder dem Kalten Krieg und Atomwaffen einer Meinung mit ihnen ist. Und das war, nach Ansicht des Nixon-Ministeriums der realen Welt, am besten zu erreichen, indem man der kanadischen Bevölkerung eine solche Scheißangst machte, dass sie einen anderen wählen. Sie hatten ein großes Problem.«

»Pierre Trudeau.«

»Pierre Trudeau. Das waren die Tage der Trudomania. Wie machen sie den Kanadiern klar, was wirklich gut für sie ist? Also hecken sie diesen Plan aus. Quebec fängt an zu brodeln. Warum es nicht zum Überkochen bringen? Würde dem übrigen Kanada ganz schön Angst einjagen. Und wenn die Leute erst mal sehen, was für ein Schlappschwanz Pierre Trudeau ist, schmeißen sie ihn raus, und wir bekommen einen heißblütigen Konservativen an seiner Stelle. Das war natürlich keine Strategie, müssen Sie wissen. Es war ein »Was, wenn«. Ein Szenario.

Shackleys Job war es vermutlich, die Machbarkeit auszuloten. Das tun sie in einem Geheimdienst andauernd – Kriegsspiele inszenieren, eine Theorie austesten. Also platziert Shackley einen Spitzel in der FLQ. Er kriegt den Mann haargenau an die richtige Stelle. Und dann, als es gerade so richtig losgehen kann, ziehen sich die Typen um Langley zurück. Sagen ihm Nein danke und nicht Ja bitte. Doch Shackley ist es ernst, sehen Sie, also hält er sich Grenelle auf eigene Faust. Deshalb ist er damals verschwunden, und deshalb war, nach den Entführungen von Hawthorne und Duquette, jeder Cop in Montreal, der nach Daniel Lemoyne und Bernard Theroux suchte, *auch* hinter Miles Shackley her.«

»Sie meinen, er hat Grenelle beauftragt, Duquette zu töten?«

»Und wenn schon?« Sauvé spuckte in seinen Propankocher und löste ein plötzliches Zischen aus, wie ein Knistern im Radio. »Raoul Duquette ist seit dreißig Jahren tot.«

23

Cardinal und Delorme hielten zum Lunch an einer winzigen Imbissstube am Weg, die sich Chez Marguerite nannte. Cardinal hatte sich im Kopf schon seine Bestellung auf Französisch zurechtgelegt, doch als Marguerite – eine riesige Frau mit Brillengläsern so dick wie Aschenbecher – ihre Bestellung aufnahm, lachte sie doch tatsächlich.

»Wieso hat sie gelacht? Ich dachte, ich hab's richtig hinbekommen.«

Delorme schüttelte den Kopf. »Es ist Ihr Akzent. Sie finden den frankokanadischen Akzent komisch, aber glauben Sie mir, das ist nichts gegen einen Anglo, der versucht, Französisch zu sprechen.«

»Das war's – ich werde nie wieder ein Wort Französisch reden.«

»Blödsinn. Sie haben sich tapfer geschlagen.«

»Albernes Französisch. Und dann wundern sie sich, dass der Rest des Landes genug von ihnen hat.«

»Hören Sie auf. Sie klingen wie McLeod.«

»Ich hab nur einen Witz gemacht.«

Delorme sah aus dem Fenster über die Felder jenseits des Highways. Die Sonne stand noch tief am Himmel, und das Licht färbte ein paar Strähnen in ihrem Haar kupferrot. »Glauben Sie, dass Sauvé die Wahrheit gesagt hat?«

»Auf jeden Fall war es ratsamer für ihn, die Wahrheit zu sagen. Und alles, was er gesagt hat, passt zu dem, was wir von anderen gehört haben. Ich denke, viel mehr werden wir aus Shackleys Telefonkontakten nicht rausbekommen.«

Die Eigentümerin brachte ihnen das Essen: Burger für Cardinal und für Delorme eine Platte Poutine – eine frankokanadische Spezialität aus Pommes frites, brauner Soße und gebröckeltem Frischkäse.

»Gott, Delorme. Wie können Sie das essen?«

»Lassen Sie mich in Frieden. Ich ess das nur, wenn ich in Quebec bin.«

»Ach so, ich vergaß, diese sensiblen, verfeinerten frankokanadischen Geschmacksnerven.«

Delorme sah ihm mit ihren ernsten braunen Augen gerade ins Gesicht. »Sie sollten *prendre* sagen, wenn Sie Ihr Essen bestellen. *Je vais prendre.*«

Sie waren auf dem Highway 20 und hatten gerade den Stadtrand erreicht, als Cardinals Handy klingelte. Die Stimme am anderen Ende war sehr kultiviert, sehr britisch. »Guten Tag. Kann ich wohl bitte mit Detective John Cardinal sprechen?«

»Am Apparat.«

»Ah, ich glaube, Sie hatten versucht, mich zu erreichen. Mein Name ist Hawthorne. Stuart Hawthorne.«

Stuart Hawthorne war schätzungsweise Ende sechzig, doch drahtig und energisch. Sein Haar, auf dem Oberkopf dicht und silbergrau, hatte am Hinterkopf über dem Hals noch ein wenig von seiner ursprünglichen Sandfarbe erhalten. Es war aus der Stirn gekämmt und bildete über den Ohren zwei angelegte Flügel. Cardinal war auf einen Nadelstreifenanzug gefasst gewesen, doch natürlich war Hawthorne jetzt pensioniert und hatte daher keinen Grund, sich formell zu kleiden. Er trug ein flauschiges, weißes Hemd mit Button-down-Kragen, eine Khakihose ohne Umschlag und ein Paar Kodiakstiefel. Er schien der Mann zu sein, der sich auf einer Safari, in einem Fernsehstudio oder beim Unkrautjäten im eigenen Garten gleichermaßen zu Hause fühlte.

»Wissen Sie, Detective, der CSIS hat bei mir angerufen«, sagte er, als Cardinal und Delorme ihn in seinem Haus in Westmount abholten. »Sie wollen unbedingt verhindern, dass ich mit Ihnen rede.«

»Der CSIS will, dass überhaupt niemand mit uns redet«,

sagte Cardinal. »Es gibt Aspekte bei diesen Ermittlungen, die kein allzu gutes Licht auf ihre alte Garde werfen.«

»Nun ja, das soll mir recht sein. Ich persönlich bin der Meinung, dass sie in der Oktoberkrise völligen Murks gemacht haben. Wenn sie anders damit umgegangen wären, könnte Raoul Duquette noch am Leben sein.«

»Hat der Anrufer seinen Namen genannt?«

»Nein. Was mir die Sache sofort suspekt machte. Es war ein älterer Mann – nun ja, muss er ja sein, falls er zu der alten Garde gehört –, möglicherweise Frankokanadier. Jedenfalls werde ich wegen eines anonymen Anrufs keine Morduntersuchung behindern.«

Ein kurzes Stück fuhren sie schweigend. Dann sagte Hawthorne: »Wissen Sie, ich bin schon oft gebeten worden, so etwas zu machen, aber ich habe schon seit mehr als zehn Jahren nicht mehr mit den Medien geredet. Das letzte Mal, dass sie an mich herantraten, war Oktober 2000 – dreißigster Jahrestag der alten Geschichte. Ich hab gesagt, nein, kommt nicht in Frage. Ohne mich. Ich möchte 1970 einfach vergessen – zumindest meine Rolle bei dem Ganzen. Andererseits vergeht kein einziger Tag, an dem ich nicht an den armen Raoul Duquette denken muss, der da oben am Mount Royal begraben liegt.«

Delorme fuhr, und Cardinal saß auf dem Rücksitz, ein Arrangement, das sie sich in der Annahme ausgedacht hatten, dass Hawthorne bei Delorme auf ein verständnisvolleres, um nicht zu sagen, attraktiveres Ohr stoßen würde. Und die Rechnung ging auf. Kaum waren sie unterwegs, redete er drauflos, ohne dass sie groß nachhelfen mussten. »Die verdammten Medien«, sagte er. »Ich glaube, die Leute von der CBC hofften, ich würde etwas schrecklich Christliches sagen und meinen Entführern vergeben, aber tut mir leid, ich vergebe ihnen nicht. Mal ganz abgesehen davon, was sie mir angetan haben, vergessen die Leute immer, was meine Familie durchgemacht hat. Wissen Sie, es gab einen Punkt, an dem die Medien mich für tot erklärten – am selben Tag, als Duquette ermordet wurde. Können Sie sich vorstellen, was sie damit meiner Frau angetan haben? Ich hatte einen vierjährigen Jungen, in Gottes Namen. Ihnen vergeben? Nein, danke. Meine Frau war danach nie mehr wie früher«, fügte Hawthorne hinzu. »Schlimmer für sie als für mich. Das kann ich ihnen nicht vergeben.«

Delorme bog Richtung Norden in eine Durchgangsstraße ein, die sie vorher als die zügigste Route nachgeschlagen hatte.

Hawthorne betrachtete im Vorbeifahren das Leben auf der Straße, das vor allem aus Jugendlichen auf Skateboards und arabischen Frauen mit Kinderwagen zu bestehen schien. Am Telefon hatte Hawthorne nicht die geringste Begeisterung für ihr Treffen gezeigt. »Hören Sie«, hatte er gesagt, »das war vor dreißig Jahren, das Leben muss weitergehen.« Und doch war Hawthorne nach der Entführung seltsamerweise in Kanada geblieben. Sogar in Quebec. Als er 1988 in den Ruhestand trat, war es in Montreal, der Stadt, in der er die schlimmste Erfahrung seines Lebens gemacht hatte. Cardinal fragte ihn jetzt danach.

»Nun ja, ich habe tatsächlich versucht, nach England zurückzukehren, wissen Sie. Hab zwei Jahre da gelebt. Aber man gewöhnt sich an eine andere Mentalität, eine andere Lebensart. Ehrlich gesagt, finde ich Großbritannien heutzutage unerträglich bieder, trotz des oberflächlichen Modernismus von Tony Blair. Es hat was Rückständiges – hinkt zwanzig Jahre hinter dem Rest der Welt hinterher.«

Er drehte sich um und sah Cardinal an. »Außerdem habe ich, trotz dieser Geschichte damals, die Kanadier immer gemocht. Die Leute, die mich entführt haben, waren Extremisten. Ich habe – bis heute – viele frankokanadische Freunde. Aber die Kanadier insgesamt sind das ideale Mittelding zwischen den bornierten Engländern und den aufdringlichen

Amerikanern. Jedenfalls nach meiner Erfahrung. Vielleicht sind Sie anderer Meinung.«

»Ich weiß nicht«, sagte Delorme. »Einige meiner Verwandten sind unglaublich konservativ. Sie machen mir manchmal Angst. Sie wählen Typen wie Geoff Mantis.«

»Wie Sie sehen, schweige ich dazu lieber. Einmal Diplomat, immer Diplomat.«

Cardinal fand Hawthornes Akzent faszinierend. Oxford oder Cambridge, so viel wusste er, auch wenn er nicht wusste, woher er das wusste. Die simpelsten Wörter klangen einfach schön. Es machte ihn ein wenig neidisch, und er fragte sich, ob es Delorme mit Leuten aus Frankreich ähnlich erging, vorausgesetzt, sie war je welchen begegnet. Hawthorne war glatt, geschliffen, formvollendet – das waren die Begriffe, die einem zu ihm einfielen – auf eine Weise, wie es Kanadier niemals waren. Er nennt uns das ideale Mittelding zwischen Amerikanern und Engländern, dachte Cardinal, doch in Wirklichkeit fühlen wir uns von beiden eingeschüchtert.

»Ich bin noch nie wieder da gewesen«, sagte Hawthorne. »Ich meine, in dem Haus. Die CBC hat mich immer wieder gefragt, ob ich nicht mal mitkommen will. Pünktlich alle fünf Jahre ruft ein einfallsreicher junger Produzent an – die heißen grundsätzlich Mindy, wenn sie Anglo sind, und Lise, wenn sie Franko ...«

»So heiße ich«, warf Delorme ein.

»In dem Fall«, sagte Hawthorne, »sollten Sie bei der CBC arbeiten.«

Delorme lachte.

»Jedenfalls klingelt, wie gesagt, alle fünf Jahre das Telefon, und Mindy oder Lise will wissen, ob es mir sehr viel ausmachen würde, ein bisschen in Erinnerungen zu schwelgen. Ein bisschen über meine Zeit bei den Terroristen zu erzählen und vielleicht einen kleinen Ausflug zu dem Haus zu machen, in dem es passiert ist. Vor laufender Kamera selbstredend.

›Eigentlich‹, lass ich sie wie Bartleby wissen, ›möchte ich lieber nicht.‹ Sie verstehen das als große Ermutigung. Sie sind wie ein ausgesetztes Tier, das bei jeder Zurückweisung nur noch anhänglicher wird. Die nächsten vier Wochen rufen sie unverdrossen immer wieder an, laden mich zum Mittagessen ein, zum Abendessen, bieten an, zu mir nach Hause zu kommen – als ob mich das umstimmen könnte –, und würden mir ihre Schwiegermutter verkaufen, wenn ich nur in ein Interview in diesem verfluchten Haus einwillige. Und ich hab es nie getan«, fügte er hinzu und verfiel in Schweigen, als sie in die Delavigne, eine schmale Straße mit Bungalows, einbogen. »Niemals.«

»Es tut mir leid, dass das nicht leicht für Sie ist«, sagte Cardinal. »Aber wie ich schon am Telefon sagte, sind wir dringendst auf Informationen angewiesen. Wir machen das nicht zum Spaß, wir wollen einen Mörder schnappen.«

»Ja, ja, sonst wäre ich nicht hier. Warten Sie, das hier ist die Straße, oder – Delavigne? Ja, das ist sie. Natürlich habe ich sie damals nie zu Gesicht bekommen. Nicht die Straße.«

»Hatten sie Ihnen die Augen verbunden?«, fragte Delorme.

»Im Wagen, ja. Und wissen Sie, was sie dafür benutzt haben? Eine alte Gasmaske. Hatten die Okulare geschwärzt. Konnte absolut nichts sehen. Aber ich kann Ihnen sagen, es hat mir Angst gemacht. Ich wusste ja nicht, dass es nur darum ging, dass ich nichts sehe. Dachte, die wollen mich mit Gas vergiften oder so. Ich meine, sie drückten mich auf den Rücksitz runter, drohten mir, und dann kommen sie mit diesem stinkenden Gummiding und stülpen es mir über das Gesicht. Nicht gerade dazu angetan, einen hoffnungsfroh zu stimmen.«

»Da wären wir«, sagte Delorme. Sie fuhr in die Einfahrt eines kleinen weißen Bungalows, vor dem ein kastanienbrauner Minivan parkte.

»Oh, Mann«, sagte Hawthorne.

Cardinal wollte aussteigen.

»Warten Sie eine Sekunde«, sagte Hawthorne. »Würde es Ihnen sehr viel ausmachen, noch einen Moment einfach sitzen zu bleiben? Es ist alles ein bisschen ...«

Cardinal machte die Tür wieder zu.

»Oh, Mann«, sagte Hawthorne noch einmal. »Wissen Sie, dass ich, wenn ich zufällig hier vorbeispazieren würde, das Haus nie wiedererkannt hätte? Nie im Leben. Sicher, ich hab es ja unter dieser Maske auch nie richtig gesehen. Das heißt ja und nein. Als wir ankamen, habe ich aus den Augenwinkeln heraus an den Rändern der Maske ein bisschen sehen können. Und dann am letzten Tag, als sie mich schließlich von hier wegfuhren. Ich kam raus und wurde auf den Rücksitz ihrer alten Schrottkiste verfrachtet, und im Wegfahren habe ich es gesehen. Aber es sah damals ganz anders aus.«

»Es ist das Haus, Sir. Es ist dieselbe Nummer. Und ich hab mir die alten Zeitungsfotos angesehen. Der einzige Unterschied ist, dass sie einen neuen Carport angebaut haben.«

»Oh, Sie haben sicher recht. Es ist bestimmt das Haus. Das Problem ist nur, dass es in meinem Kopf, in meiner Erinnerung so ein Albtraum ist. Inzwischen natürlich nicht mehr ganz so schlimm, aber in den ersten fünf Jahren oder so, als ich noch dauernd davon träumte. Für mich ist das eben die Realität, das Haus, das ich im Geist noch vor mir sehe. Und nicht das hier.«

»Es tut mir wirklich leid, Ihnen das zuzumuten, Sir.« Cardinal wusste nicht so recht, wieso er ihn dauernd Sir titulierte. Das machte er so gut wie nie. Der verdammte Akzent.

»Nein, nein. Keineswegs. Eigentlich ist es vermutlich gut für mich. Den Drachen erlegen, so etwas in der Art. Es ist nichts weiter als ein kleines Haus in einer ruhigen Straße. Keine Folterkammer. Nein, nein, ich bin sicher, es ist ganz gut so.« Hawthorne schlug sich auf die Schenkel. »Worauf warten wir! Nach Ihnen.«

An der Tür begrüßte sie Al Lamotte, der gegenwärtige Eigentümer. Delorme hatte mit ihm telefoniert und den Termin mit ihm vereinbart. Er war wie sie Mitte dreißig und konnte sich kaum an die politischen Ereignisse von 1970 erinnern. Das Haus hatte seit damals ein Dutzend Mal den Besitzer gewechselt; Lamotte wohnte hier seit zwei Jahren mit seiner Frau und seinem Sohn. Frau und Sohn waren gerade nicht zu Hause.

»Hören Sie«, sagte er, nachdem sie sich miteinander bekannt gemacht hatten, »ich will nicht im Weg rumstehen, okay? Sie gehen einfach überall hin, wo Sie hinmüssen, und ich bin so lange in der Küche.«

»Danke, Mr. Lamotte«, sagte Cardinal. »Sehr freundlich von Ihnen.«

Lamotte machte eine abwehrende Handbewegung und ging in die Küche.

Hawthorne hatte währenddessen dagestanden, die Hände unbeschwert in die Hüften gestemmt, und sich umgesehen. Vor dem Fenster glitzerten Bäume und dahinter ein Kirchturm in der Sonne.

Cardinal sah ihn erwartungsvoll an.

»Das Wohnzimmer habe ich bis zuletzt nicht gesehen. Es war fast völlig leer. Ein paar Schlafsäcke, ein paar harte Stühle. Sie hatten offensichtlich nicht damit gerechnet, dass die Sache länger als ein paar Tage dauern würde. Sie hielten mich die ganze Zeit im Schlafzimmer gefangen. Immer eine bewaffnete Wache an der Tür. An viel mehr kann ich mich bei dem Zimmer nicht erinnern. Das Haus war von Polizei und sechstausend Armeesoldaten umstellt. Ich wollte einfach nur raus hier, bevor uns die Kugeln um die Ohren flogen.« Hawthornes Stimme zitterte ein wenig. Ein Riss in der glatten Oberfläche.

»Ich war die ganze Zeit nur im Schlafzimmer, außer wenn ich zur Toilette musste. Selbst da sind sie mit mir reingegangen, verflucht noch mal. Das war deprimierend.« Hawthorne drehte sich zu ihnen um. »Hören Sie, ich glaube wirklich nicht, dass ich mit irgendwelchen großen Offenbarungen aufwarten kann. Es ist alles zu lange her. Und natürlich wollte ich mich nicht erinnern, ich wollte vergessen.«

»Können wir einen Blick ins Schlafzimmer werfen?« Die Frage kam von Delorme, und Cardinal war froh. Es war nicht leicht, einen so beherrschten Mann wie Hawthorne zittern zu sehen.

Der Engländer grub das Kinn in die Brust. Mehr brachte er nicht zustande, um sein Einverständnis zu bekunden. Dann drehte sich Delorme um, und er folgte ihr wie ein kleiner Junge durch den Flur.

Cardinal blieb im Flur, in den aus dem Schlafzimmer ein heller Lichtstrahl schräg einfiel. Hawthorne stand vorgebeugt am hinteren Ende des Zimmers, immer noch das Kinn an der Brust, als ob ihm ein scharfer Wind entgegenbliese.

Derzeit war es ein Kinderzimmer, nach der Sportausrüstung zu urteilen die Domäne eines zehn- oder elfjährigen Jungen. In eine Ecke kuschelte sich ein riesiger Teddybär. An der Wand hing ein bunter Drachen und wartete auf den Sommer, daneben ein Poster von den Montreal Canadiens. Eine gelbe Kommode, deren Schubladen teilweise heraushingen, war von Videospielen, Comic-Heften und Sammelkarten mit Hexen und Zauberern übersät. Auf einem kleinen Schreibtisch stand ein Computer. Auf dem Bildschirmschoner richtete sich ein Tyrannosaurus Rex brüllend auf. Über dem Zimmer lag ein leichter Geruch nach Turnschuhen.

»Oje«, sagte Hawthorne leise.

Cardinal und Delorme warteten. Hawthorne verlagerte sein Gewicht und sah sich um.

»Ich bin froh, dass es ein Kinderzimmer ist«, sagte er ohne weitere Erklärung. Cardinal hatte ohnehin nicht den Eindruck, dass er mit ihnen sprach. »Es ist, als ob man ein Schlachtfeld wiedersieht. Gettysburg oder Poitiers. Mal da gewesen? Ein paar stille Hügel, Blumen und Gras, die im Wind wehen. Man ahnt nicht, was sich da abgespielt hat.

Natürlich kommt es einem heute so unbedeutend vor. Zwei Entführungen, ein Mord. Verglichen mit dem elften September nichts weiter als ein kurzer Echoimpuls auf dem Radarschirm. Aber für den Betroffenen ist es eine schlimme Sache.« Er drehte sich zu Delorme um. »Zwei Monate hab ich hier zugebracht. Zwei Monate.«

»Das ist eine lange Zeit.«

»Am Anfang war es noch nicht so schlimm, nach dem ersten Schock, meine ich. Sie waren höflich, sorgten dafür, dass ich es bequem hatte – das heißt so bequem, wie man es eben haben kann mit gefesselten Händen und einer Kapuze über dem Kopf. Es war ein Kopfkissenbezug, den sie an einer Naht aufgerissen hatten. Ich konnte geradeaus sehen, aber nicht zur Seite. Hatte zwei Monate lang eine prächtige Aussicht auf diese Wand. Sie haben mir immer wieder versichert, dass sie mir nichts tun würden, dass ich nur ein Pfand war und so weiter, ein Verhandlungsgegenstand. Vermutlich waren sie auf ihre Art ganz respektvoll.«

Er drehte sich zum Fenster um. »Das war zugenagelt. Ich hab mir ausgemalt, wie ich ein Brett nach dem anderen losbekomme und eines Tages rausspringe, aber es war ja immer ein bewaffneter Wächter bei mir. Sie brachten mir Bücher zum Lesen -- zuerst politisches Zeug und später dann Taschenbuch-Thriller.« Er seufzte, und sein Atem bebte.

»Wie viele waren hier?«, fragte Cardinal, aber Hawthorne schien es nicht zu hören. Leise vor sich hin murmelnd, fuhr er mit seiner Führung durch die Vergangenheit fort, wies mit dem Finger auf eine Ecke, nickte mit dem Kopf in Richtung einer Wand.

»Eine Liege als Bett. Vermutlich einigermaßen bequem, aber sehr schmal. Dadurch hatten sie es leichter, mich festzubinden.«

Eine Drehung, ein Kopfnicken.

»Ein Campingstuhl neben der Tür. Und immer besetzt. Sie waren immer bewaffnet, aber sie haben nie mit der Waffe herumgefuchtelt oder so. Es war genug, dass sie eine hatten.«

Eine Drehung, ein Kopfnicken.

»Hier war ein Klapptisch. Zwei kleine Klappstühle. Da hab ich gegessen. Eine Menge Fastfood natürlich. Sie hatten allerdings eine Frau, die gelegentlich kochte. Madeleine hieß sie. Sie machte eine gute Tourtière und andere Gerichte. Hat sogar manchmal was gebacken. Sie schien wegen des ganzen Unternehmens Schuldgefühle zu haben. »Keine Sorge«, flüsterte sie mir manchmal ins Ohr. »Keine Sorge, Ihnen passiert schon nichts.«

Die Erinnerung schien emotionale Saiten in ihm zum Klingen zu bringen, die bisher stumm gewesen waren. Er drückte sich den Nasenrücken zwischen Daumen und Zeigefinger.

»Und wissen Sie was – mir ist ja auch nichts passiert. Mir ist nichts passiert. Sie hatten die ganze Zeit das Radio oder den Fernseher laufen, und so konnte ich immer die neuesten Nachrichten hören. Und es klang so, als würde die Provinzregierung alles Erdenkliche tun, um die Sache durch Verhandlungen zu einem guten Ende zu bringen. Aber dann rief Ottawa die Armee. In dem Moment, als sie das Kriegsrecht verhängten, ging hier die Luft raus. Die Kidnapper hatten so etwas nicht erwartet, sehen Sie. Sie dachten, es wären echte Verhandlungen im Gange. Aber in dem Moment, als Ottawa die Sache übernahm ...«

Mit der Stiefelspitze folgte Hawthorne den Umrissen eines Tigers in dem Teppich zu seinen Füßen. »Sobald sie den Eindruck bekamen, ihre Verhandlungen seien fruchtlos, bekamen sie es mit der Angst. Nun ja, Sie haben ja gesehen, was in der anderen Zelle passiert ist. Einen Tag nachdem das Kriegsrecht verhängt war, haben sie Raoul Duquette getötet ...«

Seine Stiefelspitze war am Maul der Wildkatze angelangt

und glitt weiter zu den Ohren, dann wieder den Unterkiefer hinab. »Der arme Mann liegt seit dreißig Jahren im Grab. Und ich lebe – reine Glückssache. Er kam zu der gewaltbereiteren Gruppe. Manche Leute haben gemutmaßt, er hätte mit den Entführern Streit angefangen, aber ich bin sicher, dass er nicht so dumm war, die gegen sich aufzubringen. Nein, er hatte lediglich das Pech, von Leuten entführt zu werden, die bereit waren zu töten. Meine Entführer waren es nicht, und ich schreibe es keinen Moment meinen diplomatischen Fähigkeiten zu, dass ich noch am Leben bin. Auch wenn ich tatsächlich so viel wie möglich mit ihnen gewitzelt habe.

Das Wichtigste war mir, in ihren Augen ein Mensch aus Fleisch und Blut zu bleiben, ohne allerdings einen Kotau vor ihnen zu machen. Ich wollte nur, dass sie mich als ein Individuum betrachten, nicht als einen Gegenstand. Disponibel. Ich weiß noch, wie einmal einer von ihnen einen gewaltigen Furz losließ, und ich sagte: ›Ah, *votre arme secrète* – Ihre Geheimwaffe.‹ Sie mussten darüber lachen.«

»Wie viele Leute waren es eigentlich, die Sie hier festhielten?«, fragte Delorme.

»Vier. Jacques Savard, Robert Villeneuve, das Mädchen, Madeleine, und ein Mann namens Yves, der kam und ging. Er war der Einzige, der mir drohte. ›Glauben Sie nicht, wir würden es nicht tun‹, sagte er mehrfach. ›Ich könnte Ihnen so das Genick brechen!‹ Und dabei schnippte er mit den Fingern. Brutaler Mensch. Die Welt ist leider voll davon.«

»Und Sie haben nie seinen Nachnamen gehört?«

»Nein, nie. Er bestand darauf, dass ihn jeder einfach nur Kamerad oder Soldat nannte, aber dem Mädchen ist ein-, zweimal sein Vorname rausgerutscht. Er blieb Gott sei Dank nie länger als eine halbe Stunde. Ich glaube, er war in erster Linie ein Verbindungsmann.« Hawthorne fuhr mit einem Mal herum und eilte mit großen Schritten zur Tür. »Ich kann wirklich nicht länger hier drin bleiben, es ist einfach zu viel.«

Im Wohnzimmer stützte er sich auf eine Sessellehne und atmete schwer.

»Alles in Ordnung?«, rief der Eigentümer aus der Küche.

»Ja, bestens«, antwortete Cardinal. »Wir gehen gleich.«

»Vielleicht setzen Sie sich erst mal«, schlug Delorme vor, »und machen eine Verschnaufpause.«

»Nein, nicht nötig. Ist schon in Ordnung. Bitte entschuldigen Sie den kleinen Schwächeanfall.« Hawthorne brachte ein Lächeln zuwege, doch auf der Stirn standen ihm die Schweißperlen.

Cardinal zog das Foto von Miles Shackley heraus. »Erkennen Sie diesen Mann wieder?«

»Nein. Sollte ich?«

»Nicht unbedingt. Und diese Leute?« Cardinal zeigte ihm das Foto mit den vier lächelnden Terroristen vor dem Fenster.

»Also, Lemoyne und Theroux erkenne ich aus den Zeitungsberichten. Sie waren, soviel ich weiß, nie hier. Sie hatten alle Hände voll damit zu tun, Duquette zu töten. Das ist Madeleine, die gelegentliche Köchin.«

»Und der Mann ganz rechts?« Cardinal zeigte auf den Mann mit den schwarzen Locken und dem gestreiften T-Shirt.

»Den Mann vergesse ich so schnell nicht. Das ist der Mann, den sie Yves nannten. Der Rüpel der Gruppe.«

»Wir gehen davon aus, dass er Yves Grenelle hieß«, sagte Cardinal.

»Mag sein. Sie müssen verstehen, dass ich gar nicht scharf darauf war, viel zu wissen. Ich wollte eine möglichst geringe Bedrohung für sie darstellen. Wollte ihnen – abgesehen von der politischen Situation – keinen Grund geben, mich umzubringen. Wenn Sie sagen, das ist Yves Grenelle, glaube ich Ihnen das aufs Wort. Den Nachnamen habe ich nie gehört. Ich kannte ihn nur als einen Dreckskerl, wenn Sie mir den Fachausdruck nachsehen wollen.«

»Wie konnten Sie sein Gesicht erkennen?«, fragte Delorme. »Sie hatten doch die Kapuze auf, nicht?«

»Dem Mann war es egal, ob ich sein Gesicht sehe. Und das machte mir Angst. Einmal hat er mir die Kapuze heruntergerissen, als Madeleine im Zimmer war.«

»Ist er die ganze Zeit, die Sie hier waren, hergekommen? Waren seine Besuche regelmäßig?«

»Keineswegs. Anfangs kam er drei-, viermal. Danach hab ich ihn nie wiedergesehen. Womit ich nicht sagen will, dass er tatsächlich nicht kam. Schließlich war ich im Schlafzimmer eingesperrt.«

»Aber nach der zweiten Woche haben Sie ihn nie wiedergesehen?«

»Ich glaube nicht. Die Nachrichten liefen die ganze Zeit, und ich weiß, dass er nicht mehr kam, nachdem sie Duquette getötet hatten. Ich würde mich daran erinnern, weil er mir vorher solche Angst eingejagt hatte. Ich hatte panische Angst davor, dass er wiederkommen und die anderen aufwiegeln könnte, aber falls er noch mal da war, hab ich ihn nicht gesehen.« Hawthorne sprang plötzlich auf. »Hören Sie, ich glaube, ich hab Ihnen so weit geholfen, wie ich konnte, Detective. Wenn Sie gestatten, würde ich jetzt gerne nach Hause fahren.«

Cardinal ging in die Küche, um sich beim Eigentümer zu bedanken.

»Gern geschehen«, sagte Lamotte. »Furchtbare Sache, die hier passiert ist. Furchtbare Sache. Ich bin froh, dass es nicht, wissen Sie, dass es nicht das andere Haus ist. Das, in dem sie ...«

»Ja«, sagte Cardinal. »Nochmals vielen Dank.«

»War das der Typ, den sie entführt haben? Der Diplomat?«

»Ich darf Ihnen keine Auskunft geben, fürchte ich. Das hier ist eine laufende Ermittlung.«

»Nach dreißig Jahren? Klingt nicht, als würde da viel laufen.«

»Na ja, wissen Sie«, sagte Cardinal, »mit Geduld und Spucke ...«

»Hm, sicher. Und wenn Sie dran glauben ... Was ist?«

»Dieses Fenster«, sagte Cardinal, eigentlich mehr zu sich selbst. »Dieser Kirchturm da hinten.«

»Ste-Agathe. Überragt immer noch alles weit und breit.«

Die neugotischen Umrisse des Turms hatten vor der schweren Wolke etwas Theatralisches. Cardinal zog das Foto aus der Tasche, die vier grinsenden Terroristen. Der Blick aus dem Fenster war anders. Es war Sommer, damals; die Bäume waren grün und trugen volles Laub. Doch der Blick auf die andere Straßenseite war ansonsten unverändert: ein braunes Ranchhaus aus Holz, mit einer dicken Zeder davor, und ein Stück weiter rechts, über den Dächern in der Ferne, die Turmspitze von Ste-Agathe. »Das wurde hier gemacht«, sagte Cardinal. »Das Bild wurde in diesem Zimmer gemacht.«

»Mit Sicherheit«, sagte Mr. Lamotte, der ihm über die Schulter blickte. »Das ist das Haus gegenüber. Und da ist die Kirche.«

Cardinal konnte es kaum abwarten, die Neuigkeit Delorme zu erzählen, doch als er in den Wagen stieg, sah er, wie Hawthorne auf dem Beifahrersitz hockte und schluchzte wie ein Kind, und ausnahmsweise schien Delorme einmal nicht zu wissen, was sie machen sollte.

Sie warteten ein paar Minuten. Hawthorne zog ein Taschentuch heraus und wischte sich die Augen, schnäuzte sich die Nase und lehnte sich schließlich erschöpft zurück. »Gott«, sagte er und schüttelte mehrmals langsam den Kopf. »Soll ich Ihnen sagen, was das Idiotischste bei der ganzen Geschichte ist?«

»Sicher«, sagte Cardinal.

»Ich hab ihnen das gleich am ersten Tag gesagt. Sie hatten mich hingesetzt und mir die Kapuze übergestülpt und mein Handgelenk am Bettrahmen festgemacht. Sie hatten aufgehört, sich gegenseitig zu ihrem wundervollen Sieg zu beglückwünschen und so. Und als es still war und nur noch zwei von ihnen im Zimmer waren, habe ich zu ihnen gesagt: ›Mes pauvres amis‹, habe ich gesagt. ›Ich fürchte, ich habe schlechte Nachrichten für Sie. Um die Wahrheit zu sagen, bin ich nicht mal Engländer, wissen Sie. Wenn Sie also glauben, dass Ihrer Majestät Regierung auch nur einen Finger krumm macht, um mich zu retten, irren Sie sich gewaltig.‹«

Delorme sah ihn an. »Sie sind kein Engländer?«

»Nein, Madam. Das ist ja das Lächerliche.« Hawthorne schüttelte wie vor Staunen über das ganze Ausmaß menschlicher Dummheit den Kopf, und seine nächste Bemerkung kam in einem Ton, als könne er es immer noch nicht fassen. »Ich bin Ire.«

24

Den Rest des Tages verbrachten sie mit der Monotonie modernen Reisens. Zuerst kam die verregnete Autofahrt zum Flughafen Dorval. Dann die lange Wartezeit, die durch die Weigerung Air Canadas, mehr Information herauszurücken als »Eisglätte in Ontario«, nicht unbedingt erleichtert wurde. Sie zückten beide ihre Handys. Cardinal rief Musgrave an.

»Ich hab hier war für Sie, das Sie unter gesicherte Fakten verbuchen können«, sagte Musgrave. »Leon Petrucci hat nicht die Ermordung dieses Mannes befohlen, und Leon Petrucci hat auch nicht Paul Bressard angewiesen, ihn an die Bären zu verfüttern, und Leon Petrucci hat nicht diesen Zettel geschrieben.«

»Und wieso nicht?«

»Leon Petrucci ist tot.«

»Tot?«

»Ja. Leon Petrucci ist hundertprozentig tot. Er hat sich vor zwei Monaten unten im Toronto General noch mal operieren lassen und ist in ein Koma gefallen, aus dem er nicht mehr aufgewacht ist. Er ist letzten Dienstag vor einer Woche gestorben – lange bevor Ihr Opfer in Algonquin Bay auftauchte.«

»Und wieso stand das nicht in der Zeitung?«

»Kommt noch. Er hat sich nicht unter seinem richtigen Namen angemeldet.«

»Jeder Zweifel ausgeschlossen?«

»Cardinal, ich bin bei der RCMP. Organisiertes Verbrechen ist unser Metier. Wer auch immer Miles Shackley ermordet hat, glauben Sie mir, Leon Petrucci war es nicht. Und apropos vertrauensvolle Zusammenarbeit, ich möchte mich auf das Herzlichste für Ihre prompte Mitteilung bedanken, dass Squier gekündigt hat«, sagte Musgrave. »Geht doch nichts über eine lückenlose Information unter Kollegen.«

»Tut mir leid. Aber ich hatte wirklich noch keine Gelegenheit. Wissen Sie, dass Squier sich am Ende wahrhaftig als nützlich erwiesen hat?«

»Bestimmt aus Versehen. Ich muss Ihnen allerdings sagen, dass der Druck laut meiner Quelle im CSIS von ziemlich weit oben kam. Gestern Morgen bekamen sie Besuch – keinen Anruf, sondern einen Besuch – von Jim Coultier höchstpersönlich. Wissen Sie, wer Jim Coultier ist?«

»Hab den Namen schon mal gehört.«

»Stellvertretender Leiter der CSIS-Einsatzzentrale in Ottawa und ein richtiger Mistkerl – ehemaliger Mountie zu allem Überfluss, ich weiß also, wovon ich rede. Na jedenfalls hat Jim Coultier ein kleines Plauderstündchen mit dem CSIS Toronto, und zwei Stunden später steht Calvin Squier auf der Straße. Zählen Sie zwei und zwei zusammen. Squier mag gekündigt haben, aber ich glaube, sie haben ihn rausgeekelt.«

»Also, wir wissen jetzt, wieso der CSIS hinter Shackley her war. Sie wollen unter dem Deckel halten, dass Raoul Duquette von einem CIA-Spitzel ermordet wurde – der wiederum Informant für einen Agenten des CAT-Teams war.«

»Autsch. Tja, das wär wirklich nicht gerade ein Beitrag zur Imagepflege.«

»Hören Sie, haben Sie jemanden, der ein Phantombild nach einem alten Foto machen kann?«

»Aber sicher. Tony Catrell ist Ihr Mann.«

»Hat der auch eine Telefonnummer?«

Es kam keine Antwort.

»Sind Sie noch dran?«, fragte Cardinal.

»Ja, bin ich. Überlege nur gerade noch mal wegen des Fotojobs. Wissen Sie was? Nehmen Sie nicht Tony. Tony ist ein Präzisionsgenie. Kennt sich mit der Software aus wie kein anderer, aber, ich weiß nicht, ein kalter Fisch irgendwie. Nein, ich glaube, am besten sind Sie bei Miriam Stead aufgehoben, von der örtlichen Polizei Toronto.«

»Ich dachte, es würde die Sache vielleicht beschleunigen, wenn wir einen von Ihren Jungs nehmen.«

»Miriam Stead ist wie ein Guru der *age progression*. Macht seit dreißig Jahren nichts anderes. Eine Bessere gibt es nicht. Auch keine, die es schneller macht. Der Unterschied ist, von Tony kriegen Sie ein Bild, das dem Typ ähnlich sieht, aber Miriam – Miriam ist eine wahre Künstlerin. Ich weiß nicht, wie sie es macht, aber geben Sie Miriam ein Foto, und Sie kriegen von ihr einen Menschen aus Fleisch und Blut zurück. Außerdem ist sie ein Workaholic, die nichts Besseres zu tun hat, als ihre Wochenenden im Büro zu verbringen. Ach übrigens, haben Sie eine leise Ahnung, was hier oben mit dem Wetter los ist?«

»Wieso, schneit es?«

Musgrave kicherte nur und hängte auf.

Ihr Flugzeug startete um vier. Cardinal schlief die meiste Zeit bis Toronto.

»Junge, Sie sind ja ganz schön von der Rolle«, sagte Delorme, als er aufwachte und sich die Augen rieb. »Ist Ihnen nicht gut?«

»Bisschen daneben. Konnte letzte Nacht nicht schlafen.«

»Ach so, ja, das Zimmer war überheizt.«

»Ehrlich gesagt lag es daran, dass Sie mit im Zimmer waren. Das war irritierend.«

»Kommen Sie, Cardinal. Das ist lächerlich.«

»Kommen Sie mir nicht so, als wär das ein großer Schock oder so. Sie meinen wohl, nur weil ich verheiratet bin, würde ich mich von Frauen nicht mehr angezogen fühlen? Bin ich ein Chorknabe in Ihren Augen?«

»Nein.«

»Und wo liegt dann das große Rätsel?«

»Nichts. Ich bin einfach nur überrascht, okay? Das ist nichts Illegales, überrascht zu sein, okay?«

»Gott. Vergessen Sie einfach, was ich gesagt habe, ja?«

»In Ordnung. Schon erledigt.«

Sie landeten in Toronto, nur um zu erfahren, dass ihr Anschlussflug nach Algonquin Bay gestrichen war. Und auch diesmal die lakonische Erklärung: Eisglätte.

»Oh, Mann«, sagte Delorme. »Ich hab keine Lust, noch eine Nacht in einer großen Stadt zu verbringen.«

»Ich rufe Jerry Commanda an – vielleicht kann uns irgendein OPP-Hubschrauber mitnehmen. Wie dem auch sei, ein Gutes hat die Sache.«

»Wirklich?«, stöhnte Delorme. »Da bin ich aber gespannt.«

»Die Zentrale der Spurensicherung ist in Toronto in der Jane Street, Ecke Wilson. Das ist nicht sonderlich weit von hier. Wir können ein Taxi nehmen.«

»Na großartig«, sagte Delorme, »einfach großartig.«

Am Wachtisch der Spurensicherung nahm sie Miriam Stead in Empfang. Sie war das Gegenteil von dem, was Cardinal erwartet hatte. Sie trug ihr weißes Haar als Igel und dazu silberne Kreolen an den Ohren. Zu den schwarzen Jeans hatte sie einen grauen Rollkragenpulli an und ein Paar scharlachrote Keds-Schuhe. Sie hatte kein Gramm Fett am Leib, und ohne das graue Haar wäre sie glatt für Mitte vierzig durchgegangen. Eine Marathonläuferin, dachte Cardinal, anders ist das nicht möglich.

Sie führte sie zu ihrem Arbeitsplatz, einer Kabine, die im Wesentlichen mit Apparaten ausgestattet war, die Cardinal nicht kannte. Auf einem der gigantischen Monitore der beiden Mac-Computer war ein ausgetrockneter Schädel zu sehen.

»Der ist aber süß«, sagte Delorme.

»Tut mir leid«, sagte Ms. Stead und klickte das Bild weg. »Rekonstruktionsprojekt, wie Sie sehen. Mein Hauptgebiet – Rekonstruktion und vermisste Kinder. Aber wie ich höre, haben Sie ein bisschen was anderes für mich.«

Cardinal reichte ihr das Gruppenfoto und erklärte ihr, was

sie brauchten. Während sie sich unterhielten, schob Ms. Stead das Bild in den Flachbett-Scanner, und es erschien, Stück für Stück, auf dem Mac-Bildschirm hinter ihr. Während sie weiter zuhörte, drehte sie sich auf ihrem Schreibtischsessel um und machte sich mit der Maus an die Arbeit. Nachdem sie hier ein bisschen weggeschnitten, dort ein bisschen vergrößert hatte, füllten Kopf und Schultern von Yves Grenelle bald fast den ganzen Monitor aus.

»Wenn Sie seinen richtigen Namen nicht kennen, nehme ich an, dass Sie mir auch keine Fotos von Mama und Papa oder Oma und Opa geben können, oder?«

»Leider nein.«

»Damit arbeiten wir natürlich meistens. Wenn Sie, bei einem vermissten Kind zum Beispiel, wissen wollen, wie der Betreffende sieben Jahre später aussieht, dann *agen* Sie ihn in Richtung seiner Eltern. Ohne solche Informationen wissen wir nicht, ob Ihr Mann dünn oder dick ist, behaart oder kahl.«

»Dann ist die ganze Sache vielleicht keine so gute Idee«, sagte Delorme.

»O nein, ich kann Ihnen trotzdem helfen. Worum es immer geht, ist der Kampf des Menschen mit der Schwerkraft. Im Wesentlichen senkt sich alles – das Fleisch neigt sich zur Erde, Knorpel werden länger, die Nase fängt an, sich nach unten zu biegen. Ein schlimmer Konstruktionsfehler. Aber wenn wir wie hier keine genetischen Eingaben machen können, tun wir Folgendes: Wir geben Ihnen mehrere Möglichkeiten an die Hand – wobei wir die Variablen berücksichtigen, die ich eben nannte, und natürlich auch die Frisuren auf den neusten Stand bringen und so weiter. Was können Sie mir über die Lebensweise von diesem Burschen sagen? Trinkt er? Raucht er? Macht er Bodybuilding? Ist er Gesundheitsfanatiker? All das hat Einfluss darauf, wie Menschen altern.«

»Also, jetzt komme ich mir wirklich ziemlich blöd vor«, sagte Cardinal. »Ich hab die Leute, die ihn kannten, nicht einmal nach solchen Dingen gefragt. Es war eine spontane Idee, hierher zu kommen.«

»Das ist schon in Ordnung. Auch wenn ich Zivilistin bin, ist mir schon klar, dass euereins mir nicht absichtlich die Arbeit schwer macht, auch wenn ihr genau das ständig tut.«

»Wie hoch ist die Chance, dass eine Ihrer Varianten der Realität nahe kommt?«, fragte Delorme.

»Falls er dick und glatzköpfig ist, dann wird ihm die dicke und kahlköpfige Version ziemlich ähnlich sehen. Nicht nur ein bisschen, sondern sehr. Natürlich können Sie es ohne Fingerabdrücke oder DNA oder sonst *irgendetwas* nicht vor Gericht verwerten, aber tatsächlich verändern sich die Proportionen eines Gesichts nicht. Daher kommt es, dass Sie, wenn Sie jemanden, sagen wir, dreißig, vierzig Jahre nicht mehr gesehen haben und er plötzlich nah genug vor ihnen steht, ihn, kaum dass er den Mund aufmacht und Sie ihm in die Augen sehen, auf Anhieb wiedererkennen.«

»Um uns alle diese Varianten zu geben«, sagte Cardinal, »brauchen Sie vermutlich ein paar Tage?«

»Sie müssten sie eigentlich bis morgen haben.«

»Tatsächlich? Musgrave hat gesagt, dass Sie gut sind.«

»Sergeant Musgrave von den Mounties! Ich liebe den Mann! Ich möchte wetten, der ist schon mit dem Kasack und dem Smokeyhut auf die Welt gekommen.«

»Sie hat recht, wenn sie sagt, dass Leute unterschiedlich altern«, sagte Delorme, als sie wieder am Wachtisch waren. »Ich kann nur hoffen, dass ich so gut aussehe, wenn ich in ihrem Alter bin.«

»Sie müssen nur immer schön diese Poutine essen«, sagte Cardinal.

»Haben Sie die Plakette in ihrer Kabine gesehen?«

»Hab ich. Miriam Stead war beim letzten New Yorker Marathon unter den ersten zwanzig Senioren.«

Nach ungefähr dem tausendsten Telefonat von Jerry Commanda bei der Provinzpolizei Ontario (»Um Himmels willen, Cardinal, bleiben Sie bloß in Toronto! Diese Stadt ist zugefroren, ich mach keine Witze.«) gelang es Cardinal, mit Hilfe der OPP einen Helikopter zu bekommen.

Es war eine Sache, ständig von Glatteis zu hören, und eine ganz andere, es mit eigenen Augen zu sehen. Der Pilot erzählte ihnen, dass die Situation in Algonquin Bay »ziemlich haarig« sein sollte, aber das kenne man ja bei dem Wetter da oben. »Wir haben erst mal eine zwei- bis dreistündige Regenpause, wir sollten also keine Probleme kriegen. Für Flugzeuge ist die Landebahn allerdings unbrauchbar«, erzählte er ihnen. Danach wurde jede Konversation von den Propellerflügeln erschwert, und es war zu dunkel, um von oben viel zu sehen.

Als sie über Bracebridge flogen, tippte Delorme mit dem behandschuhten Finger ans Fenster. »Keine Autos!«, rief sie Cardinal zu.

Es stimmte. Der Highway zog sich wie ein blassgraues Band zwischen den Bergen hindurch, vollkommen leer. Eine Geisterautobahn.

Dennoch verlief der Helikopterflug so reibungslos, dass man kaum verstand, wieso der Linienflug gestrichen worden war – bis sie landeten. Der Pilot stieg als Erster aus und fiel platt auf die Nase; die Rollbahn war eine einzige dicke Eisfläche. Außer zwei Mann Wachpersonal und einem einsam dreinschauenden Mann vom Wartungsdienst war der Flughafen wie ausgestorben.

»Das ist unheimlich«, sagte Delorme. »Genau wie in einem Traum, den ich früher dauernd hatte.«

Die Frau des Piloten wartete mit laufendem Motor auf dem Parkplatz. Cardinal und Delorme lehnten das Angebot, sie mitzunehmen, dankend ab – dummerweise, wie sich herausstellte. Der Wagen, den Delorme am Flughafen gelassen hatte, war zu einer Eisskulptur gefroren. Sie brauchten eine halbe Stunde, um die Türen aufzubekommen, was ihnen mit ein paar Hämmern gelang, die sie sich von dem Wartungsmann hatten ausleihen können.

Es war ein frustrierendes Unterfangen. Cardinal fiel mehrmals auf die Knie, und seine Sehnsucht, nach Hause und ins Warme zu kommen, nahm mit jeder Minute zu. Delorme trotzte der Schwerkraft mit Leichtigkeit und fiel nicht einmal hin, sondern leistete effiziente Arbeit, auch wenn sie sich in ein paar Flüchen Luft machte, das erste Französisch, das Cardinal je gelernt hatte – auf dem Spielplatz, nicht in der Schule.

Der Highway in die Stadt war gefährlich, auch wenn viel Salz gestreut war. An den Straßenrändern und Rinnsteinen standen verlassene Fahrzeuge in abenteuerlichen Winkeln zur Fahrbahn verstreut. Nirgends waren Fußgänger zu sehen. Ein einziges weiteres Auto leistete ihnen auf der Straße Gesellschaft, ein roter Minivan direkt vor ihnen, der mehrfach in die Böschung zu rutschen drohte.

Es war halb zehn, als Delorme endlich in die Madonna Road einbog. Knapp hundert Meter hinter der Abzweigung musste sie vor einem riesigen Ast stehen bleiben, der von einer vereisten Pappel abgebrochen war. Cardinal kannte den Baum genau. Im Sommer, nach einem heftigen Schauer, hing der Ast immer am tiefsten herunter, und im August streifte er im Vorbeifahren zuweilen das Autodach. Kein Wunder, dass das Ding abgebrochen war; es steckte in einer gut anderthalb Zentimeter dicken Eishülle. Als Cardinal ihn an den Straßenrand zog, klang es, als wenn tausend Knöchelchen zersplitterten.

»Hören Sie«, sagte er, nachdem er wieder eingestiegen war. »Wegen dem, was ich gesagt habe – gestern Nacht.«

Delorme starrte angestrengt auf die Straße vor ihr, das Gesicht bleich in einem Streifen Mondlicht. »Machen Sie sich deswegen keine Gedanken.«

»Es tut mir leid, dass ich es überhaupt gesagt habe. Das war unprofessionell, und ich möchte nicht, dass uns das irgendwie im Wege steht.«

»Wird es nicht, jedenfalls nicht, was mich betrifft.« Delorme kam langsam zum Stehen. »Ich glaube, bei dem Eis traue ich mich nicht auf Ihre Einfahrt.«

»Dann ist also alles in Ordnung?«

»Vollkommen«, sagte Delorme.

Cardinal dachte, sie würde noch etwas sagen, aber sie starrte nur geradeaus und wartete, dass er ausstieg.

»Dann bis morgen«, sagte er.

»Ja, bis morgen.«

Catherine hatte auf der Einfahrt Salz gestreut, doch es war immer noch schwer, die Steigung hochzulaufen, ohne hinzufallen. Er musste sich am Geländer der Hintertreppe festhalten.

»Catherine?«, rief er, als er in die Küche trat.

Catherine kam herein und umarmte ihn. »Ich fürchte, du kommst in eine Massenveranstaltung. Tess und Abby sind hier. Drüben in Ferris haben sie keinen Strom mehr, deshalb hab ich Sally und sie eingeladen, zu uns zu kommen.«

»Über Nacht?«

»Sie sind ohne Heizung in ihrer Wohnung. Gott sei Dank haben wir den Holzofen. Die halbe Stadt ist ohne Heizung.«

»Hi, John.« Sally Westlake, eine stämmige Blondine in einem Rentier-Sweatshirt, winkte ihm aus dem Wohnzimmer entgegen. »Tut uns leid, hier so reinzuplatzen.«

»Nein, nein. Das macht gar nichts, Sally. Bleibt so lange, wie ihr wollt. Wie lange seid ihr denn schon ohne Strom?«

»Seit gestern Nacht. Jedes Mal, wenn sie ihn wieder anhaben, bricht er ihnen nach einer halben Stunde wieder zusammen.«

»Ist es nur in Ferris? Auf der Airport Road waren die Lichter noch an.«

Draußen war eine gewaltige Explosion zu hören.

»Was zum Teufel war das denn?«

»Ein Ast«, sagte Catherine. »Sie fallen von den Bäumen und zersplittern einfach, und es macht dieses unglaubliche Geräusch. Es ist nicht gerade leicht, darüber einzuschlafen.«

»Ich erschrecke mich jedes Mal zu Tode«, sagte Sally.

Cardinal zog Catherine beiseite. »Hast du mit Dad gesprochen?«

»Vor ein paar Stunden, ja. Es schien ihm gut zu gehen. Wollte natürlich nichts davon hören, zu uns zu kommen.«

»Ich fahr besser rüber und seh nach ihm. Ich kann sonst nicht schlafen. Da wir gerade davon reden, wir sind hier nicht gerade das Sheraton. Ich nehme mal an, Sally und die Mädchen können in Kellys Zimmer schlafen, und wenn ich Dad überreden kann, bei uns zu schlafen, kann er die Ausziehcouch haben.«

»Er hasst die Ausziehcouch. Falls er kommt, müssen wir uns auf jeden Fall was Besseres einfallen lassen.«

Cardinal hatte die Kuppe des Airport Hill erreicht, als der Strom ausging. Ohne dass etwas zu hören war, tauchte der Highway in völliges Dunkel, als ob jemand eine Abdeckplane über den Wagen geworfen hätte. Er fuhr an den Straßenrand und wartete, bis sich seine Augen daran gewöhnt hatten, bevor er seine Fahrt fortsetzte.

Der Camry kroch über die Kuppe des Airport Hill, während die Scheinwerfer Sichtkegel in die Dunkelheit schnitten, dann bog er in die Cunningham ein. Auf der unbefestigten Straße kam man noch schwerer voran. Hier war kein Salz gestreut, und es kam Cardinal so vor, als führe er auf einer Schlittschuhbahn. Er blieb im ersten Gang. Seitlich der Fahrbahn war es so pechschwarz, dass er keineswegs sicher war, ob er das Haus seines Vaters finden würde, doch als er um die letzte Kurve rollte, tauchte der Mond hinter einer Wolke auf, und die weißen Umrisse des Hauses nahmen hinter den Bäumen Gestalt an. Das grünspanüberzogene Eichhörnchen bildete eine schwarze Silhouette vor der mondhellen Wolke, und an Schwanz und Nase schimmerten Eiszapfen.

Das Haus war dunkel.

Cardinal ging zur Veranda herum. Von drinnen kam ein phosphoreszierender Lichtschein. Sein Vater hörte den Lärm und kam, im Mantel, zur Tür.

»Was zum Teufel willst du denn hier?«

»Ich freu mich auch, Dad. Ich bin gekommen, um zu sehen, wie du hier oben zurechtkommst.«

»Mir geht's gut, danke.« Sein Vater starrte ihm aus dem Schatten der Küche entgegen. Hinter ihm zischte eine Coleman-Lampe auf dem Tisch.

»Aber du hast keinen Strom.«

»John, ob du's glaubst oder nicht, das wusste ich schon, bevor du herkamst.«

»Dad, du bist ohne Heizung. Wieso kommst du nicht für eine Nacht zu uns runter?«

»Weil es mir hier einfach gut geht. So kalt ist es draußen nun auch wieder nicht, ich hab meine gute alte Coleman-Lampe, und ich hab ein gutes Buch. Ich hab auch noch ein Transistorradio und einen Coleman-Ofen – falls ich mal Wasser heiß machen muss.«

»Du kannst keinen Coleman-Ofen benutzen, Dad. Das Kohlenmonoxid würde dich umbringen.«

Sein Vater kniff die Augen zusammen. »Das weiß ich auch. Ich benutze ihn auf der Veranda.«

»Dad, komm bitte zu uns. Der Strom könnte für Stunden weg sein.«

»Mir geht's hier gut. Also, falls du nicht noch wegen was anderem hier bist –?«

»Dad –«

»Gute Nacht, John. Ach, wie war's in Montreal?«

»Gut. Hör mal, nur weil du eine Nacht bei uns schläfst, heißt das noch lange nicht, dass du völlig auf uns angewiesen bist. Wir haben Eisregen, verflixt noch mal. Meinst du nicht, dass du ein bisschen unvernünftig bist?«

»War nie gern in Montreal – wahrscheinlich, weil ich kein Französisch kann. Konnte nie einsehen, wofür. Also, danke, dass du vorbeigekommen bist, John. Ich seh dich dann vermutlich zum Lunch am Dienstag.«

»Dad, um Himmels willen, was willst du denn machen? Unter vierzig Pfund Decken schlafen?«

»Genau das habe ich vor. Nicht vierzig Pfund, aber ich hab meinen Daunenmantel und einen Daunenschlafsack, und ich werde vor dem Kamin schlafen.«

»Worauf denn?«

»Auf meiner verdammten Matratze, darauf. Es ist schon alles fertig, und es besteht kein Grund zur Sorge.«

»Du hast die Matratze alleine rübergeschleppt? Solche Anstrengungen packt dein Herz nicht mehr.«

»Nett, dass du mich dran erinnerst. Aber wenn ich dich gebeten hätte, mir zu helfen, hättest du mir einen Vortrag darüber gehalten, dass ich zu euch kommen soll. Kapierst du denn nicht, dass es mir hier gut geht? Ist das so schwer zu glauben? Weißt du, ich hab vierunddreißig Jahre für mich selber gesorgt, bevor du geboren wurdest, und ich bin vollkommen in der Lage, auch jetzt für mich selber zu sorgen. Der Strom wird in ein paar Stunden wieder da sein, und damit wird sich die ganze Diskussion von selbst erübrigen. Nicht, dass sie jetzt nötig gewesen wäre. Gute Nacht.«

»Ich bring ein bisschen mehr Brennholz auf die Veranda«, sagte Cardinal, doch sein Vater machte schon die Tür zu.

Als Cardinal vom Airport Hill Richtung Algonquin Bay abbog, das normalerweise wie eine Schachtel Rheinkiesel glitzerte, lag unter ihm ein schwarzer Tümpel. Es roch stark nach verbranntem Holz. Wenn der Mond zum Vorschein kam, konnte er sehen, wie die Rauchschwaden sich, jungen Bäumen gleich, nach Osten neigten, als ob die ganze Stadt nach Westen unterwegs wäre. Selbst die Ampeln waren aus. Auf seinem Weg zurück in die Madonna Road zählte Cardinal sechs Teams der Elektrizitätswerke.

Als er wieder nach Hause kam, blieb er eine Weile in der Auffahrt stehen und lauschte – er war sich nicht sicher, auf was. Falls Bouchard ihm auflauerte, dann sicherlich nicht in einer Nacht wie dieser. Aber er lauschte trotzdem. Es war kein Laut zu hören außer dem Klicken und Knattern der vereisten Zweige.

»Nichts zu machen, oder?«, fragte Catherine, kaum dass Cardinal zur Tür herein war.

»Nein. Lieber friert er sich da oben den Arsch ab, als eine Nacht im Haus seines Sohnes zu verbringen. Er hat keine Heizung außer dem Kamin. Und er hatte vor, auf dem Coleman zu kochen – eine sehr wirkungsvolle Methode, sich umzubringen. Wie dem auch sei, ich hab ein bisschen Brennholz auf die Veranda gelegt. Für die Nacht müsste er eigentlich zurechtkommen.«

»Jetzt setz dich erst mal, und ich wärm dir etwas Chili auf.«

»Sally schläft schon?«

»Hm. Ich hoffe, es macht dir nichts aus, dass ich sie zu uns eingeladen habe.«

»Natürlich nicht. Du tust immer das Richtige.«

Catherine stellte die Schüssel mit dem Chili vor ihm auf den Tisch, und er erzählte ihr von Montreal. Er berichtete ihr von den Gesprächen mit den Akteuren der Krise vor dreißig Jahren, er erzählte ihr von dem Gefühl, als hätte er einen Sprung durch ein Zeitfenster gemacht, und wie er sie vermisst hatte.

»Ach, bevor ich's vergesse«, fügte er hinzu. »Ich hab in Montreal mit einer anderen Frau geschlafen.«

»Ja?«

»Also, im selben Zimmer zumindest. Delormes Zimmer

wurde überflutet, und das Hotel hatte nichts mehr frei. Bei mir stand ein zusätzliches Bett.«

»Lise sieht sehr gut aus.«

»Ja, kann man sagen.«

»Das muss eine ziemliche Versuchung gewesen sein.«

»Jedenfalls was anderes, als McLeod als Bettnachbar zu haben, so viel ist sicher.«

25

In den frühen Morgenstunden setzte erneut Regen ein. Er fiel in großen Tropfen durch eine Kaltluftschicht dicht über dem Boden. Jeder Tropfen wurde, sobald er auf die bestehende Eisschicht traf, augenblicklich in noch mehr Eis verwandelt. Der Regen gefror auf den Dächern, er gefror auf den Autos. Er gefror auf den Straßenlaternen und den Highways. Er gefror an den Baumstämmen ebenso wie an den kleinsten Ästen. Er gefror an den Stromkabeln, den Briefkästen und den Ampeln. Er gefror auf dem Dach der Kathedrale und glasierte ihre Turmspitze und das Kreuz. Er gefror auf dem Holzfirst der modernistischen Synagoge und auf dem steinernen Torbogen im Ferris Park mit der Inschrift *Tor zum Norden*.

Cardinal hatte schon so manchen Eisregen erlebt, aber noch keinen wie diesen. Am Montag fuhr er im Schneckentempo zur Arbeit. Die Stadt war in einen gigantischen Kronleuchter verwandelt.

Er kam – natürlich mit einiger Verspätung – zur Arbeit und stellte fest, dass sich das Polizeipräsidium Algonquin Bay nicht nur mit einem Schutzschild aus Eis gewappnet hatte, sondern auch in eine Art gedämpfte Stille hüllte. Eine Reihe von Leuten, wie zum Beispiel der ganze Bautrupp, erschien nicht zur Arbeit, und so lag eine angenehme Ruhe über dem Haus.

Irgendwo pfiff irgendwer, vermutlich Chouinard, und Nancy Newcombe, die Hüterin der Asservatenkammer, ermahnte jemanden, neben seiner oder ihrer Unterschrift das Datum (und bitte leserlich) einzutragen. An dem Schreibtisch neben Cardinal murmelte Delorme ins Telefon. Es erstaunte Cardinal immer, wie leise Delorme berufliche Gespräche führen konnte. Es klang immer, als ob sie einem Liebhaber Geheimnisse ins Ohr flüsterte, obwohl sie nur wie jeder andere auch ihre Routinearbeit erledigte.

Airport Hill und Cunningham Road hatten wieder Strom, dessen hatte Cardinal sich als Erstes vergewissert. Aber er hatte der Versuchung widerstanden, raufzufahren und nach seinem Vater zu sehen. Catherine würde Stan anrufen; bei ihr wurde er nicht gleich kratzbürstig. Wieder zu Hause zu sein hatte Cardinal mit einer eigenartigen inneren Ruhe erfüllt – nicht von Dauer, das wusste er, aber er genoss sie, als er an seinem Schreibtisch saß und in die Stille des frühen Morgens lauschte.

Diese Stille wurde jäh unterbrochen, als eine Stimme vom Eingang her quer durch den Raum brüllte: »Widerwärtig! Wer hat denn dieses idiotische Wetter bestellt? Kaum bin ich mal zwei Wochen weg, und schon bricht die ganze Stadt zusammen.« Und das bei zehn auf dem Lautstärkenregler, mit der klirrend schrillen Stimme von Detective Ian McLeod, Cardinals früherem Partner, älterem Kollegen und paranoider Nervensäge.

McLeod war Ende fünfzig, ein bulliger, unflätiger Muskelprotz unter einer ergrauenden roten Haarkrause. Seit kurzem und aus Gründen, die nur er kannte, hatte McLeod sich angewöhnt, seine Kollegen mit Doktor anzureden. Cardinal fand das ziemlich irritierend, doch das meiste an McLeod war irritierend.

»Dr. Cardinal ist auf Visite, wie man sieht. Oder operieren Sie heute? Vielleicht holen Sie einem hoffnungslos komatösen Straftäter ein Geständnis heraus?«

»Schön wär's. Wie war's in Florida?«

»Florida war phantastisch. Jede Menge Sonne. Und da unten wärmt sie sogar! Tolles Essen! Aber es wimmelt von Kubanern und alten Opas. Ich sag Ihnen, es ist ein unbeschreibliches Gefühl, wenn Sie zurückkommen und sehen, wie die Leute ohne Stock laufen – die meisten zumindest. Der halbe Sunshine State ist über achtzig, und die andere Hälfte spricht kein Englisch.«

Delorme hielt die Hand über die Sprechmuschel des Telefons. »Um Himmels willen, McLeod, ich versuche gerade zu arbeiten.«

»Und dann sind da noch die Frankokanadier.« McLeod wies mit dem Kinn auf Delorme. »Da kann man auch gleich zu Hause bleiben. Wimmelt nur so von denen. Kommt man sich vor wie bei der Arbeit.«

McLeod warf sich mit seinem ganzen Gewicht auf den Stuhl neben Cardinal und quetschte ihn über ihre beiden Fälle aus. Delorme hatte ihr Telefonat beendet, und sie erzählten ihm die ganze Geschichte, einschließlich ihrer Reise nach Montreal.

»Gottverdammt«, sagte McLeod mehrfach in verwundertem Ton. Und als sie fertig waren: »Ich fass das mit den Bären nicht. Ich meine, ich hab ja schon davon gehört, dass Beweise vernichtet werden, aber das geht ja wohl ein bisschen zu weit.« Irgendwann schlenderte er zu seinem eigenen Schreibtisch hinüber, wo er wenig später ins Telefon brüllte.

Cardinals Telefon klingelte. Musgrave war am anderen Ende.

»Ich hab dem FBI endlich ein paar Informationen aus der Nase ziehen können«, sagte er. »Ich weiß nicht, womit die Jungs ihr Geld verdienen, Informationen weiterzuleiten scheint jedenfalls nicht dazuzugehören.«

»Haben sie was über Shackley rausgerückt?«

»Auf einmal gibt's endlich 'ne Akte zu Shackley. Wie's aussieht, hat unser schwarzes Schaf 1992 mal wegen 'ner kleinen Erpressungsgeschichte gesessen. Hat versucht, einen früheren Agenten und Kollegen, einen Mann namens Diego Aguilar, dranzukriegen, der an der Golfküste Kokain geschmuggelt hat und der ganz zufällig nebenbei für die CIA gearbeitet hat. Shackley gehörte zu demselben Team, in dem er arbeitete. Als es Shackley dreckig ging, hat er Aguilar um Hilfe gebeten. Als der sich aber wenig großzügig und hilfsbereit zeigte, drohte Shackley, ihn mit seinem Drogenhandel auffliegen zu lassen. Hatte sogar Kopien von Überwachungsvideos als Beweismittel.«

»Und sein Opfer hat es einfach ausgesessen? Oder ist er zur Polizei gegangen?«

»Noch besser. Bei diesem Aguilar hat sich Shackley ein bisschen verschätzt. Er hatte nicht gemerkt, dass der Kerl *immer noch* für die CIA arbeitet, inzwischen allerdings als Kommunikationsnetz-Berater für Länder in Lateinamerika. Also hat Aguilar sich einfach mal eben bei Langley beschwert, und schon schnappt sich die örtliche Polizei den Erpresser. Hat für den kleinen Stunt sechs Jahre gekriegt.«

Cardinal ging zu Delormes Schreibtisch hinüber und stellte den FLQ-Schnappschuss auf ihre Tastatur.

»Musgrave sagt, Shackley hat gesessen, weil er versucht hat, einen taffen Kerl zu erpressen, der für die CIA gearbeitet hat. Das wär ein Motiv. Ich glaube, er hat wieder die alten Tricks versucht – diesmal mit dem Foto hier –, und ich glaube, diesmal hatte er es auf Yves Grenelle abgesehen.«

»Yves Grenelle unter anderem Namen, meinen Sie.«

»Unter anderem Namen und dreißig Jahre danach. Vermutlich unter einem frankokanadischen Namen. Tatsächlich könnte Grenelle derjenige sein, der verhindern wollte, dass Rouault und Hawthorne mit uns reden. Vielleicht war das gar nicht der CSIS.«

»Sie haben beide gesagt, dass es ein älterer Mann war«, sagte Delorme. »Aber Hawthorne war sich nicht sicher, ob er Frankokanadier war.«

»Aber Rouault. Wen haben wir demnach?«

»Paul Bressard? Aber den haben Sie schon überprüft, richtig?«

»Bressard ist nicht alt genug. Der muss 1970 neun oder zehn gewesen sein. Natürlich wäre da noch Dr. Choquette. Er passt vom Alter her, und er war sauer auf Winter Cates.«

»Der ist es nicht. Er hat mehrere Zeugen, die mit ihm Karten gespielt haben, als Dr. Cates entführt wurde. Glaubwürdige Zeugen außerdem.«

»Also, Miles Shackley kommt her, um Yves Grenelle zu erpressen, der hier schon Gott weiß wie lange unter einer neuen Identität lebt. Er verabredet sich mit ihm, zeigt ihm, was er hat, und es kommt zu einem Kampf. Shackley wird getötet, aber auch Grenelle wird verletzt.«

»Wenn ich versuchen würde, jemanden zu erpressen, würde ich ihm, glaube ich, eine Pistole unter die Nase halten.«

»Ich auch. Vielleicht greift Grenelle danach und wird angeschossen, aber dann gelingt es ihm, Shackley zu töten. Die Leiche wird er im Wald los, und den Wagen versenkt er. Er versucht, so zu tun, als wär nichts, aber ihm sitzt eine Kugel im Fleisch oder er hat zumindest ein Loch abgekriegt, das zu groß ist, als dass er es selber versorgen könnte.«

»Er muss einen Arzt finden, so viel wissen wir schon. Das bringt uns immer wieder zu derselben Frage: Wieso Winter Cates?«

»Da wird's schwierig. Sie ist neu in der Stadt, somit kommen nur Nachbarn und Patienten in Frage – die alle, wie wir wissen, eine weiße Weste haben. Aber inzwischen wissen wir wenigstens, wie der Täter vor dreißig Jahren ausgesehen hat. Und wir kriegen, was immer bei Miriam Stead rauskommt.«

»Ich weiß, wie ich vor dreißig Jahren ausgesehen habe: Ich hab Schneeanzüge mit Mickymouse-Ohren getragen. Und Sie?«

»Ich hatte Haare bis zu den Schultern.«

»Das glaube ich nicht.«

»Tatsache. Ich hatte eine John-Lennon-Frisur.

McLeod kam um den Raumteiler herum und sah diesmal ganz gegen seine Natur nachdenklich aus.

»Was ist?«, fragte Cardinal. »Sie gucken ja, als hätten Sie zum Glauben gefunden.«

»Diese Cates-Geschichte – Sie sagen, der Täter hat so getan, als wäre es Vergewaltigung, aber es hat keine Vergewaltigung gegeben?«

»Sie war nackt, und der Mörder hat ihr die Kleider vom Leib gerissen, aber es gab keine Anzeichen für Penetration. Das ist natürlich noch kein Beweis. Wieso? Woran denken Sie?«

»Alter Fall von mir. Vor vielleicht zehn Jahren. Eine Frauenleiche, die draußen gefunden wurde, nackt, die Kleider völlig zerrissen, aber keine Anzeichen für Penetration.«

»Kann nicht vor zehn Jahren gewesen sein – das müsste ich wissen.«

»Dann meinetwegen zwölf. Das war, bevor Sie aus Toronto zu uns kamen. Mann, wir haben uns den Arsch aufgerissen, um den Fall zu lösen, und wir hatten einfach kein Glück. Hatten am Ende nichts in der Hand. Absolut nichts. Hab mit Turgeon daran gearbeitet.« Dick Turgeon war ein alter Hase, der jahrelang McLeods Partner gewesen war. Er war genau zwei Wochen nach seiner Pensionierung gestorben – was McLeod bis heute zu endlosen philosophischen Erörterungen veranlasste.

»Sie erinnern sich wohl nicht mehr an den Namen des Opfers? Oder sonst etwas, das uns nützen könnte?«

»Fällt mir bestimmt wieder ein. Sie war Mitte dreißig, gut aussehend. War erst ein paar Monate in der Stadt.« McLeod schnippte mit den Fingern. »Ferrier. Sie hieß Ferrier.«

»Madeleine Ferrier?«

»Madeleine Ferrier. Woher wissen Sie das?«

»Hat uns eine kleine *Coquette* verraten«, sagte Delorme. Sie setzte McLeod mit wenigen Worten über die hochgeschätzte Informantin des CAT-Teams ins Bild. »Simone Rouault zufolge war Madeleine 1970 bei der FLQ. Sie spielte eine höchst untergeordnete Rolle, hat eine kleinere Strafe verbüßt und sich danach von allem distanziert. Ist nach Ontario gezogen.«

»Das stimmt«, sagte McLeod. »Ich erinnere mich, dass sie

kein unbeschriebenes Blatt war. Wir haben damals wie wahnsinnig versucht, eine Verbindung zwischen ihrer Ermordung und der FLQ herzustellen, aber wir fanden nichts. Nada.«

»Also, was sagen Sie zu Folgendem?«, fragte Cardinal. »Madeleine Ferrier war mal nach Yves Grenelle verrückt.«

»Da scheint mir was entgangen zu sein«, sagte McLeod. »Wieso ist es wichtig, dass sie mal auf Grenelle scharf war?«

»Weil sie wohl kaum sein Gesicht vergessen hatte, selbst nach fast zwanzig Jahren, denn so viel Zeit liegt zwischen ihrer Mitgliedschaft bei der FLQ und ihrem Auftauchen in Algonquin Bay.«

Cardinal und Delorme gelang es, die Ferrier-Akte im Archiv aufzustöbern. Sie war fast zehn Zentimeter dick. Unaufgeklärte Mordfälle durften nicht ausgedünnt werden, selbst nach zwölf Jahren. Sie saßen jeder am eigenen Schreibtisch, mit je einer Aktenhälfte.

Eine halbe Stunde lang lasen sie schweigend.

Außer dem Opfer und der Art, wie es getötet wurde, schien nichts den damaligen Fall mit dem heutigen zu verbinden. Madeleine Ferrier, siebenunddreißig Jahre alt, war vor zwölf Jahren nach Algonquin Bay gezogen. Ferrier, die an der Highschool Französisch und Geographie unterrichtete, war zwei Monate in der Stadt gewesen, als sie ermordet wurde. Sie wurde in einem Waldstück zwischen Algonquin Mall und Trout Lake Road gefunden – wie McLeod gesagt hatte, nackt und erdrosselt. Bis auf die zerrissenen Kleider hatte die Gerichtsmedizin keinen Hinweis auf Vergewaltigung gefunden.

Verdächtige? Keine. Sie war noch nicht lange genug in der Stadt, um sich Feinde zu machen – oder auch Freunde. Das Wäldchen, in dem sie gefunden wurde, war eine viel benutzte Abkürzung zwischen der Mall und ihrem Viertel. Jeder hätte sie dort sehen können.

Da es keine Verdächtigen gab, türmte sich ein Berg an Zusatzberichten auf. Es hatte nichts gegeben, was die Suche eingeengt hätte. Sie hatten jeden verhört, der an jenem Abend in der Mall war. Dasselbe galt für die Ladenbesitzer in der Mall. Und für sämtliche Mieter in dem Gebäude, in dem sie ihre Wohnung gemietet hatte. Die Protokolle bildeten praktisch eine eigene Akte.

»Also, eigentlich sollte es zu einer Akte dieser Dicke einen Index geben. Würde die Sache wesentlich erleichtern.«

»Stimmt«, sagte Cardinal. »Solange Sie nicht derjenige sind, der den Index machen soll.«

»Hier ist was.« Delorme hielt ein Blatt aus den Zusatzberichten mit der Überschrift »Befragung von Paul Laroche« hoch. »Paul Laroche gehört das Haus, in dem Dr. Cates gewohnt hat, oder?«

»Paul Laroche gehören eine Menge Häuser.« Cardinal rollte seinen Stuhl neben Delorme.

»Also, das hier hat ihm nicht gehört. Die Willowbank Appartements in der Rayne Street. Sein Beruf wird hier mit Immobilienmakler angegeben, aber für Mason & Barnes Real Estate. Damals war er noch ein kleiner Fisch.«

»Er vielleicht, aber Mason & Barnes nicht. Und das ist der erste Name, der in beiden Fällen erwähnt wird.«

Sie lasen leise.

Paul Laroche, damals fünfundvierzig, hatte Detective Dick Turgeon zu Protokoll gegeben, dass er nichts über die Tote wisse. Er habe sie ein paarmal in der Lobby gesehen, mehr nicht. An dem Abend, als sie ermordet wurde, sei er zu Hause gewesen und habe eine neue Stereoanlage eingerichtet, die er eben gekauft habe. Turgeon hatte keine Veranlassung, Laroche weiter zu befragen.

Delormes Telefon klingelte. Sie hörte einen Moment zu, klemmte sich dann den Hörer zwischen Ohr und Schulter, während sie in die Tastatur tippte. »Ja, hab ich. Ja, die Anlagen sind auch da. Nochmals herzlichen Dank für Ihre Hilfe. Wir wissen das sehr zu schätzen.«

Cardinal rollte seinen Stuhl neben ihr näher an den Bildschirm.

»Miriam Stead«, sagte Delorme. »Sie hat uns alles per E-Mail geschickt. So ist es schärfer als bei einem Fax.«

Delorme hatte eine Anlage angeklickt, die sich jetzt auf dem Monitor entfaltete.

»Wow. Ich hoffe, er hat einen besseren modischen Geschmack«, sagte Cardinal.

Auf dem Bild war ein Mann um die Mitte fünfzig zu sehen, mit einem clownsartigen Haarkranz in Pfeffer und Salz. Der zu weite Anzug und die breite Krawatte unterstrichen die clowneske Wirkung noch.

Delorme klickte auf eine andere Anlage. Sie brauchte einen Moment, um sie zu öffnen. »Junge, Junge, jetzt haben wir den Kojak-Look.«

Dasselbe Gesicht ohne die mildernde Wirkung des Haars sah jetzt nach einem rücksichtslosen Schiffsmagnaten oder einem in die Jahre gekommenen Killer aus.

»Deshalb hat Gott Haare erfunden«, sagte Cardinal. »Sehen wir uns das nächste an.«

Delorme klickte wieder. Diesmal brauchten sie nicht einmal zu warten, bis das ganze Bild erschien. Sie warteten auch nicht, bis der ganze Hals, dann die Schultern in voller Breite zu sehen waren. Es genügte das kurze, eng anliegende Haar mit den grauen Sprenkeln wie Eisenspänen; so viel war schon genug, um es in die engere Wahl zu ziehen. Doch die Ähnlichkeit mit dem lebenden Modell sprach aus der Mundhaltung, dem leicht aufgereckten Kinn und am meisten aus den vor Selbstvertrauen strotzenden Augen. Noch bevor der Anzug und die Krawatte eines wohlhabenden Mannes zum Vorschein kamen, sagten sie wie aus einem Mund: »Paul Laroche.«

»Erstaunlich«, sagte Delorme. »Wie ein Schnappschuss von letzter Woche.«

26

Es war gerade mal halb sieben, als Cardinal an diesem Abend das Präsidium verließ, aber es war so dunkel wie um Mitternacht. Draußen auf dem Parkplatz konnte er das Hupkonzert auf der Umgehungsstraße hören. Normalerweise sind die Fahrer von Algonquin Bay stille Fahrer, doch das Eis sorgte überall für Verspätungen, und die sprichwörtliche Geduld des Nordens war offenbar allmählich erschöpft. Er stieg in den Wagen, doch bevor er den Schlüssel in die Zündung stecken konnte, sagte eine Stimme hinter ihm: »Sieht nach mehr Regen aus, oder?«

»Kiki. Nett, Sie wiederzusehen.« Cardinal war erstaunt, wie schnell sein Herz das Tempo verdoppeln konnte. Das war's dann also. Schluss mit den Warnungen.

»Klar doch. Dachte, ich schau mal vorbei.«

»Wissen Sie, nur weil es ein Auto ist, müssen Sie nicht denken, ich könnte Sie nicht wegen Einbruchs und unbefugten Betretens drankriegen.«

»Es war offen. Ich bin einfach eingestiegen und weggedöst.«

»Es war abgeschlossen. Und es ist auf jeden Fall dasselbe wie bei einem Haus. Nur weil ein Haus nicht abgeschlossen ist, heißt das noch lange nicht, dass sie reindürfen, um ein Schläfchen zu halten.«

Kiki gähnte. Seine Lederjacke knirschte, als er sich räkelte. „Machen wir eine kleine Spazierfahrt. Ich hab keine Lust mehr, auf einem Parkplatz rumzusitzen.«

»Kiki, haben Sie das Wetter bemerkt? Der ganze Planet steckt unter einer Eisdecke. Es ist kein guter Tag für eine Spazierfahrt. Falls Sie mich erschießen wollen, dann müssen Sie es schon hier auf dem Parkplatz der Polizeiwache tun.«

»Wo liegt das Problem? Ich hab einen Schalldämpfer.«

»Da müssen Sie aber stolz sein.« Cardinal steckte seine rechte Hand langsam unter das Jackett. Es würde nicht leicht sein, an die Beretta heranzukommen: Sie war auf der linken Seite in seinem Schulterhalfter befestigt.

»Nein. Es ist nur eine Tatsache. Nichts, um stolz drauf zu sein. Ich sage nur,. dass ich es tun könnte. Ziemlich peinlich für Sie, sozusagen vor den Augen der Polente abgeknallt zu werden.«

»Na ja, das würde mir natürlich nichts mehr ausmachen. Ich wär ja tot.«

»Stimmt auch wieder.«

Das Halfter schien weiter weg als je zuvor. Cardinal schwankte, ob er sich die Beretta einfach schnappen sollte, fertig. Dann gab es noch die Möglichkeit, einfach aus dem Wagen zu springen, obwohl es ihm ganz und gar nicht schmeckte, vielleicht eine Kugel im Rückgrat zu haben, bevor er auch nur die Tür aufhatte. Oder er konnte sich blitzschnell umdrehen und nach der Waffe greifen, die Kiki durch den Sitz auf ihn richtete. Wenigstens wäre er dann ein bewegliches Ziel.

»Kennen Sie jemanden namens Robert Henry Hewitt?«

Wudky. Cardinal hätte Wudky niemals mit Kiki B. und Rick Bouchard in Verbindung gebracht. Nicht in tausend Jahren. »Ja, ich kenne Robert«, sagte er. »Ich wusste nicht, dass Sie beide Freunde sind.«

»Sind wir auch nicht. Er ist nur im selben Flügel wie Ricky, das heißt, er war es.«

»Was soll das heißen, ›er war es‹? Ist Robert was zugestoßen?«

»Sehen Sie, genau deshalb sind Sie kein guter Cop, Cardinal. Sie sind ein miserabler Menschenkenner.«

»Ich geb zu, dass ich ab und zu überrascht werde.«

»Im Knast bleibt eben nichts geheim, das ist das Problem. Irgendwie kriegt dieser kleine Blödmann, Ihr Kumpel, spitz, dass Bouchard jemanden auf Sie ansetzt. Und das regt ihn mächtig auf. Also geht er zu Bouchard und versucht, es ihm auszureden. Wär allzu gern dabei gewesen.«

Cardinal wäre auch allzu gern dabei gewesen.

»Erst erzählt er ihm schon mal, dass er sich in Ihnen täuscht. Würde John Cardinal im Traum nicht einfallen, nix zu stehlen – das ist das Hewitt-Evangelium. Offenbar noch einer ohne Menschenkenntnis.«

»Sicher. Wudky ist nicht das schärfste Messer in der Schublade.«

»Wie haben Sie ihn noch gleich genannt?«

»Lange Geschichte.«

»Natürlich erlaubte sich Rick, was den ehrlichen Cop angeht, anderer Meinung zu sein. Wegen zweihunderttausend Mäusen, wie wir beide wissen. Das zweite Argument von Ihrem Freund: John Cardinal ist nicht der typische Cop. Erst nimmt er mich hopp, sagt Hewitt, und dann versucht er, dem Staatsanwalt auszureden, mich hinter Gitter zu bringen. Ist das übrigens wahr?«

»Ja, irgendwie schon. Ich weiß, es klingt komisch.«

»Für mich haben Sie so was nie getan.«

»Stimmt, aber Sie sind auch kein netter Kerl, Kiki.«

»Und dieser Hewitt ist für Sie ein netter Kerl?«

»Er war ein bisschen minderbemittelt. Na, jedenfalls kann ich mir lebhaft vorstellen, wie das Ganze Bouchard zu Tränen gerührt haben muss. Zart besaitet, wie er ist.«

»Ganz recht. Er sagt Ihrem Freund, er soll verduften, bevor er ihm die Haut lebendig vom Leib zieht. Ihr Freund sagt, er hätte noch einen letzten Punkt, der für Sie spricht. ›Ach ja?‹, sagt Rick. ›Da bin ich aber gespannt.‹ Und der Knabe sagt, der dritte Punkt wär, wenn Bouchard nicht bis morgen seinen Auftrag zurückzieht, bringt er ihn um.«

»Hm. Ich seh schon, wie Bouchard gezittert hat.«

»Er hat Hewitt windelweich geprügelt. Hat ihn für ne Woche auf die Krankenstation gebracht. Wissen Sie, wie krank du sein musst, um in Kingston auf Station zu kommen? Du musst schon drei viertel tot sein. Aber kaum ist er wieder raus, immer noch grün und blau, macht er sich wieder in der Küche an die Arbeit und – wum! – geht mit dem Hackebeilchen auf Bouchard los. Wie ich höre, war es ziemlich spektakulär. Andererseits tut's mir natürlich für Rick irgendwie leid, so zu sterben.«

»Sie wollen mir allen Ernstes erzählen, dass Robert Henry Hewitt Rick Bouchard umgebracht hat? Das muss ein Witz sein. Robert ist vollkommen harmlos.«

»Rufen Sie in Kingston an. Die werden Ihnen erzählen, wie harmlos Robert ist.«

»Wudky tötet Bouchard, und Sie sind hier, um ihn zu sühnen, sehe ich das richtig?«

»Was meinen Sie, so was wie Rache?«

»Na klar, Kiki.«

»Nein, verflucht. Ist mir scheißegal. Ich konnte Bouchard nicht mal leiden. Konnte ihn nicht ausstehen, wenn Sie's genau wissen wollen.«

»Wieso sind Sie dann all die Jahre bei ihm geblieben?«

»Er war ein guter Arbeitgeber. Sind Sie in Ihren Boss verliebt?«

»Ist ein Argument.«

»Ach, jetzt kapier ich!« Kiki schlug vom Rücksitz aus gegen die Sitzlehne. Für Cardinal fühlte es sich an, als wäre ihm jemand von hinten reingefahren. »Sie haben gedacht, ich säß hier, um Sie abzuservieren!«

Cardinal drehte sich auf dem Fahrersitz um. Kiki sah ihn mit echtem Staunen und Vergnügen an, ein Kind im Zirkus. Er hatte weniger Zähne als ein Tormann.

»Sie ham gedacht, ich komm wieder, um einzufordern, was Sie Rick schulden. Na klasse! Nein, um so was geht's überhaupt nicht. Ich bin nur gekommen, um Ihnen zu erzählen, was passiert ist. Damit Sie wissen, dass es vorbei ist. Es ist keiner mehr da, der einen auf Sie ansetzen kann, Cardinal. Und keiner, der mich dafür löhnen würde, selbst wenn ich es schaffte, Bouchards Geld aus Ihnen rauszukitzeln.«

»Na ja, Sie könnten's natürlich selbst behalten. Wenn es da etwas rauszukitzeln gäbe, was natürlich nicht der Fall ist.«

»Nein, nein. Erstens mal war es nicht mein Geld. Das war einzig und allein Ricks Kummer. Rick is futsch, der Kummer is futsch. Sie sind ein freier Mann, Cardinal. Das ist alles, was ich Ihnen sagen wollte.«

»Sie sind von Toronto bis hierher gekommen, um mir das zu sagen?«

Kiki nahm sich die Pudelmütze vom Kopf und kratzte in dem hellen Flaum. Dann setzte er die Mütze wieder auf und griff an Cardinal vorbei nach dem Rückspiegel, um sich darin zu betrachten.

»Ehrlich gesagt, trag ich mich mit dem Gedanken, hierher zu ziehen.«

»Nur das nicht«, sagte Cardinal. »Wir würden uns zu oft über den Weg laufen.«

»Na ja, ich hab die Schnauze voll von der Tretmühle, wissen Sie?«

Es wäre Cardinal nicht in den Sinn gekommen, dass Kriminelle unter der Tretmühle leiden könnten, aber er konnte nachvollziehen, dass sie Toronto genauso stressig finden mochten wie jeder andere. Sogar noch mehr.

»Was haben Sie vor – Kanufahren? Angeln?«

»Nää. 'n Boot und so, das ist nix für mich. Aber mir gefällt's hier oben. Es ist sauber. Es riecht gut. Das ist schon ne Menge. Natürlich kommen mir bei diesen Scheißeisregen ein paar Zweifel. Aber da wir grad dabei sind – wissen Sie zufällig, ob's hier oben Jobs gibt?«

Kikis breites, flaches Gesicht ließ keine Spur von Ironie erkennen.

»Eher in Richtung Kredithai oder lieber was mit Schutzgeldern?«

»Kommen Sie, Cardinal, ich mein's ernst. Ich rede von einem legalen Job, ja? Ich hab 'nen Führerschein für Schwerlastzüge.«

»Werd's mir durch den Kopf gehen lassen, Kiki. Ich hör mich mal um.«

»Wirklich? Das wär echt toll. Vielleicht hat sich Ihr Freund ja nicht ganz und gar in Ihnen getäuscht.«

»Sie haben mir noch nicht erzählt, was mit Robert ist. Wurde er bei dem Kampf getötet oder was?«

»Machen Sie Witze? Alle hatten eine Scheißangst.«

»Trotzdem. Ich vermute mal, Ricks Kumpel nehmen ihn bei der erstbesten Gelegenheit auseinander.«

»Da wär ich mir nicht so sicher. Rick war nicht gerade der warmherzige Typ, wissen Sie? Da geht die Treue nicht allzu tief. Und Ihr Freund hat einen der taffsten Kerle in Kingston kaltgemacht. Ich würde daher sagen, er hat's richtig gut, das heißt, wenn er erst mal aus der Einzelhaft ist.«

»Richtig.« Cardinal steckte den Schlüssel ins Zündschloss und startete. »Kann ich Sie irgendwo absetzen?«

»Nää, nicht nötig. Ich hab da drüben einen Leihwagen stehen.« Kiki öffnete die hintere Tür. »Ich wohn im Birches Motel. Rufen Sie mich an, wenn sich was auftut, okay?«

»Sobald sich was Passendes ergibt, häng ich mich an die Strippe, Kiki.«

»Und fahren Sie hübsch vorsichtig. Die Straße ist schlüpfrig wie ne Nutte.«

Die Bedrohung hatte ein Ende. Von Rick Bouchard und Co. ging für Cardinal keine Gefahr mehr aus. Und trotzdem fühlte er sich nicht rundum erleichtert. Auf dem Heimweg dachte er an Wudky, dem sie, wegen seiner Loyalität zu Cardinal, vermutlich noch einmal zwanzig Jahre aufbrummen würden. Andere hatten für den Fehler bezahlt, den er vor so vielen Jahren gemacht hatte, während er selbst ungeschoren davongekommen war – und das vermutlich für immer.

Als Cardinal nach Hause kam, stand Catherine am Holzofen im Wohnzimmer und rührte in einem Eintopf. Der Strom war weg, und die Flammen hinter dem Ofenfensterchen tauchten das Zimmer in flackerndes Orange. Sally und die beiden Mädchen saßen auf dem Sofa und schälten Kartoffeln. Die alte Mrs. Potipher schlief mit offenem Mund in Catherines Sessel. Auf dem Boden neben ihr beäugte ihr Zwergpudel Totsy Cardinal mit spontaner Abneigung und fing von Kopf bis Schwanz zu zittern an. Zwei Küchenstühle waren herübergeschafft worden, um die üppigen Hinterteile von Mr. und Mrs. Walcott, Nachbarn von gegenüber, unterzubringen. Sie saßen kerzengerade aufgerichtet wie ein Puppenpaar, jeder ein Taschenbuch auf den Bauch gestützt und eine Brille mit einer langen Kette daran auf der Nase.

»Die ganze Gegend hier hat keinen Strom mehr«, sagte Mr. Walcott zu Cardinal, als er hereinkam.

»Ich weiß. Der Highway ist pechschwarz. Nach dem Regen zu urteilen, wird sich daran vorerst nichts ändern.«

»Wir haben so lange durchgehalten, wie wir konnten«, sagte Mrs. Walcott, um an ihren Mann gewandt hinzuzufügen: »Ich hab dir schon letztes Jahr gesagt, wir sollten einen Holzofen kaufen. Aber nein, du wusstest es ja besser.«

»Ich hab nur gesagt, dass sie zu teuer sind. Du kannst nicht in ein und demselben Jahr in der Dom. Rep. Urlaub machen und einen Holzofen kaufen.«

»Du hast was anderes gesagt. Du hast gesagt: ›Kann man drüber nachdenken. Aber wir sollten bis zum Schlussverkauf warten.‹ Und dann hast du dich natürlich nicht mehr darum gekümmert.«

»Nur zu. Stempel mich zum Volltrottel. Von mir aus. Wenn du dich dann besser fühlst.«

Cardinal knöpfte den Mantel auf, überlegte es sich aber. Das Wohnzimmer war heiß, doch im übrigen Haus herrschte dieselbe Temperatur wie draußen. »Sollten wir den nicht eine Weile offen halten?« Er zeigte auf die vordere Hälfte des Zimmers, wo Catherine an einer Wäscheleine einen Vorhang aufgehängt hatte, der die ausgebaute Veranda vom übrigen Wohnzimmer trennte. »Der lässt die Wärme nicht bis nach vorne durch.«

»Geh mal gucken.«

Cardinal bahnte sich einen Weg an den ausgestreckten Beinen von Mr. und Mrs. Walcott vorbei, ignorierte ein übertriebenes Knurren von Totsy und trat hinter den Vorhang.

»Zufrieden?« Sein Vater blickte aus der Tiefe des Lazy-Boy-Sessels auf, der mit einem roten Schlafsack gepolstert war. »Jetzt hast du deinen Willen. Ich hoffe, du bist stolz auf dich.«

Cardinal lächelte. »Ich bin einfach nur froh, dich zu sehen, Dad. Ich wollte nicht, dass du da oben ganz allein einfrierst. Dieser Vorhang nimmt dir aber eine Menge Wärme. Vielleicht machen wir ihn für eine Weile auf.«

»Der bleibt, wo er ist. Mal im Ernst, ich weiß wirklich nicht, wieso du mich nicht in meinen eigenen vier Wänden sterben lässt.«

»Dad, es ist ja nicht für immer. Bleib nur so lange, bis der Eisregen vorbei ist.«

»Wenn du erst mal selber alt bist, wirst du schon sehen, wie das ist. Ich vergesse sogar dauernd, dass ich alt bin. Ich geh im Sommer am Seniorenheim vorbei und sehe all diese kleinen alten Damen. Kommt mir gar nicht in den Sinn, dass ich genauso alt bin wie die. In meinen Augen bin ich so alt wie immer, nur dass ich dieses böse Herzproblem hab und nicht machen kann, was ich will.«

»Hast du alles, was du brauchst? Kann ich dir irgendwas bringen?«

»Was soll ich denn noch brauchen? Ich hab mein Buch, meinen Schlafsack, meinen Katheter ...«

»Was?«

»Das sollte ein Witz sein, John.«

»Wie wär's, wenn wir dich in Kellys Zimmer unterbringen würden?«

»Das kannst du jemand anderem geben. Ich bin hier besser aufgehoben. Ich krieg besser Luft, wenn ich aufrecht sitze. Schon komisch, wie sich die Geschichte wiederholt.«

Cardinal warf ihm einen fragenden Blick zu.

»Mein Dad. Hatte haargenau dasselbe Problem. Hatte damals bloß nicht die Medikamente dafür. Aber ich kann mich noch erinnern, wie er sitzend im Wohnzimmer schlief. Jetzt weiß ich, warum.«

»Gut. Aber sag mir Bescheid, wenn du Kellys Zimmer haben willst.«

Cardinal wollte schon gehen, doch sein Vater hob die Hand, damit er blieb. »Diese Dr. Cates, John. Das ist furchtbar. Sie fing doch gerade erst an. Ich hoffe, du schnappst den Kerl, der sie umgebracht hat.«

»Also, wir arbeiten dran.«

»Ich glaube, sie war ein schlaues Bürschchen. Und ne gute Ärztin.«

»Was redest du da, Dad? Du warst stinkesauer auf Dr. Cates.«

»Ich weiß, ich weiß. Manchmal bin ich nicht besonders gescheit.«

Später bekam der Abend etwas von Lagerfeueratmosphäre, als sie alle – außer Stan Cardinal – um den Holzofen saßen und sich über frühere Erfahrungen mit seltsamen Wetterlagen austauschten. Die Walcotts stritten sich über einen Schneesturm, der sie mal mitten im Winter drei ganze Tage im O'Hare-Flughafen festgehalten hatte – oder war es für zwei

Tage im LaGuardia? Mrs. Potipher erinnerte sich an einen schrecklichen Sturm über dem Nordatlantik auf einer Schiffsreise irgendwann in den Fünfzigern.

Das unruhige Licht tauchte ihre Gesichter in Braun- und Bernsteintöne. Catherine sah in den verschiedenen Pullovern, die sie übereinander gezogen hatte, und mit dem langen karierten Schal schön aus. Sie kümmerte sich um ihre unerwarteten Gäste mit einem völlig selbstvergessenen Gesichtsausdruck, und Cardinal wusste, dass sie glücklich war. Den ganzen Abend lang wurden ihre Gespräche von einem kehligen Zischen des Ofens unterbrochen, sobald Cardinal ihn aufmachte, um Holz nachzulegen. Der gefrierende Regen trommelte gegen die Fensterscheiben, ab und an war draußen vom nächsten herunterbrechenden Ast ein gewaltiges Krachen zu hören, und jedes Mal zuckten sie zusammen und schrien auf wie bei einem Sportereignis.

Cardinal und Catherine mussten die Schlafzimmertür offen lassen, um möglichst viel Wärme aus dem Wohnzimmer zu bekommen. Trotzdem hatte Cardinal eine lange Unterhose an. Catherine schlief, dicht an ihn geschmiegt, ein, doch er lag noch lange wach und dachte abwechselnd an seinen Vater und an Paul Laroche. Er war sich jetzt sicher, dass Paul Laroche Yves Grenelle war, und egal, ob er den Minister Raoul Duquette ermordet hatte oder nicht, hatte er auf jeden Fall Madeleine Ferrier getötet, um seine Vergangenheit weiter geheim zu halten. Und Miles Shackley. Und Winter Cates. Er musste an das Foto in Laroches Büro denken, mit ihm und dem Premierminister in Jagdausrüstung; da lag möglicherweise die Verbindung zu Bressard. Das alles vor Gericht zu beweisen, war allerdings etwas anderes.

Irgendwann in der Nacht wachte er von einem Geräusch auf, doch er wusste nicht, was er gehört hatte. Wieder ein Ast? Ein Transformator, der explodierte? Er lag still und wartete. Jemand rief aus dem Zimmer nebenan, ein seltsamer, schriller

Laut – halb Schrei, halb Stöhnen. Cardinal stand auf und warf sich den Morgenmantel über. Er nahm die Taschenlampe von der Frisierkommode und ging ins Wohnzimmer.

Das Feuer im Ofen war zu Asche heruntergebrannt und warf in der einen Zimmerecke einen matten roten Schimmer über die schlafenden Gesichter von Sally und ihren kleinen Mädchen, die sich einen Riesenschlafsack teilten, und über Mr. und Mrs. Walcott in der anderen. Mrs. Potipher war mit dem Kerosin-Heizkörper in Kellys Zimmer. Der Schrei kam von seinem Vater. Er rief, mit erstickter Stimme, nach Cardinal, der eilig um die schlafenden Gestalten herum hinter den Vorhang trat.

Sein Vater war halb aus dem Sessel gefallen und hing halb über dem Boden. Er war schweißgebadet, als Cardinal ihn aufrichtete, das Gesicht klatschnass und weiß.

»Wo sind deine Tabletten?«, fragte Cardinal und richtete die Taschenlampe in alle Winkel. »Dad, wo sind deine Tabletten?«

Sein Vater stöhnte, sein Kopf hing schlaff gegen die Rückenlehne des Sessels. In seiner Lunge war ein rasselndes Geräusch zu hören.

Cardinal fand die Tabletten auf einem kleinen Nachttisch. Er drückte eine Kapsel aus der Folie. Er zog seinen Vater im Sessel nach vorne und hielt seinen Kopf in der Armbeuge, so dass er ihm die Kapsel in den Mund schieben konnte. Er rief nach Catherine.

»Es ist mein Bein«, sagte sein Vater. »Mein Bein tut weh.« In Stan Cardinals stoischer Sprache hieß das, wie Cardinal wusste, dass er Schmerzen von einem bis dahin nicht gekannten Ausmaß litt.

»Catherine!«

Catherine erschien am Ende des Vorhangs und entwirrte mit der einen Hand ihre Haare, während sie mit der anderen ihren Morgenmantel zuhielt.

»Ruf einen Krankenwagen«, sagte Cardinal.

Catherine ging zum Telefon und wählte eine Nummer. Dann reichte sie Cardinal den Hörer. »Vielleicht reagieren sie schneller auf einen Cop.« Sie kniete sich neben den Sessel. »Wie geht's dir, Stan? Wie können wir dir helfen?«

Er griff nach seinem Oberschenkel und stöhnte. Sein Gesicht war aschfahl.

»John ruft gerade den Krankenwagen. Sie sind gleich hier.«

»Mein Bein bringt mich um«, sagte Stan. »Nicht im wörtlichen Sinne, hoffe ich.«

Cardinal diktierte seine Adresse ins Telefon.

»Sir, wir schicken jemanden, so schnell wir können. Aber die Straßen sind heute Nacht unmöglich.«

Cardinal hängte auf und rief die Notaufnahme im städtischen Krankenhaus an. Die Schwester am anderen Ende bat ihn, die Symptome genau zu beschreiben. »In Ordnung«, sagte sie. »Bei einer Vorgeschichte mit Herzinsuffizienz hat er höchstwahrscheinlich ein Blutgerinnsel in seinem Bein. Das ist schmerzhaft, lässt sich aber mit Verdünnungsmitteln behandeln.«

»John! Ich glaube, er hat einen Herzinfarkt!«

Cardinal ließ den Hörer fallen. Sein Vater saß aufrecht und fasste sich an die Brust, als wollte er einen Pfeil herausziehen. Dann brach er bewusstlos nach hinten zusammen.

»Hilf mir, ihn auf den Boden zu legen.«

Cardinal hob seinen Vater unter den Achseln an; Catherine nahm die Füße. »Er ist eiskalt«, sagte sie. »Seine beiden Beine sind eiskalt.«

Sie legten ihn auf den Boden, und Cardinal begann mit Kompressionsstößen. Nach je sechs Kompressionen lehnte er sich vor und machte Mund-zu-Mund-Beatmung.

»Nimm das Telefon, Catherine. Frag sie, was wir als Nächstes tun sollen.«

Er machte mit der Herzmassage weiter, während Catherine sich Instruktionen einholte. »Sie sagen, du sollst damit weitermachen, bis der Krankenwagen hier ist.«

»Er atmet nicht, Himmelherrgott noch mal! Vielleicht sollten wir nicht auf den Krankenwagen warten. Vielleicht fahren wir besser selber. Frag sie, wie lange sie brauchen würden.«

»Wenn wir Glück haben, zehn, fünfzehn Minuten.«

»Catherine, geh raus und wirf den Wagen an!«

»Kann ich irgendetwas tun?« Sally stand jetzt neben dem Vorhang.

»Du kannst Catherine dabei helfen, den Wagen freizukratzen.«

Catherine und Sally gingen nach draußen. Wenig später hörte Cardinal das knirschende Geräusch von Eisschabern.

Sein Vater stöhnte und öffnete die Augen.

Cardinal unterbrach die Behandlung und legte ihm ein Ohr an die Brust. Es kam ein gleichmäßiges Pochen, doch die Lunge schien voller Wasser zu sein.

»Dad«, sagte er leise. Er legte seinem Vater eine Hand an die Wange. »Dad, kannst du mich hören?«

»Ja.«

»Welche von deinen Tabletten ist das Diuretikum? Wir müssen etwas von dem Wasser aus deiner Lunge kriegen.«

»Orangenen.« Seine Stimme war ein Flüstern; seine Augen schienen auf irgendetwas jenseits der Zimmerdecke gerichtet zu sein.

Cardinal fand die Tabletten zwischen mehreren Fläschchen auf dem kleinen Nachttisch. Er schüttete sich zwei in die Handfläche und wollte den Kopf seines Vaters anheben.

»Nein«, flüsterte Stan. »Keine Pillen mehr.«

»Deine Lunge ist voller Wasser. Sie helfen dir, wieder Luft zu bekommen.«

»Keine Pillen mehr.«

»Dad, nur damit du besser Luft kriegst.«

»Keine Pillen mehr.« Die Augen waren immer noch auf die Decke gerichtet, der Atem kam stockend und rasselnd.

Catherine war zurück, völlig durchnässt. Mit ihr kam ein kalter Luftzug herein und füllte den Raum. »Das Eis ist unmöglich«, sagte sie. »Wir kriegen nicht mal die Wagentür auf.«

In der Ferne war eine Sirene zu hören.

»Macht nichts. Das muss der Krankenwagen sein. Dad will seine Tabletten nicht nehmen.«

Catherine kam herüber und kniete sich auf der anderen Seite neben seinen Vater. »Was höre ich da? Du nimmst deine Pillen nicht?«

Stan Cardinals schlaffe, nasse Lippen verzogen sich zur Andeutung eines Lächelns. »Willst du mir die Hölle heiß machen?«

Catherine schüttelte den Kopf. Ihre Augen füllten sich, aber sie hielt die Tränen zurück. Sie fand die Hand des alten Mannes und nahm sie in ihre beiden Hände. Cardinal packte seinen Vater am Unterarm.

»Das Einzige, was du je richtig gemacht hast«, sagte sein Vater. Die Worte kamen so langsam heraus, dass jede Satzmelodie verloren ging.

»Und das wäre?«, fragte Cardinal. Er wollte nicht vor seinem Vater weinen.

»Cathy.«

»Ich weiß.« Cardinal drückte seinen Arm. »Dad, hör zu. Ich weiß, dass du ewig nicht mehr in der Kirche warst, aber –«

»Keinen Priester.«

»Bist du sicher? Wir können dir die Letzte Ölung geben lassen, wenn du willst.«

»Keinen Priester.«

Cardinal hörte, wie das Heulen der Sirene hinter dem Haus vorbeizog. Sie hatten die Stelle verpasst, an der sie abbiegen mussten. Er glaubte nicht, dass ein Sanitäter jetzt noch viel hätte ausrichten können. Oder auch ein Arzt.

»John?«

»Was, Dad?«

»Sprich nur, Dad. Ich bin hier.«

»Ich dachte nur, wir haben uns gut verstanden, meinst du nicht?«

Cardinal schluckte. Sein Adamsapfel fühlte sich dreimal so dick an. »Ja, haben wir.«

Cardinal war nicht sicher, was sein Vater als Nächstes sagte. Die Sirene kam Richtung Madonna Road zurück.

»Ich möchte mich entschuldigen, für alles, was ich ...«

»Dad, du brauchst dich für gar nichts zu entschuldigen.«

»Für alles, weißt du ...«

»Ich weiß. Ich mich auch.«

»Und wofür?« Die Frage schien wie ein Mobile zwischen ihnen in der Luft zu schweben.

»Dass ich nicht dafür gesorgt habe, dass du es so hast, wie du es wolltest, du weißt schon, so dass du bei alldem wenigstens zu Hause bist, statt ...«

»Nein, nein.« Dann musste sein Vater husten. Seine Hände schnellten hoch, als wollten sie einen schweren Gegenstand aufhalten, der auf ihn zu stürzen drohte, dann fielen sie wieder zu Boden.

»Dad?« Cardinal rieb energisch seinen Arm, als könnte er, wenn er nur an dieser Stelle den Kreislauf anregte, den ganzen sterbenden Körper wiederbeleben. Catherine und Cardinal lehnten sich vor, um die Worte zu verstehen, die sich in dünne, gehauchte Vokale auflösten, Ahs und Ohs ohne Sinn. Dann verließ ihn der letzte Atemzug, und fast im selben Moment wurden seine Augen grau. Catherine lehnte sich vor und weinte. Cardinal setzte sich, wie betäubt, auf die Fersen zurück.

Durch die Fenster blitzten Lampen, und sie hörten, wie Autotüren aufgemacht wurden und schwere Stiefel über das Eis herüberkamen. Dann standen die Sanitäter drinnen, suchten nach Lebenszeichen und bestätigten, dass Stan Cardinal tot war.

»Tut mir wirklich leid, dass wir nicht eher hier waren«, sagte einer von ihnen. »Die Straßen sind diese Nacht ein echtes Problem. Rund um den Trout Lake sind Kabel runtergekommen.«

»Ich weiß«, sagte Cardinal.

»Ich müsste dann mal telefonieren. Der Coroner muss rauskommen und die Sterbeurkunde ausstellen.«

»Okay.«

Der Sanitäter hatte schon sein Handy aufgeklappt. »Ja, wir sind bei dem Herzinfarkt in der Madonna Road. Wir haben völligen Stillstand, keine Lebenszeichen. Können Sie uns den Coroner sofort rüberschicken? Danke.«

Cardinal nahm irgendwie wahr, dass Catherine sich im Schein des Feuers bewegte. Jemand musste ein neues Holzscheit in den Ofen geschoben haben; er konnte sich nicht erinnern, es selber getan zu haben. Irgendwie hatte sie es geschafft, die Kinder in Kellys Zimmer zu verfrachten, ohne Mrs. Potipher aufzuwecken. Sie kochte Wasser und machte Tee für Sally und die Sanitäter. Sie traten in Cardinals Blickfeld und verschwanden wieder, gesichtslose Silhouetten in einer Unterwelt, in der alles weit entfernt war, die Stimmen nur ein schwaches Echo. Cardinal nahm einen Schluck Tee und verbrannte sich die Zunge.

Ein Schwall kalte Luft und eine Menge Unruhe kam ins Haus, als Dr. Barnhouse hereinschneite, die schwarze Tasche in der Hand. Er kniete sich neben Stan Cardinal und hörte ihn lange mit dem Stethoskop ab. Schließlich sagte er: »Es ist kein Herzschlag da. Und keine Atmung.« Er sah auf die Uhr. »Todeseintritt: 2.45 Uhr.«

Barnhouse packte sein Stethoskop ein und ließ die Tasche mit einem kurzen Klicken zuschnappen. Dann stand er mit ausgestreckter Hand vor Cardinal. Cardinal griff danach und fühlte, wie die trockene, weiße Hand des Doktors seine drückte.

»Mein Beileid für Ihren Verlust, Detective Cardinal.«

Es lag ein flehentlicher Ausdruck in den Augen des Arztes, als wollte er sagen: *Hilf mir! Ich bin nicht sonderlich gut in so was!* Während er ihn zur Tür begleitete, wollte Cardinal ihm beinahe Trost spenden, ihm sagen, es sei schon in Ordnung.

Die Männer vom Krankenwagen gingen zu dem Toten.

»Würden Sie uns noch ein paar Minuten mit ihm allein lassen?«

Catherine hockte neben seinem Vater. Sie sah matt und erschöpft aus. Cardinal kniete sich noch einmal ihr gegenüber hin. Er konnte das Ausmaß seines Schmerzes immer noch nicht fassen. »Was wollte er sagen?«, fragte er. »Unmittelbar bevor er ging. Er hat versucht, etwas zu sagen, aber ich konnte es nicht verstehen.«

»Er hat dir auf das, was du gesagt hast, geantwortet.«

»Und was hab ich gesagt?«

»Du hast gesagt, es täte dir leid. Es täte dir leid, dass er nicht zu Hause sterben konnte.«

»Und was hat er geantwortet?«

»Er hat gesagt: ›Ich bin zu Hause.‹«

27

Die ganze übrige Nacht hindurch fiel bis in die frühen Morgenstunden der Regen weiter in großen, schweren Tropfen, die jedes Mal mit einem hörbaren Schlag auf eine Oberfläche fielen. »Fallen« war vielleicht nicht das richtige Wort. Der Regen warf sich mit voller Wucht gegen jeden Wagen, jedes Haus und jede Straße. Es gab einen stechenden Schmerz, wo er die Haut traf, und man konnte die Eiskristalle in jedem Tropfen erkennen und zusehen, wie sie sich augenblicklich auf jede vereiste Windschutzscheibe und jeden spiegelglatten Bürgersteig aufpfropften.

Salzstreufahrzeuge waren überall im Einsatz, bis jede Straße, die keine schwarze Glasfläche war, wie Zunder unter den Füßen knirschte. An den wenigen Autos, die im Schneckentempo die Straßen der Stadt durchstreiften, rasselten die Schneeketten. Die Stromkabel hingen unter dem Gewicht des Eises immer tiefer durch. Die Highways entlang standen die Strommasten grotesk schief.

Bis neun Uhr morgens war die ganze Stadt ohne Elektrizität. Polizei- und Feuerwehrwache hatten Notstromgeneratoren, doch der im Polizeipräsidium schaltete sich immer wieder ab, und ein paar überarbeitete Mechaniker kamen immer wieder vom Dach und murmelten Flüche auf Französisch.

Um zehn, elf herum klarte der Himmel auf, und die Sonne blendete. Eine Kaltfront hatte endlich die Warmfront verdrängt, und während der Regen aufhörte, stürzten die Temperaturen auf bis zu zwanzig Grad minus. Ohne Strom, ohne Heizung waren die Bewohner von Algonquin Bay jetzt ernsthaft in Gefahr. Die Schulen wurden geschlossen und zu improvisierten Schlafsälen umfunktioniert.

Zwei Menschen starben. Ein Mann, der sein Abendessen im Haus gegrillt hatte, war an Kohlenmonoxid erstickt. Jemand anders starb in einem Feuer, das sich in der Christie Street ausbreitete, als ein Kerosinöfchen umgestoßen wurde.

Im Polizeipräsidium wurde jeder Urlaub gestrichen. Alle Beamten wurden mobilisiert, um von Haus zu Haus zu gehen und Kinder sowie alte Menschen in die Schulen zu evakuieren. McLeods Protestschreie waren von Chouinards Büro im dritten Stock bis zum Fitness-Raum im Keller zu hören. »Ich bin Ermittler, verflucht noch mal, kein Boy Scout. Was kommt als Nächstes – vielleicht Katzen von Bäumen runterholen?«

Cardinal erwachte spät. Zuerst dachte er, dass ein großer Hund auf seiner Brust schlief, doch dann merkte er, dass der Tod seines Vaters auf ihm lastete. Er rief Chouinard an und teilte ihm mit, dass sein Vater gestorben sei. Chouinard war mitfühlend und sagte, er solle sich so viel Zeit nehmen, wie er brauche; die Familie ginge jetzt vor. Als ob das Cardinal entgangen wäre.

Also beschloss er, zu Hause zu bleiben. Er rief das Bestattungsinstitut an und traf die ersten Vorkehrungen. Dann rief er seinen Bruder in British Columbia an. Catherine benachrichtigte Kelly.

Die Walcotts hatten es irgendwie geschafft, die Ereignisse der letzten Nacht zu verschlafen, selbst das Kommen des Krankenwagens. Kaum hatte Catherine es ihnen gesagt, zückten sie ihre Bücher und widmeten sich der Lektüre. Die anderen waren freundlich, besonders Mrs. Potipher, und selbst die kleinen Mädchen wahrten den angemessenen Ernst. Doch schon nach einer Stunde bekam Cardinal das Gefühl, dass er in diesem Zimmer nur Totenwache hielt und sich anderswo nützlicher machen konnte. Seine Gedanken wanderten zu Paul Laroche und dem Aktenberg, der an diesem Morgen mit dem Hubschrauber eingeflogen werden sollte.

Als Cardinal das Büro betrat, begrüßte Delorme ihn mit einer innigen Umarmung. »Es tut mir so leid«, sagte sie. »Wenn ich irgendwie helfen kann, müssen Sie es mir sagen.«

Ihr Mitgefühl trieb Cardinal die Tränen in die Augen, aber er brachte ein Nicken zuwege.

Chouinard war überrascht, Cardinal zu sehen, doch wo er schon mal da war, wollte er ihn und Delorme auch zum Einsatz bringen. Er versuchte, sie für das Haus-zu-Haus-Kommando mit einzuplanen, doch Cardinal wollte nichts davon hören. Er nahm Chouinard mit in das Konferenzzimmer, das sie für die Akten in Beschlag genommen hatten. Die Ontario Provincial Police hatte fünf Aktenkisten aus den Ermittlungen des CAT-Teams zu den FLQ-Entführungen herübergeflogen. Jetzt waren die Kisten wie offene Schubladen im Konferenzzimmer aufgereiht.

»Okay, Sie haben also einen Berg Papier durchzuarbeiten. Tun Sie es so schnell Sie können, und dann brauche ich Sie wie alle anderen auf der Straße.«

R.J. Kendall steckte den Kopf herein. »Ich brauche jetzt jeden unten. Wieso sind Sie noch hier?«

Chouinard schritt ein. »Öm, Chief – Sie wissen es vielleicht noch nicht, aber Cardinals Vater ist letzte Nacht gestorben.«

R.J. sah Chouinard an, als wäre er gerade mit einem Raumschiff gelandet. Dann sah er wieder Cardinal an. »Ist das wahr?«

»Ja, Sir.«

»Mein Beileid«, sagte R.J., ohne welches zu vermitteln. »Aber wenn Sie nicht nach Hause gehen, möchte ich, dass Sie runterkommen. Wir haben hier einen ausgewachsenen Notstand.« Dann schien er ein wenig nachgiebiger zu werden. »Tut mir leid, das mit Ihrem alten Herrn«, sagte er und legte Cardinal eine Hand auf die Schulter. »Nehmen Sie sich so viele Tage frei, wie Sie brauchen. Seinen Vater zu verlieren, das ist ein echter Schlag.«

»Danke, Chief. Im Moment wäre es mir ebenso lieb, an diesen Akten weiterzuarbeiten.«

»In Ordnung. Arbeiten Sie, woran Sie wollen. Aber jetzt will ich, dass die Truppe vollständig antritt«, sagte Kendall und ging hinaus.

»Jemand von den Elektrizitätswerken Ontario ist da, um uns zu sagen, was Sache ist«, erklärte Chouinard. »Ist gar nicht mal so schlimm. Wenigstens gibt es Donuts.«

»Wieso immer Donuts?«, fragte Delorme auf ihrem Weg nach unten. »Seh ich so aus, als würde ich Donuts essen? Versprechen Sie mir, dass Sie mich erschießen, wenn es je dazu kommt.«

Cardinal holte sich einen schwarzen Kaffee und pflanzte sich so nah wie möglich am Ausgang hin.

Der Mann von den Elektrizitätswerken war Paul Stancek, ein früherer Klassenkamerad an der Highschool. Das Einzige, woran sich Cardinal noch erinnerte, war, dass Stancek ihren Geschichtslehrer, Mr. Elkin, perfekt nachahmen konnte, inklusive australischem Akzent. Das war zu der Zeit, als Stancek – ebenso wie er selbst vermutlich – noch eine dünne Bohnenstange ohne den geringsten Anflug von pfirsichfarbenem Flaum auf den Wangen war. Jetzt war er über eins achtzig mit einem langen Schnauzbart, der einem Western-Sheriff Ehre gemacht hätte.

»Ich weiß, Sie haben zu tun«, sagte Stancek. »Also komme ich sofort zur Sache. Das Stromnetz von Ontario ist so ausgelegt, dass es alles übersteht außer einem Jahrhundertereignis. In Algonquin Bay ist im Moment dieser Eisregen genau dieses Ereignis.

In Algonquin Bay speist sich der Strom aus zwei separaten Quellen. Damit die ganze Stadt dunkel wird, müssen diese beiden Quellen ausfallen. Sie kennen alle die Masten, die von Osten hereinführen. Sie kommen aus den Bergen, den Highway 17 entlang, etwa oberhalb Corbeil. Sie bringen den Strom aus dem Ottawa River und dem Mattawa River rein.

Die andere Quelle liegt oben in der Nähe von Sudbury. Das sind die Masten, die aus der entgegengesetzten Richtung an der Umgehungsstraße bis in die Stadt führen. Die Wahrscheinlichkeit, dass diese beiden Netze öfter als einmal alle hundert Jahre gleichzeitig zusammenbrechen, ist gleich null.

Also willkommen im Jahr einhundert. Normalerweise können wir bei starkem Eisregen einfach die Amperezahl in den Kabeln hochsetzen. Das heizt sie genügend auf, um das Eis zu schmelzen. Aber diesmal funktioniert das nicht. Diese Kabel sind dreimal so schwer belastet wie vorgesehen, und einige von ihnen werden reißen. Hier ein paar Richtlinien für den Fall, dass Sie gerade in der Nähe sind, wenn eins runterkommt.«

McLeod brüllte so laut, dass sie alle zusammenzuckten: »Wieso schalten Sie die verdammten Dinger nicht einfach so lange ab, bis es vorbei ist? Der Strom ist sowieso jedes Mal nach zehn Minuten wieder weg.«

Stancek blinzelte nicht einmal. »Dafür, dass wir die wichtigsten Überlandleitungen nicht abschalten, gibt es drei Gründe. Erstens, weil wir, solange sie nicht unter Strom sind, nicht sagen können, wo die Leitungen unterbrochen sind, und wir sie somit nicht reparieren können. Zweitens, weil es weitaus gefährlicher wäre, den Strom wieder einzuschalten, als ihn einfach weiterfließen zu lassen. Das könnte Menschen töten, von denen man nicht einmal wusste, dass sie in Gefahr sind. Und drittens: So halten wir es eben.«

»Nicht übel«, sagte McLeod. »An Ihnen ist ein Polizist verloren gegangen.«

Stancek fuhr fort. »Jeder Mast trägt sechs Kabel. Jedes Kabel transportiert vierundvierzigtausend Volt. Also: *vierundvierzigtausend Volt*. Ja, das reicht, um Sie zu töten. Es reicht, um Sie zehnmal zu töten.«

Cardinal dachte an einen der ersten Unfälle, die er bearbeitet hatte, als er nach Algonquin Bay zurückkam: Ein Teenager war bei einer Art Mutprobe auf einen Transformator an der Relaisstation geklettert. Bis die Rettungsdienste an Ort und

Stelle waren, war der Junge nur noch Asche. Als sie ihn von dem Metall losbrachen, war sein verkohlter Kopf heruntergefallen und zu Cardinals Füßen gerollt.

»Vierundvierzigtausend Volt«, sagte Stancek erneut. »Aber selbst wenn eines dieser Kabel nur zwanzig Meter von Ihnen entfernt runterkommt, muss das nicht heißen, dass Sie in jedem Fall erledigt sind. Nicht, wenn Sie wissen, was Sie tun müssen. Also hören Sie gut zu.

Wenn ein Kabel auf Ihr Auto fällt, rühren Sie sich nicht. Bleiben Sie einfach im Wagen sitzen, außer Sie haben einen noch triftigeren Grund – ein Feuer zum Beispiel – um auszusteigen. Falls Sie rausmüssen, steigen Sie nicht aus, sondern springen Sie aus dem Wagen. Was Sie umbringt, ist der Unterschied zwischen den Volt am Wagen und am Boden. Falls Sie schon lange von einer leitenden Funktion geträumt haben, machen Sie Überstunden, reißen Sie sich meinetwegen den Arsch auf, aber aus einem Auto unter Hochspannung zu steigen, ist mit Sicherheit der falsche Weg.

Ein wahrscheinlicheres Szenario? Ein Kabel kommt irgendwo in der Nähe runter.« Stancek ging zu einer Stelltafel und entkorkte einen Marker. Während er sprach, erschienen rote Kreise und Pfeile auf dem Papier. »In diesem Fall gibt es zwei Dinge, die Sie verstehen müssen. Das erste ist die Bodenstrahlung. Wie jede Stromquelle nimmt die Spannung aus einem Stromkabel mit der Entfernung ab. Und wenn die Erde der Leiter ist, nimmt sie sogar schnell ab. Anders gesagt, wenn ein Kabel zwei Meter von einem Menschen entfernt runtergeht, wird er wahrscheinlich getötet. Jemand anders, der fünfzehn Meter weg ist, bleibt möglicherweise völlig unversehrt.

Also gehen Sie natürlich schnell weg, richtig? Falsch. Haben Sie das mitbekommen? Das war, wie man's nicht machen soll. Sie gehen nicht weg. Sie bleiben auf dem Fleck stehen. Und merken Sie sich, was ich Ihnen jetzt sagen werde, denn das hat schon so manchen Streckenarbeiter vor einem frühen Grab bewahrt: Falls ein Kabel irgendwo in Ihrer Nähe fällt, halten Sie Ihre Füße zusammen. Machen Sie keinen einzigen Schritt in irgendeine Richtung. Es ist der Spannungsunterschied zwischen Punkt A und Punkt B, der Sie umbringt. Wenn Sie sich in der Nähe eines Kabels befinden, das vierundvierzigtausend Volt in den Boden jagt, kann schon ein Abstand von einem halben Meter tödlich sein. Das ist das Geheimnis der Bodenstrahlung. Also halten Sie die Füße zusammen.

Wenn niemand Ihnen zu Hilfe kommt, ist die einzige Chance, von einem Kabel unter Hochspannung wegzukommen, dass Sie immer nur einen Fuß zur gleichen Zeit auf dem Boden haben. Auf diese Weise leiten Sie keinen Strom durch Ihren Körper. Aber wir haben es hier mit einem Eisregen zu tun. Die Wahrscheinlichkeit, dass Sie wegrennen können, ohne hinzufallen, nicht auf allen vieren zu landen und als gegrillter Cop zu enden, ist äußerst gering. Daher ist mein bester Rat: Bleiben Sie, wo Sie sind, halten Sie die Füße zusammen und machen Sie keinen Schritt.

Und noch etwas müssen Sie wissen, bevor ich Fragen beantworte. Diese Stromkabel haben eine Höchstgrenze. Wenn eins in Ihrer Nähe runterkommt und Sie auf einmal von blauen Blitzen umzingelt sind, müssen Sie wissen, dass das nur drei Mal hintereinander passieren wird. Die Sicherungen sind so eingestellt, dass sie beim dritten Kurzschluss nicht wieder neu starten. Sie bleiben tot.«

Stancek hielt sich an sein Versprechen und fasste sich kurz. Als sie zu den Fragen kamen, gingen Cardinal und Delorme wieder nach oben. Cardinal hatte eine Nachricht von der Gerichtsmedizin in Toronto auf Band. Er rief vom Konferenzzimmer aus zurück und schaltete auf Freisprechanlage.

Len Weisman brachte es in der ihm eigenen verständnisvollen Art auf den Punkt: »Sie haben nichts, mein Freund. Am

Auto? Nichts. Kein Haar, keine Faser, nichts. Das Wasser hat alles weggespült.“

»Das kommt einem schlicht unmöglich vor«, sagte Delorme. »Man sollte meinen, einfach nach dem Gesetz der Wahrscheinlichkeit ...«

»Vergessen Sie das Gesetz der Wahrscheinlichkeit. Danach dürfte niemand je im Lotto gewinnen. Danach dürfte auch nie jemand vom Blitz getroffen werden. Es gibt in diesem Geschäft eine winzige Kleinigkeit - man nennt sie Glück, und Ihr Mörder hat es ganz auf seiner Seite.«

Cardinal und Delorme sortierten die Akten in vorläufige Stapel - und blätterten die durch, die am ehesten Aufschluss über Grenelle versprachen. »Ich bin bei der Sache nicht sonderlich optimistisch«, sagte Delorme, »so, wie's bisher läuft.«

Sie hatten eine Fundgrube an Informantenberichten vor sich, doch Grenelle hatte nicht für die Polizei, sondern für die CIA - oder zumindest Miles Shackleys persönliche Interpretation von der CIA - gearbeitet, und es gab keinen einzigen Bericht von ihm. Dutzende von Berichten erwähnten ihn als »ebenfalls anwesend«, einfach nur einer in einer Namensliste, mit der Information, dass er zu einem bestimmten Zeitpunkt an einem bestimmten Ort gewesen war.

»So kommen wir keinen Schritt weiter«, sagte Delorme. »Keiner dieser Berichte stuft Grenelle/Laroche als Spitzel oder auch nur als gefährlich ein - er ist immer nur jemand, der bei den Treffen war.«

»Hören Sie«, sagte Cardinal, »falls Sie mir sagen wollen, dass ich keine Ahnung habe, wonach ich suche, machen Sie sich keine Gedanken. Wir wissen vielleicht nicht, wonach wir suchen, aber wir werden es wissen, sobald wir es finden. Können Sie damit leben, oder wollen Sie lieber von Tür zu Tür gehen und kleinen alten Damen dabei helfen, ihre Wellensittiche vor dem Eisregen zu retten?«

Delormes braune Augen mieden seinen Blick, und Cardinal bereute seine launische Bemerkung.

Sie sah ihn wieder an und sagte leise: »Vielleicht sollten Sie einfach nach Hause gehen, John. Ihr Vater ist gestorben. Das können Sie nicht ignorieren.«

»Ich ignoriere es auch nicht. Ich hab nur ein Haus voll mit Flüchtlingen, und mir ist es lieber, mit Ihnen hier zu sein.« Er merkte, wie er ein wenig rot anlief, und beugte sich erneut über die Akten.

Glatt achtzig Prozent des Papierbergs vor ihnen war bedeutungslos, und das Übrige bestand größtenteils aus denselben Informationen, die unter verschiedenen Stichworten in immer neuen Ausfertigungen erschienen.

Ihr Interesse erwachte wieder, als Cardinal eine Akte mit der Aufschrift *5367 Reed Street* fand, der Adresse, an der Duquette gefangen gehalten und ermordet worden war. Er zog einen Grundbuchauszug heraus. Es waren sogar ein Grundriss und ein Stapel Fotos von der Polizeirazzia dabei.

»Das ist interessant«, sagte Delorme. Sie hielt den verblassten Durchschlag eines Mietvertrags in der Hand. »Hundert im Monat. Mannomann, wie sich die Zeiten ändern. Und sehen Sie sich mal die Unterschrift an.«

Cardinal nahm den Durchschlag. An der Stelle für den derzeitigen Wohnsitz hatte der Mieter eine Straße in St-Antoine angegeben. Beruf: Taxifahrer, Taxiunternehmen Lasalle. Die Unterschrift lautete Daniel Lemoyne.

»Lemoyne«, sagte Cardinal. »Stimmt. Sie haben ein Taxi benutzt, um Duquette zu entführen, aber ich glaube, es war ein anderes Unternehmen.«

Richtige Aufregung stellte sich bei ihnen ein, als Cardinal die Akten mit der Aufschrift *Coquette* fand – Quelle Nummer 16790/B war Simones offizielle Bezeichnung gewesen. Es war ganz klar, dass sie für das CAT-Team von unschätzbarem Wert gewesen war; ihre Berichte waren außerordentlich detailliert. In Simone Rouaults beinahe romanhaften Berichten nahm Grenelle allmählich reale Gestalt an. Sie beschrieb seine Kleidung (weitaus modischer als bei den anderen *felquistes*), seine Art (leidenschaftlich, egoistisch, ungezügelt). Bei einer Versammlung schlug er eine Autobombe im Rathaus vor, bei einer anderen eine Serie von Nagelbomben in der Rushhour. Und dann kam der Taucherangriff im Hafengebiet. Grenelle hatte vorgeschlagen, einen amerikanischen Manager von Pepsi-Cola zu entführen. Dann, im Juli, einen israelischen Botschafter.

Als Cardinal wieder auf die Uhr schaute, waren zwei Stunden vergangen. Delorme warf ihre letzte Akte in die »Erledigt«-Kiste.

»Da ist nichts«, sagte Cardinal.

Delorme streckte gähnend die Glieder. »So viel Papier und kein einziges brauchbares Dokument dabei. Das grenzt schon ans Übernatürliche.«

»Es ist also nichts in den Akten. Na schön. Aber Shackley ist hier raufgekommen, um Paul Laroche zu erpressen. Er verabredet ein Treffen, und Laroche hat genug Angst, um ihn umzubringen.«

»Haben wir etwas, um Laroche mit Bressard in Verbindung zu bringen?«

»Laroche ist Jäger – er dürfte Bressard eigentlich kennen. Und jeder hier erinnert sich an Bressards Prozess. Zum ersten Mal gaben die Zeitungen damals zu, dass es in Algonquin Bay so etwas wie eine Mafia geben könnte. Laroche brauchte sich nur als Petrucci auszugeben – nicht weiter schwer, da er sich immer mit schriftlichen Botschaften verständigte.«

»Was mir mehr zu schaffen macht«, sagte Delorme, „ist, dass Shackley eigentlich etwas Überzeugenderes in der Hand haben musste als dieses Gruppenfoto, um Laroche zu drohen. Es musste gut sein.«

»Stimmt. Es muss etwas gewesen sein, womit er Laroche

ganz klar enttarnt hätte. Er muss es bei sich gehabt haben, um es Laroche zu zeigen. Und ich wünschte, *wir* hätten es in diesem Moment in Händen.«

»Aber Sie wissen, was damit passiert ist«, sagte Delorme. »Was es auch gewesen ist, Laroche hat es inzwischen längst zu Asche verbrannt.«

»Ich weiß.«

»Wir haben die ganze Hütte unter die Lupe genommen. Da war nichts, John.«

»Ich weiß. Und ich hab auch in Shackleys Wohnung nichts weiter entdeckt. Vermutlich, weil er es hierher mitgebracht hat. Um es einzusetzen. Es war seine wichtigste Waffe.«

»Wahrscheinlich hatte er es im Wagen versteckt.«

»Genau. Der Wagen.«

»Den die Jungs von der Spurensicherung auf den Kopf gestellt haben. Auch die Gerichtsmedizin. Da ist nichts. Nichts mehr.«

»Ich weiß.«

»Sie wissen, was das heißt, oder?«

Cardinal schüttelte den Kopf. »Ich kann das nicht akzeptieren. Wir brauchen Fingerabdrücke, wir brauchen Augenzeugen, wir brauchen DNA. Es gibt keine Zeugen, weder für Cates noch für Shackley. Wir haben kein Haar, keine Abdrücke, keine DNA. Weder im Wagen noch in Shackleys Hütte. Das Einzige, was wir haben, ist das Blut aus Dr. Cates' Praxis, das mit dem Blut im Wagen übereinstimmt.«

»Wenn wir die DNA zurückbekommen, können wir es vielleicht Laroche zuordnen.«

»Das können wir nur, wenn er uns freiwillig eine Blutprobe überlässt – und das wird er nicht – oder wenn wir eine richterliche Verfügung kriegen. Auch nicht gerade wahrscheinlich.« Cardinal schlug mit der Hand auf den Tisch. »Das darf einfach nicht wahr sein. Der Bursche bringt vier Menschen um, und er kommt ungestraft davon.«

»Es ist eben so, wie Sie gesagt haben. Talent, Ausdauer und Glück. Wir haben einfach kein Glück gehabt. Dieses Mal nicht.«

»Ich weiß.« Cardinal klappte die letzte Akte zu. »Und macht Sie das nicht krank?«

Die Lampen flackerten und gingen aus. Die Stille legte sich wie Watte über den Raum. Das Konferenzzimmer bekam reichlich Licht durch die großen Fenster, doch der Flur füllte sich augenblicklich mit Leuten, die wild hin und her liefen. McLeod steckte den Kopf zur Tür herein, Taschenlampe in der Hand. »Ich hasse diesen Bau«, sagte er. »Habe ich euch das schon mal gesagt? Ich hasse diesen Bau.«

Richter William Westley war ein hochgewachsener, hagerer Mann mit einem habichtartigen Gesicht. Sein Gang – eine eigentümliche Mischung aus gebeugtem Rücken und federndem Schritt – war für die meisten bei Gericht eine Quelle der Erheiterung, und seine Stimme, schwerfällig und sonor, wurde gerne imitiert.

Westley blickte von dem Informationsblatt, das Cardinal ausgefüllt und unterschrieben hatte, auf. »Haben Sie auch nur die geringste Ahnung, wer Paul Laroche zufällig ist?«, sagte er.

»Er ist der Hauptverdächtige in einer Mordermittlung.«

»Paul Laroche ist nicht nur eine Stütze dieser Gemeinde. Paul Laroche gehört die Hälfte der Häuser in dieser Stadt. Paul Laroche leitet den hiesigen Wahlkampf für den Premier dieser Provinz, falls das Ihrer Aufmerksamkeit entgangen sein sollte. Und außerdem ist Paul Laroche, falls auch das Ihrer Aufmerksamkeit entgangen ist, der Golfspezi und Busenfreund des Premiers.«

»Ich weiß, Euer Ehren«, sagte Cardinal. »Aber hören Sie sich bitte an, was wir haben.«

Westley schmiegte sein knöchernes Kinn in die knöcherne

Hand und mimte den geduldigen Zuhörer. Je mehr Cardinal versuchte, die Verbindungen als zwingend darzustellen, desto hohler klangen sie.

»Und das ist die ganze Bilanz zu Ihrem Fall? Die ganze lückenlose Beweiskette?«

»Na ja, wir hoffen, dass sich noch mehr findet.«

»Detective, damit würde ich Ihnen nicht mal eine Verfügung für einen Stadtstreicher geben. Ehrlich gesagt, bin ich sprachlos, dass Sie dafür extra hergekommen sind.«

»So bin ich nun mal«, sagte Cardinal. »Ein unverbesserlicher Optimist.«

»Überzeugen Sie mich mit DNA, dem einen oder anderen Fingerabdruck, irgendeinem ballistischen Beweis.«

»Geben Sie mir eine Verfügung, dass Laroche eine Blutprobe abliefern muss, und Sie haben Ihre DNA.«

»Für eine solche Verfügung haben Sie nicht genug in der Hand. Sie haben das Bild einer Polizei-Zeichnerin davon, wie ein früheres FLQ-Mitglied nach langer, langer Zeit vielleicht aussieht. Tut mir leid, Detective. Bringen Sie mir das kleinste Indiz dafür, das Paul Laroche mit dem Mord an Winter Cates oder dem an Miles Shackley in Verbindung bringt, und Sie bekommen von mir Ihre Verfügung persönlich ausgehändigt. Bis jetzt haben Sie nichts.«

»Und Madeleine Ferrier?«, versuchte Cardinal, die Ereignisse anno 1970 mit dem Mord an Laroches Nachbarin zu verknüpfen.

Westley ließ ihn nicht ausreden. »Ob Sie's glauben oder nicht, Detective, ich verstehe durchaus, welche Beweisführung Ihnen vorschwebt, ich sage Ihnen lediglich, dass Sie bis jetzt noch keinen Beweis geführt haben. Jedenfalls nicht zu meiner Zufriedenheit und ganz gewiss nicht zur Zufriedenheit irgendeines Gerichts in Ontario.«

»Aber wir wissen, dass er es war, Euer Ehren. Er ist ein mächtiger Mann, zugegeben, aber wir wissen, dass er es war.«

»So ist das nun mal im Leben, fürchte ich. Nach allem, was Sie mir geschildert haben, besteht durchaus die Möglichkeit, dass Yves Grenelle Raoul Duquette getötet hat. Was Sie nicht beweisen können – korrigiere –, wofür Sie nicht einmal den Hauch eines Beweises erbringen können, ist, dass Paul Laroche Yves Grenelle ist.«

»Gehen wir eben zu einem anderen Richter«, sagte Delorme, als Cardinal die Unterredung zusammenfasste. »Gagnon würde uns bestimmt die Verfügung geben, wetten?«

»Es gibt nichts, was ich lieber täte, glauben Sie mir. Aber wenn wir jetzt bei den Richtern hausieren gehen, und das Gericht erfährt davon, schmeißen sie uns hochkant raus.«

»Und wenn wir ganz zufällig ein Glas finden, aus dem Laroche getrunken hat? Oder eine Zigarre, die er geraucht hat?«

»Ohne einen Durchsuchungsbefehl? Das fällt unter unerlaubte Durchsuchung und Beschlagnahme.«

»Meinetwegen, aber nehmen wir mal an, wir beschatten ihn. Früher oder später wirft er irgendetwas weg oder lässt etwas liegen – sagen wir, in einem Restaurant – etwas, das wir auf DNA untersuchen können. Ein öffentlicher Ort, wo wir keine Privatsphäre verletzen. Dafür bräuchten wir keine Verfügung.«

»Chouinard wird uns nicht erlauben, Laroche zu beschatten. Nicht mit dem, was wir bis jetzt haben.«

»Ich frag ihn.«

Delorme ging zu Chouinards Büro. Als sie nach ein paar Minuten wieder herauskam, sprach ihr Gesicht Bände, so dass Cardinal es nicht übers Herz brachte, sie zu fragen, was der Detective Sergeant gesagt hatte.

Den Nachmittag brachten sie damit zu, Laroches Lebenslauf zu rekonstruieren und, wenn möglich, mit dem Grenelles in Deckung zu bringen. Mit Hilfe von Zeitungsberichten und

Laroches Sozialversicherungsnummer konnten sie ihn bis zur Société d'aide à l'enfance in Trois-Rivières, einer Stelle des Kinderhilfswerks, zurückverfolgen. Er hatte bis zu seinem sechzehnten Lebensjahr in einem Gruppenheim gelebt; danach hatte die Organisation den Jungen aus den Augen verloren. Nein, sagten sie auf Delormes Frage, Fotos hatten sie nicht.

Cardinals Pulsschlag beschleunigte sich, als er erfuhr, dass die Société auch einen etwas älteren Jugendlichen namens Yves Grenelle betreut hatte, und zwar in der gleichen Gruppe. Wieder keine Fotos, keine Akten nach dem sechzehnten Lebensjahr. Als er aus den Wirren nach dem Oktober 1970 entkommen war, könnte Yves Grenelle einfach den jungen Laroche nach Paris eingeladen, ihn getötet und seine Identität angenommen haben; es wäre dann so gewesen, als hätte es nie einen Yves Grenelle gegeben. Andererseits hätte auch ein Dritter, der sie beide kannte, beide Namen benutzen können. Ohne Fotos aus dieser frühen Zeit führte die Spur in eine Sackgasse.

Beacom Security hatte seinen Sitz über einem leer stehenden Ladenlokal in der Main Street. Was Ed Beacom auch verdienen mochte, seit er die Polizei verlassen hatte, war sicher nicht in die Ausstattung seines Büros geflossen. Außer ein paar Vitrinen, in denen er die unterschiedlichsten Schlösser und Alarmanlagen ausstellte, handelte es sich im Wesentlichen um einen leeren Speicher, den die billigen Linoleumböden und grellen Neonlampen nicht gerade bereicherten.

Beacom führte Cardinal und Delorme in sein Büro – das gleiche Linoleum, dieselbe Supermarktbeleuchtung – mit Blick zur Hauptstraße.

»Was sagen Sie zu diesem Wetter, hey? Müsste die Kriminalitätsrate drücken, hoffen wir mal.« Beacom war ein bulliger Typ um die fünfzig mit einem imposanten Brustkasten. Sein blauer Blazer spannte an den Nähten. Er zog zwei Plastikstühle, die an der Wand standen, nach vorne. »Mehr kann ich Ihnen leider nicht bieten – wir können nicht alle das große Geld scheffeln.«

»Ehrlich gesagt«, eröffnete Cardinal das Gespräch, »weiß ich nicht so recht, was wir hier sollen. So schwer kann es doch nicht sein, für einen Fundraiser Personenschutz zu organisieren.«

»Da muss ich Ihnen Recht geben. Ich weiß auch nicht, was Sie dabei sollen, aber das hier ist Paul Laroches Show, und was Paul Laroche will, das bekommt er.«

Beacom griff in eine Schublade und zog eine dünne Akte heraus. Er machte sie auf und blätterte darin, während er weiterredete. »Ich stehe mit dem CSIS in Verbindung und, ehrlich gesagt, halten die es für ziemlich ausgeschlossen, dass dieser Fundraiser im Fadenkreuz irgendwelcher terroristischen Vereinigungen stehen könnte, für die sie sich interessieren.«

Cardinal lachte.

»Was ist so komisch?«, fragte Beacom. »Wenn daran was komisch war, würde ich gerne mitlachen.« Er zog einen Grundriss des Highlands Ski Club heraus und breitete ihn auf dem Schreibtisch aus, um anschließend mit einem dicken Finger darauf herumzupochen. »Ich selber werde hinter der Bühne sein. Da gibt es eine gute Stelle, von der aus ich den ganzen Raum überblicke. Mantis wird ein paar Bodyguards dabeihaben. Und es geht das Gerücht, es würde noch ein ehemaliger Premierminister kommen. Für den werden sie auch ein paar Jungs mitbringen. Ich hab mich schon mit ihrer Vorhut abgestimmt.«

»Und wie viele stellen Sie?«, fragte Delorme.

»Vier, inklusive meiner Wenigkeit. Meine Leute stehen hier, hier und hier. An den Ausgängen, wie Sie sehen, nicht an den Festtafeln. Wir können uns nicht alle unter die Reichen und Mächtigen mischen.«

»Glauben Sie etwa, wir wären auf dieses verdammte Dinner scharf? Meinen Sie, wir hätten nichts Besseres zu tun?«

Delorme warf ihm einen Blick zu, der ihm sagte: »Ganz ruhig.«

»Mir ist eigentlich egal, was Sie sonst noch zu tun haben«, sagte Beacom.

Es trat eine lange Pause ein, in der Cardinal überlegte, ob er gehen sollte.

»Ich denke, Sie kommen am besten an diese Tische«, sagte Beacom. Er wies auf zwei Ecktische auf je einer Seite im vorderen Teil des Speisezimmers. »Ich soll Ihnen heute sagen, wo wir Sie platzieren, also sagen Sie's jetzt, wenn Sie irgendetwas einzuwenden haben.«

»Sieht gut aus, einverstanden«, sagte Delorme.

Cardinal zuckte die Achseln. »Solange wir ihn von hinten sehen.«

»Genau das dachte ich auch«, sagte Beacom. Er rollte den Grundriss zusammen. »Ich sag's ihrem Koordinator, und ich geb Ihnen Bescheid, falls es noch zu irgendwelchen Änderungen kommt. Wenn es nach mir ginge, sollten Sie beide Kopfhörer und drahtlose Mikros haben, aber Laroche wollte nicht. Hat gemeint, das würde den Vorteil, ein paar Cops unter die Gäste zu mischen, zunichte machen. Ist was dran.«

Wenig später machte Beacom sie mit den Kollegen bekannt, die ebenfalls auf den Fundraiser angesetzt waren. Einer war ein pensionierter Feuerwehrmann, mit dem Cardinal schon oft zusammengearbeitet hatte; die anderen beiden waren junge Männer, die kaum die Highschool hinter sich hatten.

Als sie im Wagen saßen und zum Präsidium zurückfuhren, brachte Delorme Cardinals Gefühle auf den Punkt.

»Dieser Job«, sagte sie. »Manchmal wünschte ich mir, ich hätte mir was Befriedigenderes ausgesucht – Toilettenreinigung zum Beispiel.«

28

Der berufliche Frust zusammen mit dem Verlust seines Vaters zeigten bei Cardinal allmählich erste Spuren. In den nächsten Tagen ging er nicht zur Arbeit, sondern kümmerte sich stattdessen um die traurigen Einzelheiten der Beerdigung. Es gab Besuchszeiten im Bestattungsinstitut, und dann ging es um die eigentliche Feier in der Kathedrale mit der anschließenden Einäscherung. Kelly hatte heimkommen wollen und auch Cardinals Bruder, aber der Eisregen hatte die Landebahnen schwer in Mitleidenschaft gezogen, und es gab keine einzige Flugverbindung mit Algonquin Bay, weder rein noch raus. Trotz der Beileidsbekundungen von Freunden und Kollegen und der liebevollen Anteilnahme seiner Frau merkte Cardinal, dass er immer niedergeschlagener wurde.

Am Freitag ging er wieder zur Arbeit, und Delorme unterrichtete ihn über ihre Fortschritte bei dem Fall. Das nahm ungefähr dreißig Sekunden in Anspruch, da es keinen Fortschritt gab. Die Gerichtsmedizin hatte nichts Neues mitzuteilen, eine zweite Befragung von Dr. Cates' Nachbarn hatte nichts Neues erbracht, und dasselbe galt für eine mikroskopische Untersuchung von Shackleys persönlichen Sachen.

»Okay, hören Sie«, sagte Delorme. »Im Moment kriegen wir ihn nicht. Aber irgendetwas wird passieren – vielleicht in einem Monat, vielleicht in einem Jahr. Er wird einen Fehler machen, oder es meldet sich ein Zeuge, von dem wir bis jetzt nichts wissen, und dann kommt der Durchbruch. Aber im Augenblick ist er uns einfach nicht vergönnt.«

Cardinal schloss seine Akte. Am liebsten hätte er ein Streichholz drangehalten.

»Das Groteskeste an der Sache«, sagte er, »das, was mich wirklich wahnsinnig macht, ist, dass wir auch noch zu seiner verfluchten Fundraising-Veranstaltung müssen, verdammt noch mal.«

»Ich weiß. Ich hab Chouinard gefragt, ob er uns da raushalten kann, aber er hat Nein gesagt.«

»Chouinard! Ich weiß nicht, was mit den Leuten passiert, wenn sie Bosse werden, auf jeden Fall passiert es schnell.« Cardinal legte die Akte in seine Schreibtischschublade und krachte sie zu. »Wissen Sie was? Selbst wenn Laroche nicht unser Hauptverdächtiger wäre, würde ich nicht gerne seinem verflixten Kandidaten helfen. Dank Mantis und seinen Kürzungen hat mein Vater seinen Krankenhausaufenthalt im Korridor verbracht.«

Delorme legte ihm eine warme Hand auf die Schulter.

Als Cardinal und Delorme am selben Abend durch die schwarzen, leeren Straßen fuhren, sahen sie dreimal hintereinander einen Transformator in schönen, blauen Blitzen explodieren.

Westlich der Summer Street waren die Lichter noch an. Doch die Straßenlaternen waren gefährlich heruntergedrückt. Einige waren durchgebrochen und lagen wie abgeschnittene Gliedmaßen auf dem Highway herum, ein paar davon leuchteten noch. Die Trupps der Elektrizitätswerke waren dabei, sie von der Fahrbahn zu räumen. Die Ladenpassagen und die Gewerbebetriebe, die den Highway säumten, waren wie ausgestorben und die Fahrspuren Richtung Norden leer. Doch eine lange Autokolonne kroch im Schneckentempo Richtung Marshall Road. Offenbar würde Laroches Fundraiser den Regen heil überstehen.

»Fragt sich«, sagte Delorme, »wie viele Wähler für den Premier stimmen würden, wenn sie wüssten, dass sein hiesiger Wahlkampfleiter ein Mörder ist.«

»Vielleicht mehr, als Sie denken. Irgendein amerikanischer Politiker hat mal gesagt: »Das Einzige, woran mein Wahlsieg noch scheitern könnte, wäre, wenn sie mich mit einem toten

Mädchen oder einem lebendigen Jungen im Bett erwischen würden.«

»Das liebe ich so an Ihnen, Cardinal. Sie sehen immer das Positive.«

Auf der Straße, die zum neuen Ski-Center hinausführte, war so reichlich Salz gestreut worden, dass man wie auf Kies fuhr. Die Kette der Rücklichter schlängelte sich so langsam wie ein rot glühender Wurm über die Berge in den Wald.

Irgendwann kamen sie an eine Ampelanlage, die das Eis außer Gefecht gesetzt hatte, und an ein großes Schild mit der Aufschrift HIGHLANDS SKI CLUB. Während Cardinal darauf wartete, dass sich die Autokolonne in Bewegung setzte, las er im Licht seiner Scheinwerfer, was sonst noch auf dem Schild stand. Es enthielt eine Liste von Firmen, die an dem Projekt beteiligt waren, vorneweg Laroche Development. Unter den Firmennamen stand, wenn auch in kleinerer Schrift: DIESES PROJEKT WURDE TEILWEISE MIT FÖRDERMITTELN ZUR ERSCHLIESSUNG DES NORDENS FINANZIERT.

Cardinal bog in die Auffahrt ein. Er musste in den niedrigen Gang schalten, um die Steigung zu schaffen. Nach knapp fünfzig Metern hörten die Birken auf, und vor ihnen lag die silbrige Weite der Highlands. Der Club bestand aus zwei Gebäudeteilen: einem fünfstöckigen Ständerbau, der im rechten Winkel an einen lang gestreckten, niedrigen Holzbau anschloss. Die Zedernverkleidung verlieh dem Ganzen einen warmen, ungehobelten Countrylook, den die Ski-Clubs bevorzugten, und das steile Dach steuerte ein alpines Stilelement bei.

Der Parkplatz war fast voll. Adrette junge Männer mit Ohrschützern wiesen die Autos in die wenigen verbleibenden Parklücken ein. Cardinal parkte ein gutes Stück vom Eingang entfernt.

Hinter dem Club wogten die Ausläufer der Laurentian Hills wie ein Meer aus Eis, das im Licht des Clubs wie Buttermilch schimmerte. Eine Reihe fünfzehn Meter hoher Strommasten stand quer über den Gebirgskamm Spalier.

Im Eingang stand ein breitschultriger, bärtiger Mann in Smoking neben einem Samtstrick und überprüfte die Einladungen. Cardinal und Delorme zeigten ihm ihre Dienstmarken.

Delorme stieß einen leisen Pfiff aus, als sie das Speisezimmer betraten.

Cardinal musste zugeben, dass es atemberaubend war. Unter dem offenen Dachstuhl hingen kanadische Flaggen und Banner von Ontario. In drei Kaminen prasselten Feuer, wie sie einmal die mittelalterlichen Schlösser in kalten Winternächten erwärmt haben mussten. An der gegenüberliegenden Seite gab eine drei Stock hohe Glaswand den Blick auf die vereisten Berge frei. Cardinal suchte, besonders bei den vorderen Tischen, die Menge ab, konnte jedoch Laroche nirgends entdecken.

Delorme ging auf der Eingangsseite nach vorne. Sie sollte in der Nähe des Bühnenaufgangs bleiben, von wo aus sie die Kulissen links und rechts gut im Blick hatte. Cardinal steuerte einen Tisch am entgegengesetzten Ende an.

Er spürte, wie es auf dem Weg zu der großen Glaswand kälter wurde. Er hörte ein Geräusch wie entfernter Applaus, und dreihundert Köpfe schnellten zum Fenster herum: Es hatte wieder zu regnen angefangen, und die eisigen Tröpfchen trommelten gegen die Scheiben. Cardinal erkannte in der Menge eine ganze Reihe Gesichter: einige Stadträte, den Bürgermeister, mehrere Anwälte, einen Richter, den Eigentümer einer großen Baufirma und mindestens fünf Makler. Ganz vorne bemerkte er eine Schar alte Politiker aus Toronto und ein paar konservative Parlamentsabgeordnete sowie den ehemaligen Premierminister. Beacoms Team war, mit Kopfhörern bewaffnet, an verschiedenen Ausgängen postiert.

Dank der hochmodernen Hi-Fi-Technik, die bis in die Highlands vorgedrungen war, zerriss eine Trompetenfanfare die Luft, und jeder im Saal drehte sich nach hinten um, wo eine Flügeltür aufschwang und Geoff Mantis, der Premierminister von Ontario, hereinschritt, flankiert von der üblichen Eskorte Männer und Frauen in Anzug und Kostüm, darunter auch Paul Laroche. Sie marschierten durch den Mittelgang, Mantis winkte allen zu und lächelte wie jemand, der gerade sechs Richtige im Lotto gewonnen hatte. Die Menge erhob sich und spendete tosenden Beifall. Es gab vereinzelte Pfiffe.

Mantis schüttelte Leuten an den vorderen Tischen die Hand und setzte sich an seinen Platz. Seine Frau war, wie Cardinal registrierte, nirgends zu sehen. Charles Medina, Immobilien-Magnat und Präsident des Ortsvereins der konservativen Partei, ging auf die Bühne.

Medina dankte allen, dass sie gekommen waren. Er machte ein paar Witze über das Wetter und noch ein paar über die Liberalen und die Neuen Demokraten. Er pries Geoff Mantis, indem er die Segnungen seiner Amtsführung aufzählte: Steuersenkungen, ein besseres Investitionsklima, höhere Profite. Klar doch, dachte Cardinal, wie wär's, wenn du uns auch was von den geschlossenen Schulen oder den wachsenden Obdachlosenzahlen erzählen würdest, vom schwindsüchtigen Gesundheitswesen ganz zu schweigen.

Medina wurde mehrmals von Hochrufen unterbrochen. Und als er schließlich den Premier selber vorstellte, sprang die Menge unter frenetischem Applaus noch einmal auf, während Mantis seinen Tisch verließ und zu Medina auf die Bühne ging. Sie schüttelten sich die Hände, packten sich bei den Schultern und tauschten offenbar einen Witz unter alten Freunden aus. Mantis wandte sich der Menge zu, hob die Hände zum Dank für seinen Empfang und bat mit einer Geste um Ruhe. Bis unter den Zuschauern Stille herrschte, vergaß er keinen Moment zu grinsen.

Cardinal stand nicht weit von der Bühne. Er konnte den Platz sehen, der am dritten Tisch für ihn reserviert war, doch er blieb an der Wand stehen.

Paul Laroche hielt sich jetzt auf Abruf am anderen Ende des Saals. Cardinal kam der Gedanke, dass der Mann irgendwann etwas trinken und Spuren seiner DNA auf dem Glas hinterlassen würde. Doch Laroche machte keine Anstalten, sich an einen Tisch zu setzen. Er stand mit gespreizten Beinen und über der Brust verschränkten Armen da wie ein Zauberer, der zusieht, wie sich seine Magie entfaltet. Am Mikrofon stellte Mantis einige rhetorische Fragen: »Wie würde Ihnen ein ganzer Katalog an Steuererhöhungen gefallen? Wie fänden Sie es, wenn Sie zusehen müssten, wie noch mehr Leute fürs Nichtstun bezahlt werden? Was würden Sie davon halten, wenn unsere begabten Geschäftsleute und technischen Genies von einer Gesetzesflut behindert würden?« Jedes Wort war Cardinal sattsam bekannt. Und ebenso jedem anderen im Saal, doch allen anderen schien es zu gefallen.

Cardinal bahnte sich einen Weg um die vorderen Tische herum. Delorme sah ihn fragend an, als er an ihr vorbei zum Bühnenausgang strebte.

»Wo wollen Sie hin?«, fragte sie, doch statt zu antworten, winkte Cardinal ihr nur zu.

Laroche stand nicht mehr abrufbereit. Er war auch nicht an irgendeinem der vorderen Tische. Cardinal nahm die Zuhörer in Augenschein, die alle mit bewundernden Blicken zu ihrem Premier aufsahen, dem Jungen von nebenan, der es zu etwas gebracht hatte. Cardinal ging durch eine Seitentür in die Lobby. Laroche lief zielstrebig Richtung Haupteingang.

»Sie bleiben nicht, um die Stunde Ihres Triumphs zu genießen?«

Laroche drehte sich, den Schirm in der Hand, zu ihm um. »Es ist nicht mein Triumph, Detective, sondern der des Premiers.«

»Trotzdem, Sie haben es durchgezogen. Sind Leuten auf die Füße getreten, haben die Strippen gezogen?«

»Dazu ist ein Wahlkampfleiter da. Meine Arbeit ist damit erledigt – fürs Erste jedenfalls. Und ich vertraue ganz und gar darauf, dass Mr. Mantis, Profi, der er ist, weiß, wie er seine Wähler mobilisiert. R.J. hat gesagt, Sie würden zum Essen bleiben.«

»Ich glaube nicht. Ich habe keinen rechten Appetit.«

»Tut mir leid, das zu hören. Und Ihre Ermittlungen – machen Sie Fortschritte?«

»O ja, wir wissen eine ganze Menge mehr als noch vor einer Woche. Zunächst einmal hat sich herausgestellt, dass zwischen unseren beiden Morden eine Verbindung besteht. Und dass sie gewissermaßen mit Ihrer Branche zu tun haben.«

»Welcher? Den Immobilien oder dem Baugewerbe?«

»Der Politik.«

Laroche lachte. Es war ein breites, unbeschwertes Lachen, das Lachen eines Mannes, der weiß, dass er zu wichtig ist, um sich sagen zu lassen, er lache zu laut. »Natürlich werfen Menschen, die nicht viel von der Politik wissen, den Politikern immer vor, Leute, die anderer Meinung sind als sie, zu vergewaltigen. Aber man beschuldigt sie nicht einer tatsächlichen Vergewaltigung.«

»Dr. Cates wurde nicht vergewaltigt.«

»Ach so? Dann hat der *Lode* mal wieder was Falsches geschrieben?«

»Dr. Cates wurde ermordet. Und dann hat der Mörder sich einiger Mühe unterzogen, um es wie eine Vergewaltigung aussehen zu lassen.«

»Das ergibt doch keinen Sinn. Wenn Sie jemanden töten, wie kann es da Ihre Lage verbessern, so zu tun, als hätten Sie Ihr Opfer auch noch vergewaltigt? Das macht das Verbrechen doch nur schlimmer.«

»Möglich. Es könnte aber auch das wahre Motiv verschleiern.«

»Natürlich. Daran hatte ich nicht gedacht. Chief Kendall sagte schon, dass Sie gut sind. Und ich Dummkopf hab das nur auf den Korpsgeist geschoben.« Laroche kehrte dem Eingang den Rücken und wies Richtung Fahrstuhl. »Ich glaube, Sie haben noch nicht den Rest des Clubs gesehen. Wie wär's mit einer privaten Führung?«

Cardinal zuckte die Achseln. »Warum nicht.«

Sie traten in den Fahrstuhl, der sie geräuschlos in den dritten Stock hievte.

»Ich zeige Ihnen die Nordostecke. Das ist der beste Blick, vorausgesetzt, der Strom geht nicht weg.« Laroche führte ihn einen Flur entlang. Die Zedernwände und der tiefrote Teppich vermittelten ein Gefühl von größter Behaglichkeit – Luxus gepaart mit Einfachheit.

»Wir erwarten in zwei Wochen die ersten Gäste. Glauben Sie mir, keine Macht der Welt kann uns daran hindern, das Haus zu eröffnen, sobald der Eisregen weiterzieht. Voilà. Unsere beste Piste.«

Sie sahen durch eine Wand aus Glas. Dank der Lichter am Spalier der Telefonmasten hatten sie einen Panoramablick über die Berge, während im Süden die Sicht bis zum Lake Nipissing reichte. Das andere Ende der Stadt lag in kompletter Dunkelheit.

»Sehr schön«, sagte Cardinal. »Es wird ein Leichtes sein, das Haus voll zu bekommen.«

»Wenn ich anderer Meinung wäre, hätte ich es nie gebaut.«

»Und Sie haben einen Bauzuschuss aus dem Fonds für die Erschließung des Nordens an Land gezogen. Es stand auf dem Schild am Eingang.«

»Oh, sicher, sicher. Dieses Projekt passt genau in ihre Leitlinien. Schafft es Arbeitsplätze? Ja. Fördert es den Tourismus? Unbedingt.«

»Ich nehme an, es kann nicht schaden, wenn man den Premier der Provinz auf seiner Seite hat.«

»Geoff Mantis ist mein Freund, und ich tue alles – alles im Rahmen des Gesetzes –, damit er gewählt wird, aber er ist nicht so dumm, Minister von Ontario zu meinen Gunsten zu beeinflussen.«

»Natürlich nicht. Und selbstverständlich auch nicht der CSIS.«

»Ich kann Ihnen nicht folgen.«

»Das möchte ich bezweifeln.«

»Sollen wir wieder runterfahren? Ich habe meiner Frau versprochen, früh genug zu Hause zu sein, um die Kinder ins Bett zu bringen.«

Der Fahrstuhl brachte sie in Windeseile wieder zum Erdgeschoss. Aus dem Auditorium ertönte eine Lachsalve, gefolgt von Applaus.

Als sie an der Eingangstür standen, sagte Cardinal: »Wissen Sie, ich war überrascht, dass Yves Grenelle nicht im Impressum für dieses Projekt erwähnt wurde.«

»Wer?« Das breite, kräftige Gesicht ließ eine Spur von Nervosität oder Furcht erkennen. Die wolligen Augenbrauen zogen sich erschrocken zusammen, nicht mehr.

»Yves Grenelle. Er war in der FLQ-Zelle, die Raoul Duquette entführt hat. Entschuldigen Sie, in der FLQ-Zelle, die Raoul Duquette *ermordet* hat. Grenelle konnte fliehen, unmittelbar bevor die anderen verhaftet wurden – zweifellos mit der Hilfe seines Freundes bei der CIA, Miles Shackley.«

»Detective, Sie haben Talent und Sie haben Ausdauer – zwei Eigenschaften, die ich sehr bewundere. Doch der Stress in Ihrem Job muss enorm sein, und offen gesagt scheint er Sie ein wenig in Mitleidenschaft zu ziehen. Diese zusammenhanglosen Andeutungen, ich habe nicht die geringste Ahnung, wovon Sie reden.«

»Kurz nachdem er Raoul Duquette ermordet hatte ...«

»Hah! Guter Witz, Detective. Sie werden bald selbst den Rasen von unten betrachten, wenn Sie so weitermachen.«

»Kurz nachdem er Duquette ermordet hatte, floh Yves Grenelle nach Paris, wo er ungefähr zwanzig Jahre blieb. Er nahm eine neue Identität an. Hat eine Menge Ecken abgestoßen, die bei einem jungen Mann aus Trois-Rivières nicht weiter verwundern. Hat sich ein bisschen Bildung zugelegt, ein wenig oberflächlichen Schliff, und ist am Ende – wahrscheinlich irgendwann in den späten Achtzigern – nach Kanada zurückgekehrt. Aber glauben Sie ja nicht, er wäre so dumm gewesen, wieder nach Montreal zu gehen. Nein, Sir. Er ist in eine Gegend gezogen, in der niemand einen frankokanadischen Terroristen im Ruhestand vermuten würde: nach Ontario. Nach Algonquin Bay, genauer gesagt. In die Willowbank Apartments, noch genauer gesagt. Ich weiß, Sie haben schon von den Willowbank Apartments gehört.«

»Das ist ja faszinierend. Erzählen Sie weiter, während wir zum Auto gehen.«

Laroche spannte seinen Schirm auf und hielt ihn so, dass er sie beide schützte. Sein Wagen, ein glänzender schwarzer Lincoln Navigator, stand nur ein paar Schritt entfernt, doch im Wind fiel der Regen schräg, und Cardinals Beine waren bald völlig durchnässt. Laroche zog die Autoschlüssel aus der Tasche, und die Tür seines Lincoln sprang mit einem zwitschernden Laut auf.

»Steigen Sie ein! Machen Sie schon, Sie holen sich noch eine Erkältung.«

Sie stiegen in den Wagen, der im Innern so geräumig war wie ein kleines Apartment. Der Regen pochte laut aufs Dach. Laroche startete den Motor und machte die Scheibenwischer an.

»Alles lief bestens für unseren nunmehr angesehenen Monsieur Grenelle«, sagte Cardinal. »Er bekam eine gute Stellung bei Mason & Barnes Real Estate – Leuten mit politischen Beziehungen, Leuten nach seinem Geschmack. Er war ein karrieresüchtiger Mann, und es sah so aus, als gäbe es nichts, was ihn aufhalten könnte. Doch eines Tages passierte etwas Schreckliches. Eine Verflossene tauchte auf.

Sie sah überhaupt nicht nach einer Terroristin aus. Süß, zierlich, typisch französisch eben. Und sie hatte auch herzlich wenig von einer Terroristin an sich – kochte gelegentlich was, überbrachte ab und zu eine Nachricht, konnte keiner Fliege was zuleide tun. Aber sie war verrückt nach Yves Grenelle. Früher jedenfalls, das war zwanzig Jahre her. Man sollte meinen, dass sie den Burschen 1990 längst vergessen hatte, und das hätte sie vielleicht auch, wäre sie nicht in dieselben verdammten Willowbank Apartments gezogen. Wie groß ist wohl die Chance, dass so etwas passiert, was meinen Sie?

»Zufälle kommen andauernd vor. Wie könnte es anders sein?«

»Wie ist es passiert? Ist sie im Fahrstuhl mit ihm zusammengestoßen? Das haben Sie der Polizei erzählt. Sie haben gesagt: ›Ich kannte sie nicht. Ich bin ihr ein-, zweimal im Fahrstuhl begegnet. Ich wusste nicht einmal, wie sie heißt.‹ Das haben Sie Detective Turgeon erzählt. ›Madeleine Ferrier, sagen Sie? Nie gehört.‹«

»Ich habe Ihrem Detective die Wahrheit gesagt. Ich kannte sie nicht.«

»Yves Grenelle schon. Es war Madeleine Ferrier, und er kannte sie nur zu gut. Sie war bis über beide Ohren in ihn verliebt gewesen, und zweifellos hatte er sich gut amüsiert und in ihrer Heldenverehrung gesonnt. Das muss schon ein besonderer Augenblick gewesen sein, als Sie beide sich zum ersten Mal nach zwanzig Jahren wieder Auge in Auge gegenüberstanden. Was hat sie gesagt? ›Yves, mein Gott! Wo hast du nur all die Jahre gesteckt?‹«

Was genau sie auch gesagt haben mag, für Sie gab es keinen Zweifel, dass sie Sie wiedererkannt hatte. Das reichte. Sie waren so vorsichtig gewesen, so geduldig. Allem Anschein nach durften Sie sich sicher fühlen. Wie konnten Sie Ihre ganze neue Identität aufs Spiel setzen? Das wäre unmöglich. Also musste Madeleine Ferrier sterben. Und das tat sie auch: mit ihrem Halstuch erdrosselt, und dann wurden ihr die Kleider vom Leib gerissen, damit es wie eine Vergewaltigung aussah.«

Laroche machte den CD-Player an. Von allen Seiten ertönte klassische Musik.

»Armer Detective. Sie haben offensichtlich bei diesem Fall einfach kein Glück, nicht wahr? Offensichtlich haben Sie keine Fingerabdrücke, keine DNA, keines dieser wunderbar schlüssigen Indizien, die Ihre Arbeit mit Erfolg krönen würden. Ich meine, Sie scheinen mich zu beschuldigen, dieser, wie sagten Sie noch, dieser Terrorist im Ruhestand zu sein, dieser Yves Grenelle. Aber wenn Sie so etwas beweisen könnten, würden wir jetzt nicht dieses Gespräch führen – jedenfalls nicht hier. Sie würden mich zur Polizeiwache abführen und mir Ihren Beweis unter die Nase halten. Aber Sie haben nichts, was Sie mir unter die Nase halten können, und deshalb nehmen Sie zu einer Art Hysterie Zuflucht, die Ihnen nicht sonderlich gut zu Gesicht steht.«

»Auch Dr. Cates hat in einem Ihrer Häuser gewohnt. Als Miles Shackley damit drohte, Sie zu enttarnen, haben Sie einem Treffen mit ihm zugestimmt. Vermutlich in seinem Wagen. Sie haben ihn erschossen, aber Sie wurden auch verletzt, höchstwahrscheinlich von einem Schuss. Weshalb sonst sollten Sie sich scheuen, ins Krankenhaus zu gehen? Sie haben ein paar Tage versucht, mit der Wunde zu leben, aber es ging nicht. Sie brauchten einen Arzt – einen Arzt, den Sie zwingen konnten, die Schussverletzung nicht zu melden. Und Sie wussten, wo Sie so jemanden herbekommen konnten. Sie sind ihr an dem Tag begegnet, als sie in eines Ihrer Häuser einzog.«

»In meinen Häusern wohnen Hunderte von Menschen.

Vielleicht tausend. Wussten Sie, dass Ihre Partnerin einmal meine Mieterin war?«

»Aber die Namen der anderen tauchen nicht in zwei Mordfällen auf. Beide Opfer erdrosselt, beide scheinbar vergewaltigt? Miles Shackley war jemand, der gerne die Regeln verletzte, nicht wahr? Er verletzte sie zum Beispiel, als er sein Mordszenario in die Tat umsetzte. Und er verletzte sie wieder, als er nach dreißig Jahren hier auftauchte, um seinen alten Mitstreiter im Destabilisierungsgeschäft, Yves Grenelle, zu erpressen. Denn natürlich waren Sie in Wahrheit nie Linksradikaler, Sie waren ein ultrarechter Konservativer, bis auf den heutigen Tag.«

»Sie glauben wahrhaftig, die CIA hätte hinter der FLQ gesteckt? Ich hatte Sie für intelligenter gehalten.«

»Die CIA steckte nicht hinter der FLQ – sie steckte hinter Ihnen. Dann trennten sich Ihre Wege. Er hatte die CIA verlassen und hatte eine Pechsträhne, und irgendwie – tja, wie eigentlich? Alte Geheimdienstkanäle? Das Internet? –, nach dreißig Jahren jedenfalls findet er heraus, wo Sie stecken. Er schaut vorbei und hat einen Beweis in der Tasche, dass Sie Raoul Duquette ermordet haben. Er verlangt eine unerhört hohe Summe, damit er den pikanten Leckerbissen unter dem Deckel hält.«

»Kommen Sie, ich zeig Ihnen den Blick von da oben, ganz oben auf dem Kamm. Ich würde es in keinem anderen Auto wagen, aber ich glaube, das hier schafft es bis da hoch.«

Laroche fuhr langsam am Rand des Parkplatzes entlang und dann an dem Schild vorbei hinaus. Er bog rechts ab und fuhr den Berg hoch, immer im zweiten Gang. Nach wenigen Minuten hatten sie die Bäume auf beiden Seiten der Straße hinter sich gelassen. Laroche fuhr an den Straßenrand und machte die Lampen aus. Sie sahen zum Highlands Lodge hinunter, einem gelben Schimmer in der Ferne. An den Strommasten blinkten Lampen, eine Warnung für Flugzeuge. Einer der Masten war kaum dreißig Meter entfernt. Obwohl der Regen auf das Autodach prasselte, konnte Cardinal das heisere Surren des Kabels hören.

»Das sind ja tolle Märchen, die Sie sich da ausgedacht haben, Detective. Reine Fiktion natürlich.«

»Sie glauben, das ist Fiktion?« Cardinal zog das Foto aus der Tasche.

Laroche sah es sich an, ohne eine Reaktion zu zeigen. »Wer von denen soll ich sein? Das Mädchen? Sie meinen, ich hätte mich einer Geschlechtsumwandlung unterzogen?«

»Das Mädchen ist Madeleine Ferrier. Sie haben sie umgebracht, schon vergessen? Der Mann rechts, im gestreiften T-Shirt, das sind Sie.«

Laroche gab es ihm zurück. »Das könnte jeder sein.«

»Wirklich?« Cardinal zog einen Ausdruck von Miriam Steads Anfertigung heraus.

»Hier ist die Version einer Polizeizeichnerin, dreißig Jahre später. Ein bisschen weniger Haar, kein Bart, etwa siebzig Pfund dazu ...«

»Einer Zeichnerin wohlgemerkt, Detective. Es ist ein Produkt der Phantasie, genau wie Ihre Geschichte.«

»Wissen Sie, die Kugel trat in Shackleys Wagen durch den Griff der Beifahrertür aus. Ich vermute, er hat Sie genau über dem Ellbogen getroffen. Etwa hier.« Cardinal packte Laroches Bizeps und drückte zu.

Laroche schrie auf und zog den Arm weg.

»Ich nehme an, das habe ich mir auch nur eingebildet«, sagte Cardinal.

»Sie haben mich erschreckt, das ist alles. Ich mag es nicht, wenn man mich anfasst.« Laroche gewann die Fassung wieder, doch auf seiner Oberlippe hatten sich winzige Schweißperlen gebildet.

In der Ferne explodierten Transformatoren mit einem Knall, der jedes Mal wie eine Gewehrsalve klang, und bildeten kleine blaue Novä im Nachthimmel. Und es gab noch ein anderes Geräusch, ein Geräusch, das wie das Quieken eines Schweins klang, und Cardinal wusste, dass es von zerreißendem Metall kam.

»Ich würde empfehlen weiterzufahren«, sagte Cardinal. »Der Mast da könnte jeden Augenblick zusammenbrechen.«

Laroche starrte auf die silbrigen Berge, die Reihe der Strommasten. »In zwei Wochen wird dieser hochmoderne Skilift Hunderte von Menschen diese Hänge hochfahren. Überall wird das Lachen der Feriengäste zu hören sein, die ihren Spaß haben, die ihr sauer verdientes Geld in Algonquin Bay ausgeben. Unsere Studien sagen voraus, dass wir jede Saison mit etwa einer Million Besuchern rechnen können.«

»Wie ich schon sagte, ich bin beeindruckt.«

»Ich weiß nicht, was Sie sich davon erwarten, diese Anschuldigungen auszubreiten. Erwarten Sie, dass ich Sie besteche?«

»Dafür sind Sie zu intelligent.«

»Lassen Sie heimlich ein Band laufen? In der Hoffnung, dass ich aufgebe und ein Geständnis ablege?«

»Wieso nicht? Sie werden sich besser fühlen.«

»Ich bezweifle nicht, dass ein Geständnis vielen Leuten gut tut. Sonst wäre es nicht zu einer kulturellen Obsession geworden. Ich vermute allerdings, dass die reinigende Wirkung von sehr kurzer Dauer ist. Und ich bin sicher, dass Sie mir darin zustimmen.«

»Es geht hier nicht um mich.«

»Wirklich nicht? Sie scheinen auf die Idee fixiert zu sein, dass Menschen nicht das sind, was sie zu sein scheinen. Ich frage mich, wieso. Nun ja, es stimmt natürlich, dass Menschen oft anders sind, als sie nach außen wirken. Geoff Mantis ist eine Ausnahme, und das ist einer der Gründe, warum ich ihn bewundere. Vielleicht war Ihr Vater eine Ausnahme – mein Beileid übrigens –, ein Gewerkschafter. Jemand, der noch an die Würde der Arbeiterklasse glaubte, an autonome Tarifverhandlungen.

Und dann nehmen Sie mich, ein Waisenkind aus Trois-Rivières rappelt sich aus eigener Kraft hoch. Wie wahrscheinlich ist das wohl, fragen Sie sich. Ich kann es Ihnen beinahe nicht mal verübeln, dass Sie eine solch unglaubliche Geschichte auseinander nehmen wollen. Aber kommen wir doch mal zu Ihnen. Sie arbeiten für die Stadt. Ich weiß genau, was Sie verdienen. Es ist äußerst unwahrscheinlich, dass ein Mitglied der örtlichen Polizei eine Tochter durch Yale bekommt.«

»Ich hab's versucht«, sagte Cardinal. »Konnte es mir am Ende nicht mehr leisten.«

»Und die Tamarind Clinic in Chicago. Das Beste, was man für sein Geld an Behandlung von Depressionen bekommen kann. Soll besonders gut für Frauen sein. Aber medizinische Betreuung gibt es in den Staaten nicht umsonst. Selbst ein kurzer Aufenthalt in einem solchen Institut beläuft sich auf zigtausend Dollar – amerikanische Dollar, nicht kanadische. Ach, nehmen Sie das auch auf Band auf?«

»Ich würde es Ihnen kaum sagen, wenn es so wäre.«

»Und Sie könnten es kaum benutzen, nach dem, was ich gerade gesagt habe.«

Cardinal öffnete die Wagentür und stieg aus. Der eiskalte Regen hatte ihn augenblicklich durchnässt. Laroche kurbelte sein Fenster herunter.

»Sie wollen im Regen zurücklaufen?«

»Ich denke schon. Die einzigen Mörder, mit denen ich rede, sind diejenigen, die ich verhafte. Vielleicht setzen wir unsere Unterhaltung bald fort.«

Laroche zuckte die Achseln. »Was glauben Sie, wie weit Sie damit kommen, Detective?«

»Vermutlich nicht sehr weit. Wie Sie schon sagten: Wenn ich Beweise hätte, würde ich Ihnen jetzt Handschellen anlegen.«

Wieder war das Quieken eines Schweins zu hören, und in einer langsamen, anmutigen Bewegung kippte der Strommast um. Ein Kabel riss und schnitt so schnell durch die Luft, dass es einem Menschen den Kopf vom Rumpf getrennt hätte. Es traf mit einem Geräusch auf das Eis, das Cardinal den Magen umdrehte – ein ungeheures, intergalaktisches Rülpsen. Es schien keine zwanzig Meter entfernt zu sein. Cardinal stand vollkommen still, mit geschlossenen Füßen.

»Wollen Sie wirklich nicht wieder in den Wagen kommen?«

»Danke. Ich glaube, ich bleibe lieber hier.«

Von Osten wehte ein kalter Wind. Eine Eiskruste überzog Cardinals Ärmel wie zarte Spinnweben.

»Und wie soll's jetzt weitergehen?«, fragte Laroche. »Ich bin nicht in Panik geraten, ich bin nicht zusammengebrochen und habe kein Geständnis abgelegt. Was sagt das über mich?«

»Darüber maße ich mir kein Urteil an. Ich verstehe Sie nicht.«

»Natürlich nicht. Wir sind vollkommen verschieden. Ich meine, sehen Sie mich an: Ich baue diesen Club hier, ich besitze mehr Häuser als Sie Hemden. Mein Geld würde für dreißig Männer reichen. Und ich verstehe mich bestens mit Ihrem Polizeichef und dem Staatsanwalt – ganz zu schweigen vom Premier. Und dann ...« Er machte eine Handbewegung in Richtung Cardinal, als zeigte er auf ein schäbiges Haus, das man keinem Interessenten anzubieten wagt. »Sehen Sie sich an.«

Wieder gab es ein krachendes Geräusch, und wieder traf das Stromkabel auf das Eis. Blaue Funkengirlanden tanzten auf Cardinal zu.

Laroche kurbelte sein Fenster hoch, und der Navigator fuhr fort. Cardinal sah den roten Rücklichtern nach, die, wann immer Laroche bremste, leicht flackerten. Der Regen trommelte ihm wie Kieselsteine auf die Haut.

Drei Mal, hatte Stancek gesagt. Eine Hochspannungsleitung sei nach dem dritten Kurzschluss tot. Cardinal war schon vollkommen durchnässt und zitterte wie Espenlaub. Er wünschte sich nichts so sehr, wie wegzurennen. Aber er dachte an den Jungen an dem Strommasten damals. Die Leitung kam in Schleifen über das Eis geschlittert. Cardinal machte die Augen zu und wartete mit angespannten Muskeln auf den Schock.

Noch einmal bäumte sich das Kabel auf und zerschnitt mit einem zischenden Laut die Luft, bevor es dröhnend und funkensprühend zu Boden ging. Und dann hörte er nur noch den Regen und das Stöhnen und Ächzen von Metall.

29

Es war gegen Mittag, als Chouinard ihn den Montag darauf in sein Büro bestellte.

»Sie sind raus aus dem Shackley-Cates-Fall«, sagte er ohne Umschweife. »Und Sie wissen, warum.«

»Zweifellos, weil jemand Sie aufgefordert hat, mich davon abzuziehen.«

»Sie können Kendall fragen, wenn Sie wollen. Aber das ändert gar nichts.«

Der Chief war in noch üblerer Verfassung als Chouinard.

»Sie haben ganz und gar Ihren Auftrag vernachlässigt, der schlicht darin bestand, bei einer öffentlichen Veranstaltung zur Sicherheit beizutragen. Sie erheben wilde Anschuldigungen gegen einen prominenten Geschäftsmann. Sie verletzen derart viele Verfahrensregeln, dass ich nicht weiß, wo ich anfangen soll. Und dann kommen Sie zu mir und wollen wissen, wieso Ihnen der Fall entzogen wurde?«

»Chief, haben Sie sich angesehen, was wir gegen Laroche haben?«

»Ich sehe nur, was wir nicht haben. Was wir nicht haben, ist eine seriöse Beweisführung gegen Paul Laroche. Erstens können wir nicht beweisen, dass er Yves Grenelle ist, daher haben wir auch kein Motiv. Zweitens hat ihn niemand in Dr. Cates' Wohnung oder im Loon Lodge gesehen, folglich können wir auch nicht beweisen, dass er die Gelegenheit hatte. Und drittens haben wir keine Mordwaffe, und somit können wir nicht nachweisen, dass er über die Mittel verfügte.«

»Es gibt keine anderen Verdächtigen bei diesem Fall, Chief. Die DNA in dem Blut aus Dr. Cates' Praxis passt zu der DNA aus dem Blut im Wagen. Wir wissen, dass der Mann, der Dr. Cates getötet hat, derselbe ist, der Shackley getötet hat, und wir wissen, dass Laroche ein Motiv hatte, ihn zu töten.«

»Nein, das wissen Sie eben nicht. Sie wissen nur, dass Yves Grenelle eins hatte.«

»Wir brauchen nichts weiter als eine richterliche Verfügung, dass wir Laroches DNA überprüfen dürfen. Ich weiß, dass sie passt. Delorme weiß es. Sie wissen es.«

»Ich weiß nur so viel, wie ich aus der Beweislage wissen kann. Und die Staatsanwaltschaft hat Ihnen schon einmal gesagt, dass Sie für eine DNA-Verfügung nicht genug in der Hand haben. Offenbar haben Sie das als eine Aufforderung verstanden, Paul Laroche zu belästigen.«

»Er ist ein Mörder, Chef. Er gehört hinter Gitter.«

»Dahin kriegen Sie ihn nicht, indem Sie die Realität leugnen. Und diese Realität besagt jetzt, dass Ihnen der Fall entzogen wurde. Ehrlich gesagt hätte ich, wenn nicht gerade Ihr Vater gestorben wäre, ernsthaft überlegt, ob ich Sie vom Dienst suspendiere. Wir werden einfach sagen, Sie standen unter Stress und Ihr Urteilsvermögen war getrübt. Was haben Sie sich eigentlich dabei gedacht? Dass Sie nur lange genug quasseln müssen, um ihm ein Geständnis zu entlocken?«

»Manchmal passieren erstaunliche Dinge. Das ganze Cates-Verbrechen zeugt von einer gewissen Panik.«

»Ihr Urteilsvermögen war getrübt, Cardinal. Verschwinden Sie lieber, bevor ich es mir anders überlege.«

Irgendwann zog der Eisregen ab. Die Wolken und der Nebel wurden wie Bühnenrequisiten irgendwo hingeräumt, und die Sonne schien wieder über den glitzernden Wäldern. Nach und nach wurden die umgefallenen Strommasten, die abgebrochenen Äste und Bäume von den vereisten Bergen und Straßen geräumt. Der Winter kehrte mit dem gewohnten Schnee und mit Temperaturen unter dreißig Grad minus zurück. Die Bewohner von Algonquin Bay mummelten sich in ihre Daunenparkas ein und drehten die Heizung, als sie wieder funktionierte, auf volle Kraft.

Der Frühling ließ dieses Jahr nicht lange auf sich warten. Es wurden die üblichen Wetten abgeschlossen, wann das Eis auf dem Lake Nipissing diesmal aufbrechen würde, doch niemand hatte es annähernd getroffen. Mitte April war die letzte weiße Miniaturinsel zerschmolzen. Im Mai war nur noch ein letztes Relikt des Winters übrig geblieben: am unteren Ende der Bradley Street, dort, wo sie in großem Bogen um eine niedrige Hügelkette führt, wo die Ausläufer der Laurentian Hills fast bis ans nördliche Ufer des Lake Nipissing reichen. Das ist die Stelle, wo die Räumfahrzeuge von Algonquin Bay ihre Schneemassen abladen. Am Ende der Saison ist der Platz ein einziger Tafelberg aus kristallisiertem Schnee, außen dunkel von Schotter, Salz und anderen Verunreinigungen und innen mit langen weißen Kristallen verziert. Dieser von Menschen aufgeschüttete Berg ist so fest, dass er nicht vor Mitte Juni schmilzt.

Cardinal und Catherine konnten selbst mitten auf dem See in der Ferne sehen, wie er an den Stellen, wo Eisstücke abgebrochen waren, in der Sonne glitzerte. Das Ufer entlang leuchteten die Knospen von Birken und Pappeln smaragdgrün. Andere Bäume, die Cardinal vom Wasser aus nicht bestimmen konnte, quollen von weißen Blüten über.

Die Sonne wärmte ihnen Gesicht und Hände, doch ein scharfer Wind ging durch den Anorak, und die kanadische Flagge am Bootsheck veranstaltete ein fröhliches Knatterkonzert.

Cardinals Boot war ein kleiner Außenborder aus Fiberglas, den sein Vater gekauft hatte, als Cardinal noch an der Highschool war. Es hatte nur einen 35er Evinrude-Motor, nichts, was mit seiner Bugwelle Kanus zum Kentern brachte, doch es brachte einen schnell und verlässlich über den Lake Nipissing. Das Seltsame an diesem See ist, daß er zwar nach den Großen Seen der größte in Ontario ist, aber auch einer der seichtesten – nicht mehr als zwölf Meter an den tiefsten Stellen. Selbst eine leichte Brise wie diejenige, die an diesem Maimorgen in Cardinals Gesicht schnitt, konnte ein Boot ganz schön ins Schaukeln bringen. Die Wellen schlugen energisch gegen den Rumpf.

Sie waren am West Ferris Dock abgefahren und schipperten langsam an der Stadt vorbei. Die Kalksteinkathedrale war elfenbeinweiß, die Windschutzscheiben mancher Autos reflektierten die Sonne und leuchteten wie Spiegel. Jogger in bunter Sportkleidung liefen am Ufer entlang.

»Schau dir die armen Bäume an«, sagte Catherine und wies mit dem Finger zum Ufer. Viele der Ahornbäume und Pappeln waren an den Spitzen waagerecht abgesägt – eine Maßnahme, die vom Eisregen gespaltene Stämme und abgebrochene Äste erfordert hatten. Es würde Jahre dauern, bevor sie wieder zu ihrer natürlichen Gestalt herangewachsen wären.

»Ich seh mir gerade die Häuser an«, sagte Cardinal. »Da. Da. Und da drüben.« Er zeigte auf die roten Ziegel des Twickenham-Gebäudekomplexes, den weißen Turm des Balmoral. Von hier draußen konnten sie sogar das Hauptchalet des Highlands Ski Club sehen. »Und das alles gehört Paul Laroche, einem Burschen, der nicht mal frei rumlaufen dürfte.«

»Na ja, er läuft ja auch nicht mehr frei rum, wenigstens nicht in Algonquin Bay.«

»Und wir können ihn nirgends ausfindig machen. Wir glauben, dass er irgendwo in Frankreich ist.«

»Na ja, das kannst du zumindest als Teilerfolg verbuchen, nicht wahr? Er musste alles zurücklassen, was er sich über die Jahre aufgebaut hatte.«

»Es ist wenigstens etwas, aber als Sieg kann ich das nicht betrachten.«

Er riss das Boot herum, so dass sie der Stadt den Rücken kehrten und der Bug in Windrichtung lag, dann lehnte er sich gegen die Drosselklappe zurück.

»Du willst es hier machen?«, fragte Catherine.

»Hier geht es so gut wie an jeder anderen Stelle, würde ich sagen. Kannst du eine Minute das Steuer übernehmen?«

Das Boot wackelte unter ihnen, als sie die Plätze tauschten. Cardinal zog einen schwarzen Behälter aus einem Leinenbeutel, den das Bestattungsinstitut mitgeliefert hatte.

»Ich dachte, es ist illegal, über dem See Asche auszustreuen«, sagte Catherine, »streng genommen.«

»Stimmt«, sagte Cardinal, »streng genommen.« Er fragte sich, wie man den Behälter aufmachte. Es war ein schweres, rhombenförmiges Ding aus Kautschuk oder so etwas Ähnlichem. Es war nirgends ein Griff oder eine Lasche daran, um das Gefäß festzuhalten und aufzumachen. Noch gab es offenbar einen Schraubverschluss.

»Was werden sie wohl tun, wenn Sie dich erwischen?«

»Die Polizei? Darauf bestehen, dass ich sie wieder raushole.«

»Nein, mal ernst.«

»Wahrscheinlich muss man ein kleines Bußgeld zahlen«, sagte Cardinal. »Ich glaube, ich brauche einen Dosenöffner, um das aufzukriegen.«

»Soll ich mal?«

»Keine Sorge, ich verfüge über das nötige Werkzeug.« Cardinal zog sein Taschenmesser heraus und machte sich daran, den Deckel aufzuhebeln. Einen Augenblick später gab der Deckel nach, so dass eine durchsichtige Plastiktüte von der Größe einer Halb-Pfund-Mehltüte mit blassgrauer Asche zum Vorschein kam. Die meisten Teilchen waren kleiner als der Nagel an seinem kleinen Finger.

»Ich kann immer noch nicht glauben, dass er nicht mehr da ist«, sagte Catherine. »Er war so ein ... vitaler Mensch.«

Cardinal machte das kleine Plastikband ab und öffnete die Tüte, den Behälter immer noch auf den Knien.

Noch eben hatten sie den See für sich gehabt, jetzt wimmelte es von Booten. Ein Segelboot fünfzehn Meter von ihnen entfernt. Ein Motorboot, das im Affenzahn auf sie zukam. Selbst ein Kanu, das sich nicht vom Ufer wegtraute.

»Ich warte lieber, bis sie vorbei sind«, sagte Cardinal.

»Willst du etwas sagen?«, fragte Catherine. »Wenn du sie ausstreust?«

»Ich weiß nicht. Es wäre wohl angebracht. Ich meine, ich möchte schon, ich stelle mich bei so was nur furchtbar an.«

»Sag einfach, was immer du empfindest, John. Du weißt, dass er dich geliebt hat.«

Cardinal nickte. Er atmete ein paar Mal tief durch, um ins Gleichgewicht zu kommen. Das Motorboot surrte vorbei. Eine vierköpfige Familie. Die Kinder im Heck schrien: »Ahoi, ahoi.« Catherine winkte zurück.

»Also«, sagte Cardinal. »Los geht's.« Er drehte sich auf seinem Sitz um und kniete sich darauf. »Ich zieh das nicht unnötig in die Länge, ich verstreue sie nur und fertig.«

»Okay. Ich halte das Boot gerade.«

Der Wind war stärker geworden. Cardinal musste die Hand tief zum Wasser hinunterhalten, damit die Asche nicht quer über das Boot wehte. Während er sich über die Bootskante lehnte, erfasste sie der Wellenschlag des Motorboots und brachte sie zum Schaukeln. Er musste sich am Dollbord festhalten.

»Das hätte mir gerade noch gefehlt – dass ich reinfalle. Dad hätte seinen Spaß.«

»Ja, bestimmt.«

Cardinal kam wieder ins Gleichgewicht und hob den Beutel aus dem Behälter. Dann schüttelte er ihn sachte mit beiden Händen aus, als ob er im Garten Saatgut ausstreute. Es dauerte ein, zwei Minuten, bis der Beutel leer war, und inzwischen hatte sich ein breiter, grauer Streifen hinter ihnen gebildet. Viele der leichteren Flocken schwammen auf der Wasserfläche, und noch feinere Partikel flogen mit dem Wind davon.

»Ich glaube, ich will einfach nur sagen ... ich glaube, ich möchte ... zum See sagen: Nimm diese Asche und sei nett zu ihr. Das war ein guter Mann.« Cardinal musste tief Luft holen. »Das war ein guter Ehemann und ein guter Ernährer. Ein guter Mann – ich weiß, das hab ich schon mal gesagt. Das war mein Vater.«

Cardinal drehte sich um und setzte sich wieder in Fahrtrichtung. Er fühlte sich plötzlich erschöpft.

Catherine hielt seinen Arm. Sie stellte den Motor ab, lehnte sich herüber und legte schweigend den Kopf an seine Schulter. Cardinal fühlte, wie sie sich unter Tränen schüttelte.

Das Boot trieb im Wind und drehte sich ein wenig, so dass sie noch einmal auf das glitzernde Algonquin Bay blickten. Sie ließen sich vielleicht eine Viertelstunde lang treiben, ohne etwas zu sagen. Dann drückte ihm Catherine den Arm und sagte: »Ich mochte, was du gesagt hast.«

Cardinal spülte den Beutel und den Behälter im Wasser aus, bevor er sie auf den Rücksitz legte.

»Soll ich wieder das Steuer übernehmen?«

»Nein«, sagte Catherine. »Geht schon.«

Sie startete den Motor, und sie fuhren wieder Richtung West Ferries. Unterwegs lauschten sie auf das Raunen der Wellen gegen den Bootsrumpf. Der Wind verfing sich in Catherines braunem Haar und warf es in alle Richtungen. Die Sonne brachte Farbe auf ihre Wangen, und sie sah so aus wie die Frau, die Cardinal vor beinahe dreißig Jahren geheiratet hatte.

Er lehnte sich vor und berührte ihre Schulter.

Catherine sah sich zu ihm um. »Was?«

»Nichts«, sagte Cardinal. »Nach Hause, Captain, volle Fahrt voraus.«

Danksagung

Für die schwierige Lektüre früherer Entwürfe zu *Blutiges Eis* schulde ich meiner Lektorin bei Random House, Kanada, Anne Collins, meiner Agentin Helen Heller, meiner Lektorin bei HarperCollins, Julia Wisdom, und meiner Lektorin bei Penguin Putnam, Marian Wood, meinen aufrichtigen Dank.

Mein Dank gebührt auch Staff Sergeant Rick Sapinski von der Polizei North Bay, der großzügig Informationen zu polizeilichen Ermittlungsmethoden beigesteuert hat, Daniel Johnson für seine umfangreichen Recherchen und dem Writers Room in New York.